開高健 Kaiko Takeshi

——生きた、書いた、ぶつかった！

Kodama Takeshi

小玉武

筑摩書房

開高健——生きた、書いた、ぶつかった！

目次

プロローグ――文学と実生活
夜の果てへの旅／荒地願望　9

第1章　朝露の一滴のように――記憶の欠片
夜明け前の出発　21
福井県丸岡〈一本田〉　26
大阪南郊の北田辺旧居　30
飢餓体験と「大車輪」　33
コックリさん――母と叔母の記憶　40

第2章　抒情と造型――習作時代
眼をあけてみた夢　49
中野重治――西鶴と織田作之助　52
生きる知恵、本の力　55
学内同人雑誌は『市大文藝』　61
牧羊子と『えんぴつ』　63

恋愛詩「沖の碑／T・Kに」 74

第3章 サントリー宣伝部——その黄金時代へ

試験管をもつカルメン 85
佐治敬三のひらめき 95
四人組がやったこと 100
埴谷雄高への手紙 104
新宿時代——島尾敏雄と安部公房 112

第4章 熱い歳月——昭和三十年代

『洋酒天国』と芥川賞 121
ウイスキーの時代 126
心は孤独な狩人 129
『裸の王様』異聞 142
中村光夫への手紙 147
開高健 vs. 大江健三郎 151

第5章 『日本三文オペラ』の衝撃——荒地と祝歌

混迷の時代　165
初期作品の世界　171
金時鐘と梁石日　181
魔術的リアリズム　186
ピカレスク——悲劇と喜劇　192

第6章 『ベトナム戦記』——癒えない闇

越境する文学　205
おそるべき広津和郎　213
村松剛の『アルジェリア戦線従軍記』　219
先駆的な『ベトナム戦記』　225
『輝ける闇』——明滅する〝現代〟　238
〝死〟の光景——白い枯葉剤　249

第7章 「女」たちのロンド――『夏の闇』
変奏される記憶 261
〝性〟の荒地 276
「叱られた」三木卓氏 288
女を書く技法 295
未完の遁走曲 298
第8章 やってみなはれ!――年月のあしおと
アンクル・トリスの時代 305
〝トリックスター〟の素顔 316
水魚の交わり 328
ウイスキー&ビール戦争 336
第9章 『オーパ!』の〝功罪〟――逃走の方法
成功した『オーパ!』 347

甦る架橋の時代　355
悲傷と愛情――父親として　361
到着と出発の〝文学〟　369
「犬の生活」について　373
エピローグ――青空が流れる　381
阿川弘之からの手紙／一九八九年・師走
あとがき――〝開高健は終わらない〟　399
主な参考文献　403
開高健年譜　9
人名索引　1

＊章扉の写真のうち、断わりのないものはすべて開高健記念会蔵。

開高 健

——生きた、書いた、ぶつかった！

プロローグ――文学と実生活

徒労と知りつつチェーホフがなぜあのようにしつこくしぶとく生の混沌の諸相に生涯を費やして食いさがったのか、私は圧倒されるばかりで、その情熱の理由を、どう理解しようもなかった。

開高健「問え、問え」

夜の果てへの旅

平成元（一九八九）年十二月九日。木枯しの吹く夕暮れどきだった。

小説家は茅ヶ崎市東海岸の自宅に無言の帰還をした。何人かの男手によって、担架にのせられた遺体は、離れの書斎脇南側の段差のない続き部屋《アルコーブ》の、主人愛用の作り付け寝台（高さ三〇センチ程の床）に静かに横たえられた。この日、私はサントリーの後輩坪松博之から知らせを受けたのだったが、病院へは行かずに開高邸へ直行して、小説家の亡骸《なきがら》を迎える準備にあたっていた。

死の床の開高の顔は、すこし右を向いていた。

その顔も、胸も、手も、足も、みな小さく細かった。跪《ひざまず》いて掌を合わせた。横たえられている小説家の亡骸から、しばらくのあいだ目を離せなかった。小説家は、しっかりと口を閉じ、目を瞑《つぶ》っていたけれど、とても苦しげであった。がんとの闘いのためであろうか、すっかり小さくなり黒ずんでいた。開高健とは思えなかった。しかし、そこに横たえられているのは、まぎれもない開高健だった。享年五十八。三週間後の十二月三十日、五十九歳になるところだった。

ともあれ、十月十三日の再入院後、病状が悪化してからは、一部の牧羊子の許諾のある者以外は、病室には近づけなかった。二カ月余りの間に、開高はまったく変わり果ててしまっていた。あたりに何人もの人々が動いていたが、声を発するものはいなかった。

仮通夜の準備で、慌ただしくなり始めていた。新潮社や文藝春秋など出版社の人々の中に加わった。けれど私には、開高健の遺体を見たばかりなのに、開高が死んだという実感はまったく湧いてこなかった。

開高健が息を引きとったのは、同年十二月九日午前十一時五十七分、東京三田の済生会中央病院消化器外科病棟においてである。そこに居合わせたのは主治医らのチームと、開高健の妻牧羊子（本名＝開高初子）と長女道子で、他の親族は小説家の二人の実妹陽子さんも順子さんも間に合わなかったようだ。

あの日、開高の死を知った人々は、明らかにその死を早過ぎると思ったに違いない。正午のNHKテレビのニュースは、驚くほどの早さで小説家の訃報を伝えた。報道にはかなりの時間を割いていて、一小説家の死を伝えるニュースとしては異例とも思えた。

それにしてもこの時代にあっては、開高は短命だったということになるだろう。しかし、すこし例をあげるならば、二十四歳で没した樋口一葉の名をもち出すまでもなく、開高が敬愛していた同郷の梶井基次郎は三十一歳で他界したが、それでも彼の二十編余の作品は〝昭和の古典〟として輝いている。

あるいは開高が生涯にわたって繰り返し読み、若い頃から親炙したアントン・チェーホフは享年四十四にして結核に斃れた。しかしチェーホフが遺した小説や戯曲、またシベリア、サハリン旅行の膨大なルポ『サハリン島』は悲惨な流刑地の記録であるが、現代においてもなお不滅である。作家の〝いのち〟とは、何歳で没したかで決まるものではない。

開高は晩年の作品のなかで、小説家についてこんなことを書いている。「たいてい、日本人の平均寿命より十歳か十五歳手前ではかなくなり、古女房と灰皿を残して小説家は消えていく」。これは戯文に近い。けれど、どこか侘《わび》しく、本音が仄《ほの》見えている。この一文は『オーパ、オーパ!!』シリーズの一冊「コスタリカ篇」冒頭に措かれており、小説家の実像として真実味があって、ちょっと切ない呟きである。

もっとも、これが開高の予知能力だったと言えなくもないのである。開高の場合、単に文章の上のこととしてすまされないものを感じさせるし、〝文学と実生活〟（平野謙）という古くて新しい、作家の日常的な生活の矛盾を含んだ一側面を自分にあてはめて、正しく衝いてみせてくれているようでもあるからだ。

だが、騙されてはいけないという気持ちにもなる。開高はこの一文を書いたとき、本気でそう思ったのだろうか。小説家はえてして自己韜晦の気分に漂いがちだ。事実と真実をとことん書きわけながら、自分はウソをつくことがうまいと平気で口にする種族である。こんな言葉が残されている。

《あちらで
　真実のことは
こちらでは
　嘘で
こちらで
　真実のことは
あちらでは
　嘘である
　　　　　健》

（開高健記念会「紅茶会」講演集Ⅸ）

開高が生命を燃焼しつくして作品を書きつづけたことは言うまでもないが、嘆いてみせることもまた好きだったし、ウソで笑わせてくれたし、ときに愛情乞食でさえあった。

荒地願望

開高健は、様々な貌をもっていた。若き日には、熱い血の流れる早熟な文学青年であった。しかも小学校、旧制中学校をつうじて成績はつねにトップ。優秀なヤツと天王寺中学の友人たちからみられながら、家は貧しく弁当すら持参できないつらい時期があった。複雑な内面の悩みは、すでに始まっていた。後年、ベトナム戦争に特派記者として従軍し、逞《たくま》しい行動派作家らしくみられた時にも、また冒険まがいのキケンがともなう釣魚の旅を続けていた時にも、本人はいつも孤独と悲傷の淵に沈んでいて、鬱を病んだ人間の貌を隠しとおすことはできなかった。

昭和五年生まれで、「昭和」という元号が終焉をみせた年までどっぷりと嵌《はま》った、昭和とともにあった一生だった。

それも戦前・戦中・戦後という、いわば三つの時代を生きたというだけではない。開高はとくに戦後の焼け跡時代から高度成長期にかけては、小説を書きながら、企業経営の一時代を画した実業家佐治敬三のもとでビジネス戦争の先頭にも立ったのである。サントリー宣伝部（昭和三十八年まで社名は壽屋）で、トリスの広告コピーを書いてヒットさせ、ウイスキー戦争やビール戦争でも奮闘した〝企業戦士〟だった。ここまで〝仕事〟をした小説家は空前絶後かもしれない。

さらにPR誌を創刊して編集長を務め、企業経営、企業文化のプロデューサーとして手腕を発揮した。当時、総評一般労連に所属する壽屋労組の教宣委員長まで積極的に引き受けていた。小説家としては、かなりめずらしい体験だろう。

創作活動が多忙をきわめるようになっても、ビジネスの現場を放棄するのではなく、嘱託という立場を選んで、いわば二足の草鞋を履き続けたプラグマティストでもあった。別の表現をというならば、したたかな「仕事人間」だったというべきだろう。しかし、それを理解できないとする〝文壇〟の人たちもいた。

いっぽうで戦火のベトナムやビアフラに飛び、銃弾の嵐を潜り抜けて、死の危険にさらされながらルポルタージュを書いた。ベトナムのジャングルでは、米軍機U－19による枯葉剤の散布を目撃した不気味な体験を、生々しい証言として書き残した。

その後、サントリーを退職してからも、傘下の広告制作会社に同僚の柳原良平などと共に非常勤取締役として関わりながら、プロデューサー、クリエイターをつとめた。広告づくりに参画し、小説を書き、アラスカのキーナイやブラジルのアマゾンなどへ釣魚の冒険旅行に出かけては、『オーパ！』をはじめ数々のルポ、ノンフィクションのベストセラーを書きつづけた。みずから大冒険を企画し、行動し、テレビ番組に登場した。

従来、開高健とビジネスとの関わりは、コピーライター、エディターとしての一面を中心に語られてきた。しかし、開高のビジネスの分野でみせた才能は、広告コピーやPR誌の編集に限られるものではない。経営や文化活動における他の追随をゆるさぬアイデアやイベント企画など、現在なおサントリーにおける生きたプロジェクトとして継承されているものもある。開高には企画立案する能力だけでなく、リーダーとしての強い統率力があった。

またそればかりでなく、佐治敬三社長に請われて宣伝広告以外でも、企業経営やフィランソロピーの面で、長期にわたって企業参謀的な役割を果している。そのうえ開高は、おそらく佐治を兄とも思っていたのではないか。何でも話せた。だから七歳年長の妻、牧羊子についての身内のグチまで、佐治には聞かせていただろう。

現会長の佐治信忠氏が学生時代には、開高は一時的であったにせよ、〝養育係〟を任された時期があったという。信忠氏も開高健について語った折に、「そういうこともあった」と懐かしそうだった。

ともかく開高が佐治敬三へ上申した企画案は、時代の半歩先、一歩先を見据えたものだったという評価は、今もサントリー社内に残っている。ビジネスに関わった小説家は、むろん開高だけに限らない。が、しかし経営参謀、あまねく企業戦士として〝現場〟で闘いながら、小説やルポルタージュを書き続けた作家はまれであろう。

開高は自身の「荒地願望《あれちがんぼう》」について、「ヰタ・アルコホラリス」（『洋酒マメ天国』第2号）という自伝的エッセイで書いている。その一文の中にこんなくだりがある。

《俺はいまだに、何か殺風景な風景というところはズーンと頭がしびれているようで気持ちがいいのである。これを俺は荒地願望と自ら名づけている。

だからのちになってポーランドにも行き、アウシュビッツの野っ原にも行き、草ぼうぼうのシレジアの野原を見たが、そのときはたまらなくなった。俺の心は荒地願望で最高に満たされた。（中略）われわれの世代の胸の奥底には、荒地がひろがっている。……もともとゼロなんだ。》

すなわち、これが開高の「虚無」の、あるいは無聊《ぶりよう》という「謎」の原点なのだった。

そして開高は〝荒地〟を希求して喘いでいた。作品にさりげなく風塵のように虚無を忍びこませ、複雑に不協和音を奏でさせていたのだ。開高の本質は荒地の詩人ではなかったかと指摘しても、あながち強弁とはいえないであろう。むろん、開高は比喩や隠喩を、ときに幻想的な手法を用い、さらに内臓感覚で捉えたイメージと特異なボキャブラリーをひっさげて表現した。しかしながら、それでいて開高こそは徹底したリアリズムを貫いた、文字通りの散文家であった。

さて。

開高はチェーホフについて、なぜ、こうも執拗に書いたのであろうか。『新潮』昭和三十八年八月号に載った「問え、問え」からの引用である。

《平易に、簡潔に、いきいきと、チェホフはおどけつつ、語りつづけて倦まなかった。ボルシチの温かい湯気から進化論にいたるまでの、あらゆる種類の問題について絶えまなく彼は問いつづけた。人が生活と物と言葉から分離してアメーバのようにただよってゆく、現代ではあくびまじりの常識となった危機の予兆と様相についても彼の鋭い眼は観察を怠ることがなかった。》

言い換えればチェーホフの「問い」と「観察」は、小説家開高健の内側に、アメーバのように入り込んで、心をゆさぶる霊感となったのであろう。開高は、チェーホフが思想の大空位時代に生きた作家で、虚無のやさしさと虚無の力の上に揺れながら、たえまなくさ迷っていたとも書いている。「退屈な話」の作家チェーホフに自分の内面を写していた。

今、ふと気付かされることであるが、複数の医師がさりげなく指摘したこの小説家の〝精神の病理〟を、あらためて検証することも忘れてはならないだろう。おそらく開高作品の謎を解くカギが潜んでいるにちがいない。梶井基次郎が最初に体験したといわれ、その作品に不気味な翳を落としている〝滅形〟を、開高は日常的に体験しており、そのことについて繰り返し書いた。屈折した精神の翳の部分を、見おとすわけにはいかない。

それにしても開高は、幼年の頃から感受性が人一倍強い少年だった。同人雑誌のころには、すでに仲間たちを驚嘆させたケタ外れの直観力と想像力を持っていた。それは終生変わらなかった。開高だけに備わった一種の「虚点」ともいうべき現実把握の起点があって、それこそがインスピレーションにつながる創作活動の発火点であった。

荒地に立って「生きた、書いた、ぶつかった」(『もっと広く　南北アメリカ大陸縦断記　南米篇』)と思わず吐露してみせた、燃え尽きることなく生涯を閉じた小説家開高健は、何を遺したかったのであろうか。

(開高の妻初子については、そのペンネーム「牧羊子」を用いる。故人については原則として敬称を略した)

第１章　朝露の一滴のように——記憶の欠片

奈良公園で家族と（前列左から、父正義、開高、妹陽子、母文子）。

諦めよ、わが心
生まれの儘の眠りを眠れ
ボードレール

夜明け前の出発

大阪の南郊にあたる天王寺とその周辺は今、この大都市の一方の玄関である。

交通機関の集積地帯であり、ひときわ賑わいをみせている繁華街であるが、さらに地下鉄で一、二駅ほどいけば難波の目抜き通りに出る。大阪ミナミの大中心街を形成しているのである。つまり位置的には、この地区は天王寺公園の西側に接する街区であって、新世界と呼ばれる〝特別地区〟である。

明治末年には付近一帯で勧業博覧会が開かれ、その跡地の東半分を公園に、西半分をルナパークと称する新世界の大娯楽場としたことがわかる。パリのエッフェル塔をまねた通天閣もこのときに建った。釜ヶ崎、旧飛田遊郭も近い。どことなく〝祝祭的〟な空気が漂っている地帯ということになろう。さらに公園北側に位置するのが、五九三年（推古元年）に聖徳太子によって建立された日本最古の宮寺、むかしから「大阪の仏壇」といわれている四天王寺である。地下鉄谷町線の四天王寺前夕陽ヶ丘駅で降りるとすぐだ。

昭和五（一九三〇）年十二月三十日、開高健は大阪市天王寺区の東平野町一丁目十三番地で生まれた。現在の中央区東平一丁目、谷町筋に近いあたりである（開高は、自分の生地は現在の谷町六丁目近辺ではなかったかと書いたことがある）。開高正義、文子の第二子、長男だった。両親は福井県の出身で、父は婿養子だったが、大正十二（一九二三）年より大阪市の小学校の訓導（正規教員のこと）の任にあった。

開高はその幼年時代、東平野町界隈で腕白ぶりを発揮していた。近くにあった誓願寺の井原西鶴の墓のあるあたりまでが、開高少年の遊び場の領域だった。寺社がとりわけ多い地域で、寺町といわれていたと開高は書いている。全国的にも、寺が多い古い町はたいてい「寺町」という町名になっているので頷ける。

開高は作品のなかで、幼年時代をふり返ってこの辺りのことをよく書き残しているが、晩年になってからも折にふれて誕生の地を訪れていた。そんな時、開高は歩きながら、そして眼を見開いたままで、おかしなことに夢をみた。街並みは変わっても、小説家にとっては格別の場所であった。開高が親炙していた中野重治は、このようなことを書き残している。「ふる里をうんぬんするものは必ずふる里から離れたところにいる。むろん空間的に離れているが、必ずしも空間的にだけではない」。開高はいつも、この言葉を思い浮かべながら、東平野町界隈について飽きることなく書き綴った。

開高が七歳のときの昭和十二年十二月、一家は同市住吉区北田辺町（現・東住吉区駒川二丁目）に転居するが、小学校はしばらく転校しなかった。東平野小学校（現・生魂《いくたま》小学校）のままだった。一家が引っ越したところは、天王寺から南東に四キロほど離れたさらに郊外の町である。祖父弥作が家督を健の父正義に譲って隠居したが、その折に、移転先の北田辺の家から東へ四軒の家作を、老後の設計のために購入したからだった。このあたりの経緯については開高自身も書いているが、浦西和彦氏の労作『開高健書誌』の年譜が詳しい。

私は平成二十二（二〇一〇）年の秋と翌年の年はじめ、北田辺の開高家旧居がまだ残っている時にこの地を訪れたことがある。そして往時のことを、地元で四十年以上も前から、旧開高家の斜め前で店を構えてきたという「すし富」の主人高橋紀行氏と女将さん夫婦や、近所の不動産会社の担当者から前後の経緯を聞いた。しかし、今はすでに旧家屋は跡形もなく、何棟かのマンションが立ち並んでいる普通の街と化した。往年の面影を伝えるものは遺されていない。

先に開高健の出生について触れたけれど、開高家の家郷は福井県である。祖先は一説に、越前を治めていた柴田勝家のもとにあった下級武士だったという。信長の没後、勝家は信孝と謀り豊臣秀吉を除こうとして兵を挙げたいわゆる賤ヶ岳の戦い（一五八三年）で敗れ、越前北ノ庄（今の福井市）城で、勝家夫人のお市の方とともに自刃、開高家の祖先は、その時落武者となってようやく北陸にたどりついた。関ヶ原の戦い（一六〇〇年）の後になって、福井県坂井郡高椋《たかぼこ》村（現・坂井市丸岡町）一本田あたりに定住したというのだ。

むろん、たしかな系図や家伝などがあるわけではないし、開高はこう語ったり、書いたりはしたことがあったけれど、本人も確信があってのことではなかったであろう。

さて、健の祖父開高弥作は、明治三（一八七〇）年三月十三日、福井県坂井郡高椋村一本田の農家の、開高八右エ門、いゑの三男として生まれ、昭和三十三年一月十三日大阪で没した。弥作は二十四歳の時に、同地出身の中野カネ（中野五左エ門、キエの長女）と結婚するが、カネと同じ高椋村一本田で明治三十五年一月二十五日、八歳年下の中野重治が誕生している。

カネと重治は遠縁にあたるという説があるが、最近の研究では、血縁はないということに落ち着いているようだ。しかし、これとて推論である。同じ村の狭い集落で、近親結婚に近いことがしばしば行われていたという時代なのだ。開高の両親もいとこ同士の結婚である。しかもカネと重治の二人が同姓であり、同じ集落で軒が接するような近さに互いの家があった。開高自身は、祖母カネが重治と遠縁にあたると、すこし楽しそうに語ったことがある。

ともかく、弥作は若くして単身大阪に出て、苦労を重ねながらその地歩を、少しずつ築いていった。ブローカーのようなこともやったようだ。祖父弥作について、開高は手加減せず、祖父自身や母から聞かされてきただろうと思われることをこう書いている。

《小作農の三男に生まれた彼（弥作）は兄弟姉妹がことごとく結核で死んでゆくのを見て、ほとんど毛布一枚と腰弁当だけで大阪へ遁走した。土方、人力車夫などをして放浪したあげく上本町の長屋に住みつき、おなじような大量の流亡者仲間に烏金を貸すことをはじめた。（中略）恨んだり恨まれたりの七転八倒の何十年かがあって、気がついてみたら、小さな不在地主、小さな三軒の家主、いくらかの株券所有者になっていた。》（『青い月曜日』）

かくして弥作は、次第に大阪におけるささやかな成功者といわれるまでになった。ちなみに弥作が戸籍を福井から大阪に移したのが、大正四（一九一五）年一月十五日である。つまり、本籍を福井県坂井郡高椋村一本田福所十一－二十から、大阪市東区平野町二－六－十七に転籍したのだった。そして、次女文子（明治三十五年八月十六日生まれ）に、親戚筋にあたる「故郷の小作農のうち頭脳優秀、素行善良な一人の青年に眼をつけ養子として娘と結婚」（前掲書）させようともくろんだ。それが婿養子となった正義である。

正義は明治二十九（一八九六）年六月二十日、同じ村の生まれ。北川由三郎、寿起の三男だった。母寿起は健の母方の祖父弥作の実妹、つまり開高八右エ門の次女である。正義は幼少のころからよくできて、秀才として知られていた。長じて福井師範を卒業した。現在の坂井町立（現・市立）東十郷小学校で経験をつんだのちの大正十二年、はじめて大阪の市立海老江西小学校（現在）に訓導として転務した。正義が開高弥作・カネの次女文子と婿養子縁組をして結婚したのは、その翌年の十三年七月三日だった。

開高も書いているように、父正義は村でもまじめで謹厳実直な人物という評判の若者だったという。後になってのエピソードであるが、正義はたいへん寡黙な性格で、自分が福井師範時代に、ずっと首席をとおしていたことさえも、弥作や文子に、みずからは語らなかったという。

そんなことが家族の挿話として残っているけれど、父正義は、明るい性格ではなかったようだ。しかし一見、豪放磊落で、だれもが認める饒舌家だった開高の父親とは思えぬ一面があったようだ。しかしながら開高は、父について多くを書いてはいない。逆に、本来の開高健は、内気で几帳面でかつ躁鬱症の傾向があったという、父親からゆずりうけたものも多かったのかもしれないのだ。

そもそも、開高がこの父をどう見ていたか、このあたりも、小説家の生涯を辿るうえで避けてとおれない主題の一つだ。さらに、開高はなぜ、父についてはほとんど語らなかったのだろうか。祖父の実像ばかりが見え、父の存在感はあまりにも希薄だ。

祖母カネはこの年、大正十三年に五十歳で没している。享年八十八と長寿だった祖父弥作の没年は昭和三十三年だから、弥作は三十五年近くも、やもめ暮らしだったことになる。

開高には昭和七年生まれの陽子と同九年生まれの順子の二人の妹がいる。妹さんたちは、このくだりを書いている時はお元気だったが、残念なことに順子さんは昨年亡くなられた。ほかに二歳年上の姉緑がいたが、生後三カ月で死去している。

福井県丸岡〈一本田〉

さて、開高が作品によく取り上げているのは、幼年時代の東平野のことよりも、北田辺の家の光景である。開高家が父親の死によって波乱にみまわれるようになったのが、北田辺時代だったからだ。とはいえ、祖父や母の妹にあたる叔母とは、北田辺へ転居する以前から一緒に暮らしていて、東平野での七年間もまた、小説家開高健にとってはかえりみずにはいられない幼年時代だった。

ここで、この叔母八重子と北田辺の旧居について書いておきたい。八重子の年齢は不詳だが、離婚して開高家に戻ってきており、その後は独身をとおしていた。二人の妹が結婚し、弥作や開高の母文子が亡くなったあとも、北田辺の家でひとり生活していた。九十歳近くまで長寿をとおしたというが、病身ですこし神経も病んでいたらしい。八重子が亡くなって数年後、旧居は取り壊されマンションが建った。

さて。

健少年は七歳まで住んでいた東平野時代は病弱であったようだが、高齢ながら知的好奇心の強い祖父と、実直な小学校教員であった父のもとで、母や同居の若い叔母からも、一人息子として愛情を注がれて、平穏で豊かな暮らしだった。女中もいた、と開高は書いている。

東平野時代を、開高は幻想をまじえて、屈折の多い、しかし幸福な幼年時代として晩年の作品に刻みこんでいる。一幅の白日夢である。しかしなぜか、この時代の家庭内のことは書かれていない。寺町といわれる界隈での稚い記憶の断片が、イメージとして書かれているにすぎないのだ。開高は生地についてこう書く。

《〝上六〟（上本町六丁目）という地名は今でものこっているが、その一つ手前の〝上五〟という地名はどうだかわからない。昔は市電があって上本町一帯は、二丁目、三丁目……と数でかぞえて停留所があったのだが、とっくに線路を引剝がされてしまったので、今ではけじめのつけようがない。このあたり一帯はゆるやかな丘であって、たくさんの寺が集結していたので、〝寺町〟と呼ばれていた。この寺町からナンバ、ミナミまではさほど遠くないのだが、何しろ寺ばかりの一帯だから、土塀、門、木立、墓地、線香の匂い、読経の声などしかなく、たまにミナミへ食事につれてもらって帰ってくると、温湯から冷水へ浸りこむようであったとその感触を記憶している。》（『破れた繭——耳の物語＊』）

開高健の晩年の自伝的長篇『耳の物語』は単行本にするときには、吉行淳之介の示唆を受け入れて上下巻となり、それぞれ『破れた繭——耳の物語＊』、『夜と陽炎——耳の物語＊＊』というタイトルがつけられた。

小説の冒頭で、ボードレールの香水瓶の残香にふれた瞬間、彼の眠っていた記憶が眩暈のようにたちのぼってきたというエピソードについて書き、また、プルーストがマドレーヌ菓子の一片を苦提樹の花のお茶に浸し、それをスプーンで一匙すくって口にはこんだ瞬間、夥しい過去が一瞬によみがえったというあの記憶をめぐっての挿話を措いている。フランスの象徴詩を偏愛した開高の面目躍如である。

作家がこれから書こうとする自伝的小説の意図を示しながら、改めて「耳から過去をとりだしてみようと思いたった」と断っている。このあと開高健は、幼年時代の舞台装置について語り、はじめて体験した音、つまり奇妙な表現だが〝処女音〟について、こう書くのである。

《寺の墓地が子供の遊び場なのだから、七歳までの毎日、線香や苔の匂いばかり嗅いで育ったのだということになる。（中略）何歳かの、ある夕暮れに、ひとりでか、誰かに手をひかれてか、その池のよこを通りかかると、ふいに一つのハスの花が音をたててひらき、一瞬、凍りつきながらとびあがってしまったことをおぼえている。たまらなくなって母か、叔母か、女中かの体にしがみついたはずである。ハスの花は朝に開くものではないかと思うが、この心象はいつも夕暮れになっている。しんしんとした静寂のさなかではじけるハスの花の音は、後年、いろいろな場所で何度となく聞くことになるが、これほど高品位の恐怖には二度と出遭っていない。耳にとっての処女音がそれだった、ということになる。》

（『破れた繭――耳の物語＊』）

この小説『耳の物語』は方法のうえで、きわめて技巧的な作品なのであるが、今もよく読まれている小泉八雲が、日本に帰化して最初に書いた作品『知られぬ日本の面影』（明治二十七年）が思い当たる。この作品で八雲は、「生活の中の音」を紡いで日本のイメージを綴っているのである。言い換えるなら、八雲は〝耳の物語〟を書いているのである。

開高には、実は〝先行者〟がいたということになろう。開高のことだから、八雲とその作品について知ってはいただろう。開高がどのように「音」を取り込んで、作品を織り上げているのか、興味がつのる。

八雲の作品は〝耳の文芸〟といわれ、蜆《しじみ》が鳴く音（声）、米をつく杵の音、物売りの声、橋を渡る人々の下駄の音……、実によく微細に、繊細に、日常のさりげない音を拾っている。その意味からも、ここで注意しておきたいのは、東平野時代の思い出の内容である。この小説に着手した晩年の一時期に、開高はあらためて何度か幼年時代を過ごした天王寺界隈を彷徨しているのだ。取材のために、寺町一帯から高津《こうづ》神社、くちなし坂、夕陽ヶ丘と、足の向くままに歩きまわった。

しかしながら、むろん開高健には、小説で書いたような思い出の光景が見えるはずはなく、幼時には聞こえていたはずの音、つまり当時の大阪寺町の雑踏や、真冬の空に「ウィィィンンン、ウィィィンンン」とうなる凧糸の震えや、ハスの花が開く音など、なおさら聞こえるはずはなかった。しかし生まれ育った土地を歩くことで、確実に過去はよみがえり、小説家は夢みるように、ふたたび物語を紡いでゆくことができたのだった。

開高が関心をもって語っていたことのある、クリスチャンでデカルトやパスカルの研究でも知られていたフランス文学者森有正は、初期の思索的なエッセイ『バビロンの流れのほとりにて』で「一つの生涯というものは、その過程を営む、生命の稚い日に、すでにその本質において、残ることなく、露われているのではないだろうか」と書いている。あたかも開高に問いかけているかのような一文なのではないだろうか。いうまでもなく開高の「稚い日」の回想は、このとき森有正の言葉のとおりよみがえっていたのである。

中年になって転居した茅ヶ崎の開高の家は、書斎から庭に出て、小径（通称・哲学者の小径）をすこし下りた左手脇に書庫が作られていたが、書架に無造作に並べられた書物のなかに、森有正の『流れのほとりにて』や『城門のかたわらにて』などが置かれていた。一時期、疲れを感じると、開高は旧約聖書とともに、森有正を繙《ひもと》いていたようだ。

蔵書家でなかった開高は、目的のない本を所蔵しておくことはまずなかった。だから、ぎっしり本がつまった書架という光景を、開高家の書庫では、ついぞ見たことがない。

大阪南郊の北田辺旧居

ところで、健の父正義は、昭和十三年三月に鶴橋の鶴橋第二小学校（現・北鶴橋小学校）に転務している。しかし開高少年は、北田辺へ転居後も一年余りの間、東平野小学校に通い、昭和十四年四月、三年生になったときに、転居後の自宅に近い北田辺小学校へ転入学したようだ。学年の途中での転校を避けたのであろうか（一部の年譜はこのことに触れていない）。

七十数年前の北田辺の当時の開高家の旧居が、その頃まで、保存されていたのを知ったのは、平成二十二年六月十二日から八月一日まで開催された「開高健の世界」展（神奈川近代文学館と開高健記念会の共催）であった。

旧居の正面のカラー写真は『新潮日本文学アルバム　開高健』に載っているが、その内部のいくつかの部屋は、初めて見るものだった。記念展のために撮影されたもので、小さな門、狭い中庭、玄関がある。屋内は広々とした和室が印象的な木造二階建て住宅で、四軒が並んで建っているので〝大阪長屋〟とよばれる形式の家屋であるらしい。

門構えをはじめ家屋全体の感じは、東京、横浜ではあまり見かけないものだ。しかし関西で育ったことのある私には、子供の頃に見覚えがあった。終戦前後の三年あまり、私が神戸の島尾敏雄の家（当時）のごく近くに住んでいた頃の印象である。どことなくなじみのある作りなのだ。

この展覧会の後、私はこの地、北田辺へ出かけた。旧居を眺めながら、この家で開高は十五年間暮らしたのだと思い、感慨深いものがあった。『青い月曜日』などで語られる明け暮れが、この家であったのだ。健や二人の妹、そしてときどき立ち寄る長身の伯父の脚に子犬のようにまとわりつく妹たちの嬌声が聞こえてくるようだった。

そのころまで、芦屋在住の開高の実妹・順子さんが、この留守宅を管理しているということだった。開高健記念会の森敬子事務局長によれば、撮影時には順子さんが立ち会ってくれたという。また、開高のくだんの叔母が亡くなってから何年もの間、誰も住んでいなかったと、開高家旧居の筋向いにある「すし富」の主人・高橋紀行さんは語った。四十年以上も同地で寿司店を営んでいるというが、このあたりの一部は、開高の母や叔母が住んでいた頃からなにも変わることなく、歳月だけが過ぎていったようだ。

旧居がある北田辺（地名改正後は東住吉区駒川）は、大阪市の最南部にあたるところで、天王寺からは電車で二十分ばかり離れたややひなびた街衢《がいく》である。今は住宅の密集地帯の観があるが、当時は新興の中産階級が住み始めた時期で、まだ豊かな自然環境が残る郊外だった。開高少年が通ったこの小学校の近くには田畑や小川や沼や池などもあり、小さなエリアだったようだが、開高少年には楽しい遊び場であった。

北田辺に転居した少年時代の体験を、開高健は初期の作品だけでなく晩年になってからも、小説やエッセイのなかに消しがたい原風景として書いている。記憶の中の昔日のエピソードを紡ぎ、過ぎ去った時間をいと惜しむかのように、物語の中に織り込んでいるのだった。時代が大戦に巻き込まれてからは、つらい日々の連続だった。しかし小学校近くの小川や運河で魚釣りをした少年時代の体験のなかからは、この小説家の原点がよく見えてくる。

時代は急展開を続けていた。北田辺に移住して三年ほどの間の変化はとくに激しかった。戦争による混迷は日ごとに深まっていく。大戦末期には、大空襲で大人たちだけでなく、少年の身も心もぼろぼろになっていた。開高の習作を辿ると、こんな描写に遭遇する。

《友人の家は、焼けのこされた一劃《いっかく》にあった。私は、ロール巻きにした防空頭巾をぶらぶらさせながら、彼を訪れた。

そのあたりの広大な地帯のことを、私は、よく知っている。鮮人部落などのまじった労働者街であった。日雇人夫・失業者・小商人・沖仲仕・工員などで、安っぽい繁華通りや夜店が、あった。それは、中学一年生のころで、友人は私を駅へ見送りに家をでると、よく私を夜店へつれていってくれた。煉瓦畳の露地が錯綜し、人家のすぐうらに革細工などの町工場があったりする迷路街であった。》

（「煉瓦色のモザイク（1）少年群」、『文学室』第五十二号）

この文章は、開高健が二十二歳のときに書いた習作の一部である。荒削りながら、開高健の文体の片鱗がすでに見えている。むろん「鮮人部落」などという表現はまぎれもなく差別語という他なく、今では死語となっている。が、これらの語彙は、この時代を感じさせる土着の言葉ではあったのだろう。そしてこうした情景は、中学一年生の少年の目が捉えた、自分がよく知る場所の写実だったのである。しかしそこは北田辺ではなく、どこか別の場所のようだが特定はされていない。

飢餓体験と「大車輪」

時代が前後する。北田辺に転居して三年目に大戦が勃発した。父正義が腸チフスで、天王寺区の筆ケ崎町の病院で死去したのは、健が旧制天王寺中学に入学したばかりの昭和十八年五月五日だった。町の医院の誤診で、手遅れになったためだというが、享年四十七。早すぎる死であった（職場の小学校に近い鶴橋で外食したモノで感染したという説がある）。母文子は、すぐに健が家督を相続する届け出をした。

一家の生活は暗転した。父の死は、開高家の不幸のはじまりだった。しかし東平野のころは、普通の生活状態は維持できていたとはいうが、家で両親と揃って食卓を囲んでいる団欒の光景を、開高は何も書いていない。きびしい時代だったとはいえ、どこか昏い翳を感じさせる。父は謹厳実直な性格で、その頃は小学校の教頭になっていた。

北田辺に移ってからも、いつも祖父と母と健と二人の妹、そして若い叔母という家族構成の日常が語られているが、無口だった父の影はいかにも弱々しい。父正義の死後、母は嘆き悲しんで泣いてばかりいた。しばらくの間、神経症になって病臥していたとも書かれている。「お父さんさえ生きていれば……」というのが、母親の口癖で、そう言っては、また泣いた。

父が死んでからは、健が一家の主人の代わりとなった。しかし、母親のうろが叔母にも伝染して、叔母は二階の自室に万年床を敷いて寝込んでしまうのである。銀行勤めの伯父が帰りに立ち寄って、祖父と碁を打ってくれた。祖父はその時だけ読みかけの書物や手帳をおいて、嬉しそうに伯父の相手になった。

それは、健には印象的な光景だった。二人の妹たちもこの伯父になつき、まとわりついた。妹たちばかりでなく、そういう何かに縋《すが》りつかなくてはいられないような情況に一家は追い込まれていた。芦屋に住んでいる開高の下の妹順子さんは、ある日、電話で「そんなことが、北田辺の家ではたしかにありました」と語ってくれた。

戦争が激しくなると、祖父と叔母は福井へ一時的に戻り、二人の妹は道明寺のさらに鄙びたあたりに別々に疎開した。しばらくして妹たちは、福井の祖父の郷里高椋村一本田へ再疎開したようだ。健と母が大阪駅で見送っている。この時開高は、母親から「おまえは〈ひらめの目〉をしている。冷たい子や」といわれている。

開高もそれ以前に、福井の祖父の実家には母と行ったことがあった。ちょうどそのころ、中野重治は同じく福井の郷里高椋村一本田に一時的に籠って、後に代表作といわれる『斎藤茂吉ノオト』の「前書き」を書いていた。今、私の手元に筑摩書房から刊行されたその初版本があるが、文章の末尾にはたしかに「昭和十七年三月、高椋村一本田、著者」という記述がある。

戦時中、北田辺の開高家は、ほとんど空き家になっていて、空虚感が漂っていた。母親と健はうつろになった生活のなかで、食糧の買い出しのために母の着物をもって農家を回るのだった。食糧難は深刻で、こんなことがあった。

《ある日、健が家に帰ると、停電で真っ暗ななかに母が豆ランプをともしてすわっている。食卓のまんなかにふかしイモを入れた籠をおき、ぼんやりすわっている。

「……どこへいってたんや?」

「あっちこっち」

「あっちこっちではわかれへん」

「……」

「イモ、食べ」

「……」三個の芋を食べてしまうと、あとは何もない。憂鬱と飢えが頭にたちこめて眼も見えなくなりそうだ。母が豆ランプのかげでひそひそ泣きはじめる。》（『青い月曜日』）

戦中戦後の飢餓情況は開高家だけのものではない。日本中が飢えていた。同世代で、同様に飢餓体験を味わっていて、大阪とも縁の深い作家では野坂昭如、小田実、小松左京、高橋和巳らをあげることができる。しかし飢餓の体験を、開高ほどくり返し作品に書き残した作家はいないだろう。

『朝日新聞』昭和三十九年四月七日付で、開高は「わたしの母校」という短い文章を書いている。原稿用紙七枚ほどのものである。

彼は多くの意味で多感な青春前期ともいうべき中学時代のことを、〝ノンフィクション〟ふうに何篇もの作品にしている。けれど、この記事のようなタイトルで、短いけれど実体験を、まとまった回想記として書いた文章はめずらしい。引用する前に少し断わっておくと、開高は昭和十八年三月十七日、北田辺小学校を卒業している。彼は学業精励の優等生で、卒業式には学年総代として答辞を読んだ。そして同年四月一日、府立天王寺中学（現・天王寺高等学校）に入学するのである。

《そのころの天王寺中学は旧制で、五年制であった。私は五十期生で、旧制最後の卒業生である。

きちんと毎日、学校へかよって、勉強したり運動したり、先生をからかったり、授業中にうつむいてベントウを食べたり、解剖ゴッコをしたりしていたのは一年生のときだけで、二年生、三年生は勤労動員に狩りだされてさまざまなところですごした。》

こんな書き出しの文章だ。アルバイトのこと、学校食堂のカレーライスのこと、体育館で運動をしたことなどについて触れられていて、一年生の時は、学校教育はなんとか普通に受けられていたことがわかる。

このとき開高は十三歳、太平洋戦争が勃発して三年目の年だった。

三年生になると、勤労動員で防空壕掘り、操車場の突放作業、飛行場、火薬庫などに狩り出されて、「いささか手荒いヤスリをかけられた」とある。勉強どころではなかった。意外にも、中学一年生の五月に体験した実父の死については一字も触れていない。少年時代のいちばんの痛恨事であったはずだが、なぜか書いていない。あるいは父の死も、ここでは「空襲、機銃掃射、大根メシ、買いだし、なにやかや、あれやこれ、〝社会の裏表〟なるものをゲップがでるほど教えられた」という総括に込めてしまっていたのであろうか。

終戦の年、開高は中学三年生になっていた。『青い月曜日』にこんな文章がみられる。

《敗戦後、私は学校へいくのがイヤになった。私の家は父がとっくに亡くなっているし、田舎（福井県——引用者）の田畑は農地解放令で蒸発し、銀行預金や有価証券類は枯葉同然となり、戦時中の物々交換でタンスはからっぽになっている。極貧。没落。〝斜陽〟などとなまやさしいことを口にしているひまもない。家を一歩出ると、焼跡であり、闇市であり、弱肉強食、食えるやつはたらふく、食えないやつは餓死ときまった。》

小説ではあるが私生活を辿ったものであり、事実を書いたのであろう。惨憺たる中学時代であった。戦後、この時期は、学制改革で旧制中学最後の卒業生であった開高らの世代は、一年だけ旧制高校に在籍した。旧制大阪高校である。後年、この時期のことを『開高健　青春の闇』として書いた向井敏は、同書の冒頭の部分で、意外にもこんな鮮やかな光景を回顧しているのだ。

《大きな円弧が中空に描きだされる。白いトレーニングパンツの男がおおと声を立てる。少年たちは私語を絶ち、何か信じられないものを見る眼つきでその円弧を追っている。

幾回転かののち、彼は鉄棒上に倒立して動きを止め、やがて宙を滑ってなめらかに着地した。砂がサクリと鳴った。

見物の少年たちから拍手が起きたが、彼はそれには応えず、うつむいて呼吸をととのえ、額に落ちかかる髪を両手で払いあげると、出てきたときと同じように風に揺れる影に返って、人群れのなかにまぎれこんでいった。（中略）

この少年がほかならぬ開高健。当年十七歳、大阪高校に入学して三月ばかりたったころのことである。ずっとあとになって知ったのだが、彼は中学時代に器械体操部の古参の部員だったというから、大車輪の二回や三回、何ほどのことではなかったのかもしれない。》

ここに回想されている光景は、向井にとってまさに予想外の出来事だったようだ。長い追想記の冒頭で、最初に紹介しないわけにはいかなかった。同じクラスの、しかも同年齢だった生徒として、よほど強いショックと驚きを感じたのであろう。

体操の時間に教官が鉄棒の大車輪を演じて見せ、生徒に誰かやってみるものはないかと促したが、生徒たちは顔を見合わすばかりで誰もやろうとしない。教官があきらめて授業を終えようとしたとき、一人の少年がゆっくり歩み出てきた。開高健だった。勤労動員ばかりで学校へ行くのがいやだったと書いているが、しかしみんなのまえで鉄棒の大車輪を堂々とやってのけるほどの積極性とワザを、天王寺中学の体操部で身につけていたというのである。

どこか明るい青春を感じさせるエピソードであるが、実は別の証言もある。といっても証言者は、向井敏が見たという同じ場に居合わせていたというわけではない。天王寺中学で、開高と同じ体操部員として四年間一緒だったという作花済夫氏（京都大学名誉教授）が、回想として書いているのだ。同氏は渋沢栄一記念財団発行の『青淵《せいえん》』（平成二十八年九月号）に「小説は小説：理系人間の感想」と題したエッセイの中で、向井敏の証言はとても信じられないと述べているのである。

《開高の大車輪は私の中では全く結びつかないのです。開高と私は体操部員として四年生まで体育館で一緒に練習をしましたが、二人とも技が下手でした。特に鉄棒では大車輪はおろか、せいぜい蹴上がりができる程度でした。向井が描写した光景が実現することは全くあり得ないことです。（中略）そもそも旧制の高等学校の体操の時間に鉄棒を組み立てて大車輪を先生がやってみせるという背景もあり得ないと考えるのが私の常識です。》

作花氏は、向井は開高健の人物像を具体的に紹介するために「この話を作り上げたわけ」で、「理系の人間にはなかなかできない描写法です」とされている。これでは真実は藪の中といったことになってしまうが、もうひとつ開高の一人娘道子の〝証言〟をあげなければなるまい。開高没後に出されたエッセイ集『父開高健から学んだこと』（文藝春秋）の中で、彼女は小学校時代の、こんな父の思い出を書いている。

珍しく両親と近くの公園へ散歩に出かけた折、砂場のそばに鉄棒があった。幼稚園児クラスから、小学・中学・成人用と高さ大きさの順に作ってある。運動の苦手な道子は、母から「ミッたん、鉄棒してごらん」といわれるが、彼女は逆上がりができない。それを見ていた父親の開高が、「不格好やな、道子は。オレの大車輪をやるには、ちと鉄棒がやわいんとちゃうかな、まっ、やってみるか」と言って、一番高い鉄棒に飛びついたというのである。

《鉄棒をつかんだまま、ゲタをけって振りおとし、裸足になり、ブーンブーンと二、三回前後に身体をゆらすと、

「いくで、みてろよ。」

と、いうやいなや、グイングインと鉄棒をうならせて、父は、あっというまに大車輪を四、五回やってのけた。

砂場に鉄棒が横だおしになるのではと思われるほどに、空をきる凄いうなりであった。

「ハッ。」

というかけ声で砂場にとびおりる。》

そして、近くに物見高い大人も何人か集まって見物していたと道子は書いている。しかしながら、これは事実であろうか。道子は、虚構は書かないだろうと思われるが、そこは小説家の娘である。果たしてこんな公園の鉄棒で大車輪ができるのか。いささか危なっかしい感じは拭えない。鉄棒の心得がある作花氏は、この描写をどのように判断するだろうか。

開高が器械体操の選手だったということは、谷澤永一他編の『コレクシオン開高健』(潮出版社、一九八二年)などでも知られているとおりであるが、同書には口絵に昭和三十九年、『ずばり東京』の取材で「大側転」を披露している写真が掲載されている。

コックリさん――母と叔母の記憶

さて開高は、祖父と母を除いて肉親のことを、父のことも妹たちのことすらも、ほとんど書いていない。父のことを書いていても、なぜか抽象的な存在としか感じられないのである。ところが、開高が昭和五十二年一月に行った暉峻康隆との対談で、めずらしく幼年時代のことを語っている。父については、ここでも具体的なことは何も言っていないが、祖父については、西鶴のことと共に懐かし気によく喋っている。むろん『青い月曜日』や『破れた繭――耳の物語*』に表れる幼年時代や祖父とは、異なるイメージの話である。いわば自己紹介をやっているのだから、こんな調子になるのであろう。

《開高　わたしは大阪生まれの大阪育ちでしてね。生計をたてるようになってから東京に来ました。けれども、生まれたところは、大阪の寺町五丁目なんです。子どもの頃は、西鶴のお墓のある誓願寺の近くでよく遊びましたよ。（中略）

わたしの父は早死だったので、もっぱら教育は祖父から受けたのですが、祖父は北陸から出てきて、一代で産をなして、株やらなにやら、利息で食って、家作を持って、一生うまい具合にいくと思ったところへ、戦争があってえらい目に遭うた。当時の日本にそういうのたくさんありましたよね。祖父は教育はないのですが、大阪には町学者という伝統が昔からありましてね、そういうところへ、一日の仕事を終えてから勉強にいくのです。それもほんとの趣味の勉強。大学をでて、免状をもらって、どこかへ就職するためのじゃない。いちばん学問としては好ましい型ですね。それで「さいかくはん」てなことを、聞きかじりで、孫のわたしにしゃべってましたよ。》

（『現代語訳西鶴全集第九巻』月報十二）

父の影は、こういう場面でもあくまでも薄いのであるが、なんとなく父がいて母がいてという、一家団欒の場面がないことはなかった。それが、すこし時代を戻すことになるが、天王寺中学へ入学した時の感激と重なる家族とともに祝ってもらった思い出だった。

昭和十八年三月、大阪市立北田辺小学校を卒業、府立天王寺中学に入学した。四月の某日、開高家は尾頭付きの食卓で、父と母、祖父、二人の妹と叔母が、長男の合格をお祝いしている。それだけのことだが、めずらしく、一家が明るく団欒するシーンが見えてくるのであった。

その直後の父の急死であった。開高は十三歳で家督を相続しなければならなかった。いうまでもなく、僅かな父の恩給と祖父の家作が稼ぎ出す家賃収入は知れたものであった。どん底の貧乏を体験することになる。

中学では給食などあろうはずがないから、通学時には弁当を持参する。開高家は、困窮がきわまって、長男に弁当を持って行かせられなかった。開高にとって、この時期、もっとも悲惨で屈辱的な飢えの体験であったであろう。繰り返し書いている。

晩年、といっても開高が四十八歳のとき、釣魚冒険紀行『オーパ！』を書き、ベストセラーとなった。開高はこのなかでも、十三、四歳のときの悲痛な体験を書かざるを得ないのである。開高健よりも十歳年下のドイツ文学者でエッセイストの池内紀氏が、驚きをもって開高の飢えの体験を紹介している。『青い月曜日』などの自伝的作品ではなく、ここはあえて池内紀氏の達意の文章から引いてみよう。

《「ところで読者諸兄姉《みなさん》は〝トトチャブ〟というものを御存知であろうか」

『オーパ！』と題して精力的に世界のキングサーモンを釣りに出かけていたところだが、たのしくサケ料理を語ってきたなかに、突如、開高健は「読者諸兄姉」に問いかけた。

〝トトチャブ〟の字面から何か魚のお茶漬けのように思うかもしれないが、そんなチャチなものではない。峻厳にして苛烈をきわめたもの、ありとあらゆる料理の始源にあって、いちど味わうと、何であれおいしく、ありがたくいただけるもの。

「水をたらふく飲んでバンドをギュウギュウしめて空腹をごまかすことをそう呼ぶのである」

朝鮮語でそういうのだと朝鮮人の友人に教えられた。

十三歳のときのことだというが、学校へ持って行く弁当がないので、昼食時はこっそり教室を抜け出して水飲み場で水を飲み、ベルトをしめつけ、ブラブラしていた。

「あるとき廊下ですれちがった朝鮮人の友人が、いたましい眼つきを半ば冗談にかくして、トトチャブはつらいやろと、ささやいたことがある」

そのとき、一語が火のように背骨に食い込んだ。

「この単語を思いだすたび、いまでも私の背の皮膚のどこか一点がたちまちチリチリと熱くなってくる」》

（池内紀『作家のへその緒』）

『オーパ！』が書かれたのは昭和五十三年である。原体験から三十数年もたっているが、開高は忘れていない。それどころか、背中の皮膚が「チリチリする」ほどの飢えの屈辱的な体験だったということがうかがえるのだ。

開高に同情したクラスメイトが、翌日、机のなかに紙に包んだパンを入れてくれた。それを発見すると開高少年は、突然、その場を駆け出した。恥ずかしさが火になって、顔を染めた。後年の開高の文章にこんな一行があった。作品が何であったかは覚えていない。「うかつな同情はかえって蔑視につながるものである」。同情された本人も、同情した友だちもやりきれない辛い時代だった。

ようやく敗戦を迎えると、祖父と叔母、それから二人の妹も疎開先の福井の親戚の家から引揚げ、家族全員が一族再会した。北田辺の家は戦禍を免れた。三軒の家作が残り、亡父のわずかな年金と家作からの家賃収入があったものの、一家の生活は貧窮をきわめた。

戦後の飢餓時代、どの家も食うや食わずであった。ましてや父のいない開高家の食卓は笊《ざる》の中の蒸かし芋だけということも再三だった。笊に残った一本を誰が食べるか。母子が飢えの鋭い眼ざしでお互いを射るように睨む痛切な場面を、開高は繰り返し書いた。もはや引用するまでもないだろう。

しかしまた、こんな驚愕させられるようなこともあった。縋るものを失った母と叔母の八重子は、ついに厄除けコックリさんを狂信するようになったのである。コックリさんとは「狐狗狸」とも表記され、通常キツネの神霊に伺いを立てる占いの一種で、民間信仰の類だといわれる（『世界大百科事典』平凡社）。開高は母と叔母が生活のあまりの苦しさに、密かにコックリさんに「ただもう、一心不乱に、神風はいつ吹くのでしょうか」という御伺いをしたと聞かされて愕然とするのである。

これは大戦中に流行った占いだったのであろうか、もともとこの民間信仰の起源は江戸時代に遡るようである。何ものにも頼れなくなった貧しい民衆が、キツネの霊に現世の迷いを御伺いしたことからきているという。似たような動物霊を信仰する占いは、古くからヨーロッパにもあった。当時から、精神療法で有名な森田正馬博士は、これを自己催眠とも祈禱性精神病とも指摘したというから、開高が愕然としたのもむりからぬことだった。

しかし、おしなべて国民が貧窮をきわめた前の戦争末期に、一般の人々のあいだに密かに広まっていた〝信仰〟だったと開高ははっきり書いている。理屈ではわかっていても、やりきれなかった。あるいは、とくに関西で広まっていた現象だったのかもしれない。

開高は近くの田舎へ母と二人で食料の買い出しに出かけた帰りに、母の口からこっそり、悪いことをしたかのように打ち明けられた。「おまえ、怒らへんナ、怒らへんナ」と念を押しながら、キツネの霊にお告げを聞いたと話し始めたのだった。

開高が書いているところによると、母が近所の人たちから教えられたのは、「あいうえお」の文字盤と筆を使って行うものであった。祈りを込めて文字盤に筆をおくとキツネの霊が降りてきて、文字が示されたという。つまり開高家に十二、三分間、キツネの霊が降りてきて、「カマイホワクテヨチタコキロニ」という文字が読めたのだという。むろん、これは母にも叔母にも、また聞かされた開高にもわからない、オマジナイのようなお告げであった。

第2章 抒情と造型——習作時代

壽屋（現・サントリー）「研究室」時代の牧羊子。

ときどき私は夢想する。漱石は『猫』を書きあげたときに
ペンをおいてしまったほうがよかったのではあるまいか。

開高健「喜劇のなかの悲劇　漱石」

眼をあけてみた夢

平成二十三（二〇一一）年二月、大阪で開高健の生誕八十年を記念した「大阪が生んだ開高健展」（会場＝なんばパークス・パークスホール）が開催された。その折に、旧制天王寺中学で開高と同窓だった三人のOBによる座談会が開かれた。同展の記念出版図書として刊行された『大阪で生まれた開高健』（たる出版）に収載されているその座談会は、開高の中学時代を辿るうえで貴重である。天王寺中学で開高健と同じ五十期生だった齢《よわい》八十の旧友（級友）たちの回顧談には、多くの未知のことが語られていて、〝謎〟の実証につながっている。

『青い月曜日』に〝キントト〟として登場する金戸述氏、梅田コマ劇場支配人などをつとめた岡田圭二氏、同中学で開高とは体操部で一緒で、前章でも触れた京大名誉教授の作花済夫氏らは、戦中・戦後の混乱時代を開高と親しくつきあっていたのである。

座談会から見えてくる開高健は、みずから書いているようには、孤独な少年というわけではなかったようにも思われる。この座談会で語られ、記録された文章の行間からは、天王寺中学から旧制高校、新制大学にかけての開高の姿が生き生きと立ちあがってくるのである。

小学校を最優秀で卒業した開高が、中学では級長を務めていたこと（これは開高が書いているとおりだ）、そして開高の父親が急死した時には、副級長だった作花氏は担任の先生と一緒に葬式に行ったこと。開高は父の死そのものについては、ごく短くだが再三にわたって書いている。が、しかし、なぜか葬式のことなどは一行も書いていない。

さらに、大阪高校でも一緒だった金戸氏は、開高が大阪大学に進学しないで大阪市立大学に行ったのは、当時大阪市民の子弟は学費が安かったからだろうという証言をあえてしているのである。これなどいわば隠れている事実であろう（現在も入学金に関してはこの制度を継続中のようだ）。このことは谷澤永一も向井敏も書いていない。いずれにしても、その頃の開高家の窮状を物語っている。

ついでに法学部（入学のときは法文学部）を選んだことについては、本人がこう書いている。

「文学は自分一人でやるものであって学校で教えられるものではないと思いこんでいたので、大学は文学部を選ばず、法科を選んだのだが、その理由は当時の熱い血で朦朧となった頭によると、大学でもなければ法律などというものに接触のチャンスは生涯あるまいと考えたということになるが、これだっていい加減な口実にすぎまい」（『破れた繭――耳の物語＊』）とある。屈折した心情がみえる。

小説に書かれた数々のアルバイトも、実はそれぞれに体験していたことだった。作花氏と岡田氏は開高に誘われて、体操部の仲間三人で大正区にあったパン屋でアルバイトの夜間作業をし、翌朝の四時まで働いてコッペパンや硬いパンを焼いたと語っている。そして開高一人は、そのパン屋の仕事を何日間か続けたというのだ。むろん名前は変えてあるところもある。創作上の友人、つまり開高が作り上げた人物も登場しているだろう。

しかしながら開高は、ここで語られている体験や、ささやかな日常的な出来事の印象を、小説の素材として生かしていたことがわかる。そこからは開高の執筆意図も透かして見えてくる。奇妙な数々のアルバイトは、創作、虚構と思われていたものもあったけれど、その多くは開高の実際の体験だった。みごとな作品化であるといってよい。

作花氏は平成十八年に「開高健記念館」で講演をしているが、この座談会（司会は高山恵太郎氏）をつぶさに読んでいると、同氏が中学時代の開高といろいろ文学論を交わしていたことがわかる。もっぱら聞き役だったと謙遜しているが、開高が西鶴の文章などを達者に口ずさむのに感心して「何で、そんなにすらすら出て来るんや」と問いただしたことがあったそうだ。開高がその時、こう返事をしたことを覚えているという。「ちゃんとな、井原西鶴や近松門左衛門とか勉強しているんや。文章は一〇〇回も二〇〇回も読み返しておぼえているんやねん」。中学四年生の頃のことで、作花氏は二度感心させられたという。

また同じころ、キントトこと金戸氏は原稿用紙八枚くらいの、開高の「人間万事金次第」という文章を読まされたという。同氏は、それこそ西鶴を下敷きにした〝処女作〟だったはず、と自信ありげに発言されている。さすがに西鶴や近松の地元というだけのことはあるなどと書くと軽々しく感じられるが、ともかく開高は西鶴、近松ら元禄の二天才が活躍した土地に生まれ、育っているのである。

開高も書いているとおり、この一帯、天王寺区の西端の台地斜面（現在は中央区東平一丁目）には多数の寺院が集合しており、〝寺町〟とよばれている。西鶴の墓所で知られる誓願寺があり、あまり離れていないところには、この稀代の俳諧師が神前で十二日間にわたって万句を興行したことで有名な生國魂《いくくにたま》神社がある。

さらにここは、近松門左衛門の『曽根崎心中』の「生玉神社の場」の舞台でもあり、昭和の文豪・谷崎潤一郎が小説『春琴抄』で、道修町《どしょうまち》は薬種商鵙屋の盲目の娘春琴と、四歳上の丁稚佐助を、この生國魂神社にいざなった場所なのだ。西鶴の「狂」、近松の「義理」、そして谷崎の「耽美」が、一帯を神の座であると同時に文学的な雰囲気を濃厚に醸し出させている。地霊的なトポス（象徴的な場所）といってもよいと思われる。

中野重治——西鶴と織田作之助

開高が生まれたのが、当時の住所表示でいえば天王寺区東平野町だった。そして彼が若い頃から敬愛していた織田作之助がまた、同じ〝いくたま〟の上汐の生まれで、仕出し屋「魚鶴」の長男だった。織田作《おださく》（生前からこう呼ばれていた）といえば、やはり西鶴である。彼は西鶴について数々のエッセイや評論を書いているだけでなく、小説における切れのいいリズム感のある文体は、西鶴との血縁を感じさせるものである。それは同時に、開高独特の饒舌体のお手本でもあったのだ。

いや織田作、開高だけではない。文壇の大御所的存在でもあった作家宇野浩二も、福岡の生まれながらこの地で育ち、天王寺中学を卒業している。やはり西鶴の影響をうけた小説家でもある。さらに剣豪作家の五味康祐も、若い頃この界隈に住んでいたし、小学校は織田作、開高と同じ東平野小学校だった。作風は違っても、この地のトポスを感じさせる不思議な〝縁〟ではなかろうか。無頼の面影を感じさせるところも似ており、どこか互いに声を掛け合うような近さが感じられる。

付け加えておくと、五味康祐の生まれは難波で、父親は千日前の有名な映画館の館主だった。すこし離れてはいるが、梶井基次郎も土佐堀通に生まれている。詩人の三好達治の生地も近い。この地域は文学を育む神仏のご加護があるのだろう。西鶴に始まり開高に至るまで、一時代を個性的に表現した作家たちを多産した。

ほかの機会にも書いたけれど、近鉄南大阪線の北田辺駅前に、開高と縁のある人々によって「開高健文学碑」が建立されたのは、平成十七年十一月だった。これが三カ所目となったが、この際、開高の没後に建立された文学碑について書いておきたい。

ちなみに、「開高健文学碑」の第一号は没後二年目の平成三年、新潟県魚沼市・奥只見の銀山平・石抱橋畔に建立された「河は眠らない」碑であった。ここは『夏の闇』の執筆に着手した村杉小屋がある場所で、「奥只見の魚を育てる会」をはじめ多くの有志によるものだった。

そして平成六年十月、福井県坂井市丸岡町一本田に、二つ目の「開高健文学顕彰碑」が建立された。その前年、設立されたばかりの当地の開高健文学顕彰会（近年は「開高健記念会福井」と呼称されている）によって進められてきた事業だったという。父祖の地ともいうべき一本田の福所が選ばれ、建てられた石碑は堂々たる自然石で、「悠々として急げ」と刻まれており、開高の筆跡がはっきりと読みとれる。

平成二十七年の春先、私は所用の折に、ここ「開高健文学顕彰碑」を訪れた。偶然にもその時、ポルシェのスポーツカーでやって来た都会風の若者が、文学碑に近づいて、熱心に碑文を読んでいた。この顕彰碑の除幕式に招かれた開高の妻牧羊子は、わざわざ中野重治の実家を訪れ、鄭重に挨拶を行っている。開高の中野重治に対する思い入れを感じてのことだった。

文学碑を建て、ご本尊を神格化することには、明治の文学者正岡子規は否定的であった。何処にでもある芭蕉の句碑をあげて、俳聖の俗なる一面を痛罵している。志賀直哉も文学碑には否定的であったと阿川弘之は語っていたが、しかし、ファンの気持ちからすると、そうも言っていられないところもあるだろう。文学碑は作家にとってはシンボルであり、評価であり、地元の人々や読者にとっては、やはり顕彰の証しとなるのだろうから。

さて注目しておきたいのは、開高家の家郷である福井県の丸岡町一本田に、かなり早い時期に、既述のとおり開高健の二つ目になる文学記念碑が建てられていることだ。その前年に設立されたという当地の開高健文学顕彰会の、開高に対する敬愛と熱っぽい活動のありさまが伝わってくる。重ねていうまでもなく、丸岡は健自身が生まれた土地ではない。しかし福井は祖父母、両親の郷里であり、開高にとっては第二のふるさとだった。

戦争中、健は苦労して列車の切符を手に入れて、母とともに高椋村一本田（丸岡町）の親戚の家に出かけてもいる。ちょうどその頃、中野重治が官憲に追われるようにして、丸岡町一本田の実家にもどって仕事をしているということも、耳にしていたのであった（中野重治年譜。短篇「村の家」の頃のことだろう）。戦後になってからは、きびしい食糧難のために二時間もかけて、母と二人で福井へ食料の買い出しに出かけた。そのたびに母親の着物は消え、タンスは空になった。

終戦の年、開高は十五歳だった。父が没してまる二年が過ぎ、この年のお盆は父の三回忌に加え、大正十三（一九二四）年に没した祖母カネの二十一回忌にもあたっていた。丸岡の親戚とも行き来があったけれど、八月十五日の敗戦を告げる玉音放送のあと、法事どころではなく、親戚のものが二、三人、北田辺の家に来て、ささやかな二人のための供養が行われた。

開高は、祖母カネが、文学者中野重治とは姻戚関係があると、この時も親戚のものから聞かされている。しばらく前から、重治は健にとって文学者として気になる存在だったが、天王寺中学の図書館で読んだ重治の代表作『斎藤茂吉ノオト』には、とくに強い感銘をうけた。クラス担任の海野勲が、中野重治や宇野浩二についての話をよくしてくれたので、そのときの印象が影響していたともいえるだろう。

数年後に、同人雑誌『えんぴつ』が縁で親しくなる谷澤永一が斎藤茂吉を熱心に研究しており、中野重治のこの評論を高く評価していた。中野は開高にとって、生涯の友ともなる谷澤との最初の接点となった。

生きる知恵、本の力

開高の読書欲に火をつけたのは持ち前の好奇心であった。七、八歳の頃から知識への渇望感が生まれたという。小学校教員であった父や、我流の言葉の事典づくりに余念のなかった祖父からも影響を受けた。

さらに小学校高学年になると、渇きを癒すために、家の書棚に放置されて積んであった新潮社版『世界文学全集』、改造社版『現代日本文学全集』などに無我夢中でとりついたという。激しさを増してきた空襲を避けるために、その頃、すでに祖父や妹たちや叔母は疎開していた。中学入学後、間もなく父が亡くなり、母と二人になった家の中は閑散としていた。隣り近所も同様であった。町なかは人気がなく、犬や猫すら消えていて、すでにがらんとした廃墟だった。

中学生の開高はアルバイトにも忙しかったが、そんななかで時間さえあれば、ひとり孤独に耐え、音ひとつしない部屋で埃をかぶったダンテやスタンダールやデュマやバルビュスを、さらに漱石や鷗外や荷風や龍之介を、新潮社版や改造社版のかび臭い和洋の全集でむさぼるように読んだ。

しかしこれは、開高の世代の人たちには共通の体験であって、開高と同じ昭和五年生まれで神戸に住んでいた野坂昭如や、野坂とはクラスメートであった私の実兄晃一からも、同様の読書体験をよく聞いた。これは昭和初期のいわゆる円本ブームのおかげだと、開高自身も書いている。

当時、一冊一円という叢書本が一般の中産階級の、いやそれ以下の経済状態の家庭でも数多く購入されていた。小学校教員だった健の父も若い頃に購入していたのだ。『現代日本文学全集』や『世界戯曲全集』などがその類で、多くは読まれないまでも、そのような家々の家具の一部か、部屋の装飾になった場合もあったろう。

開高は父が購入していた家にある本だけでは満足できず、近所の家からも借りてきて、次から次に乱読を重ねたという。むろん、天王寺中学の図書館の本を借り出しては熟読玩味した。中学二年になると勤労動員が始まるので、それどころではなかったが、一年のときには図書館を利用して西鶴や近松まで読んでいる。

敗戦後、中学を卒業して旧制大阪高校に進学したころは、いくらアルバイトをしても、一家の貧窮はどん底の状態のままだった。本を買う金、映画を見る金にこと欠いた。中学、高校、大学（新制）をつうじて開高が体験したアルバイトを、彼自身が数え上げている。ここでみておくことにしたいが、これは先に友人たちの証言として一部をあげたように、大方、信じられる内容である。

《大学を卒業して〝社会人〟になるまでに手と頭が通過した仕事をかぞえてみると、すでに書いたものも含めて、ざっとつぎのようになる。パン焼見習工。漢方薬きざみ。手動式旋盤見習工。スレート工場の荷物運搬。圧延見習工。家庭教師。宝クジ売り。闇屋の留守番。市場調査。ポスター張り。選挙の連呼屋。ヴォーグの翻訳。外国映画スターへのファン・レターの翻訳。朝鮮へ出動させられたアメリカ兵へのパンパンさんのラヴレターの翻訳。英語会話教師。つぎからつぎへ。とめどなしに。でたらめに。ひっかかるまま。》（『破れた繭――耳の物語＊』）

晩年、開高はこのように、若い頃にやったことのあるアルバイトを微細に書き上げた。先にあげた『青い月曜日』に書かれていたもの以外に〝新種〟が加わっているのがいかにも開高らしい。「パンパンさん」とは米兵相手の娼婦のことだ。これも〝極貧〟を生きる知恵であった。

これでは高校や大学へ行き授業をうけるどころではない。しかし寸暇を惜しむように、フランス語なども齧り始めていた。天王寺中学の一年上級で、校内で知られた存在だった谷澤永一がフランス語塾に出没しているのを聞いて、ある日出かけて行く。

開高の読書遍歴を辿ると、開高が「書鬼」と呼んだ谷澤永一との出会いが、エポックを画する出来事だったことがわかる。本人も再三書いているが、阿倍野区にあった谷澤家の小さな勉強部屋（ハト小屋といっていた）は、厳選して買い集められた書物の宝庫であった。谷澤は気前よく開高に書籍を貸し与え、自分が主宰している同人雑誌『えんぴつ』に第三号から開高を迎え入れた。

開高の自伝的作品としては初期に書かれた作品として知られる『青い月曜日』に、開高は谷澤との出会いをこう書いている。

《とらえどころのないそれが私を山沢の家へ追いやった。彼と知りあったのはフランス語塾でだった。日本語をひとこともしゃべらないでフランス語だけで教える塾へ彼もフランス語を習いにきていた。その頃彼は仲間を集めてガリ版の同人雑誌を主宰し、批評家になろうとして斎藤茂吉を研究し、論文を書いていた。……やせ細って小さな猫背の青年で、品のよい鳥打帽子をかぶり、笑うと眼がたいへん優しくなったが、小さな鼻が空を向いて早くも謀反気と逸脱愛好癖を示していた。》

（『開高健全作品』小説7）

小説仕立てであるから、谷澤永一は「山沢」で、牧羊子を「ペンネームは「森葉子」となっている」という書き方をしており、これも彼女の変名であることがわかる。しかし事の経緯は正確に追っているのだから、妙な印象をうける。のちに広告界で活躍する西尾忠久は「西尾」と本名で登場しているし、通っていた大学まで関西大学とほんとうのところが書かれている。『開高健全作品』の巻末に連載された自作自注的なエッセイ「頁の背後」では、谷澤永一と本名が書かれているが、初対面の経緯はむしろそっけない。

《小柄で、やせた、ちょっと猫背の、眼のきれいな若者に出会い、何度か廊下で声を交わすうちにすっかり仲よくなった。家へつれていかれて、書斎を見せられ、同人雑誌にひきこまれ、家がおたがいにさほど遠くないのでしじゅういったりきたりするようになった。》

この経緯を谷澤永一『回想　開高健』で辿ると、次のようになる。これは開高健の没後一年足らずの間に書かれている。谷澤は平常心ではいられず、昂ぶった気分が続いていたのであろう。初出は雑誌『新潮』（一九九一年十二月号に一挙掲載）だが、単行本から引いてみよう。

《今から思えば、ほんとうに際どい時期だった。私にとっては最終出席かその一回前のことである。一月下旬であった。すでに日が暮れている。学舎の廊下は暗い。それでも活字中毒の私は、とぼしい電燈を頼りに、壁際で、なにか本を読んでいた。そこへ、向う側から、意を決したようにツカツカと、突き進んでくる足音がした。気配で、わずかに顔をあげようとした私の、その頭の上から、タニザワさんですかっ、ぼくカイコウですっ。

大音声が降ってきたのである。私はとびあがるように腰を浮かした。そこには、私より少し背の高い、かなり怒り肩、無帽の、学生服を着た、同年配の男が立っていた。まず、その声が格別であった。切り裂くように鳴く鳥の声にも似た高音で、しかも響きが重く厚い。私はその声に衝撃をうけた。威圧感とはちがう直射の活気が、真正面から鋭く伝わってきたのである。》

（『回想　開高健』）

かなり芝居がかったシーンである。この引用部分の前に、谷澤は語学塾のことをかなり詳しく書いている。が、それは谷澤らしいこだわりであって、開高が書いていることで十分こと足りている。むしろここで大事なのは、谷澤が思わず書かずにはいられなかったこと、つまり「数え年でなら、開高、二十一歳、私、二十二歳。我われ二人だけにとっての、四十年におよぶ歴史がここにはじまった」という熱い回顧の情念であろう。谷澤がこう書かざるを得なかった動機はいくつもあった。

開高は天王寺中学で一年上級の谷澤が、日本青年共産同盟の天王寺中学班を組織して活動していた破天荒ぶりを、級友たちが感動をもって語るのを聞き知っていた。のちに回顧して「騒動をひきおこし、説得にきた校長以下すべての教師と論争していい負かしたという伝説をのこし、下級生全員に得体の知れない畏怖をあたえて消えたのだった」(『破れた繭――耳の物語*』)と、谷澤について書いている。

その谷澤に、開高は関心があった。だから卒業してからも、記憶には留めていたけれど、わざわざ訪ねていくのも気が重かった。しかし開高の生涯を辿っていると、谷澤は大事なところでよく登場する。やはり宿命的な何かがあったというほかはない。

山崎正和氏は雑誌『新潮』の平成四年五月号で、「作家の友人であること――『回想　開高健』のドラマ」という一文を書いている。そこで、「考へてみれば、これは程度の差こそあれ、ひとが文学を読むことの幸せのひとつ、とりわけて〈作家を読むこと〉の幸せの原型だ、といへるかもしれないのである」と絶賛した。

この山崎氏の書評風エッセイが掲載されるしばらく前だったと思うが、山口瞳と打ち合わせで話す機会があった。話題が雑誌に一挙掲載された谷澤の『回想　開高健』のことに及ぶと、すでに読んでいた山口が、かなり渋い顔でこんなことを言った。「あの回想記は一気に書かれた労作だけど、最後の一行は気持ち悪いネ。余生という言葉を使ったのは太宰治だから……」。

その最後のくだりはこう書かれていたのである。「開高が、なぜ、私に、愛着したのか。それは、ついに、わからない。彼の知遇に、私は、値しない。にもかかわらず、彼は、私を、必要とした。

至福である。私は、開高健に、必要とされた。これ以上の、喜びはない。私の人生は、満たされた。恵みを、受けた。謝すべきである。／その、開高健が、逝った。以後の、私は、余生、である」。

偏軒こと山口瞳の感受性からすれば、さもありなんというべきところだろうか。

学内同人雑誌は『市大文藝』

天王寺中学を卒業すると、開高は旧制大阪高校に進学する。しかし戦後の学制改革のために、わずか一年間在学しただけで新制大学を再受験しなければならず、大阪市立大学法文学部に籍を置くことになった。

習作を書きはじめたのは、そんな激動の時代だった。この頃、開高は過敏なくらい神経の鋭い若者だった。身体的には元来、慢性鼻炎があり、アレルギー体質でもあったが、神経過敏な虚弱体質を幼児期からずっと引きずっていた。自我の目覚《めざ》めも早く、感覚を尖らせて自分の周囲の動きを感知する能力に長けていた。これは後年、「滅形」という精神的な落ち込みになって現れる。

そうした意識や感情を鎮めるには、文章に書いて表現することが有効だったが、いつもそれで鎮まるとはかぎらなかった。意識はしばしば感覚の襞のなかに潜んでいることを知って、次第に感覚であらゆるものを捉えようとしている自分を発見するようになる。したがってコントともいえないような心象風景のデッサンによる掌篇が、習作として数多く描かれて残された。

開高はそんな習作の中から八篇を選んで、「印象生活」と題して大阪市大文芸部の学内誌『市大文藝』第二号に、また別の六編を「印象採集――デッサン集」として谷澤永一らとの同人雑誌『えんぴつ』に発表した。

《狒々は三匹居た。

陽当りのよいみすぼらしい模造岩の頂からあたりを睥睨《へいげい》し乍ら不精げに寝転んでいるのは中で最も大きい雄であった。

檻の間から投げこまれる落花生や蜜柑の皮等をせっせと拾っているのをみれば彼等が決して食欲をみたされてはいないことがわかった。それでも、その雄が、擦り切れて黄色く汚れた、長いマントのような房毛をふり乱して岩の上に寝そべったまま悒鬱《ゆううつ》げに、狭い額の皺の中に黄色い瞳を光らして動こうとしないのは、

――貶《けな》されることを知っているんだぜ。

中学三年の彼は三つ下の従弟にそう説明し、ちょっと笑った。》

『えんぴつ』四号（昭和二十五〔一九五〇〕年四月一日）に掲載されたものである。この時、開高は大阪市大に入学して二年目であった。見たものの印象、経験した出来事に対する感情、耳にしたエピソードなど……。これらをいかに文章表現するかが主要テーマとなった。いっぽうでアラゴンの抵抗詩集を、仏文専攻の友人を誘って訳したり、恋愛詩「エルザの瞳」を暗唱したりすることもあった。

しかしながら、めざしたものは散文の表現だった。何よりも見ることが思考を呼び起こし、イメージを拡大させてゆく。これが若い開高の創作上の信条だった。つまり開高は虚構のストーリーを

書くのではなく、まず日常のなかに見出した〝印象〟の断片を、文章で切り取ることに専念した。

そして『えんぴつ』の同人仲間の厚意で、ガリ版刷りではあったが同誌の最終巻を特別編集として、開高健の初の長篇小説「あかでみあ めらんこりあ」(四百字詰原稿用紙で約百八十枚)を一挙掲載した。何人かの在京の評論家に送り、二、三の反応は見られたが、作品への評価は〝皆無〟だったと谷澤は書いている。

とはいえ戦後文学の雰囲気を感じさせるこの作品からは、のちの開高の創作の原型を随所に探ることができる。事実上の処女作ともいうべき「パニック」では、習作時代のデッサン力が生かされているばかりでなく、開高がその後展開する創作の方法がはっきりみてとれるのである。

牧羊子と『えんぴつ』

さて、ここで視線を牧羊子に転じたい。

彼女の勤務先である〈洋酒の壽屋〉研究課の仕事は、その日も定刻の六時に終わった。牧羊子は本社のある堂島から渡辺橋の袂《たもと》をまわり、すこし遠回りになるが、速足《はやあし》で川筋の道を御堂筋に出ることが多い。この時間、堂島川にはいわゆる一丁櫓の伝馬船《てんまぶね》がまだ行き来していて、夕暮の迫った霧雨のなかに煙っている。界隈の喧噪とは無縁の光景だった。

さらに気が向くと、羊子はすこし先の梅田新道まで足を延ばすのだ。その街角の交差点を西へ曲がったところに、詩集や文学書の品ぞろえもいい人民書房という小さな書店があった。クルマの往来が激しい広い通りに面した店舗で、間口はおよそ二間といったところであろうか。彼女はこの店に、たいてい月曜日か金曜日、そのどちらかに立ち寄っていた。それも、毎週のように顔を出すのが習慣のようになっている。

この日は、念のために書いておくと昭和二十五年五月の上旬だったけれど、朝から小雨が降りつづいていて、気温も下がっていた。五月晴れとはほど遠い、気分の重い週末だった。午後から研究課は実験が立て込んで、彼女は何時間も立ちっぱなしだった。腰のあたりを重い疲労感が圧迫してきたが、定刻には仕事を終えて帰途についた。どこかで気分を変えなければと思った。

雨の中を十五分ほど歩いて人民書房にたどり着くと、いつものことながら気分がくつろぐのをおぼえた。外が冷えこんでいたので、店内が温かく感じられる。

「書物の背中を眺めるだけで、とてもいい気分転換になりますねん」と、ある時、彼女は研究所の所長だった上司の広瀬善雄にいったことがある。「あんたは安上がりな女やナ。お金、残るでぇ」。所長に笑われたことを、本の背中を見ながら、また思い出した。男ならそんな時は行きつけの飲み屋に立ち寄って、トリスで一杯やるというのであった。この時期、トリスが発売されたという大きな新聞広告は出ていたけれど、巷にはトリスバーもニッカバーも、まだ一軒も出現していなかった。

人民書房の奥の一画には、詩や小説の同人雑誌などが並んでいる平台のコーナーがあった。日頃、立ち読みをしている文学同人雑誌『えんぴつ』を、その日も手にとった。最近出たのであろう第四号が数冊積んであった。ガリ版刷りの文字通りの小冊子だったが、同人たちの熱気を感じさせる誌面だった。目次に眼をやると、「印象採集――デッサン集　開高健」という一行があった。これまで見たこともない新顔の筆者だった。こんな文章が目にとまった。

《ふと、彼はたちどまった。気配がする。空気の流れが変っていた。たしかに何かが起ったのだ。彼は灌木の茂みのなかに入り込むと、びくびくした兎のように身をちぢめて予感を待ち受けた。微かに胸がはずんでいる。温かい午後の空気が淀んでいた風上の空気は微かな叫び声や逃げまどう足音で不穏に揺れていた。その波はだんだん近づいてくる。》

これがスケッチいやデッサン集の、「密猟者」と題された短文の冒頭の一節だった。短いセンテンスで、神経の細やかさを感じさせる新鮮な文章だと目を見張った。豊かなイメージが立ち上がってくる見事さがある、と牧羊子は直感した。この筆者は散文詩を書こうとしているのかもしれないとも思う。薄い一冊を手にした彼女は、レジへ向かった。

書店の主人は、ちょっと驚いた表情で、『えんぴつ』第四号を紙袋にいれながら、「この同人雑誌はね、谷澤いう人が、毎月、置いてほしいといって持って来はるのですわ。なんでも予算がないので、なかなか活版に踏み切れないと嘆いておってね、百三十部だけ刷ってはるということですねん」と教えてくれた。

さて、牧羊子は帰宅すると、真っ先に開高健の「印象採集」を読んだ。そしてある種の霊感をおぼえ、あらためて詩の師匠であった小野十三郎に相談することにした。『えんぴつ』を主宰する谷澤永一宛に紹介状をしたためてもらおうと思ったのである。

後に谷澤は小野十三郎の斡旋で、牧羊子を同人として迎えたと書いている。だから、合評会に参加するきっかけとなったという牧羊子の人民書房の話には、谷澤は小首をかしげたのであった。

「あの人民書房で『えんぴつ』第四号と遭遇したというのんはやね、すこし出来過ぎやと思うねん。多分、牧羊子の創作や、オハナシやと思うナ」。谷澤はさらに、こう付け加える。「彼女は、開高が同人にいるとは知らへんかった。『印象採集』は読んではおらんで」。

彼はどこかに、ちょっと冷ややかな感じで一文を書いていたかと思うが、あるいは、そのことは谷澤本人の口から出た言葉だったかもしれない。ただし人民書房の件は、浦西和彦氏による書誌の年譜には明記されている。

開高が『えんぴつ』の同人になったのは牧羊子が入会する数カ月前だったけれど、ほどなく開高の推挙で向井敏が入会し、ここに谷澤、開高を中心にしたひとつの若い小さな文学圏がうまれた。昭和二十五（一九五〇）年五月のことだった。

じつは最初、彼女を『えんぴつ』同人に迎え入れるとき、谷澤永一は「けっ、ペンネームが、マラルメの『牧羊神』かあ！」と、はなからそのストレートすぎるペンネームに苦笑したというエピソードが残っている。

しかし、大人《おとな》だった谷澤永一は、後年『回想　開高健』では「あきらかに筆名とわかる名乗りに接して、これほど無神経なペンネームを聞いたことがない、と私は内心つぶやいたが、この賑やかな女性はもちろん大歓迎である」と、同人に迎えたとしている。だが谷澤が、なぜ彼女の無神経さをあげつらったのか、追々その経緯を書いてゆくことになるだろう。

牧羊子の登場は、どこかセレンディピティー（serendipity）、つまり偶然のめぐり合わせという言葉を思い出させるのである。むろん、開高自身が、そのようなことを感じていたかどうかはわからない。「げぇ、そんな、あまいものじゃないよ」と、周囲にいた同人仲間たちはいうかもしれない。しかし牧羊子の登場で、開高のただならぬ疾風怒濤の青春時代が、二十歳にして一気に開花したことは間違いない。とはいえ、すぐに青春の闇を味わうことになるのだけれど。

すくなくとも昭和二十五年六月一日から同二十七年七月十三日まで、つまり牧羊子との出会いから長女道子の誕生まで、その間に起きた出来事は、開高にとっては人生における地殻変動といってもいいような、大変化の事態だったといって過言ではない。

重ねて書けば、アルバイトで毎日をやっとしのいでいた小説家志望の貧乏な市大生が、あろうことか年上の女詩人と恋愛をし、同棲に踏み切り、たちどころに相手が妊娠してしまい、女とその母親から結婚を迫られる。そして潔く（？）結婚に至るという、小説を地で行くような波乱万丈の、おそらく自分でも予期せぬ出来事に見舞われたのである。

この間の顚末を、開高は後に克明に、微細に、そしてさらに虚構という隠し味を生かして、自伝的なリアリズムの小説として書き上げている。長篇としては先にあげた『青い月曜日』と『耳の物語』などで、短篇にもこの時期を題材にした佳作が多い。

同時に、生涯にわたって親交のあった友人たち——谷澤永一や向井敏などが、開高と牧羊子のなれそめからの顚末を、開高の没後に上梓しているが、青春時代を共にした彼らのペンでさえも、開高と牧の二人の真実を、とうてい捉えきれているとはいえないのは当然のことだ。同人雑誌の仲間たちですら、何がなんだかわからないうちに出来事は起こってしまい、急速に進行してしまったのである。

ところが小説家はしたたかであって、断じてつまらぬ羞恥心の持ち主でも常識家でもなかった。開高はおのが使命とばかり、自分自身に起きた出来事の一部始終を余すところなく描いている。

開高とは同じ時代に文学的スタートを切った大江健三郎にこんな一文があって、これを読んだ当時、少なからず驚かされたことをおぼえている。「小説家とは、ドキドキするような自分の秘密について語らずにいられぬ人間である。さらに、いったんそれを語り始めると、どのようにでも図々しくなり語りつづけて倦まない人間なのである」(『私という小説家の作り方』)。

開高もまた小説家であった。作品化されているとはいえ、ことの顚末を自分から暴いてみせなくては収まらない小説家であった。その「女」に出会ったときの第一印象や、自分の心に兆したことを余すことなくここぞとばかり、とことん克明に微細に、そしてときにさりげなく書いているのである。

《いつごろからか、このアミーバーのような一群に一人の女がまぎれこんできて、仲間の一人になった。同人の合評会の日と場所は同人にしか知らされていないはずなのにその女はどこからか一人で乗りこんできた。眼が大きく、頰骨が高く、唇のたっぷりしたその女は、はじめのうちは一群の末席にすわりこんでおとなしく耳をかたむけているだけで、会が終ると誰にも挨拶しないで、一人で去っていったが、……。》

(『破れた繭——耳の物語＊』)

このように「一人の女が……」と書き出すのだったが、すぐにこの書き手は本音を出してしまう。ともかく、これが開高健と牧羊子の運命的なラヴ・アフェアの端緒だったけれど、同時に小説家開高健の生涯に君臨し続ける、暴君ならぬ一種の〝悪役〟にさせられるヒロインの登場の瞬間でもあった。

さて、慣れてくると女は同人の議論に口をはさむようになり、彼女が「はなはだ気の強い女らしくて、一度コウだと思いつめて議論しだすと一歩もしりぞかずに自説を主張しつづけ、負けそうになるとアアだ、コウだといいまぎらす」と書き、さらに意外な一面を発見して「ときどき奇妙に従順にあっさりと自説をひっこめることもあって、オヤと思わせられる」。そして、ついに開高は「そんなときには眼や肩さきに一度に羞恥があふれて〝女〟っぽくなるのであった」と書く。

しかし、「女」はまもなく本性をあらわして、「カスリ傷ほどの欠陥が我慢できなくなって昂揚し、自説にこだわるあまり言葉が言葉を呼ぶ熱狂に達し、ときどき机を手で連打したりする唐辛子のようにヒリヒリしたところを見せるので、たちまち〝カルメン〟と綽名がつくようになった」とわざわざ吐露してみせている。

開高はすでにこの段階で、「女」に特別の感情をもってしまった。開高は感性の鋭さから〝ランボー〟と綽名《あだな》されていたが、〝ランボー開高〟と〝カルメン牧〟のただならぬ空気にピンときた同人たちは、ときに気まずい思いを味わいながらも、ただ息をひそめてみているほかはなかった。

ビゼーのオペラのヒロイン、ジプシー女〝カルメン〟は、自身が心変わりしてドン・ホセに殺される役回りの、男まさりの悲劇的ないい女だったが、和製〝カルメン〟の方は、気性の激しさと開高を惹きつけた点で多少は似ていても、むろん自分が殺されるというようなことはなかった。

くだんの『えんぴつ』第九号の合評会の記録を、開高は「バンケ　第九回合評会記」として同誌の第十号に一文を書いた。谷澤は「これが、兆候だったのである」ときっぱり指摘する。開高はこう書いている。

《次は太陽の子、牧羊子さんの詩に移ります。ここで一応紹介しておくが、牧羊子は先ずそのバスよりテノールへの急激かつ衝動的なる一種奇妙な精神的眩暈を与える音声――通常男性の場合には大喝一声という禅坊主的レトリック――によってまず、人の心胆を寒からしめる技巧を以て我々に臨む。いつ休火山は爆発するか分らないという不安にハラハラしながら我々は彼女の顔を窺うのである。この日彼女は雨の故か、髪がややほつれて額にくっついていた。小生は彼女の暗い目付きにテレーズ・デスケルウの面影に近いところの抑鬱性自由精神の片鱗を認めたと思った。》

開高が熱くなっていることがすぐわかるだろう。「抑鬱性自由精神の片鱗」とは何であろうか。惚れたということのサインであろうか。フランソワ・モーリャックが執心した自身の同名小説の陰翳をもつヒロイン、テレーズ・デスケルウを開高が持ち出したところに、開高自身気づかぬ暗喩がかくされていた。絶望したテレーズは自分自身の存在を確かめるためだけの理由で、夫の毒殺をはかり、未遂に終わったという罪を背負った人妻である。カミュが『異邦人』で描いたムルソーの女性版といった感じがしないでもない。

彼女が洋酒会社の研究所に勤務する女技師であることは、すぐにわかった。社員用に社内販売されているウイスキー「ローモンド」のほかに、試験用ウイスキーやブランデーをフラスコに入れて合評会に持ってくるようになった。はじめ「モルモットになるんかいな」といって疑心暗鬼の同人の飲兵衛もいたが、ウイスキーは彼らにすごく喜ばれた。みんなカストリ、バクダン程度しか飲んだことがなかった。由緒正しい酒はありがたかった。

『えんぴつ』主宰の谷澤永一には以前から一抹の不安があった。多分〝あと知恵〟というものなのだろうかと思われるが、『回想　開高健』の中でこんなことを書いている。「文藝同人雑誌、と言えば聞こえはよかろうが、なにしろ若い男女のあつまりであるから、当然のこと、相手をえらび、配偶者さがし、という磁力が作用する。それは一向にかまわないけれど、開高という格別の存在、守らなければならぬと思った」。そしてさらに、こう続く。「開高と牧との間に、昨夜、男女の劇が成立したのである」。

それにしても、谷澤にとって無念だったのは、くだんの〝男女の劇〟が展開された「昨夜」とは、第十七号で終刊することにした『えんぴつ』解散の宴のあとの、正確には昭和二十六年五月二十日だったということである。残った予算であと一冊、記念号を出すことが決まり、開高の処女長篇「あかでみあ　めらんこりあ」ただ一篇を掲載して終わろうという谷澤永一の動議が出された。同人一同が賛成した。

この作品を掲載した記念号は、直後の七月に出ている。したがってその時点で、開高は既に書き終えていたのだろう。この長篇小説は、じつに牧羊子をモデルとした「道子」がヒロインとなって展開される、青春の闇ともいうべき作品だった。

谷澤永一がいう「男女の劇」が成立した晩のことを、ちょっとみておこう。引用すると長くなるので要約して紹介する。御堂筋近くの、まだ屋根瓦がころがっている神社（南御堂？　谷澤は天王寺駅東口を出た焼跡が残った辺りと書くが）の脇の焼け跡での逢引きの場面。たしかに『青い月曜日』を読むと、谷澤が指摘する場面はすこし違うようだ。あるいは月日もズレているのか。御堂筋の境内裏の場面として、開高はこう書いている。

「私は彼女を御堂筋の焼跡につれこんで強姦した。初発の情熱の放埒さが撓められていたから、それはむしろ和姦であった。彼女は暗闇のなかをのこのことついてきて、私がおどりかかると、ふわりとうけ、いさぎよく体をひらいた」。つまり、〝初発〟は済んでいたとはっきり書いているのだが、この作品がどこまでも小説であることを念頭においておく必要がある。とはいえ、それにしても日記を追っているように、開高は前後関係について事実に即して書いている。谷澤の想定外のことが進んでいたのだろう。

たとえば、こんな一例。この日の「御堂筋の男女の劇」の前に、「私」（開高）は、葉子（羊子）から葉書をうけとり、阪和電車に乗って安孫子にあった森葉子（牧羊子）がひとりで暮らす暗いあばら家に出かけている。ここで〝初発の儀式〟は終わっている。女の家で焼酎を飲みながら話している時に、いきなりとびかかり、女の反撃を受けながら遂げたらしい。というよりも、それは形だけで、〝早漏〟による未遂であったらしい。

《痛みが体に走った。眼を閉じてその痛さに耐えながら私は図々しく女の上にごろりとかぶさり、さてこれからどうしたものかと考えた。本は無数に読んだがいざとなるとどうしてよいのかわからない。私はもがく女をしゃにむにおさえつけ、そのくちびるをさぐった。》

やがて、女は覚悟をきめたようだった。「本気？　いたずらならいやや！」と、「私」は「女」にいわれ、一瞬ひるむ。「女」が七つ年上の〝童女〟だったので、セックスにひどくとまどって、強姦するつもりが若気《わかげ》にはやって初発は未達に終わり、その晩はさんざん苦労を重ねたらしい。ここはそれほど微細には書かれていない。しかし喜劇的で、かついささか悲惨な光景が伝わってくる。

自己暴露して決して倦まないしたたかな小説家が、ここにもみられるのであるが、同じ御堂筋裏の「男女の劇」を書いて本領を発揮しているのは、やはり晩年の自伝的な作品『破れた繭――耳の物語＊』と『夜と陽炎――耳の物語＊＊』であろう。セックスを書かせても円熟の芸が感じられる。

《その境内が板塀で囲んであるのを見つけ、女をさそってもぐりこんだ。（中略）ちょっとした小高い山があったのでいきなり女をたおして、抱きしめ、口を吸うと、女もぶるぶるふるえながら吸いかえしにかかる。テレピン油くさい怪ジンの匂いが若い女の爽やかな息にのると爽涼に感じられた。唇、顎、首、乳房と、吸いさがっていき、片手でパンティをひきおろし、こちらのズボンをおろしたまではよかったけれど、まっ暗闇なので、何が何やら、どこをどうしたものやら、まったくわからない。（中略）オヘソかと思うと毛が生えているし、もっと下かと思うと膝小僧にあたるし……。》

この場面、もう少し荒っぽいもやもやが続くが、結局、「濡れた毛にあたるばかりで、浸透のしようがない」ということになって不首尾に終わってしまう。ふたつの作品の表現に落差があるのは当然で、自伝的とは言いながら、やはり「小説は小説である」ことを知る必要があるのだろう。

しかしまた、女の小さな古い家に籠っての愛の交歓……。結婚を迫られて「うん」と返事したような、しなかったような気がしている「私」であったけれど、すでに虚無的で、無頼な日常の繰り返しの無為を心に感じはじめている。この時期、青春の闇が開高の内面には立ち込めていたのであった。

恋愛詩「沖の碑／T・Kに」

昭和二十六年から二十七年にかけて、『えんぴつ』残党の同人たちは、大挙して同人結社『文学室』になだれこんでいる。一時、開高とは旧制大阪高校で一緒だった『文学室』での同人仲間の坂本賢三（元千葉大学教授）は、「南淵信を中心にして『文学室』と『山河』と『夜の詩会』が何となくまじりあっていて、そんなことから、何となく同人になり、何となく合評会に出るようになったのである」と書いている。開高も牧羊子も『文学室』同人となり、牧は、その以前から詩の結社『山河』の同人でもあった。

こんな証言をしている坂本が「『文学室』同人の頃」という回想記を雑誌『これぞ、開高健。──面白半分11月臨時増刊号』（昭和五十三年）に寄せている。このエッセイの題名が「牧羊子の恋愛詩」というものだった。

坂本によると、『文学室』第六巻一号（昭和二十七年一月）に、牧羊子が「沖の碑」という散文詩を寄せている。そして表題の肩には〝T・Kに〟とあった。これは明らかに、「タケシ・カイコウ」に贈るということを意味していたと坂本は書いているが、これまであまり知られていない（谷澤永一が言う「男女の劇」があった数カ月後だった)。

しかし、それだけなら、それで事は終わるのだが、坂本が昭和四十年ごろ教えていた桃山学院大学での講演会に、ベトナムから戻って間もない開高を招いたとき、「T・Kに」という献辞のある牧羊子の詩の原稿を見せたら、開高が非常に恥ずかしがったというのだ。坂本はこう書いている。

《講演の前に司会者が、それでは若き日の開高氏の紹介を坂本さんから、と言うと、あわてて、「それはやめてくれ、それだけはやめてくれ」と言って演壇のところまで追いかけてきた。何か、わたしの知らない(しかし、知っているとと彼が思い込んでいた)困ることがあったに違いない。》

(「『文学室』同人の頃」、『これぞ、開高健。——面白半分11月臨時増刊号』所収)

そんなことで、坂本は講師紹介の冒頭で「実は、わたしは開高氏については何も知らないのです」と口火を切ったら、開高は「そう、それでいい」と言って、安心した表情を見せたという。

牧羊子の第一詩集『コルシカの薔薇』に、この散文詩「沖の碑」は載っていた。実に長い詩で、百七十行で十八ページにわたる長篇散文詩である。最終ページに「T・Kに」と、おごそかにしたためられてあった。この長篇詩は、「ここでは　空と海とそうして灼きつく砂の烈しい照りかえしのために　ひとびとは幻影のように立ち揺らめいている」という冒頭ではじまっている。

たいへん暗喩の多い難しい詩で、自伝風の乾いた呟きともとれるフレーズもあって、見事な散文詩である。この詩篇をすべて理解し解釈することは、よほどの詩作の経験があるか、文学的素養が必要であろう。開高と関わっていそうなくだりを抄録してみよう。

《……………いぢけた暗い完全な孤独のなかで執拗にいきつづけ

る感傷も感動もない干からびた　それを敢えて成長の歳月に固執し
て呼ぶならばまた肯じ得る点もあろうかと思われる青春に　早くも
朽ちて行く肉体を感じる激しい生活。しかも腐敗する脂肪と醱酵の
泡をふいて切れぎれに行く肉片の最後の一片まで　なお生きて自ら
の醜悪を見とどけねばやまぬであろうと思われる依怙地な冷酷に馴
らされた血をもつ生活。……》

（「沖の碑」、『コルシカの薔薇』所収）

この詩を書いたときには開高と同棲中で、妊娠していた。『コルシカの薔薇』には「その男」と
いう、やはり開高健を詠んだと思われる四十四行の詩もあった。そこには、静かな喜びが感じられ
る箇所が見える。たとえば、「…かつては一年中氷にとざされた不毛の砂漠だつたが、／いまでは
その流れに沿つて緑の沃野がひろがり／むせかえるような生命をたたえてうねる」。激しい感情を
抑え、冷静に〝いのち〟を宿したことを詩に詠みこんでいる。

さらに最後の部分、まさに「T・Kに」という献辞にふさわしい詩句を引用しておこう。

《昨日、がつしりした彼の掌の中に
すつぽりとはまってしまつた
目前のいぢけたわたくしの小さな掌を見て思う。
故郷《くに》は砂丘のある裏日本という
木の股から生まれ来た男。
あつい鋼鉄の胸に無国籍者の烈しい自由を燃やしている男。

無造作にダンヒルを咥え、古外套の衿をたてて
　ふと街角に現れる。
　男。》
　父祖の実家は中野重治と同じ福井。学生時代からパイプを咥えていた開高健。「木の股から生まれ来た男」という脚色はあるけれど、この詩も『文学室』の友人坂本賢三が書いているとおり、まさしくT・Kに捧げられた「牧羊子の恋愛詩」であることに、誰も異論はないだろう。牧羊子の師匠にあたる小野十三郎がこの詩集に寄せた跋文を読んでいると、こんな一文が目についた。
《近ごろは、去年生まれた可愛らしい赤ちゃんをつれて私の家にも遊びにくるが、この人はいまでも一寸したはずみに、相手がまごつくほど感情的になることがある。ところが、その作品は、そういう彼女とは正反対に、きわめて理智的で、凡そ詩の書きだしから、体質的にリリシズムというものを拒否しているかと見えるところがある。詩的認識というより、生活態度として自然にそのような操作が彼女に供わっているのである。》
　これは、牧羊子の本質を衝いた批評ではなかろうか。『コルシカの薔薇』を読んだ大岡信は、牧羊子の作品について「感覚の鋭さと、構成への情熱とが、ある清新さを生みだしている」と評価している。そして同時に、小野十三郎と作風が通じ合うところも指摘している。しかしながら、先にあげた散文詩「沖の碑」について、開高がどのように受けとめたかは皆目わからない。坂本が回想記に書いたように、恥ずかしがり、テレまくった開高健しか見えてこないのだ。

彼女は当時としてはめずらしい〝リケジョ〟で、壽屋（現・サントリー）食品化学研究所の女性研究スタッフだった。研究所は財団法人で、理事長が阪大教授・小竹無二雄、所長が佐治敬三であったが、通常は研究室とよばれていた。

後に、彼女は本社研究課に異動する。在籍した奈良女子高等師範学校（現・奈良女子大学）では物理学を専攻したが、一方で女学校時代から文学への関心が高く、フランスの象徴派詩人ステファヌ・マラルメ（一八四二—一八九八）の影響を強くうけたと自身がいうとおり、暗喩の多い詩を書いていた。

ところで、いま牧羊子がどのように評価され、紹介されているかに触れておきたい。手元に平成二十年に刊行された『現代詩大事典』（三省堂、安藤元雄・大岡信ら監修）があって、これが参考になる。事典であるから経歴が記述され、作品が列挙されたあとに、評価が簡潔に述べられている。牧羊子の項目は、菅聡子が書いている。

「非情緒的なまなざしを特徴とし、諧謔的な言葉のつながりがユーモアと哀しみをもたらす。ほかに、食文化をめぐる『おかず咄』（七二・四、文化出版局）、『味をつくる人たちの歌』（八〇・一、厚生出版社）等のエッセイ集にくわえ」とあって、最晩年の開高健をめぐる編著が別に二冊紹介されている。詩人・牧羊子の特徴をずばり押さえている記述だと思われる。

先年、私は評伝『佐治敬三』（ミネルヴァ書房）を上梓したが、その際、必要に迫られて、米国のメリーランド大学によって巨大なデータベースにまとめられたゴードン・ウィリアム・プランゲ博士の雑誌コレクションを参照したことがある。敗戦直後にいち早く、佐治敬三によって創刊された幻の雑誌『ホームサイエンス』を調べるためであった。急いで付け加えておけば、同誌の編集には牧羊子が携わっている。

さて、通称「プランゲ文庫」と呼ばれているこの雑誌コレクションは、米軍による占領時代の一九四五年から四九年までにわが国で発行された、すべての雑誌が保存されている膨大なものである。むろん占領軍による検閲を行うために集められたのだけれど、その数万点の雑誌類が、今では貴重なコレクションとして、半世紀以上もメリーランド大学に保管されていた。現在は整理されて、東京の国立国会図書館に移管されている。

そのマイクロフィルムが早稲田大学中央図書館に保管されていて、平成二十三年の夏いっぱいをかけて詳しく閲覧した。そして偶然、そのなかに牧羊子の履歴書を見つけたのである。それに関わる経緯と詳細は拙著にゆずりたいが、これまで曖昧だった経歴などがかなりはっきりした。

彼女が自筆したその履歴書を見ると、大正十二年四月二十九日生まれで、父金城棟検と母トキの長女である。母方の姓は小谷(壽屋社内では、金城ではなく小谷を使った時期もあるという)。年齢は昭和五年生まれの開高健より、初子は七歳年上ということになる。本籍と現住所は大阪市の港区と住吉区となっているが、詳しいことは略す。

昭和十六年三月、大阪府立市岡高等女学校を卒業し、四月、奈良女子高等師範学校(物理科)入学。同十九年九月に卒業し、十月、母校の市岡高等女学校教諭となる。そして、同二十一年五月に大阪帝国大学理学部聴講生として教室への出入りを許可され、あわせて伏見康治研究室の助手を務めたようだ。助手の件はこの履歴書には明記されていないが、私は本人から聞いたことがある。

ほかに兼務のアルバイト（？）で、実験工場での技術実習のようなことをやったと書かれている。詳しくみると、会社名は「日本グリット製作所」とある。そこで技術部員として働いた。しかし、ともかく薄給であったという。そして昭和二十二年六月、彼女は縁あって株式会社壽屋本社に入社している。つづいて同年十月、理系の経営者、佐治敬三（当時、専務）の希望で、財団法人食品化学研究所に転勤（出向）になっているのだ。

ところで彼女は、壽屋とどのような縁故があって採用されたのであろうか。そのことについては、彼女はどこにも書いていないし、また「牧羊子」を自伝的作品に再三登場させている開高健も、一行も書いていない。しかし、その経緯は後年、佐治敬三が往年を回顧した一文で示している。

じつは、彼女の父親が、大阪工場勤務の壽屋社員であったからだ。当時、専務だった佐治敬三は、工場長の作田耕三（のち常務。共産党シンパだったことがあり、開高を驚嘆させた傑物）をとおして、牧羊子の父金城棟検をよく知っていた。そんな縁があって佐治敬三はこう書いていた。「羊子さんのお父さんは、沖縄出身で、わが社の大阪工場勤務のすぐれた飾り職人だった」。

これは『日本経済新聞』に連載された「私の履歴書」に載っているくだりであるが、限られたスペースに、わざわざ社員の父親のことをしたためるほど、羊子（初子）の父に対して、敬三は親近感をもっていた。戦前から「沖縄壽屋」という関連会社があり、工場もあった。

沖縄が好きな佐治敬三が、彼女の父親のことを懐かしがっていろいろな機会に書くので、牧羊子はそれを嫌がっていたフシがある。「また書いてはる。イヤね！」というわけだ。その気持ちはわからなくもないが、敬三は「いいお父さんやった」と気にもとめなかった。ちなみに「飾り職人」

とは、金属で細かい細工をする専門職人のことだ。

父親の棟検が、娘初子が大阪大学のあまりの薄給に耐えかねているのをみて意を決し、佐治敬三専務に彼女の就職を頼み込んだのだった。この研究所で牧羊子は、科学啓蒙雑誌『ホームサイエンス』の編集に従事する。研究や実験と兼務だった。理系で詩を書いている彼女には、うってつけだと敬三は判断したのであろう。彼女はここで幸運を引き寄せたのかもしれない。

つまり、その雑誌は佐治敬三自身が編集長をつとめており、実務は磯川繁男課長が行ったが、内容が科学だけでなく、文化一般の啓蒙的な企画が多く、その点がユニークだった。阪急グループの創始者小林一三をはじめ織田作之助や阿部知二なども登場している。彼女は絶好の居場所にめぐまれたように見える。そして、過酷なアルバイトと小説の習作で悪戦苦闘していた開高健に牧羊子がめぐりあったのは、壽屋の研究所に勤務しはじめて、およそ三年が過ぎた頃だった。

第3章　サントリー宣伝部——その黄金時代へ

壽屋東京支店時代（右から柳原良平、開高、左端は酒井睦雄。1958年）。

おお、五月、五月、小酒盞《リケエルグラス》
わが酒舗《バア》の彩色玻璃《ステンドグラス》
街にふる雨の紫

木下杢太郎「金粉酒」

試験管をもつカルメン

牧羊子は小学校の五、六年生の頃から女学校にかけて、すでに理科好きで、国語もトップクラスだった。奈良女高師に入学すると、サークル（部活）に加わって仲間と一緒に詩作に励んでいる。

この時期の牧羊子のことは開高の作品ともつながるので、前章とは多少前後するが、もう少しみておきたい。戦後、昭和二十一（一九四六）年に発刊された夕刊紙『新大阪』（毎日新聞社系）の投稿詩壇「働く人の詩」欄へ、牧羊子は熱心に寄稿していた。彼女はこの詩壇の常連で、漢字、ひらがな、カタカナを効果的に使った豊富な語彙が目に飛び込んでくるような自由律の詩を書いていた。

後年の作だが、「雪虫」と題された一篇に、このような数行がある。

《白銀の中で
きっぱりと黒一点にきめた
それは多分セッケイカワゲラのたぐい
口も翅もない
ミリ単位の大きさで
二畳紀の原始形態を保っている》　（『聖文字蟲《さん・れとる》』集英社）

夕刊紙『新大阪』詩壇欄の選者は、大阪を代表する詩人小野十三郎である。投稿を始めてすぐの頃、小野の眼にとまった牧羊子は間もなく、この詩人のもとに弟子入りする。

ここで興味深いのが、なぜ牧羊子がみずから好んで夕刊紙『新大阪』の投稿詩欄に注目したのかということである。新聞の詩の投稿欄なら、だれもが知っているとおり、朝日、毎日、読売といった大新聞が、俳壇、歌壇とともに広く作品を募集している。なぜヤクザの動向や風俗記事が多い男の読者ばかりの夕刊紙『新大阪』なのか。疑問が湧く。

しかし、牧羊子の目の付けどころは、けっして悪くなかったのである。小谷正一という井上靖の小説『猟銃』のモデルにもなったことがあり、〝興行師〟としても評価の高かった〝新聞人〟が、毎日新聞社から派遣されて任されていたのがこの『新大阪』だった。小谷自身、ときに奇人ぶりを発揮することもあったが、傑出した人物ではあった。平成七（一九九五）年に廃刊になったが、いかにも浪速らしい夕刊紙だった。

この夕刊紙は学芸文化、スポーツ芸能欄が充実していて、石川達三や大佛次郎などの作品がたびたび掲載されていた。牧羊子が注目した詩の投稿欄にも大きなスペースを割いていた。『新大阪』の選者だった小野十三郎（一九〇三―一九九六）は大阪の裕福な家に生まれ、天王寺中学を卒業後、上京して東洋大学に入学した。親子ほどの年齢差があったが、開高や谷澤の天王寺中学の先輩だった。しかし、小野は八カ月で東洋大学を中退する。

その後、壺井繁治、岡本潤らの影響をうけてアナーキズム詩人としてスタートした。詩誌『弾道』を創刊したが東京に失望し、昭和八年には大阪に戻り、南港の河口付近の重工業地帯に取材した詩集『大阪』を発表して一躍注目を集めた。独自の詩風、幅広い読書歴と交友関係で知られ、戦後すぐ「奴隷の韻律」論を展開して、短歌の日本的抒情を徹底的に批判したことで知られる。

牧羊子が小野に師事するようになった時期は、抒情を排せという「奴隷の韻律」論を展開する詩人として知名度を高めていた。日本的な〝内面〟のリリシズムの批判者として、はげしい論陣をはり、共鳴者も多かった。ちなみに桑原武夫『第二芸術――現代俳句について』は昭和二十一年に岩波書店の雑誌『世界』に載ったもので、現代俳句を痛烈に批判し、俳壇からも猛烈な反論があって論争を引き起こした。歌人の斎藤茂吉まで猛烈に反論していて興味深い。

開高は小野十三郎の詩について、短くこう評している。「『大海辺』の詩人小野十三郎氏の詩は、無機物の荒廃をうたった無韻律の凛冽なリズムにうたれてみごと」(『青い月曜日』)と、抒情と距離をおくこの詩人の本質に迫っている。のちに開高は「内面に寄り添わない作品を書く」と宣言し、『パニック』や『日本三文オペラ』を独自の遠近法で書くことになるが、これは小野十三郎の詩と詩論に影響をうけてのことでもあったと思われる。

《遠方に
波の音がする。
末枯れはじめた大葦原の上に
高圧線の弧が大きくたるんでいる。
地平には重油タンク。
寒い透きとおる晩秋の陽の中を
ユーファウシャのようなとうすみ蜻蛉が風に流され
硫安や　曹達《ソーダ》や

電気や　鋼鉄の原で
ノジギクの一むらがちぢれあがり
絶滅する。》
（「葦の地方」、『小野十三郎詩集』）

まだ、石油コンビナートが誕生する以前の昭和十四年、小野十三郎三十五歳の作で、人気のない葦原の工場地帯を題材にしているが、内面のリリシズムで謳いあげた抒情詩ではない。日本的、短歌的抒情と決別し、現代文明を鋭く批判したこの詩人の生涯の記念碑となった代表的な一篇であった。小野は行動範囲が広く、当時の大阪文壇の中心的な存在だった。

牧羊子はその頃、同じ南区（現・中央区）に家があり、小野の自宅と近いこともあって、小野宅に出入りを許されていたのである。そんな縁で、師の小野十三郎から、谷澤の『えんぴつ』を教えられたという経緯があり、谷澤自身も、牧羊子は小野十三郎の紹介があったから、『えんぴつ』の同人に迎え入れたという気分があった。

こんなエピソードがある。小野十三郎をめぐって、大阪の〝文壇〟とまではとうてい言えないが、ちいさな文学空間が出現していたのである。そこにたむろしていた青春群像は、すでに中堅の詩人や小説家もいたけれど、ともかく文学がなければ夜も日も明けぬという一徹の人々だった。彼らが集う場所、その名を、喫茶室「創元」といった。

大阪のミナミ、御堂筋なんばの東側、今は千日前大通りの銀行などたち並んだあたりにあった。当時、そこに創元書房という新刊書店が営業していて、店舗の奥に、同名の「創元」という四坪ほどの喫茶室が、ひっそりと設けられていた。

開高は『青い月曜日』で、この喫茶室を「渾源」と名を代えて登場させている。女（森葉子こと牧羊子）と出かけていく場面である。その前に、御堂筋の「北極」という中華料理店で、女の奢りでタンメン大盛とブタ饅を食べて、「私」は女をどこかに連れ込むことを密かに決めているのだが、ひとまず近くの「渾源」（＝「創元」）へ誘うのだった。そんな青春のドラマが繰り広げられた場所でもあった。開高はこの小さな喫茶室についてこう書いている。

《もともとは書店なのだが、本棚のあいだをすりぬけていくと、奥に小さな部屋があって、お茶が飲めるようになった店である。そこに昼となく夜となく大阪の詩人、作家、画家、彫刻家、骨董屋、映画監督、新聞記者、それぞれの卵、かえりかけの卵、眼つきのけわしいやつら、心の優しいのにそれをテレかくしでおさえているやつら、まともなの、いいかげんなの、何ともえたいのしれないのなどが集ったり、散ったりしているのであった。》

開高の文章の羅列癖がしつこいくらいだが、そこに彼の関心の度合いがにじみ出ているようだ。

小野十三郎は昭和二十三年から二十八年を、みずからの「創元」時代と称している。そしてこの書店喫茶の常連について、こんなことを書いている。「安西や私の他に、織田作之助、沢野久雄、庄野潤三、開高健、吉村正一郎、吉田定一と常連に大阪にゆかりのある作家、文学者が多かった。織田や吉田が、来るといつもこの店の四五軒隣りにある薬屋でヒロポンを打っていたことが想い出される」（『自伝空想旅行』）。

開高の名が出てくる。さらに常連の名前をみるだけで、店の雰囲気や時代までも感じさせるが、若き開高はこのような文学的で、混沌とした空気をたっぷり吸い込んで、極貧の修業時代を過ごしていたことがわかる。

誤解をまねくといけないので断わっておくと、戦前の昭和十三年ごろ、小林秀雄が編集顧問を引き受け、中原中也の『在りし日の歌』を出版した「創元社」とは直接の関係はないようだ。大阪の作家大谷晃一によると、この喫茶室は内藤宗晴という人物が同二十三年に開いた店で、二十八年ごろには閉店したようだ。

さらに開高とも縁のある『VIKING』の主宰であった富士正晴や藤沢桓夫らも、ときに顔を出していたようだ。また、夢の中に超現実を見る作風の小説を書く島尾敏雄も、小野十三郎とは昵懇だったから、庄野潤三など『VIKING』の仲間と連れだって現れた。文学サロン、即ち文芸的な意見の交流の場、激論を闘わす場でもあった。記録はないが、庄野潤三の旧制住吉中学の恩師で、日本浪曼派の詩人伊東静雄（一九〇六―一九五三）も、開店当時、一、二回は現れたようだ。創元社から詩集が出ているし、結核の発病前は、よくミナミ界隈へも出かけていた。


この時期、開高の牧羊子に対する感情は、スタンダールが恋愛論で指摘した〝結晶作用〟というようなものだったのではあるまいか。つまり〝Love covers many infirmities.〟という感情であった。面白いことにinfirmityという英語には〝老齢〟という意味もあるらしい。たしかに、開高には老齢はともかく、年上の女に寄り添いたいという気持ちがあったに違いない。

何もすることがない孤独な日の夕方、ウツにとりつかれた開高は、堂島の渡辺橋の袂《たもと》にあるウイスキー会社の本社ビルの玄関に佇《た》つのだった。川幅もあり豊かな流れがみられる堂島川には、エンジンをつけていない一本櫓の小舟が何隻か、行き交っている。櫓を漕ぐ男がゆっくり体を動かしていて、夕陽の沈む間際、小さな姿が影絵のようだった。

その日は、開高は学生服を着ていた。スーツ姿で背筋をピンと伸ばし、キビキビと社員たちが玄関を出入りしているのをみて、彼は恥ずかしさでいっぱいになった。いつもたいていは、父の古い背広かジャンパーを着ていたのである。終業時間を見計らって、なんとなくという風情で牧羊子を訪ねて、ウイスキー会社の玄関前に佇つ自分をいたたまれない感情でみていた。

しかし当時の開高の心は、もう牧羊子から離れられなくなっていたのであろう。心のうちには、青くて若い〝疾風怒濤〟が渦まいていたのだった。受付で制服の女性に来意を告げる。インターフォンの連絡をうけた牧羊子は、数分後には、いとも気楽な声をあげて階段から降りてきた。「あ、何や、あんたかいな！　仕事、終わりやさかい用意してすぐ出てくるわ」。あたり憚ることなく、天真爛漫な「キンキン声」をあげながら開高の前に立つのだった。このころになると、彼女は活力にみなぎって顔を輝かせ、以前の「死にたい、死にたい」という切迫感は消えて、喜びではしゃいでいた。

開高の眼のまえには、一日を懸命に働きつくした女の顔があった。数分後、黒いカバンをさげて出てきた彼女は「今日はお銭《ぜぜ》があるよってに、あんたに奢ったげるわ」と言いながら、口癖の「イコ、イコ！」を連発して先に立った。

こうした出来事をみてくると、年上の女にすがるような気持ちが、若い開高にはあったに違いない。豪放で陽気な男性的な貌をみせていた開高の生涯を辿る上で、この時期は、赤裸な心のうちを無防備にみせてしまっているように思われる。

そこで思いあたるのが、開高が、若い頃からあこがれていた文豪ヘミングウェイのことである。ヘミングウェイは、二十二歳で八歳年上のハドリー・リチャードソンとシカゴで結婚した。パリ時代に、生活をともにした最初の妻である。ハドリーは、ラフマニノフの協奏曲などを、感情をこめて弾くことのできる、ピアノがうまい、美しくて教養のある女性だった。ヘミングウェイとの間には一子ジョンをなしている。バンビと呼んで可愛がった。

あのマッチョな野性味を感じさせるヘミングウェイが、若い頃、年上の女性に頼り、寄り添うところがあった。むろんハドリーはヘミングウェイを深く愛しており、相思相愛だった。そして若き文豪の文学活動を支えた。しかし、彼女はいつも自分が年上であることを気にして、戸惑い、ためらい、不安を抱えていたという。

彼女についての伝記的小説や研究書は少ないが、詩人で小説家のポーラ・マクレインは、『ヘミングウェイの妻』(高見浩訳、新潮社)という二人の関係をよく掘り下げたノンフィクション小説を書いている。平成二十三(二〇一一)年のことである。ボストンのケネディ記念図書館のヘミングウェイ・コレクションを丹念に渉猟したのであろう。二人への愛に満ちた佳作である。

巨匠ヘミングウェイには四人の妻がいた。しかし最晩年の文豪の作品からは、年上の最初の妻ハドリーこそが、やはりかけがえのない「女」だったと吐露する声が聞こえてくる。ヘミングウェイは猟銃で自殺するまえに、声が聞きたくて、ひそかにハドリーと電話で話していたという。

開高健の妻は、あとにもさきにも牧羊子ただ一人であった。すでに記したとおり、羊子は七歳年上だ。事実上の結婚は、昭和二十六年秋、つまり開高が二十一歳、牧羊子が二十八歳だった。翌年夏に道子が生まれた。結婚に年齢など関係ないだろう。開高は二十一歳から五十八歳で没するまでの三十七年間、古い言葉でいえば、ともかく〝お互い添い遂げた〟のだった。

しかし問題は、というよりも気になるのは、長く続いた結婚生活が、小説家と女流詩人の夫婦にとって幸福なものではなかったという〝定説〟の真偽である。

初発の時期、開高は羊子の妊娠を知らされて、むろん驚いた。そして日を置かずして、羊子は母を連れて、北田辺の開高の実家まで押しかけてきたと本人は書いている。その時の狼狽ぶりはただごとではない。驚き、慌て、混乱《パニック》を起こした。自分の母親に知られないように、羊子とその母を、外へ連れ出した。

開高は極限状況のなかで咄嗟《とっさ》に、外に出なくてはいけないということだけを判断できたという。正常な感覚を失ったそんな混乱ぶりを書いている。開高は二人を外へ連れ出したものの、どうしてよいかわからなかったので、以前行ったことのある中華料理屋へ案内した。そこで牧羊子の母親から愚痴を聞かされたが、ともかく収まった。そして結婚することが、既成の事実になってしまった。後に、開高はその時の精神状態をこう書いている。「追い詰められてせっぱつまってどうにもならなくなると、洗ったばかりの寺の門が、ツタに蔽われた煉瓦壁が見えてくるようになっていた。まるで条件反射のようにその光景が見えてくるのである」（『破れた繭』——耳の物語＊）。

これは自己喪失の一歩手前のように思われる。追い込まれて、幻視に襲われている。一時的ではあろうが、精神的な異常発作を起こしていたのである。この幻視を、開高はさらに〝狼疾者《ろうしっしゃ》〟という言葉で説明しているが、狼疾とは中国の古い故事によるもので、指の先の傷に執するあまりに全身を失うことを忘れる、ということを譬えている。さらに辞書を引くと、狼は注意深く、よく後ろをふり返るが、病気に罹るとそれができない、これを狼疾の元の意味だとしている。開高は〝狼疾〟のありように拘った。

羊子に結婚を迫られ「うん」と言わされたあと、母親にも会わされてダメ押しさせられてしまった。そんな自分を顧みて、開高は書かずにはいられなかった。「七歳年長の女を強姦して孕ませるなどという大それたことをやった〝不良青年〟の図太さやふてぶてしさなどはどこにもなかった」(『青い月曜日』)と苦い後悔の念を素直に吐露している。

これらの結婚をめぐる経緯は、開高の生涯を辿る上で、自身の文学とも関わる実生活上の難題だったといえるかもしれない。夫・開高健が、若い頃には、いとおしさを込めて「唐辛子を塗《まぶ》した〝カルメン〟」とも「七歳年上の〝童女〟」とも呼んだ妻・牧羊子。夫・健の愛憎相半ばする感情の対象である妻を、〝神〟ならぬ第三者の〝他人〟にすぎぬ周囲の者たちが、「悪女」だの「悪妻」だのと簡単に勝手な判断を下してしまってよいものか。

ここで開高の〝女性観〟なるものを見ておくと、後々の参考になるだろう。「男は女たちに漉《こ》されないことには澄むことのできない何かを負わされて生まれてきたのであろうか。女の可憐。優しさ。無邪気。いじらしさ。貪欲。軽薄。冷酷。低能。嫉妬。醜悪。不可解また不可解。これらにつぎからつぎへともてあそばれ、傷つき、勝ち、制覇し、敗北し、血を流し、呻吟していくうちに男は他の何によっても得ることのできない澄度を得る」(「新しい天体」)。

男は深く溜息をつき、女は首を傾《かし》げるかもしれない。チェーホフの『退屈な話』に登場する孤独なドクターの呟きに似ていなくもない。ひとまず、したためておきたい。

佐治敬三のひらめき

昭和二十九年二月二十二日、開高健はサラリーマン生活の第一歩を踏み出した。佐治敬三専務の面接を受けて、壽屋宣伝部員に、経験職扱いの社員として中途採用された。開高は、この時期、作品のなかでは壽屋と書かずに、もっぱら「ウイスキー会社」と書いている。

それにしても、牧羊子にめぐりあってからの、この四年間を振り返ると、小説の筋書き《プロット》のようで、いささかできすぎのドラマがみえてくる。その前年、昭和二十八年。朝鮮戦争の休戦が成立し、NHKは日本初のテレビ本放送を開始、ボストンマラソンでは日本人選手山田敬蔵が優勝するなど、世の中はようやく動き始めていた。

新卒学生の就職難は相変わらずであり深刻な世相ながら、しかし、いくぶん明るさが見えはじめていた。三月、大阪市大法学部を卒業できると思っていたのだが、開高は単位不足のために十二月の追試の結果をみてからということになった。前年の七月十三日に長女道子が生まれていた。

羊子が妊娠してからは、彼女が一人暮らしをしていた住吉区杉本町に、羊子の父親の棟検が家作としてもっていた、古い小さな家で同棲をしていたが、出産をまえに羊子の実家に移った。大きな腹をかかえて、地下鉄の乗り降りに耐えながらぎりぎりまで出勤した。給料はわるくなかったので、頑張った。

しかし、当時のこととて、出産にあたっては退職せざるを得ない。開高は困窮している実家に仕送りしなければならず、生活は厳しかった。道子が生まれてからは、さすがに途切れがちのアルバイト収入だけ、というわけにはいかないので、同人雑誌で世話になっていた小説家の富士正晴の紹介で、同二十八年二月からは備後町にあった洋書輸入商北尾書店に勤め始めた。

忙しい割には、とにかく薄給だった。同書店は、のちにニッポン放送買収問題でフジテレビのホワイトナイトとなって耳目をあつめた野村證券出身の実業家北尾吉孝氏の一族の経営だった。しかし、当時は経営難に苦しんでいて、いつ倒産してもおかしくないような状況だったという。事実、まもなく事業縮小を理由に、開高は解雇される。

娘道子は元気な子でミルクをよく飲んだ。羊子は天王寺病院で帝王切開による、むずかしい出産だったため、産後、健康を取り戻すのに時間がかかった。私は牧羊子とも会食の機会があったが、ほとんど酒を飲まなかった。開高の妻にしてと、いぶかしく思ったが、出産の時の輸血で肝炎に罹ったのが治らないから、と本人から聞かされたことをおぼえている。

それでもなんとか体調が回復すると、彼女は市役所に出向いて、娘の出生届を出し、あわせて自分たちの婚姻届をすませた。開高は、前年、泣き叫ぶ自分の母を振り切り、小さな机一つをもって飛び出した実家だったが、家族のことが気がかりで、日曜日には北田辺へ出かけることも多かった。

母も、ずっと同居していた叔母八重子も、精神的に不安定だった。この叔母は、古い言葉でいう「出戻り」で、夫が極端なマザコンでほとほと精神的に追い込まれての離婚だった。いつも不安定でウッ状態であったらしい。兄である健の家出を、見て見ぬふりしていた二人の妹陽子と順子のことも気になった。十二月、妻の牧がようやく工面してくれたなにがしかの金で、滞納分の授業料を納め、開高は大阪市大法学部を卒業した。

それにしても、開高と牧と赤ん坊の一家三人は極端なピンチに追い込まれ、ますます厳しさをつのらせていた。食費すら減らさなければならない状態だった。この頃、近くの肉屋で、ほんらいなら棄ててしまうような豚の尻ッ尾をごく安く買ってきて、野菜と一緒に炒め料理にしてよく食べた話を、開高は貧乏噺の一席として、後年、得意としていた。それほどに極貧の生活だった。「オックス・テイル、牛の尻ッ尾が高価な御馳走であることは誰でも知っているが、ピグ・テイルのことはほとんど知られていない」(『破れた繭——耳の物語＊』)というわけで、あまりにもミジメなので、二人のあいだでは豚のシッポともピグ・テイルともいわず、〝ブー・ド・コション(ブタのはしっこ)〟と呼んでいたという一席で、まわりを笑わせていた。

ある日、牧羊子に会社の人事課から出社して欲しいという要請があった。まさに天の救い、復職が決まったのだ。この時期の一連のことを回想して、後年、佐治敬三は『サントリークォータリー』の第35号「開高健追悼号」に「開高健君へ」と題してしみじみと書いている。

《当時の研究室は大阪北区の焼け残った五階建ての狭い壽屋ビルの最上階にあり、三十坪ばかりのワンフロアに数個の実験台を置いて、葡萄酒からブランデー、ウイスキー、はてはジュースと、幅広い仕事をちまちまとこなしていたのであった。阪大の理学部化学科を出たにもかかわらず兄の早世によって壽屋の商売の道をあゆまざるを得なかった私にとって、研究室にはある種のヤスラギがあった。暇を見つけては研究室を訪れていた私は、いつの間にか初子さんとも口をきくようになっていた。そんなある日、初子嬢が、「専務さん、私こんど結婚しますねん、相手はこの人でんねん」といって同人誌を見せられた。その巻末の編集後記に類するところに「健」の名があり、ほんの二、三行のその短い文章がどういうわけか心に残った。同人誌はどうやら『えんぴつ』で、牧羊子さんがその編集会議に現れたのが昭和二十五年のことと年表には記されている。

ほどなく母となった初子さんが私のところにやってくる。「子供が生まれましてん。ミルク代が足りまへんねん。どないかなりまへんやろか」。この時、不思議なことに『えんぴつ』の後記が頭をかすめた。》

（『サントリークォータリー』第35号）

そして牧羊子は、自分から正直に一家の窮状を言い出しながら、のちに語っているのだが、敬三から即答を得られるとは思ってもみなかったと驚いている。

牧羊子はこんなやりとりをおぼえていたのである。「そうか、大変なんやな。……ほんならあんたの旦那に宣伝文書いてもろて、もってこさしなはれ」と佐治専務がいった。「ありがとうございます。開高は毎晩なにやら書いてますので、さっそくトリスの宣伝文書かせて、持ってこさせます」ということになったのだった。

帰宅するやいなや、すぐに開高に話した。佐治敬三については、すでに羊子から、何度もレクチャーをうけていた。その経歴、人柄はもちろん、けい子夫人のこと、長男信忠、長女春恵のこと、さらに学識、常識、酒量や読書傾向、教養、クラシック音楽の趣味や交友関係まで。暗唱できるくらいアタマに入っていた。

それに何といっても牧羊子が家に大事に保管している家庭向け科学雑誌『ホームサイエンス』は、佐治敬三という経営者の人生観や社会的立場を明白にみせてくれるなによりもの〝テキスト〟であった。谷澤永一から「雑誌マニア」と綽名されるほど雑誌好きだった開高は、この啓蒙雑誌の編集の意図や企画に込めた佐治敬三の狙いとそのデリケートな知的嗜好を、十分に読み取ったのである。

数日後、開高は原稿を携えて壽屋をたずねたのであった。その時のことを、敬三は先にあげた日本経済新聞『私の履歴書』でこう書いている。

《日ならずして痩身白皙、目玉だけギロギロと輝かした青年開高健が私の前に現れた。原稿料は一枚五百円、六枚で三千円、これがおそらくは彼が手にした最初の原稿料ではなかったか。その後、彼が初子夫人と入れ替わりに入社したのが〈トリス時代〉が始まろうとしていた昭和二十九年のことであった。》

敬三は開高の第一印象をよくおぼえていた。ひと目みて、この男はなにかをもっているナ、と感じたそうだ。ともかく牧羊子が、その頃、同人雑誌『えんぴつ』や『ＶＩＫＩＮＧ』を敬三のもとに届けていたということは、すでに専務と研究所の一スタッフという以上に近い関係にあった、ということでもあろう。活字に眼を通すことが好きなこの経営者は、めざとく開高健が書いた合評会印象記などを読んでいたのである。

四人組がやったこと

佐治敬三は、その時期、壽屋の経営を刷新しなくてはならないと考えていた。大船の海軍第一燃料廠の技術大尉として終戦を迎え、昭和二十年十月、復員すると同時に、父鳥井信治郎の要請するままに壽屋へ入社した。同十五年に三十五歳で病没した兄の肩代わりだった。大戦をはさんで運命が急展開したことになる。阪大の小竹無二雄教室で有機化学の研究者の道をめざすことは、きっぱり断念した。

跡取りとしての入社時に、親戚筋の養子先の佐治姓を変えることはなかった。「佐治のままがええやろう」という父(鳥井信治郎)の考えもあって、鳥井敬三に戻ることなく、中学生のころから馴染んだ佐治姓を踏襲した。ここに近い将来、壽屋の経営を二代目として佐治敬三が引き継ぐことが決定した。

まもなく敬三は財団法人「食品化学研究所」を設立する。その運営と研究(必須アミノ酸の代謝物質の構造決定に関するもの)を兼務で続けながら、さらに海軍に召集される前からやってみたいと考えていた積年の夢、科学雑誌『ホームサイエンス』(昭和二十一年十一月創刊~同二十三年三月終刊)の編集と経営に当たった。研究所での基礎研究を続けることと、アメリカの『ポピュラーサイエンス』誌のような科学啓蒙雑誌の編集発行をすることに、父鳥井信治郎は渋い顔をみせながらも、経営者への助走期間の仕事として大目にみた。

用紙の配給制時代に苦労して編集した雑誌は、思うようには売れなかった。夢と努力だけでは必ずしも成果は望めないという現実の厳しさを、いやというほど味わった。編集部の一員だった牧羊子は、佐治敬三とともに熱い思いで必死に働いた研究所時代を、後年、『週刊朝日』の取材に応じたときに、しみじみと語っている。「敬三さんを、御曹司や専務やとは思わずにひとりの同僚として、空腹も忘れて一緒に頑張ったのよ」という共通体験であった。

『ホームサイエンス』を支援し、最後までエッセイ「新女性読本」(「新女大学」ではない)の連載を続けて応援してくれた兄嫁の実父が、阪急グループの創始者、あの小林一三であった。この稀代の経営者から、敬三は多くを学んだ。ときに厳しい忠告もあった。経営の〝鬼〟の眼は正しかった。肝心の雑誌が売れなかったのだ。敬三は雑誌の刊行はムリだとみずから悟った。『ホームサイエンス』は第八号をもって昭和二十三年三月に終刊した。

翌年、編集方針が多少とも共通した『暮しの手帖』が、花森安治の編集で創刊された。こうした雑誌の出現を、時代は求めていた。しかし『ホームサイエンス』は、創刊した時期が三年ほど早すぎた。この三年はいかにも大きかった。

壽屋の経営で、敬三がまず着手したのは人事政策の刷新であった。当初から自分の領分と考えていた生産技術部門の方は、工務部長になってすぐに九州に臼杵工場を建設するなど着手していたが、企業全体をタカの眼をもって取り組まなければならない自分の立場を、自覚するようにもなっていた。

この時期、社史を調べてみると、信治郎は意識的に舞台の背後に控えているようにみえる。むろん、後継者たる敬三に熱いまなざしを注いでいた様子は感じられるのだ。信治郎は父親の眼で、ようやく経営者として公職にもつき、社内組織や生産体制の革新に努力を重ねる敬三の姿をじっと見つめていた。

大戦で失われた多くの従業員の補充は、この時期になってもまだ果たせていなかった。しかし時代の変化は早かった。新しい時代に向き合うことのできる若い才能や、専門能力をもったベテランをどのように早急に確保するか。洋酒需要の伸びが顕著になり始めた時期だけに、真っ先にやらなければならないことだった。実にそんなタイミングで入社してきたのが、ほかならぬ開高健であった。開高を中途採用したことで、敬三にはさらに一つの構想が浮かんだのである。

以前から、朝日広告賞などの審査委員会の席で、同じ選考委員としてよく顔を合わせていた人物があった。応募作品を批評する発言が誰よりも的確で、素晴らしい感覚の持ち主だと敬三は思っていた。この人物こそ壽屋へと、密かに白羽の矢をたてていたその人が山崎隆夫である。三和銀行（現・三菱東京UFJ銀行）の本店業務部次長であることがわかった。

さらに調べてみると、亡くなった兄吉太郎とは神戸高商（現・神戸大学）で同窓だった。幸運にも、小竹無二雄教授と縁のあった同銀行の渡辺忠雄頭取が敬三の〝構想〟を理解してくれたので、話はとんとん拍子に運んだ。山崎隆夫も心を動かされて決心したのだった。取締役宣伝部長の椅子を用意し、かくして山崎隆夫を迎えることに成功した。

山崎は有能なバンカーであったばかりでなく、洋画家としても小出楢重の門下であり、活動的かつ感性豊かな人物で、いわば佐治敬三が好む異色多能の人であった。一時、芦屋の小出楢重邸に住み込んで絵を描いていたこともあり、きびしい半面、笑顔がいい苦労人だった。そして、山崎の縁で後のアンクル・トリスの生みの親、柳原良平が同時に入社する。開高健・柳原良平という名コンビが、ここにはじめて出会ったのだった。

佐治敬三という経営者は〝強運〟の人だった。むろん運を呼び寄せるのもその人の才覚のうちではあろうけれど、開高健をはじめ、山口瞳、柳原良平、坂根進、酒井睦雄などの活躍で、サントリー（壽屋）宣伝部の第二の黄金期といわれる時代が、すぐにやって来るのである。昭和三十年代、この時代こそ、昭和初期の宣伝部の伝統をうけついで、サントリーが輝ける時代へと、ふたたび突き進むことのできる翼をもった時期だった。

この年から翌年にかけて、異色の若い人材が大挙、とはいっても現在の規模とは違って二十数名であるが、入社してきた。改めてとりあげると、昭和三十年四月号の壽屋『社報』の人事欄にはこんな氏名が載っていた。

開高健（大阪市立大学卒、二十四歳、意匠課配属）
柳原良平（京都美術大学卒、二十三歳、意匠課配属）
酒井睦雄（同美術大学卒、二十四歳、意匠課配属）

これはほんの一部だ。開高は中途採用だったが、このページに一緒に載せられていた。たった一頁の採用人事の紹介だったが、壽屋にとっては〝記念すべき一頁〟となった。開高健の中途採用にくわえて、大阪の広告界で知られた山崎隆夫がスカウトされて入社したのである。意図的な採用人事をめぐって、敬三が動き始めたことを、社内は敏感に察知したのである。

埴谷雄高への手紙

壽屋は昭和二十五年一月一日を期して、社名広告として〈洋酒の壽屋〉を呼称するようになった。早くもブランド意識のあらわれで、第二の社名と言ってよい。名刺には、〈株式会社壽屋〉とともに、楕円で囲んだマークのように浮かした五文字〈洋酒の壽屋〉が無地で刻印され、スマートにみえた。新聞、雑誌広告、屋外広告、民放テレビはまだなかったが、ラジオのCMでも、〈洋酒の壽屋〉は必ず使われた。

若き開高健が、入社した翌年、新しくつくられたばかりの〈洋酒の壽屋〉宣伝部意匠課の緑色の罫のしゃれた〝レターヘッド〟入り用箋を使って、なんと戦後文学者として当時から高名だった埴《はに》谷《や》雄《ゆ》高《たか》宛に書かれたかなりの長文の手紙が見つかった。昭和三十年九月、開高の大阪時代に投函したもので、これまで公表されていない（神奈川近代文学館蔵）。習作を『近代文学』に発表しながらも反響はなく、依然、無名だった開高の心の内側と意匠課での初々《ういうい》しい仕事ぶりの一端がみてとれる。日付はle23sept,55と封筒にフランス語風に記されている。

《初めてお手紙を書きます。いつも佐々木（基一）さんを煩わして「近代文学」に寄稿させていただき、貴重な誌面を汚しています。私は仕事の関係上、二月に一度、必ず上京しますが、そのたびに佐々木さんをお訪ねし、いろいろと噂の折に貴氏のことなどお聞きします。さいきん、お体は如何ですか。この手紙のさしあたっての要件は九月号六十一頁の下段右、十月号の予告欄に、私の名であろう作者名が「開　吾健」とあたかも第三国人であるかの如き印象を与える誤植をされていることについてなのです。私の姓名は、「開高　健」と刷られるべきで、kaiko takeshi と訓読みして下されば戸籍簿的に正しいのです。どなたか、編集の事務面を担当しておられる方に、おついでの折にお伝え下されば幸甚です。珍しい名前ですが、私の故郷の村の名は中野重治氏の「斎藤茂吉ノオト」の後書に記されている作者の故郷の村の名と一致します。福井県高椋村という寒村です。つまらぬ詮議だてをして、恐縮に存じます。失礼の段は御海容下さいますよう。

同封したのは生業上に於ける私の「作品」の一例です。私はウイスキーやぶどう酒やジン、リキュール類などの会社の宣伝部に席をおいて、日夜、酔っ払いのマスプロを心なくも行って罪を重ねています。シャレ気をだして絵心もいくらかあり、このパンフレットのカットのあるものや装幀には私自ら参加しています。何かの折に、御厳評頂ければ幸甚です。しかし、氏にしてもしも、新聞、雑誌、ラジオ、テレビ等々、その他何らかの意味に於いて直接、もしくは間接に小社の宣伝文句に暗示を得られてウイスキーなり、ぶどう酒なりを今までにお買いになったことがあったとすれば、それは全く私の舞文曲筆の罪であって、喜ばしくも又、かなしいことでもあるのです。又、サントリーについて一般世間の人たちが抱く心理状態、もしくは信頼感の半ばにも私は責任を感ずる次第なのです。くれぐれも御注意くださいますよう……

七月号にも寄稿させて頂きましたが、佐々木さんから百号記念と聞いて厚顔にも十一月号にも、と思って原稿だけはお送りしました。いずれ紹介下さった佐々木さんにごめいわくをかけそうな拙劣さで、まことに辱ずかしい気持ちです。私自らの口では云いだしかねますので、もし何かの機会に佐々木さんにそう御伝声下さいましたら、幾らかでも気が休まると思います。今後とも私は辱の上塗りをつづけてゆく覚悟で、ただただ、「近代文学」の諸氏及びその読者がしばらくは私の欠陥を眼高手低の仮のもの、として下さるだけの寛容さを抱かれることをねがうばかりです。何卒、皆様によろしくお伝え下さい。

初めてのお便りを何だかべたべた厚顔無礼なものにしてしまったと思います。

御加餐の程、祈り上げます。

開高　健拝

埴谷雄高様》

この書簡、文章はどことなく初心者風であるが、短篇小説として読んでみても、相手が相手だけに、それなりに読めるのだ。福井県高椋村、中野重治と同郷であったことは、開高の矜恃であった。若い開高はそれを書きたかったのだ。

さらにちょっと興味をひくのは、この書簡に「佐々木（基一）さん」という名が五カ所も出てくることだ。後年、佐々木自身「わたしが大阪ではじめて開高に会ったのは昭和二十九年ころで、彼はサントリー（壽屋）の宣伝部に勤めていて、そこへわたしが訪ねて行った」（佐々木基一「『洋酒天国』の頃」）と書いているから、開高は文芸評論家として一家をなしていた佐々木に訪ねてこられて、おそらく昂揚していたはずだ。

私は牧羊子からは、「開高が壽屋に入社するまえに、佐々木さんに訪ねていただいた」と聞いたことがある。そして、文面にあるように二月に一度の東京出張が、開高には嬉しかったのだ。この手紙以降、開高は佐々木基一に、新宿のバーで埴谷に引き合わされて親しくなる。『洋酒天国』が創刊されてからは、今も伝説的に言い伝えられている「酔っぱらい戦後派」を、埴谷に連載（29号から）してもらっている。文壇史的にも貴重な連載となった。

開高健は、〈洋酒の壽屋〉に正式に入社した直後から、北海道・東北から四国・九州まで、全国を宣伝部の出張で忙しくとびまわっていた。中途採用とはいえ、この部門では一番若く、コマネズミのように働いた。それが愉しくないというわけでもなく、実際にも文学どころではなかった。小説からは離れざるを得なかった。開高は晩年になって書いた作品でこのように回想している。

《たしか高知市だったと思う。ある酒屋を訪れ、いつものように主人の話を聞き、そのあとでショーウィンドーにウィスキー瓶を盛大に飾って写真をとろうとすると、その主人が謙虚な人で、うちの店なんか、とおっしゃる。うちの店なんか小さくて汚くて、とても写真にとれたもんではありませんと、辞退なさるのである。何度頭をさげてたのんでもしぶとくそう言い張る。そこでせっぱづまり、励ますつもりで、いえ大丈夫です、写真にとれば何でもきれいに写るんです。馬糞でもおまんじゅうみたいに写るんですからと、口走ってしまった。主人はニコニコ笑い、やっとその気になったらしくて、ショーウィンドーにウィスキー瓶を並べはじめた。しかし、それをいつもの8と1／25で撮影しながらも、馬糞といってしまったことが気になって気になって、いてもたってもいられなかった。》

（『夜と陽炎——耳の物語＊＊』）

このあと、開高はあたふたと店を飛び出し、道を歩きながら、ア、チ、チと口走らずにはいられなかったと書いている。何か恥ずかしいことを思いだすと、熱い薬缶にふれたみたいになって、いつも口に出してそう言うクセになっていたのである。会社員時代の開高健は「三日に一度はきっと何かそういうことが発生するのだった」と結んでいる。同僚となった山口瞳にも負けぬくらい、自意識の強い過敏なサラリーマンだった。

しかし開高健が、ア、チ、チと口走らずにはいられなかったと書いているような恥ずかしい体験は、だれしもが多少は日常業務のなかで心当たりのあることだろう。私が入社したのは、開高健より八年、山口瞳より四年ばかり遅いが、新入社員の頃、開高が担当していた同じ雑誌『発展』の取材で、女優の新珠《あらたま》三千代さんを東京宝塚劇場の楽屋に訪ねたことや、奈良岡朋子さんの談話を取りに民藝稽古場を訪問したこともあった。そんな折、やはり似たような体験をしている。

開高健の出張続きの忙しさも、わずか一年ほどであった。その間、東京へも当の『発展』の取材のためにしばしば出張していたし、これまで行ったことのなかった全国各地への出張は、四国で体験したような、ア、チ、チ、というような失敗も数々あったけれど、開高にとっては貴重な社会との接点となったという。

昭和三十一年春の『洋酒天国』創刊までの二年余りの歳月は、開高は几帳面な壽屋宣伝部員として営業部門とも関わって仕事をし、社内でも広く知られる存在になっていた。

あわせて、結成されて七年目の「壽屋労組」（昭和二十二年八月に結成）の教宣委員長と機関紙の編集長に推され、これも積極的に引き受けた。アルバイトに追われて、学生運動にも、学部自治会の活動にも参加できなかった学生時代の反動が出たのである。この労組は当時、総同盟を脱退して、総評一般労連の傘下となっていて、先鋭な組織になりつつあった。

その頃、堂島浜の大阪本社にあった宣伝部はご多聞にもれず、人手も少なく多忙をきわめていたはずであったが、前掲の『夜と陽炎——耳の物語＊＊』で、開高健はつぎのように書くのである。

《四階の、倉庫みたいに暗い部屋をベニヤ板でさらに二つ、三つと仕切った、その一つの仕切りが仕事場である。ウナギの、というよりはドジョウの寝床といいたいぐらいに細くて狭い仕切りである。そのベニヤ板の壁に向って木の古机が三つ、四つ並んでいて、窓ぎわの上座には新聞社を定年退職した栗林老がすわり、つぎの席にこの社の戦前からの文案屋の渡辺老がすわっている。この二人の老は一日じゅうしんねりむっつりとすわりこみ、ときどき栓のゆるんだ水道から滴が洩れ落ちるような小声で関東大震災や敗戦当時のことなど話しあい、ぬるくなった粗茶をすすってホ、ホ、ホと低く笑いあうだけである。》

登場人物は実名である。渡辺老には私も会ったことがある。しかし、これはいわば作品化された過去の情景だから、実際がこうであったというわけではない。私が入社した昭和三十七年ころは、すでに本社オフィスは新朝日ビルに移転しており、開高が書いている本社ビルは壽屋労組の事務所になっていたのではなかったかと思う。

新朝日ビルに移った宣伝部は、旧ビル時代の面影はすっかり払拭されていた。しかし、出張で訪れると、そこには栗林老と渡辺老だけが、まだ、旧宣伝部時代の風貌をのこして、たのもしげに煙草などくゆらせていた。宣伝部の中心はすでに東京に移っていた。ここ大阪宣伝部の部員たちは取り残されたという意識を持つゆとりすらなく、皆、忙しく働いていた。明るくてスマートで活気に満ちていたように私にはみえた。

昭和三十一年の春に、『洋酒天国』を創刊することがようやく決まった。創刊の経緯や社内的な駆け引きは、先年上梓した拙著『『洋酒天国』とその時代』（ちくま文庫）に詳述したので、重複を避けたいが、開高健、柳原良平、そしてこの二人より少し遅れて入社していた坂根進の三人の文殊の知恵からうまれたヒット企画だった。全社の販売戦略を練る役員会議にかけられた複数のプランの中から、この新企画が唯一採用された。

社内ではすでにアメリカ経営学の先端用語である「マーケティング戦略」という言葉が浸透しはじめており、しきりにそんな議論が行われていた。〝営・宣会議〟、つまり営業部と宣伝部との定例会議のことだが、この頃から頻繁に開かれるようになっていた。

そうした会議では、他社にはできない独自の新プランが求められていたのである。開高は、同人雑誌仲間で「書鬼」といわれた谷澤永一が驚嘆したほどの雑誌マニアぶりで知られ、持ち前の編集に対する鋭い感度と独特のセンスを備えていた。その上、短期間ではあったが、洋書販売会社を体験したことは、アイデアを捻り出すうえで役に立った。

また、東京の主婦の友社で編集部に所属していた坂根進は、エンサイクロペディアと綽名されるほどに知らぬことはなく、小太りで身長が一六五センチ前後であったため「小エンサイ」と愛称をつけられていた。ほかのものにない異才ぶりであったが、この〝性癖〟が、のちに大いに役に立つ。コピーもデザインもカメラも、ひとりでやってしまうのだ。

そのうえ坂根は個人的にニューヨークやロンドンから、航空便で『ニューヨーカー』や『パンチ』や『エスクァイヤー』など雑誌類を直接購読するというディレッタントぶりであった。この二人に、さらにヴィジュアル表現の才能をもった柳原良平が参加して、知恵を出し合い、侃々諤々やりとりし、発酵させ、見本誌を作った。いわばエディター集団だった。

はじめ、坂根が昔から温めていたという〝三道楽〟という奇妙なアイデアをたたき台に、ウイスキーを愉しむための、硬軟、哀歓、悲喜こもごも、アソビもマジメも盛り込んで、洋酒党が喜んで読んでくれ、眺めてくれそうな雑誌づくりを重ねて検討し、役員会議へ提出する企画案とした。四苦八苦しながら作文したのは開高であった。

一行でまとめると、「基本は知的エンターテインメント＋洋酒と肴の知識と話題＋色気＋折々海外」。さらに一語にして表現すれば、「眺めのいい〝プレイ雑誌〟を編集すること」と開高編集長は書いている。

しかし今になって思うと、こうした編集プランを考えたのが、満年齢にして二十五歳の開高や坂根たちだった。柳原は、一歳年下の二十四歳だ。たいへんな老成ぶりといえるだろう。三年後に四歳年長の山口瞳が入社してからは、より雑誌らしい編集になったといわれ、発行部数は最大で二十六万部になっている。

そろそろ開高たちの東京勤務が決まる時期になっていた。転勤の辞令はなかなか出なかったが、それでも『洋酒天国』の創刊号は予定通り四月に出すことで進めていた。昭和三十一年だ。それは東京で雑誌の仕事をやっていた坂根進がいたからで、彼の東京でのツテで、仕事が進められていた。

晴れて創刊号が出た。奥付のあらましを見る。「同年四月十日発行、洋酒天国第一巻第一号、編集兼発行人　開高健、印刷所　凸版印刷株式会社、発行所　大阪市北区堂島浜通二丁目株式会社壽屋内　洋酒天国社、頒価二〇円……」。そして目次の最後のところに小さく、こうある。「題字・早川良雄　表紙・柳原良平　扉および本文カット・坂根進　写真・杉木直也」。創刊号の内容と執筆陣については、拙著『「洋酒天国」とその時代』に譲りたい。

月刊で出すことになっていたので、企画と作業に追われるばかりだった。いよいよ東京へという内示が出たのは、同誌の第六号が刊行された頃だった。だから第七号目から、やっと発行所が東京に変わっている。出版社ならぬ一般会社ゆえのこんな苦労も、創刊時代にはあったのである。

新宿時代——島尾敏雄と安部公房

東京転勤が契機となって、大阪に生まれ、そこで育った開高健は、二十六年目にしてやっと東京での生活が始まる。彼は何としても東京で活動することを望んでいた。むろん大阪は開高の原点であり、自分の人間形成をしてくれた「わが町」である。

しかし東京で仕事をするということは、それとはまた意味も次元も違うことだった。宣伝活動という〝業務〟を成功させるにも、PR誌『洋酒天国』の編集を軌道に乗せるにも、東京でなければならない要素が多すぎた。まして開高は自分の小説を書くためにも、それを発表するためにも、東京でなければダメだと思っていた。

転勤以前の開高は、東京での人脈づくり、足場づくりに余念がなかった。

東京出張したときには、できるだけ『新日本文学』の編集部に顔を出した。島尾敏雄には新宿の小さなバーへ連れていかれるようになった。夜の酒場、中村屋のまえの通りにあった「バッカス」や歌舞伎町の「ノアノア」「カヌー」「とと」などでは、井上光晴など作家の常連や田村隆一、鮎川信夫ら詩人たち、そしてそれをとりまく文芸編集者たちがたむろしていて、骨っぽい議論を連夜のように戦わせていた。

火野葦平、八木義德、榛葉英治ら早稲田文学派の作家やフランス文学者の新庄嘉章たちが〝アジト〟としていた酒場「五十鈴」にも行った。別のバーには、中村真一郎や佐々木基一や梅崎春生がいた。埴谷雄高の姿もあった。これやな、だから東京は仕事がしやすいのやな、と開高はつくづく思った。

東海道新幹線など、想像すらできない時代だった。さりとて飛行機はまだ贅沢であって、ヒラ社員には使えるはずもない。そんな時代のサラリーマンの出張は、もっぱら夜行列車の三等寝台「銀河」などを利用することだったが、往復が車中泊だったにしても、東京の宿に一泊、二泊するときは、格別にありがたかった。自由な時間を作り出すことができた。

開高が安部公房を中心とした「現在の会」に参加したのは、壽屋大阪本社に入社した翌年の昭和三十年春だった。これも東京で活躍するための手段であり、布石と考えた。この異色の同人雑誌に開高自身、エッセイと小品を書いているが、なんと牧羊子も詩を寄稿していた。二年前に東京に転居していた島尾敏雄に誘われて、二人で同人として参加したものと思われる。

このことは先年、駒場の日本近代文学館で、発行されたすべての号を閲覧して確認できたことだった。この現物の『現在』には「高見」という朱色の蔵書印が読めた。高見順の蔵書だったのだろう。実に高見らしいなと思わせられた。

牧羊子が「現在の会」の同人になっていたことは、開高自身も牧羊子も、まして谷澤永一も向井敏も、菊谷匡祐も書いていない。『現在』に開高が作品を発表したことは、書誌学者浦西和彦氏の正鵠を射た『開高健書誌』は見落としてはいない。ただ残念なことに、妻たる牧羊子が寄稿していたことには触れられていない。

それに関係の年譜からだけでは、くだんの同人雑誌『現在』が、東京で安部公房（一九二四―一九九三）、真鍋呉夫（一九二〇―二〇一二）、島尾敏雄、富士正晴らによって結成された異色の結社「現在の会」によって創刊されたことはわからなかった。そればかりでなく意外だったのは、雑誌『現在』が、私たち昭和十年代生まれの世代には伝説的な出版人であった、伊達得夫が設立した「書肆ユリイカ」から発行されていた〝同人雑誌〟であったということだった。

今、目にすると、じつに壮観で、その発会のころは、当事者の安部、真鍋、島尾らはもちろん、吉行淳之介、阿川弘之、庄野潤三、佐伯彰一、村松剛など七十人もの作家や若手文化人らが参集し、名を連ねていたのである。

庄野潤三は、島尾との関係からであろうが、創刊号に小説を書いた。しかし、そんな庄野も気が進まぬようだったと吉行は書いている。安岡章太郎は、はじめから寄りつかなかった。吉行らの行動は、いかにも「第三の新人」らしいともいえるが、三島由紀夫が顔を出したという証言も残っていて、これはおもしろい。いずれにしても、もともと安部公房という作家は、文壇付き合いが好きではないらしく、親しい付き合いがあったのは島尾敏雄、庄野潤三、真鍋呉夫など、かなり限られていたという。

出版社の元経営者でエッセイストの長谷川郁夫氏は、自身の著書『われ発見せり　書肆ユリイカ・伊達得夫』のなかで、「「現在の会」については、いまではその実態をつかむことは難しい。アメリカの占領政策の変更は、政府の方針に微妙な転換をもたらした。それを戦前の軍国主義への回帰と受けとめた多くの知識人は、危機意識を高めていた。会は、そうした若い文化人たちの一大集結だったように思える」と総括している。

では開高は、なぜこの政治色の強い結社の同人に参加したのか。このときの開高健はひときわ若かった。壽屋に入社した翌年だから、二十五歳。『洋酒天国』はまだ創刊されていなかったが、開高は営業向けＰＲ誌『発展』の取材で、東京出張が隔月にはあった。

『現在』の三号と十三号に、開高は小品を寄稿し、十二号にはシャーウッド・アンダスンの短編の翻訳を掲載している。先に触れたとおりバックナンバーを調べてみると、牧羊子が同誌第八号に詩を発表していることは、多くを暗示しているように思われる。

二十五歳の開高が、東京で多少とも近づける文壇人といえば、『えんぴつ』などを送り続けた佐々木基一と、『ＶＩＫＩＮＧ』の合評会などで目をかけてもらった島尾敏雄くらいだった。島尾は、すでに神戸六甲の父の家を出て、昭和二十七年に上京、家族と江戸川区小岩に転居してきていた。

安部公房、真鍋呉夫らによる政治色の強い「現在の会」に開高が参加したのは島尾の誘いだったけれど、開高の背中を押したのは、詩の世界では多少とも知られていた女流詩人牧羊子だった。

作家で俳人でもあった真鍋呉夫とは、同氏が亡くなる三年前の平成二十一年、練馬区立石神井公園「ふるさと文化館」学芸員の山城多恵子氏のご差配により、二時間ほど話を伺うことができた。当時、氏は八十九歳になっていたが、十年余り前の初対面の頃と少しも変わらず、ダンディーな装いで現れた。私は単刀直入に「現在の会」に開高健が、実際にどのようなかたちで参加していたのかを質問した。

《はっきりいえることは、『現在』という同人雑誌は、昭和二十五年の朝鮮動乱勃発と二十七年五月の血のメーデー事件が動機になっていましたね。安部公房が中心になっていたが、そのころの多くの知識人たちは、日本の右傾化に危機意識をもっていました。たしか昭和二十七年に発会し、〈『現在』の会〉としたのも安部だった。その時、安部はすでに共産党に入党していたと思います。私も彼にすすめられて入党しましたが、二人ともしばらくして党から除名されました。開高健、おぼえていますよ。昭和三十年頃の入会でしょう。同人でした。『現在』に小品を数篇書いていています。牧羊子さんも詩を寄稿していましたね。》

このときの真鍋呉夫の話に、開高の名前が出たのはこれだけである。なぜか開高健の名を私が口にしたとき、同氏は驚いたような表情をされたが、とくに何かを話されることはなかった。私は真鍋氏が意志をもって沈黙されたような印象をうけた。そのあと、同氏は五味康祐のことに話題を変えた。

ところで開高は、上京を決意して東京へ転居する直前の島尾敏雄の六甲の家を訪問している。この時、牧羊子が同道していたはずだと私は確信している。「現在の会」の第一回総会はその直後に、東京で開かれている。島尾も出席した。開高はチャンスだと感じていた。満を持して、名のある作家たちが活躍する中央文壇という大海に向かって、大時代的な言い方をすると処女航海をはじめようとしていた。そしてその時期、開高の妻牧羊子は、ちょうど大型船を曳航するタグボートのような役割を果たしていたのではあるまいか。

さて、開高と柳原は同三十一年十月一日、家族を連れて大阪をあとにすることになった。転勤の日は、柳原良平・かほる夫妻の結婚一周年記念日の翌々日だったという。開高家は妻初子（牧羊子）、一人娘の道子の三人、柳原夫妻にはまだ子供がなかった。総勢五人であった。大阪発、東京行の寝台急行「銀河」に五人は乗り込んだ。

大阪駅ホームには開高の母親文子、妹の陽子さんと順子さんが、集まった壽屋宣伝部の仲間たちと一緒になって別れを惜しんでいた。そして柳原夫人かほるさんの女学校時代の友人たちも花束を持ってかけつけて、賑やかな見送りになった。

第４章　熱い歳月――昭和三十年代

文藝春秋新社の社屋屋上にて（上から石原慎太郎、江崎誠致、開高、菊村到、大江健三郎。1958年11月19日）。写真提供・文藝春秋オムレツをつくるためには卵を割らなければならない。

開高健『夏の闇』

『洋酒天国』と芥川賞

戦後、わが国の際立った特徴の一つは、驚異的な速さで進んだ都市化だった。今はその結果として、地方都市の過疎化と衰退という厳しい現実に直面し、いささか混迷のなかを漂っている。アメリカで百年かかった「都市化＝アーバナイゼーション」を、戦後の日本はその四分の一の二十五年でやってしまったといわれた。よかったかどうかという問題よりも、そうならざるを得なかったのである。農村人口が毎年のように劇的に減少して、離農した人々が一挙に都市に流入した。大正時代から戦前の昭和期にかけて誕生した〝サラリーマン〟層は、その姿を変え、いわゆる新しい中間層の大量発生をうながした。

結果的に都市化によって、それまでにない生活文化がもとめられるようになった。まず、〝洋風化〟や舶来品崇拝思想などといわれる風潮が生まれてきた。多分、すでに死語に近いことばだろう。ウイスキー会社も変わらなければならなかった。戦後すぐに設備投資を積極的に推し進めた壽屋（＝サントリー）は、販売方法を改善して、支店網を広げて効率化し、さらに組織力の強化をはかった。大学新卒の定期採用にも踏み切った。

急激な都市化が進んで、郊外には団地が建設され、テレビ、洗濯機、電気冷蔵庫などいわゆる「三種の神器」が多くの家庭で幅を利かせるようになった。壽屋への追い風とは、たとえば氷をつくって、家でオン・ザ・ロックを飲むことができたというようなことである。また、居間にサイドボードを置いて、ホームバーをつくることが見られるようになった。人々の生活スタイルも、生活感覚も劇的に変わっていった。

都市化ということは、とりもなおさず、そこで生活する大量の勤労者階級、市民階層が大量に発生するということである。これが政治や経済や文化にどんな影響を与え、どのような結果をもたらしたか、今ではすでに自明のことである。昭和三十（一九五五）年、社会党再統一と保守合同という政治の大きな節目が生まれ、いわゆる五十五年体制を経て、昭和三十年代以降、わが国は独特の都市集中型の市民階級社会へと変貌していくのである。

こうした現象は、中産階級が肥大化した「ダイヤモンド型社会」と命名された。しかし実際は、開高が鋭く感知し、ＰＲ誌『洋酒天国』のターゲットとして捉えた「無産有知識階級」の増大だった。同三十一年、「経済白書」は〝もはや「戦後」ではない〟と宣言した。

さて、仮に昭和二十五年、「トリスバー」なるものが登場していなければ、ＰＲ誌『洋酒天国』の創刊は考えられなかったであろう。開高の宣伝部における活躍も、さして期待できなかっただろうし、佐治敬三の時代の先読みセンサーが、どこまで感度を高められたかもわからないのである。それほどトリスバー、さらにはトリスバーチェーンの誕生は、〝ウイスキー会社〟の経営戦略にとって画期的な出来事であった。現在は、いうまでもなくトリスバーの時代ではない。どこかシックな雰囲気のある〝オーセンティック〟なスタンドバーが、銀座をはじめ、新橋、新宿、池袋、そして横浜、いや大阪や京都や神戸、名古屋、札幌、福岡、仙台などなど、全国の諸都市で賑わっている。このあたりの酒場からは、時代の空気、顧客の嗜好がじかに感じられておもしろい。

ちなみに、バー用語としての「オーセンティック・バー」とは、正統派の〝本物志向〟の酒場というほどの意味である。

時代を半世紀以上さかのぼると、また別の戦後復興期の貌が見えてくる。当時、つまり昭和二十五年頃、壽屋東京支店営業部門にあって、後に取締役洋酒営業本部長を務めた中崎日出男が、こう証言している。若い頃、中崎は銀座・新宿・池袋を担当していた。以下は中崎の談である。

《トリスバーの第一号店は、やはり池袋の「どん底」でっしたろうな。久間瀬巳之吉氏が経営されていて、場所は池袋駅西口から、ほど遠からぬところやった。それと昭和二十七年、私は銀座の「ブリック」にトリスバーの看板を掛けて貰ったことをおぼえてます。これらの店はスタンドバーで、カウンターが広く、肘をのせるのにとても具合がよかった。》

このことは、平成十一（一九九九）年に発行された『日々に新たに——サントリー百年誌』にも明記されているが、その際さらに、ほぼ同時期に開店したと思われる大阪は曾根崎のお初天神近くの、トリスバー「デラックス」という酒場も正式に記載されている。東西の二大都市で、同じようなスタイルのバーが、戦後五年という歳月を経て、ほとんど同じ頃に誕生していたのである。

店の規模はさほど大きくはない。ともにスタンドバー形式の酒場である。カウンターのなかには男性バーテンダーはいても、ホステスはおかない。女っ気はないが清潔で、安心して入れる。だからおツマミは乾きもの（塩マメ、イカクン……）程度で、どこまでもウイスキーを「うまく、安く」飲ませて、サラリーマンがくつろげて、「個」を大事にする空間であることを第一としていた。

中崎は、佐治敬三にこのバーのことを話した。本格的に発売したばかりのトリスウイスキーの、商品コンセプトを具体的に絵に描いて見せたような「新しいバー」ではないか、と佐治敬三は一瞬にして閃きを感じた。「そうか、このスタイルのバーなら、すぐに全国に広がるやろな！」と中崎に言った。

トリスバー「どん底」というと、どことなく戦後の雰囲気が滲みでてくるようなイメージがある。まさにその通りで、時代の空気を醸し出している酒場だった。昭和三十年代になってからであるけれど、私もこの店にはけっこう出かけた。まだ学生のころだった。池袋に住んでいた江戸川乱歩や、ミステリーの翻訳をやっていた植草甚一などもあらわれるバーになっていて、繁盛していた。

トリスバーが全国的に広がり、さらに上のクラスをめざしたサントリーバーも、同時にチェーンバーとして展開されるようになったのは同二十八年頃だったであろうか。まもなく登録制が導入されて、壽屋が看板はもとよりグラスや灰皿やノベルティー（宣伝物）などを支給するシステムができあがった。ロンドンの伝統的なパブにも、ビールやエールの会社による同様の支援システムがある。

バーにはダイスやトランプや、すこし広い店なら仲間うちで遊べるダーツなどを提供した。ウイスキー会社は、スコッチやバーボンのメーカーでも、販売促進のために、そのようなセンスのあるノベルティーが必要不可欠だった。そこでバーの常連客に、さらに何か喜ばれるものをという営業部門からの強い要望が、その時期に宣伝部の開高たちへ、しきりに寄せられるようになっていたのである。こうした事情が、昭和三十一年に『洋酒天国』が生まれるきっかけとなった。

その頃には、トリスバーは、全国に一万五千軒をこえる数になっており、最盛期の昭和三十六、七年には三万五千軒といわれた。松本清張が、昭和三十五年から翌年まで『読売新聞』夕刊に連載した小説「砂の器」の冒頭でトリスバーを描いている。やや晩《おそ》い時間のトリスバーの印象的な場面である。社会派推理作家の鋭い眼にとまった、この時代の酒場の典型的な風景がみえてくる。

《国電蒲田駅の近くの横丁だった。間口の狭いトリスバーが一軒、窓に灯を映していた。

十一時過ぎの蒲田駅界隈は、普通の商店がほとんど戸を入れ、スズラン灯だけが残っている。これから少し先に行くと、食べもの屋の多い横丁になって、小さなバーが軒をならべているが、そのバーだけはぽつんと、そこから離れていた。（中略）申しわけ程度にボックスが二つ片隅に置かれてあった。だが、今は、そこにはだれも客は掛けてなく、カウンターの前に、サラリーマンらしい男が三人と、同じ社の事務員らしい女が一人、横に並んで肘を突いていた。》

こうしたバーの存在は、戦前、戦中にくらべ、大きな変化であった。人々はなんとなく〝中流意識〟を持ち始めていて、一杯飲み屋でなくバーに通うようになっていた。

ある対談で、後年、開高が佐治を相手に、トリスバーの全国展開にみられるような経営者として時代を捉える目線の的確さを指摘した。佐治は、ただ笑って、「まあ、それなりの直感やったのやろな、すこしは、社会勉強はしたがね……」と謙辞めいた一言をいうだけであった。多くの中等・高等教育を受けた〝中間〟市民層の増大が、この時代の消費革命に果たした役割は大きかった。

今にして思えば、中間的な市民層の政治的な意識の高揚は、同時にまた〝舶来品崇拝思想〟をともなって、新しい外来文化への潜在的な欲望を大衆のあいだに芽生えさせることにもなった。

さて『洋酒天国』は、創刊当初は大阪でやっていた編集作業も、半年も経たないうちに東京でなければ無理だということになった。編集や出版の仕事が、大阪ではなかなか軌道に乗せにくいということを、後々まで佐治敬三は残念がっていた。

「雑誌づくりは、大阪ではあきまへんな。東京でっせ」と開高と柳原が専務の敬三に進言すると、「何でや、大阪で編集をできへんのかね。ここは日本の第二の都市やおまへんか……」と言うのだった。が、結局は、編集部は東京に置くという案が正式に決定した。

当時、大阪には出版社は少なく、執筆者も東京に集中していた。一方で、昭和三十年代初頭の東京は、活気にあふれ消費文化の開花は、出版界に雑誌ブームをもたらし、文芸書でも多くのベストセラーが誕生している。つまり、文化は東京発だったのである。

ウイスキーの時代

昭和三十年代は、どこか不思議な時代だった。新聞の文芸欄や文芸雑誌は〝時代の混迷、不毛の文学〟を日常的に指摘していた。学生たちは政治の現状を批判し、文学のひ弱さを嘆いた。政治的な行動に駆り立てられる若者も多く、共産党が機関紙『アカハタ』で、それまでの極左冒険主義を反省したのが同三十年一月のことだった。それが七月に開かれた日本共産党第六回全国協議会（六全協）の自己批判につながり、知識層や左翼学生の不安を煽り、居心地を悪くしていた。

この年は五月に立川基地拡張反対運動が起こり、これが昭和三十年代的混沌と政治の季節の始まりだった。文壇では、二月に坂口安吾が亡くなり、安岡章太郎、吉行淳之介、阿川弘之など第三の新人の活躍期を迎えていた。遠藤周作が七月に『白い人』で第三十三回芥川賞を受賞。『近代文学』に掲載された作品だった。

ふり返ってみると、大正時代後半から昭和初期にかけて、時代が激変していった時代に、雑誌ブームが出現している。大正十一（一九二二）年には新聞社系の週刊誌『サンデー毎日』と『週刊朝日』が相次いで創刊された。

いっぽう、初の総合雑誌として『中央公論』は、すこし早く明治三十二（一八九九）年（前身の『反省会雑誌』は同二十年）、そして『改造』が大正八年創刊。さらに『文藝春秋』が同十二年に創刊されている。翌年には大衆誌『キング』（大日本雄辯會講談社）も相次いで創刊されるが、他にも昭和初期にかけて映画雑誌などが群雄割拠した。これはこの時期の政治的、社会的な大きなうねりの中の現象として捉えてよいだろう。

さらにエポックをつくったのが、その三年前の同九年創刊の『新青年』（博文館）という別の顔をもつモダニズムの雑誌だった。この時代の若者文化、大衆文化に大きな影響と刺激を与えた。これまでになかった傾向の作品の数々を世に出し、さらに横溝正史など新たな執筆者を見出し、育てたという意味や功績は大きかった。

いわば時代のトレンド・セッターとしての『洋酒天国』が創刊された昭和三十一年、同時に、初の出版社系週刊誌『週刊新潮』が世に出た。これは、かならずしも偶然の出来事ではない。新潮社編集部も壽屋宣伝部も、時代の流れ、そして大衆文化の方向性を、いち早く見定めて、経営感覚を手中にすることが急務だったからだ。

ヘンな言い方になるけれど、出版社が新雑誌を編集して創刊発売することと、ウイスキーを製造して新しい〝ブレンド〟で発売し、その販促活動の独自な戦略を決めて力を入れることとは、マーケティングという点では共通するものがあった。それこそが同時代を見る、欠かせぬ視点であると指摘された。

新聞報道のダイジェスト版といった趣のある『週刊朝日』や『サンデー毎日』など新聞社系に対し、出版社系の週刊誌は、フリーのライター集団による独自の取材と、一捻りある特集やコラム、有力作家の連載小説などで、新味をもたせ、読者の関心を集めていた。

参考までに、『週刊新潮』以外の出版系週刊誌の創刊状況を見ておこう。

総合系の『週刊明星』（昭和三十三年）、『週刊大衆』（同三十三年）、『週刊文春』（同三十四年）、『週刊現代』（同三十四年）、女性誌系の『週刊女性』（同三十二年）、『女性自身』（同三十三年）、芸能誌系の『週刊平凡』（同三十四年）、ほかに少年漫画誌『週刊少年マガジン』、『週刊少年サンデー』（同三十四年）など続出である。

出版社は大量発行・大量販売で広告収入を稼ぐ週刊誌への依存度を強め、同三十四年には週刊誌の発行部数が月刊誌のそれを抜いて業界の話題となった。

『洋酒天国』は、そうした雑誌の時代であったからこそ、その独自性と奔放なアイデアをアピールできた。そして、トリスバーが賑わい、ウイスキーの時代のシンボルとして受けとめられた。トリスバーも『洋酒天国』も、時代の申し子だったといってよいだろう。

さて、創刊されたばかりの『週刊新潮』が、絶好調の新聞社系の二誌をどのように追撃してゆくのか、世間は注目していた。とくに『週刊朝日』は、名編集長扇谷正造がやり遂げた百万部達成の自信をもって、これを迎え撃った。知的エンターテインメントの多彩な展開と、さらに報道力と企画力の競争があって、ジャーナリズムの世界は沸き立っていた。

後続の講談社『週刊現代』、文藝春秋『週刊文春』が創刊されると、出版社系などの週刊誌は各社から雨後の筍のように創刊されては、またすぐに廃刊に追い込まれた。週刊誌ブームの到来で、勇猛な、出来る編集者の時代が出現し、出版界は戦国時代の様相をみせていた。

心は孤独な狩人

転勤の希望がかなって、生まれてこのかた二十六年目にしてはじめて、大阪を離れ東京生活が始まった。開高は大阪の本社宣伝部意匠課から東京支店宣伝部宣伝技術課へ異動になったけれど、販売促進用の雑誌『発展』の取材や編集を兼務で継続していた。地方出張もあった。

開高と柳原は、転勤の少しまえに総務部からの指示で、それぞれ一戸建ての家屋を社宅として、自分で決めて購入した。「四十万円までで、探してきなさい。社宅として規定に従って賃貸します」と言い渡された。そのような時代だった。坂根はまだ独身だったので、自由なアパート住まいを選択していた。開高は杉並区に、柳原は大田区に住むことを決めた。

東京西郊、杉並区向井町の社宅から、開高は日本橋蛎殻町の東京支店まで、西武新宿線と地下鉄を乗り継いで一時間余りだった。大阪に比べ、人が多く、刺激も過多であったが、すぐに慣れた。

開高は『孟子』のなかにある言葉、「居は気を移し、養は体を移し……」を正しいと信じていた。新しい住居で、心機一転に賭けた。

福利厚生に不満はなかったが、開高は労組の活動にも熱心だった。柳原や坂根らも、開高に誘われるかたちで集会に出て発言し、教宣活動にも協力した。組合機関紙『スクラム』の編集までは手が回らなかったけれど、開高をはじめ宣伝部員たちは労組と太いパイプでつながった。みごとなサラリーマンぶりであった。

しかし仕事の中心は、もはや『洋酒天国』の編集ではない。昭和二十八年八月に国内初の民放「日本テレビ」が開局し、同三十年四月には「TBSテレビ」が開局した。民放開局ラッシュ時代の到来である。テレビのCM合戦の幕が切って落とされようとしていた。新聞、雑誌、テレビを中心にした〝メディアミックス〟に重点を置く、広告戦略時代が到来していた。この面でも、いよいよ新設の宣伝部宣伝技術課の出番であった。

開高は大阪本社時代も広告制作には関わっていたけれど、東京の宣伝部の忙しさはそれとは比較にならなかった。仕事量は一挙に倍増した。しかし開高は、東京勤務を大きなチャンスと考えていた。兼務とはいえPR誌の編集には自信があった。といっても、開高は社内ではもちろん宣伝部内でも、決して大口は叩かなかった。第2章で引いた『頁の背後』では、こう吐露している。

《その頃流行しかけていたサントリーバーやトリスバーにタダでこの雑誌を配給することをはじめたのだが、第一号から号を追うにしたがって、三万部、五万部、七万部と、毎号、モンブランのお針をめざすような急ピッチの上昇ぶりを見せた。いっさいサントリーの宣伝臭を抜いて、ひたすら香水、ダイス、パイプ、裸女、美酒などに話題と頁を集中したので、はじめのうちは重役室のこわいおっさん連中にニラまれたり、イヤミをいわれたりしたが、ならぬ堪忍、するが堪忍、ひたすら頭を低くし、けれどけっして妥協しないで、一貫していったら、やがて評判が高まり、おっさんたちは何もいわなくなった。》

こんな状態が第六、第七号まで続いた。宣伝部長の山崎隆夫は東京駐在となった。仕事は順調にいっており、初めて東京で編集した『洋酒天国』第七号も好評だった。

ところで日本橋蛎殻町は、米相場で知られた商売の町である。その一劃に、木造二階建ての壽屋東京支店の社屋があった。活気に満ちていたが、いかにも古くて狭く、どうみても下町風の佇まいである。上昇気流に乗ったハイカラなイメージのウイスキー・カンパニーの東京支店とは思えなかった。

東京の人間にも不思議に見えた。近くの運河には、いつも団平船《だんべえぶね》が目白押しに並び、オムツがひるがえり、満潮時には潮の匂いに混じって化学臭が東京湾から漂って来た。昼どきには、おでん屋が屋台を引いて支店の前までやって来る。近所の名刺屋やオートバイ屋のおかみさんが鍋をもって飛び出してくる。支店の二階で仕事をしていた開高たち社員も降りて来て、一緒になってアオヤギやハンペンを買って食べるのである。いささかマンガ的な光景が実際に繰り広げられた。

開高は楽しんでいた。後輩たちに語るこの頃の得意噺は、おでん屋の「プォーッ、プォーッ」というラッパの音の真似と、社屋が狭いので、手洗いで誰かが「トイレットペーパー、紙イー」と叫ぶと、会社中に聞こえてしまうという笑い話だった。開高は「部長、紙イー」という言い方を好んでいたけれど……。大ヒットとなった映画『ＡＬＷＡＹＳ　三丁目の夕日』は昭和三十三年頃の東京下町が舞台だったが、壽屋東京支店のこの時代は同三十一年。界隈は運河に近く、いっそう下町然としていたであろう。

　大阪時代も、宣伝部があったのは開高がいうところの〝ペチャ・ビル〟であったし、イメージにふさわしい晴れがましいオフィスで仕事をしていたわけではない。押し寄せてくる雑用の重圧で、創作意欲をすっかり喪失してしまっていた。むろん東京への転勤は望んでいたことで、期待に胸が膨らむような気持ちにもなった。ところが、支店社屋の陋屋《ろうおく》ぶりはともかく、「東京へ転勤してみると仕事は楽になるどころか、いよいよはげしく密になりはじめ、二進も三進もならなくなった」（『頁の背後』）。

　現実には過密なルーティンワークと夜のバーまわりで、一日一日が暮れていた。開高にとってこの時期は、いわば「数年間をこうしてウイスキー瓶のなかでボウフラのように浮いたり沈んだりしてくらしていた」（前掲書）ということになる。だから文学的刺激は皆無だったし、焦りすら感じていたのであろう。さらにこうも書いている。「東京へきて暮すようになってからは会社員としての生活しかしていないので私には文学友達というものが皆無に近かった」。

　痛切な叫びである。そうこうするうちに、島尾敏雄の推薦で同人になっていた、安部公房らの「現在の会」で出会った作家や評論家たちと、小さな会合や新宿のバーなどで接触することも増えてきた。そして、この時期に何かと面倒を見てくれたのが、文芸評論を書いていた村松剛だった。当時はまだ、立教大でフランス語の非常勤講師だったのではないかと開高は語っている。

村松は旧制一高の理科から、東大仏文を卒業した秀才で、ヴァレリーやアンドレ・マルローの研究で知られ、安部公房の「現在の会」に一時顔を出していた。安部公房の仲立ちで、そこで開高と会っていたのである。後年村松は、同じ同人仲間の佐伯彰一との対談で、開高とはじめて出会った時のことを話題にしている。東京に文学的知人のいない開高にとっては、まことに思いがけない邂逅だった。

大阪から東京へ転勤して来て一年余り。毎日のように朝晩、満員電車に詰め込まれては運ばれる日々を送っていたある日、その電車の中で、すぐ前の座席で乗客が読んでいた『朝日新聞』夕刊の見出しが目に飛び込んできた。ササの結実の周期とネズミの大発生のことを書いた記事のようだった。

何か閃くものがあって、駅か喫茶店か会社か、とにかくどこかで新聞を開いて記事を読み、確かめてみると、宇田川竜男という動物学者が書いた文章だった。そのページを破りとってポケットに入れ、あとで何度も何度も読み返した。

《ササは六十年目に花がさき、実を結んでその生涯を閉じるといわれている。しかし実際には百二十年目のことが多い。ササがこの長い年月を、一年の狂いもなく実を結ぶことは、まことに生物の神秘的な現象といわなければならない。》

このあとに続いて、野ネズミの大繁殖の凶暴なまでの生態が書かれている。筆者は農林省林業試験場鳥獣研究室長だった。ササは六十年、百二十年を周期にして実を結ぶ。その実には小麦に匹敵する栄養があり、その結実周期が飢饉の年と一致すれば、餓死者を出さなくとも済ませることができる。古くは江戸末期の天保七（一八三六）年がその年にあたり、大飢饉で飢えた農民がササの実を食べて生き延びたという記録も紹介してあった。

なぜか、ふいに閃光が差し込んで、イメージが膨れあがってきた。カミュの『ペスト』や、翻訳されたばかりの、ピエール・ガスカールのネズミを素材にした動物小説集が脳裡に閃いた。このササとネズミを題材に、自分も中編くらいの作品にできるのではないかという熱い衝動が身体を走った。夜毎の酒場浸りをぴたりとやめた。

銀座を素通りして、杉並区向井町の社宅にまっすぐ帰る日がつづいた。狭い二階の凹みのような和室に閉じこもり、安物のカーテンで妻と娘から見えないように仕切って、年来のちびた机に向かった。引き出しもないのである。

駅前の文房具屋で買ってきた原稿用紙に、万年筆で、時計職人のように背を丸めて一字一字、文字を綴っていった。毎夜、ウイスキーをちびちび舐めながら、書いては破り、書いては破りして、三カ月ほどかけて書き上げたのが「パニック」だった。第四作目の短篇「円の破れ目」を昭和三十一年二月に『近代文学』に発表してから、一年半のブランクがあった。

よくよく考えたすえに、脱稿した第一稿を、師とも思う佐々木基一に持ち込んで読んでもらうことにした。社外の人たちからは珍しがられる社員用ウイスキー「ローモンド」をさげて、ある日、佐々木邸を訪問し、生原稿をテーブルにおいて、「あのォ、こんなもの書いてしもたんですけれど……」といった。すると師は、「うん、読んでみよう」とおごそかに、いや少しはにかんだ微笑を浮かべて呟いた。

さて、このように開高について、私はまるで見て来たように書いてきたが、むろんこれは自伝的小説『夜と陽炎――耳の物語＊＊』などを参考にしている。後年、雑誌『文藝』に断続的に発表された、対談と作家論とを混ぜ合わせたような「文章による肖像画集」（開高自身はそう呼んだ）で、島尾敏雄を取り上げた回で、こう書いている。

《その後しばらくして氏は東京へ攻め上がる。どうしてか氏は私のことを可愛がり、小岩に住んでから顔が赤くなるような私の習作を佐々木基一氏に手渡して『近代文学』に発表の労をとったり、自分も入った「現在の会」に入会させたり、坂本一亀氏にかけあって新人に書き下しをやらせてはどうだと斡旋したりしてくださった。》（『人とこの世界』）

これは実話であろう。「パニック」を佐々木宅に持ち込んだ時にも、島尾敏雄の何らかの後押しがあったのかもしれない。この文章で、この時期の前後の事情がよくわかる。

開高は「パニック」が、自分にとっての本当の処女作だと書いている。だが幾度、私たち若手が開高と一緒に酒場に出かけても、佐々木の指摘を受けてから、「パニック」をどのように完成させたかについての詳細は語らなかった。

佐々木基一から指摘された箇所に急いで手を入れて、第二稿を日ならずして氏の自宅に持参した。しばらくしてから、『新日本文学』八月号に発表と決まったという知らせをうけた。開高は「正直なところ、これはまたシケた雑誌だなと思うことは思ったけれど、恨めしいとも残念とも感じなかった」と書いている。ともかく師に感謝した。

開高は『近代文学』（一九四五―一九六四）への掲載を望んでいたが、結果的に、この雑誌への掲載が幸運をもたらした。確かに『新潮』や『文學界』にくらべれば、『新日本文学』（一九四五―二〇〇四）は民主的な文学の拠点として結成された新日本文学会の機関誌であり、マイナーな文芸雑誌だった。しかし『近代文学』にしても、戦後すぐに、荒正人、平野謙、埴谷雄高、佐々木基一ら七名の文芸評論家によって創刊された、基本的には批評誌であり、毛並みはよいと思われていたが、財政難から免れることはなかった。この年も三月、四月と六月は休刊している。

開高が幸運だったというのは、平野謙が『毎日新聞』（七月十九日付）の「文芸時評」欄で、「パニック」を筆頭に取り上げたことだった。

《今月第一等の快作は開高健の「パニック」（新日本文学）である。すこし誇張していえば、私はこざかしい批評家根性など忘れはてて、ただ一息にこの百枚の小説をよみおわった。小説をよむオモシロサを、ひさしぶりにこの作品は味わわせてくれたのだ。

戦後日本のある地方の話だが、何地方の何県だかは分明ではない。ある年の春さき、川原、湖岸、山林地区、高原など、約五万町歩におよぶ広大な面積に、何百万匹か何千万匹かのネズミの大群が発生して、植栽林や耕作地をほとんど全滅させるという空前の大被害が起こった。》

文壇屈指の読み巧者といわれ、当時からもっとも信頼されていた文芸批評家である平野謙が、新人作家を激賞したのである。限られたスペースの大半を割いて丁寧に批評し、診断し、紹介しているのだ。全肯定であった。のちに谷澤永一は、この平野の文芸時評は「開高を、ほとんど一瞬にして、つよく世に押し出した」と裁断し、驚嘆して見せた。

大手出版社が出す文芸雑誌は、月の上旬の七日に書店に並ぶ。これは今でも変わらない。資金難の『新日本文学』は、いつも出るのが遅れて十日を過ぎていた。平野謙は毎月、注意深く『新日本文学』にも目配りしていたのであろう。

『東京新聞』が十日遅れて、七月二十九日夕刊に本多秋五の一文を掲載したほかは、『朝日新聞』の文芸時評を担当していた臼井吉見をはじめ他紙は、『新日本文学』のこの号を見逃したようである。一行も触れていない。『東京新聞』に書いた本多は「自然界の突発現象を口火にして燃え上がる社会的エネルギーに興味を持ち、そのエネルギーの噴出に当面して官僚組織が示すビホウ的な反応に興味を持つ」と論評したが、かなり控えめな評価だった。

ところが平野謙の「パニック」絶賛の反響は大きく、その日から数日後にかけて、壽屋東京支店には、まず『文學界』編集部の西永達夫が、次に『新潮』坂本忠雄があらわれた。その他にも創作出版で実績のあった光文社の伊賀弘三良（東大仏文出身で、のち祥伝社社長）なども訪れている。次回作の依頼と、短篇集の出版の打診などであった。

何の文学賞も受けたわけではないのに、これは只事ではなかった。たった「パニック」一作を引っさげて登場したばかりの新人が、あたかも受賞作家が文壇へデビューしたかのように扱われたのである。これには本人も戸惑うほかなかった。

何日かおいて、西永の斡旋であろうが、開高は『文學界』編集長の上林吾郎（のち文藝春秋社長）に呼ばれたのである。このとき、同編集長は、開高に対して「三度だけチャンスをあげます」といったという。会見は短かった。開高は上林に、関西人独特の〝いらち〟の典型をよみとっている。この編集長、大物だと思った。

その年の夏から年末まで、開高は「サラリーマンと半熟の新人作家の二重暮し」を過ごした。昼間は会社でトリスウイスキーの広告制作をやり、夜は杉並区の社宅へまっすぐに帰って、二階の凹んだスペースの机に向かって原稿用紙に挑みかかるのだった。銀座、新宿のバー通いはしばらくお預けとなった。編集者の西永からは、年内は十月に一篇、十二月に一篇、もう一篇あると短篇集ができるので、年が明けてから締め切りを決めましょうと、クギを刺されていた。チャンスは三度、上林編集長の関西弁なまりの低い声が、耳もとでいつも聞こえてくる。

この時期のことを回想した文章を読んでいると、開高は本気で小説家になるべきか、ならざるべきか、悩んでいたことがわかる。こんな一文にぶつかった。

《〆切日ギリギリにならなければ机に向うことができず、何がしかの酒を飲まなければ書くこともできず、想像力がヒステリーと呼べるほど豊富でなく、一言半句の閃きに全心身を托して物語そのものが構想できるほどの天才でもないらしいと知覚してからは、いよいよペンが遅くなってしまった。深夜の妄想の一行や半句を、翌朝の、圧力と体臭に充満して窒息しそうな満員電車のさなかで、ヤスリにかけ、生きのびられるものがあるかないかをせわしくおびえながら感触するのは、ひどい苦痛であった。》

(『夜と陽炎——耳の物語＊＊』)

この苦しみに耐えるか、さもなくば、ふたたび会社員の普通の日常に戻るか。開高にとって広告制作の仕事はおもしろく、上司や同僚や、まして経営のトップに認められた存在である。しかし会社の風景は、どんなに恵まれた社員にとっても同じように見えるものなのだ。その上、二重生活だ。

開高の一文は、こう続く。

《文店に顔をだして、辛酸をかいくぐったあげくの上役や、しらちゃけきったオッサンたちの言動に接して、その荒あらしいヤスリにかけられるのも、恐怖であった。オッサンたちの厚皮動物にも似た、ザラついた、昨夜の酒精が澱んで蒸れた呼吸と体熱にさらされて、それでもようやく生きのびた形容詞や副詞の一句を、子猫を籠に入れるようにして抱きかかえて遠い郊外まで持って帰り、風呂に入るまえにそそくさとメモ紙に書きつける。その夜の仕事のきっかけはそういう一言半句からはじまり、しらじら明けの早朝に終り、それからとろとろと眠る。そして、半睡半醒のままで、出勤ということになる。》（前掲書）

やっと、西永に百枚の原稿を渡した。「巨人と玩具」である。二つ目の約束は果たした。そしてこの作品は、西永から指定された締切りをなんとか守ったので、『文學界』十月号に間に合った。この号には、大江健三郎の「偽証の時」が同時掲載されていた。

「巨人と玩具」は、キャラメル会社の激烈な宣伝戦を題材にした作品で、開高もよく知っている広告業界と企業の宣伝部の実態を虚構仕立てにして描いた短篇だった。悪戦苦闘に苦しみながらも、百枚余で宣伝戦のドラマをまとめた。

まず、『毎日新聞』が平野謙、『朝日新聞』が臼井吉見、『東京新聞』が原田義人という評者によって取りあげられた。また、『日本読書新聞』には臼井健三郎が書いており、雑誌『群像』十一月号は、書評鼎談で開高作品を取りあげ、野間宏、北原武夫、本多秋五が語っている。

しかしながら、おしなべて辛口の批評であった。開高を斬って、返す刀で大江健三郎の「偽証の時〉を裂袈がけに斬りおろした評者もいた。『文學界』はこの十月号の目次で、今月の新人として開高健、大江健三郎、中村光至の三人の作品を一挙掲載し、目立つ特集を組んでいた。だから標的にされたのだろう。

ほとんど時間をおかず、開高は『文學界』の西永達夫と約束した、同誌への第三作目の小説に取りかかろうとしていた。新人は、つねに辛口の批評をバネに、自分を奮い立たせなければならない。めげてはいられないのだ。締め切りは十二月上旬で、忙しかった。

遅く帰宅して、チビた机に向かって原稿用紙との孤独な辛い戦争を闘っていた。冷たい批評がこたえた。二年前に安部公房の「現在の会」で初めて顔を合わせた村松剛と佐伯彰一が、それとなく温かい言葉をかけてくれた。ちょうど、こんな批判の嵐に巻き込まれる少し前であっただろうか。このふたりとは生涯をつうじて親しい付き合いとなった。二人は文芸評論家として一家をなし、後年、村松は筑波大教授、佐伯は東大教授をつとめる。

この時期のことをふり返って、村松と佐伯の二人が対談した記録が残っている。平成二年のことだった。詳細な記述ではないが、開高がおかれた様子がどことなく伝わってくる対談である。

《村松　僕自身が開高に会ったのは、安部公房に誘われて何かの会（このとき「現在の会」を失念していたという――引用者）に出て行ってそこで紹介されたの。

佐伯　われわれの同人雑誌『批評』が出るころに、『現代批評』だか『記録芸術』だか、そういう会が次々旗揚げしたよね。

村松　そうそう。あの当時、安部公房もいろんな会をやっていたから、どの会か正確な記憶はないんだけれども、とにかく安部君に誘われて新宿で会ったのだと思う。座敷に座っていたら痩せて目をギョロギョロした男が隅のほうにいて、安部が「彼は開高健といって壽屋宣伝部に勤めている。今度、東京へ出てきたんだ」と紹介してくれた。

佐伯　そうすると、君が知り合ったときはまだ『パニック』なんて書いてないころだね。

村松　もちろん書く前です。

佐伯　僕が会ったときは、『パニック』を書いて間もなくだったという気がするんだ。『パニック』というのは年表を見ると一九五七年（昭和三十二）なのね。その前の年に東京へ出てきて、『パニック』を発表して、これが相当話題を呼んだ。》（『サントリークォータリー』第35号）

この対談は、司会を私がつとめた。このあと開高の作品『パニック』の評判がいかに高かったか、そして「開高健がどうみても文学青年の典型のような風貌で、しかも無口でほとんど喋らなかった」ということなどが語られている。

村松は昭和四年生まれで開高とはほぼ同世代だった。八歳上の佐伯彰一が「題材が変わっていて面白い」と『パニック』を褒めたら、開高は「いや、あの題材は実は新聞に出ていました。だから、あの機会は万人に平等に開かれていたんですよ」と言ったという。佐伯は「こいつ、生意気なことを言う」といっぺんに印象に残り、おぼえてしまったと語っている。

『裸の王様』異聞

『洋酒天国』は毎月、締切りと出張校正がすぐにやってきた。たかだか五、六十ページの雑誌だったが、開高には質で勝負しているという自負があったので執筆者も一流だった。写真にもレイアウトにも大いに趣向を凝らした。いいものを作りたいということでは、柳原良平も〝小エンサイ〟こと坂根進も同じ考えだった。

創刊号から、印刷は東京板橋の凸版印刷に決めていた。相性がいいばかりでなく、写真家の濱谷浩がカラー印刷の技術を認めていただけあって、編集部としても凸版は安心できた。アートディレクターの坂根も凝り性だった。

出張校正は直しの校正刷りを待っている時間が長く、その日で終わらないばかりか、午後から取り掛かっても、校了は深夜になった。帰宅は午前様だ。第四十八号ぐらいからは私も編集に関わっていたので、凸版板橋工場の出張校正室は今もよくおぼえている。あまり大きくはない机だけ目立つ殺風景な部屋で作業をした。隣室が岩波書店の『世界』だったこともあった。

出張校正のとき、夜も八時頃になると、営業係りが頼んでくれたのであろう、いつもの天丼が、冷えた味噌汁とちびたお新香と一緒に差し入れられた。開高や坂根たちが冷えたお茶を飲みながら、赤ペンで汚れたままの手でそんな食事をとっているとき、坂根が妙なことを言い出した。坂根進のエッセイからそのまま引用すると、こうである。

《「オッチャン、ネタが一つあるで……」

「ナンヤ」

「俺が昔、アンデルセン百年祭の記念行事を手伝ったときに、裸の王様を日本の子供に描かせたら、フンドシ姿の殿様を描いた子がいた。こいつはいい！　というんでデンマークへ送ったがどうなったかナ」

「オイ、ちょっと面白そうやナ。もうちょっとくわしく聞かせ！」

「俺は詳しいことはよく知らん、オッチャンもっと調べたらええやンか」》

開高は子持ちだったので、開高が次回作のネタに困っていたことを知っていたのであった。「オッチャン」とよばれていた。坂根は、開高が次回作のネタに困っていたことを知っていたのであった。「小エンサイ」という綽名のある坂根は、百科事典的な博識ぶりで、情報を開高に提供したが、詳しくは教えず、「甚だ冷たい同僚だがこれも一つの交友テクニックだろう」と、右に引用した坂根の回想記『その頃』で吐露している（『これぞ、開高健。――面白半分11月臨時増刊号』）。そして、このとき開高に聞かせたエピソードが短篇小説『裸の王様』のモチーフだったという〝伝説〟となり、いつしかこれが〝定説〟となった。

しかし考えてみると、坂根のこの回想記にはちょっと解せないところがある。ハンス・クリスチャン・アンデルセンは一八〇五年に生まれ、一八七五年に没している。享年七十だった。坂根と開高が凸版の出張校正室でしゃべっていたのは、昭和三十二（一九五七）年初夏から晩夏にかけてである。アンデルセン生誕から百五十二年、また没後としても八十二年で、中途半端というほかない。

坂根がサクラクレパスの仕事に関係していたという時期を昭和二十七―二十九年と考えても、生誕百年にも没後百年にも当たらない。「アンデルセン百年祭」の記念行事というのは、ほんとうに行われたのであろうか。

坂根とは長い間、同僚として一緒に仕事をしてきた柳原良平は昭和二十九年、壽屋宣伝部に入るまえ、「坂根君はサクラクレパスや主婦の友の仕事をしていたようだ」と書いているから、坂根が開高に語ったように、アンデルセンの何らかの記念行事に、サクラクレパスの仕事を通して関わったであろうことはわかる（坂根は田辺製薬の宣伝部にいたこともあった）。

しかし、とうてい文字通りの「百年祭」ではありえないのである。念のために永田町の国立国会図書館に出かけて、『サクラクレパスの七十年』（平成三年十一月刊）という社史を調べてみた。子供のたちの作品をデンマークに送ったほどの記念行事なら、社史に必ず記録を載せていると思ったからだ。

たしかに、この社史を確認すると事実関係がわかってきた。業界大手の同社は、昭和二十五年頃から海外進出の布石をうっており、国内での展覧会の児童の作品を在外公館やユネスコを通じて海外に寄贈していた。それもかなり積極的に。そしてさらに、社史にはこんなことを書いたくだりがあった。

要約すれば、昭和二十七年、文部省の移管を受けてデンマーク児童福祉協会から、「アンデルセン降誕百年祭記念出版」の挿絵にする世界児童画を募集するので協力してほしいという依頼があった。収益は児童福祉に当てるとあり、サクラクレパスは企画に賛同して、さっそく日本の児童の作品を募集し、そのうちの百点をデンマークに送ったとある。その結果、全作品が入賞して、出品した児童全員に感謝状が届いたというのである（同社にも問い合わせたが、現在これ以上のことはわからないとのことだった）。

坂根が語っているような、フンドシ姿の殿様の絵があったかどうかもわからない。同社の社史に掲載はないが、一九五六年に、スイスに本部を置く「国際アンデルセン賞」が設立されているから、この時代は、世界的にアンデルセンに注目が集まる傾向があったようだ。こだわるようだが、坂根がいう「アンデルセン百年祭」は、「アンデルセン降誕百年祭記念出版」ということだった。

どうやら趣旨がいささか違う。「百年祭」などとは一言も書いていない。調べたのに違いない。むろん、開高は小説『裸の王様』で、「百年祭」などとは一言も書いていない。調べたのに違いない。むろん、開高は同社に出かけて行ったのではなかろうか。森ノ宮というと、『日本三文オペラ』の舞台になる〝アパッチ族〟の根拠地にとても近い。

とはいえ、この作品では「フンドシ姿の殿様」を、読者を「あっ」といわせるみごとな〝逆襲〟の手段としている。これこそオチとしても重要で、この作品の決め手といってもよいのである。

私は、この「フンドシ姿の殿様」という坂根が持ち出したエピソードは、ほんとうのところは坂根自身の創作ではなかったかと、長年のあいだ疑問に思ってきた。坂根はサクラクレパスの仕事に関わった後、昭和二十八年に主婦の友社に入社した。同社で同僚だった新井雄市氏の回想にある。そして、早くも翌年には壽屋入りしている。柳原良平の証言によれば、坂根は壽屋入社後も、ある時期までサクラクレパスとも主婦の友とも関わりをもっていたという。

それともう一ついえば、「フンドシ姿の殿様」ということと関わる面白い出来事が、福島県の常磐炭鉱で起きていた。これは実話だ。小林秀雄がこの出来事についてエッセイを書いていたという〝秘話〟を、『新潮』平成二十七年九月号で斎藤理生氏が紹介した。

昭和二十二年六月三十日のことである。片山内閣での商工大臣水谷長三郎が、炭鉱視察に行った。京大で河上肇の弟子だったこの有名な大臣が、フンドシ一つになって摂氏四十度の坑内に入った様子を紹介した写真と記事が、翌七月一日付の朝日新聞、毎日新聞などの全国版で大きく報道された。見出しには「フンドシ一本の水谷商工相」とある。アンデルセンの「裸の王様」の寓意とは別ものだし、チョンマゲもつけていないが、いささか異様な写真だった。

当時、水谷は、「フンドシ姿の大臣」として大いに話題になったという。その年、小学校四年生で九歳だった私は、今も水谷商工大臣の名前をおぼえている。父が往年のマルクスボーイで、社会党びいきだったうえに、実兄が、開高や坂根と同世代で旧制芦屋中学だったということもあって、家庭で父や兄の政治談議の影響をうけていたからかもしれない。

さて、この「フンドシ姿の大臣」が話題になった年、坂根は十六歳、旧制松江中学四年生であった。坂根が朝日か毎日かを読んでいて、この出来事の記事と写真の記憶が、後年、アンデルセンの『裸の王様』と結びついて、彼なりの創作をつくりあげたと考えられなくもないだろう。

開高は、「もうちょっとくわしく聞かせ！」と迫っているが、坂根は「詳しいことはよく知らん、オッチャンもっと調べたらええやンか」と曖昧にしている。回想記で、柳原良平は、敬愛の情を示しながらも、坂根について、「もっとも、よく調べてみると嘘だったことも多く、誤植の多いエンサイクロペディアとも言われた」（柳原良平「よくわからない人」、追悼録『坂根進・想』所収、平成十二年）と、かなりあけすけに坂根を〝酷評〟しているからだ。

柳原は正直な人だった。坂根は職人的だったが、しかしどこまでも直感と想像力に生きた人であり、根っからのアイデアマンだった。もし、坂根の話したエピソードが彼の創作であったとしたら、これはこれでまた凄いことではなかろうか。

中村光夫への手紙

昭和三十三年の新年が明けてすぐ、年始にやってきた編集者の西永から、開高はびっくりするようなことを聞いた。「暮れに中村光夫さんが、読売新聞の〝一九五七年ベストスリー〟に『裸の王様』をあげてくれましたね」。

開高は寝耳に水であった。「ええッ、何のことやねん！　今度の芥川賞候補になったのは知ってるけど……」。「読売の年末恒例のベストスリーですよ。なんだ読んでないんですか?」。西永は、開高より二歳下、東大卒の秀才だった。率直にものをいった。

すぐに持っていた新聞の切り抜きを見せた。四面の文化欄トップに「一九五七年ベストスリー」という見出しが躍っていた。すぐに中村光夫の項を見た。「いや、凄いことになったぞ。どれ、▽井伏鱒二『駅前旅館』、▽室生犀星『杏っ子』、それに、▽開高健『裸の王様』（『文學界』）か」。開高は声を出して読んだ。「あと十日もすれば、芥川賞の選考委員会やないか、幸先ええな！」。

ようやくの思いで書きあげて第三作目として西永に渡した「裸の王様」は、『文學界』十二月号に掲載されていた。題名も題材もずばり「裸の王様」とした。文芸時評では、きびしい指摘もあったが一応の評価を得て、芥川賞候補に選ばれていたものの、一面識もない高名な文芸評論家の中村光夫が、井伏、室生という大家の作品と並べて「裸の王様」を選んでくれた。これは驚きであった。ちなみに大江健三郎「死者の奢り」は誰も選んでいなかった。開高と同様、芥川賞候補にはなっていたのだ。

読売新聞の文学ベストスリーの〝選者〟は、中村の他に青野季吉、荒正人、平野謙、山本健吉、吉田健一、臼井吉見、亀井勝一郎、河盛好蔵、本多顕彰ら十名で、中村光夫が代表して一年間の〝決算〟を大きなスペースに書いていた。これらの選者のなかでは中村光夫だけが、三年前から芥川賞選考委員を引き受けていたのである。

開高は動転し、熱くなって、さっそく会ったこともない中央文壇の重鎮ともいえる中村光夫宛に礼状をしたためた。これまで、この日付のものは未公開だったようである。

《とつぜんお手紙をさしあげる失礼をおゆるしください。じつは今日『文学界』の編集の部の人に、昨年暮れ読売新聞紙上で「裸の王様」をベストスリーのひとつにおとりあげになった由、聞きまして、自分のうかつさと事の大きさ、素朴な表現を借りますと〝仰天〟してしまったのです。昨年の暮れ、私は流感やら次作原稿のためなどで、自宅にひきこもり、すっかり世間と没交渉になっていたものですから、今日まで御推選の事実を知らずにすごした次第です。

尚、文芸家協会からの便りで〝パニック〟が創作代表選集に入ることになったのも知りました。「裸の王様」について発表当時、読売の学芸欄で御批判頂いた文章は、私としてもよくのみこめ、自分ながら感じていた脆弱部を、はっきり指摘されたと思って、くやしいながらある安心感を抱いていたのですが、それとベストスリーというような場にお持出しになったと聞いたとき密着レンズが、とつぜん望遠レンズにかわってしまったような不安と狼狽をおぼえました。この心理的負担を独立的に排除できるほど、私は老成していませんので、ひどく苦痛を感じます。

いまでも半信半疑というのが実情です。明日、読売の人に聞いてもう一度たしかめてみようと思っているくらいなのですから、私の狼狽ぶりはおよそ御賢察頂けることと存じます。あわてて書きました。あらためて新年の御祝辞申しあげます。

開高　健

中村光夫様》

（開高健書簡、神奈川近代文学館蔵、消印＝一九五八年一月八日付）

手紙というものは心理の流れが気になるもので、全文を引用した。開高にもこんな時期があったのだと、まず感じさせられる。用語の乱れ、入り組んだ文章も開高らしくないともいえようが、どんなに才能のある作家でも、スタートの頃は、このような生一本なところを見せるのであろう。

ともかくも、ひとつの結果が出たのである。芥川賞の選考委員会は、この手紙を投函したわずか十二日後の一月二十日であった。候補作「裸の王様」は必死で書きあげて、締切りの日に西永に、直接、手渡した作品なのだ。期待もあったが、やはり不安は大きかった。中村光夫に吐露したとおりだった。

半年前、開高はＰＲ誌『洋酒天国』の出張校正の部屋で坂根から題材を示唆されたとき、「オッチャンもっと調べたらええやンか」といわれたとおり、短期間で児童心理と児童画についての専門書を可能な限り調べあげていた。しかも一方で短篇「巨人と玩具」を書き続けながら。ともかく信頼のおける児童心理についての本を集中的に読み込んだ。ただ開高が、大阪・森ノ宮に本社があるサクラクレパスに直接出かけて話を聞いたとは、どこにも書かれていない。

開高は坂根から「フンドシ姿の殿様」の話を聞いたとき、恰好な題材のヒントを得たと一瞬、戦慄に似た昂奮をおぼえた。これは書けると何かが閃いた。まず、構想だった。主人公に画塾をやっている貧しい「ぼく」を設定した。大人の社会の打算と欺瞞にみちた歪んだ日常生活のなかで、圧殺され、「ひどい歪形《わいけい》をうけて」いる少年大田太郎が登場し、「ぼく」の画塾に通ってくる。この短篇の狙いは、そんな太郎の死んだような心が、自然の中で自由に絵を描くことによって生命感を恢復してゆく過程を、「ぼく」との交流を通して、一篇の救済のロマネスクとして仕立てるところにあった。

むろんそればかりではなく、児童画と深層心理については、過去に書かれたり、羽仁進の教育映画で取りあげられたりしているテーマであることはわかっていた。それでもいい。開高には確信があった。

大田絵具の社長大田氏を父として、後妻である太郎の美しい継母を措く。さらに「ぼく」の友人で太郎の小学校の教師でもある前衛児童画家山口などとの込み入った人間関係を横軸に、ビジネスだけが大事な太郎の父大田社長とデンマークのアンデルセン振興会がからむ児童画募集コンクールの企画とその実施の過程を縦軸に、さらに大田社長に迎合的な俗物審査員たちの〝欺瞞〟ぶりを必須のファクターとして加味し、百枚余の短篇を構想した。

詳しくは小説本篇にゆずるが、坂根が語ったエピソードも巧妙に生かされた。太郎が描いたアンデルセン童話『裸の王様』の絵、つまり「越中フンドシの裸の殿様が松並木のあるお堀端を闊歩する」作品は、太郎が伸び伸びとした子どもらしい生命感を恢復した証しとなった。

そして、「ぼく」の巧緻な瞞着《まんちゃく》によって太郎の作品を応募作品の中に紛れ込ませ、コンクールの審査員たちにはっきりわかるように見せつけたのだ。彼らは、はじめはその絵を侮蔑し、ふざけている、馬鹿馬鹿しいと哄笑するだけで、なにごとも理解しなかった。

開高は審査員を画家や教育評論家や指導主事などと具体的に書いており、悪役に仕立てている。彼らは虚栄心と欺瞞の塊で、子どもの心を「歪形」に追いやっている張本人であると、ここでは断定している。いわば太郎の敵だった。そして彼らが、その「フンドシ姿の殿様」の絵が主催者大田社長の息子太郎の作品であることを知らされると、一瞬ことばを失い、コンクールの会場は衝撃の渦と化す。

開高健 vs. 大江健三郎

昭和三十三年一月二十日夜、芥川賞選考委員会は築地の「新喜楽」で開かれた。「裸の王様」の受賞が決定すると、開高健は一夜にして時の人となった。受賞前の予想では、「死者の奢り」の学生作家だった大江健三郎が受賞するだろうという下馬評が高く、新聞でもそんな選考を妥当とするような記事が多かった。後に笑い噺として伝えられたが、開高の職場の宣伝部でのささやかな賭けでは、開高の受賞に投票した部員はほとんどいなかったという。内心では開高を応援していても、いざ賭けるとなると本音が出たのだろう。

テレビや新聞の取材班も板橋の大江健三郎の下宿に張りこんだが、当時は取材チームを二手にわけるゆとりがなかったのだという説がある。受賞が発表されるや、当然、取材陣は杉並の開高の家に取って返し、まだ田園風景を残していたあたりは大騒ぎになった。

サラリーマン作家が、じつは壽屋宣伝部のコピーライターであることがわかり、世間の好奇心を刺激した。時代の先端をゆく職業として、にわかに注目を集めた。その上、すでによく知られるようになっていた都会派のPR誌『洋酒天国』の編集長という肩書は、どこか新鮮さと、身近な親しみとともに奥行きを感じさせるものがあったようで、マスコミの耳目を集めた。

それにしても芥川賞の選考委員会で、「裸の王様」はなぜ評価が二つに割れたのか。対抗馬としての東大仏文科学生だった大江健三郎の短篇「死者の奢り」に強い支持が集まったからであることは言うまでもないが、背景として、石原慎太郎に続く二人目となる学生作家の芥川賞受賞を期待する世間への目配りがあった。そしてさらに、大江健三郎の「死者の奢り」の新奇なテーマに比べ、「裸の王様」は題材に対する既視感があった。児童画教育の世界では、歪められた子どもの心を図画で矯正し、恢復させるケースはよく知られていた。

そんなことはわかっていたけれど、しかし開高の作品は構成とディテールに神経が行き届いていて、最後の〝逆襲〟にいたるまで、一気に読ませる力があったのだ。

こんな顚末が後日語られた。選考委員の重鎮宇野浩二が風邪で欠席したので、選考委員会は八名で行われた。異例といえるほどの長時間の議論の結果、投票が行われた。採決は四対四。つまり開高票は中村光夫、佐藤春夫、石川達三、丹羽文雄であり、大江票は舟橋聖一、川端康成、井上靖、それと瀧井孝作だった。

激しいやり取りがあったようで、瀧井孝作が二作同時受賞を提案した。しかし、受け入れられず、宇野浩二に電話で投票を仰ぐことになった。代々、『文藝春秋』では本誌編集長が司会進行をやっている。その場で宇野宅に電話をしたところ、電話口に出た宇野から「開高……」という返事を得たという。

いつまでも語られるエピソードではあるが、谷澤永一はその時の宇野の電話での回答に異説を唱えている。電話に出た宇野は結論をあとに回し、「開高……、もいいけれど、大江だろうか……」と言いたかったのではないか、というのである。関西人は結論を後に回すから、というのが谷澤の指摘の根拠だ。それを宇野の第一声「開高……」という電話の声を聞いて、「開高、ですね！」とくだんの編集長が叫ぶように言ったので、宇野が黙ってしまった。これは「開高健の強運」という文章で、谷澤が書いている。

しかし、公表された宇野の選評を読んでみると、やはり開高健を支持していた。宇野は他の選考委員よりも、はるかに長く丁寧に書いている。大阪人谷澤の言い分ではあるが、にわかには頷けない。選評のトップに載っている中村光夫の一文を読むと、前例のないほど激論になったという第三十八回芥川賞選考委員会の空気が伝わってくる。

《予期通り、開高氏か大江氏かということになりましたが、決定には骨が折れました。開高氏は近ごろめずらしい骨の太い、構成力もしっかりした新人で、「パニック」などには、島木健作を思わせるところがあり、派手ではなくとも将来に期待できる人と思われますが、一方大江氏の才も、もう一歩深まれば、予想もつかぬ開花を示すであろうと思われ、迷わざるを得ませんでした。》

九人の選考委員は、開高が書いた主題については一様に〝新鮮〟と評価している。それは、開高がいかに細部を丁寧に、具体的に、立体的に書いたかという証しではなかろうか。もっとも最後の部分の〝オチ〟を、粗いと批判した委員もあった。

宇野は、大江の「死者の奢り」を「この小説の欠点は、抽象的であることだ」とやや否定的に書いているのに対し、開高の「裸の王様」については「なかなか面白くつくられてあり、今の文壇に数の少ない風刺的な所があり適宜に諧謔もあり、話が変わっていて、読む人をよろこばせるであろう」と高い評価を下している。これがプロの読みなのであろう。

半年後の昭和三十三年、大江が「飼育」で第三十九回芥川賞を受賞すると、マスコミは〝開高健・大江健三郎時代〟の到来を報じはじめた。それがかなり過熱気味だったのは、テレビが普及してきたうえに、新聞社系、出版社系の週刊誌が競合する兆しがみえはじめた時代ということもあったからだろう。むろんこの時期、新人作家の出現を期待する風潮に拍車がかかったのは、刺激的な内容の「太陽の季節」(『文學界』昭和三十年七月号)をひっさげて石原慎太郎が華々しく登場したためだった。

その前にこんなことがあった。休刊中だった『一橋《いっきょう》文芸』の復刊にあたって、石原は同大学出身（中退）の作家伊藤整に資金的援助を乞うために会いにゆくが、伊藤は石原に好感をもち、気持ちよく支援した。同誌に載った処女作の好評に勢いを得て、次作「太陽の季節」を一気に書く。そしてその作品を、第一回『文學界』新人賞に応募して受賞、さらにその年の芥川賞を受賞するという絶好の流れを呼び寄せて、石原は時代の幸運児として喧伝された。

新聞や週刊誌は、純粋戦後派の初の自己主張、という報道をした。芥川賞選考委員会での石原の評価は、両極端に二分された。舟橋聖一は、主題と描写が率直で大胆なまっすぐさを作風として激賞し、佐藤春夫はハッタリと嫌味な、奇をてらうジャーナリズム的作品と酷評した。二人の対立は翌年、「快楽と道徳論争」に発展した。

この時期、同三十年十一月、慶應義塾大の『三田文学』に突如登場してきたのが、「夏目漱石論」の連載を開始した江藤淳だった。江藤は英文科の学生だったが、四歳上で仏文の大学院にいた山川方夫が同誌の編集に従事しており、江藤に書くことをすすめた。ここに石原、開高、大江、江藤の四人が、そろい踏みしたことになる。熱い歳月を迎える煌《きら》びやかな緞帳《どんちょう》が一気に巻き上げられたのであった。

さて、昭和三十年代の、戦後文学の潮流を画する〝文芸復興期〟に登場してきたこの四人の新人たちは、いずれも出身大学の学内同人誌（サークル機関誌）か、あるいは大学新聞とかかわりの中でスタートをきった。石原慎太郎は『一橋文芸』、江藤淳は『三田文学』であり、開高自身も、『えんぴつ』に参加する前に、大阪市立大学『市大文藝』に習作（「印象生活」「乞食の慈善」）を書いている。いうまでもないが、大江健三郎は『東京大学新聞』五月祭賞だ。

大江健三郎の初登場は華々しかった。前述のとおり同大学新聞の五月祭賞に応募したのだったが、選考委員は荒正人ひとり。その受賞作品「奇妙な仕事」が、平野謙によって文芸時評（『毎日新聞』）で高い評価をうけ、石原につづく学生作家誕生と騒がれた。

これら一連の出来事は、戦後、十年あまりの間、混乱状態にあったかに思われていた大学が、文学的才能を生み出す、ある種の孵卵器《インキユベーター》の役割を果たしていたという指摘もできそうである。時期が少しずれるが、倉橋由美子の「パルタイ」は、在学中に明治大学学長賞を受賞し、同三十五年『明治大学新聞』に発表されている。

「大学新聞が元気な時代は、おしなべて総合雑誌や文芸雑誌が隆盛を極めていることが多いのだよ」といったのは、かつての『中央公論』の名編集長といわれた粕谷一希だった。逆であってもよいのだろうが、わかりやすい相関関係である。すでに総合雑誌が、衰退現象をみせはじめていた時期、一九八〇年代の話である。私には多少の心当たりがあったので、記憶にとどめている。

昭和三十年代は政治の季節と言われる。多くの大学新聞で言論活動が活発だったなかで、主要な大学新聞では、文芸の面でも積極的に企画を打ちはじめていた。

大学新聞は、大正デモクラシーの時代に創刊されたものが多く、学生の自主的な運営に任された刊行物であった。東大系の文学雑誌『帝国文学』あるいは『新思潮』や、さらに文学史にしっかり足跡をのこした『早稲田文学』『三田文学』ほどの歴史や伝統はなかったけれど、主要な大学新聞の存在感は決して小さいものではなくて、しっかりした実績を残し優秀な人材を輩出している。

戦前戦後をつうじて雑誌ジャーナリズムの盛衰とも大いに関係があり、漱石、鷗外、芥川、井伏、太宰などが、東大をはじめ、早稲田、慶應など、それぞれの大学新聞に寄稿している。

主要な大学新聞の流れを辿ってみると、東大新聞、三田新聞、早大新聞の三つの大学新聞のなかでは、慶大の三田新聞の創刊が大正六（一九一七）年で一番早い。東大新聞は同九年、早大新聞はもっとも遅く同十一年で、高田早苗の後押しがあってようやく創刊できた。大正六年に早稲田騒動が起きて、大学新聞が創刊される学内状況にはなかったという早稲田らしい事情があった。同年、『早稲田大学新聞』が創刊される道を開いた高田早苗は翌年、総長に就任した。

『早稲田大学新聞』は、昭和三十三年に創刊三十五周年を迎えた。それを記念して、大がかりな文芸講演会を、大隈講堂で開催したのである。前年、『東京大学新聞』の〝五月祭賞〟で、大江健三郎の「奇妙な仕事」が、大きな話題を提供したことへの対抗意識がなかったとはいえない。

創刊記念行事ではあったが、「新入生歓迎文芸講演会」と銘打った。演題は「現代文学の混迷を衝く」で、開催日は同三十三年五月六日と決まった。話題の作家に来てもらわなければならない。その結果、次の作家たちを招くことが決定した。

まず、この年の芥川賞受賞者でマスコミを賑わしている開高健。そして開高とライバル視されている学生作家の大江健三郎。開高と、芥川賞では一票差で敗れたばかりなので、断られるかと危ぶまれたが、大江健三郎は快諾した。あと三人はベテランに依頼した。山本健吉、吉田健一、そして遠藤周作である。大隈講堂で開催されるのに、早稲田出身の作家も、評論家も、講演者のなかには、なぜか一人もいなかった。これもワセダらしいところだ。

その年、私は入学したばかりの新聞部員だった。なぜ、早稲田出身の作家を呼ばないんだ、といささか訝《いぶか》ったけれど、誰も疑問に思っていなかった。この文芸講演会では、私自身も下働きをしたが、開高健にも、大江健三郎にも、その時はじめて直接会うことができた。

講演会は大成功だった。むろん大隈講堂は二階席まで超満員。しかし、当時の同新聞を調べても、講演会の告知はあっても、内容の記事がない。だから開高や大江が、なにを話したかわからない。記憶も記録もないのだ。

ただ、大江健三郎が講演中に、しきりに後頭部に手をやっていたことは記憶している。上級生だった菊谷匡祐にそのことを訊ねたら、失礼ながら「大江さんの頭のあの部分にはハゲがあるんだ」ということだった。ウソかホントかわからない。この時に開高健とは縁ができて、早稲田大学新聞は、新しい文学賞をつくることになった。

その頃、同人雑誌『批評』が復刊した。メンバーは、当初、文芸評論家の村松剛、佐伯彰一、小説家として開高健らが中心で、当時、多少とも文学に関心がある学生たちは興味を示していた。早大を留年したあと大学院の芸術学専攻にすすんだ菊谷匡祐が、不思議な縁で、村松剛と佐伯彰一の『批評』の編集と事務を手伝うことになった。また、開高の依頼で、壽屋宣伝部のアートディレクター坂根進が、この同人雑誌『批評』の表紙と本文のレイアウトと題字のタイポグラフィーを担当した。

『早稲田大学新聞』は、翌三十四年一月に、「現代の評論に新風を〈新評論賞〉を制定」と銘打って独自の新しい文学賞を発表した。それも年に二回募集する。選考委員は『批評』の中心メンバー佐伯彰一、村松剛、進藤純孝と、村松の誘いで『批評』同人になった開高健の四名とした。

東大新聞の〝五月祭賞〟が小説なら、早大新聞は文芸評論の文学賞をつくろうという意気込みだった。文芸評論は、当時、文学志望者にとって魅力的なジャンルだった。学生たちの関心も高かった。現在とはまさに隔世の感だ。

注記すると、早大では当時、文芸評論で知られた青野季吉や、無名の一橋大生・石原慎太郎を文壇に引っ張り出した浅見淵らが教壇に立っていたし、政経学部には開高の『パニック』を世に注目させた平野謙、さらに伊藤整も非常勤講師で来ていたけれど、早大新聞の評論賞の選考委員には新しさがほしかったのだ。しかしながら、のちに『批評』に参加した早大出身の俊英、平岡篤頼や秋山駿らにも依頼しなかった理由は今もよくわからない。

同年一月二十日号の早大新聞に、「新評論賞募集に際して――選考委員のことば」が掲載された。各委員とも「的確な問題意識をもて」と促しているが、開高健のことばは、当時の彼の〝小説観〟を知る上で重要なヒントを提供していると思われる。以下が全文である。タイトルは「抒情を断ち切れ」とある。この一文は単行本に収録されていない。

《抒情を断ち切れ

開高　健

視点の新しい評論を期待する。がヨーロッパの文学基準の無邪気な適用はやめて頂きたい。あくまでも日本の文学風土の特殊性に立って論を構築してほしい。

いまの日本文学は無数の難問が山積して身動きがとれなくなっている。批評家たちによる状況の分析は緻密で、今後もいよいよ緻密さを加えていくことと思われるが、緻密であればあるだけいよいよ不毛というような緻密さでは困る。いまは分析の時代かもしれないが、もうそろそろ解体から総合へむかってもよいのではないか。

日本の文学を底辺で支配するひとつの呪縛に、抒情というものがある。いわゆる芸術派と称される作家から私小説派をふくめてコミュニストにおよぶまで、ほとんどひとりの例外もなくと極言してよいほど作家は文体を支える発想法や認識の、その中核の生理的暗部において、この一元論の呪縛からまぬがれていない。

この呪縛の複雑さと執拗さを〝多頭の蛇〟と呼んだのは詩人の小野十三郎であったが、この怪物との斗争がないかぎり、いくら新人がビールの泡のように登場しても作品の更新はおこなわれない。末端感覚の多少のヴァリエーションがあるばかりだ。作品を主題や問題意識だけで論ずるのは愚の骨頂というべきである。抒情の追放の操作、追放のための追放ではなく、その追放したさきでどのような自己充足がおこなわれるべきであるか、ということはそれだけで優に芸術運動になり得るほどの主題であろう。生産的な意見の出現を待つ。》

(『早稲田大学新聞』昭和三十四年一月二十日)

開高健二十九歳のときの文章である。昭和三十年代の匂いが充満している。この時期、開高は評判になった初の長篇『日本三文オペラ』のため大阪取材を重ね、すでに書きはじめていた。小野十三郎が引用されている。「抒情を排せ、短歌的抒情から抜け出せ」と叫んでいる。『パニック』も

『巨人と玩具』も『裸の王様』も、たしかに「抒情を断ち切」ったところで書かれた。

　さらにこの直後、ウツに落ち込んでから、そこからの脱出の意志をこめて挑戦し、同三十四年一月号の『文學界』に連載第一回が載った異色の長篇小説「日本三文オペラ」は、一段と徹底した非情と哄笑のピカレスクロマンとして、文壇を驚愕させた。

　ついでに書いておくと、この新評論賞は数年間は、活発に募集活動が続けられた。そして、成果といえば、受賞にはいたらず、応募作品の「近代文学論」は佳作だったけれど、のちに文芸評論家として大活躍する人物がいた。それが若き日の磯田光一だった。そのとき彼は東大英文科の助手であったが、私は何度か彼を本郷の暗い文学部英文学研究室に訪ねている。今も、あの廊下の暗さと独特の匂いを思い出す。早大新聞にエッセイを寄稿して貰ったこともあった。

　ちょうどその頃、本郷のドイツ文学教室で、急逝する前年だったと思うが、カフカについて、人気のあったドイツ文学者の原田義人に会って原稿を依頼した。都電通りに面した赤門前の食堂で、本郷名物というカレーライスをご馳走になったことをおぼえている。都電通りを横切るとき、「こんなところで事故死したらつまらないからね」と、なぜか原田が言って、私の肩のあたりを右手で押すようにして横断したのだった。そのカレー屋はもうないだろう。原田の逝去は、真夏の逗子の海水浴場のラジオニュースで知った。

第5章 『日本三文オペラ』の衝撃——荒地と祝歌

劇団櫂「日本三文オペラ」舞台写真（新宿紀伊国屋ホールで上演。1978年9月）。写真提供・劇団櫂

君がここに聳えていた遠い昔の藍色の空
又、どこを探しても
もう君の姿はなく
動かぬ闇だけが
そこに垂れこめていた
長い長い夜

小野十三郎「秋冷の空に」

混迷の時代

開高の「裸の王様」が受賞した第三十八回芥川賞の選考委員会は、昭和三十三（一九五八）年一月二十日、築地「新喜楽」で開かれた。そして授賞式は、二十日ほどあとの二月十一日、丸の内の東京会館だった。

受賞直後から、開高は猛烈な忙しさに襲われた。芥川賞受賞者の誕生が、社会的〝事件〟となりつつあった時期で、開高は受賞が決定した夜から、マスコミの積極攻勢に見舞われることとなった。書くための時間が制約されたうえに、旧世代の作家ならば文壇への登場を前に、柳行李《やなぎごうり》にいっぱいになるくらいの書き溜めた習作を持ち合わせていることも不思議ではないといわれた時代だった。しかし開高には、同人雑誌に載せた旧作は何篇かあっても、未発表のものは習作程度の創作すら書き溜めがなかった。

開高健か大江健三郎か。芥川賞がジャーナリズムの大きな関心のマトになりはじめたこの時期を境に、文壇の澱んだ空気に、いくらか斬新な風が流れ込んだような動きがみられた。

安部公房や堀田善衛は芥川賞受賞後、颯爽と活躍していたかに見えたが、実際には戦前、戦中の横光利一や太宰治、あるいは伊藤整らが苦しんでいた時代状況の重圧から脱出するどころか、逆に〝政治の季節〟特有の強い圧迫感に苛まれていた。

伊藤整が『逃亡奴隷と仮面紳士』を書き、中村光夫が『風俗小説論』を世に問うて、既成の文壇小説、ひいてはわが国の近代文学を批判した。時代はまだ貧しく、たしかにどんよりと胸苦しい〝混迷〟の空気が漂っていた。

そんな一方で、一見、長閑な文壇風景に出会うこともあった。開高が文壇に登場した時期、最長老とも目されていた正宗白鳥がまだ元気で軽井沢に住んでいたが、時々上京していた。ある日、大学のキャンパスにやって来た白鳥が、久しぶりに会った江戸川乱歩と挨拶を交わしているところに出っくわしたこともあった。第六次『早稲田文学』復刊（昭和三十四年）の会合のためだったのだろうか。

六十年安保の前で、全学連各派の烈しい闘争の季節だったが、こんな空気も学園内には漂っていた。法学部の三輪巌君（私の新聞会同期）は正宗白鳥の最晩年、旧軽井沢六本辻の白鳥別荘へ書庫の整理に行った。大作家と法科の学生、今にして思えばなつかしい風景である。

既出の菊谷匡祐や、その三年後輩にあたる私などが所属していたサークルの早稲田大学新聞会は、私のようなノンセクトもいたが、部員の大半は極左の学生たちだった。顧問をつとめていた新庄嘉章教授は、口実を設けては学生と近い関係を保つことにつとめた。

新庄教授は学生時代、下宿が丹羽文雄といっしょで、太宰治などとの交流も深かった。そして、開高が「パニック」で登場するや、その筆力を高く評価した。教授は学生新聞の部室に時間があると、よく雑談にきた。ある時、「開高は、芥川賞をとるかもしれないナ」と予言した。

そして受賞が決まると、「『パニック』は傑出していた。文章がいい。『裸の王様』で芥川賞をとったか。小説家としての素質が備わっている」と太鼓判を押すいっぽうで、「『早稲田文学』からも、彼のような新人を一人、二人出したい。しかし開高君も、いまの調子が続けばいいがね」とつけ足すことも忘れなかった。菊谷は、新庄嘉章の評価には敏感だった。そして自分の評価に自信を持ったのだ。開高への菊谷のアプローチは東大新聞や慶應の三田新聞などより早く、芥川賞受賞のその年、昭和三十三年の三月には、もう彼は開高に会っていたのである。

ところで、受賞第一作を発表する義務が、恒例として芥川賞受賞者には課せられていた。このことも開高は、西永から告げられて当然知っていた。下半期の受賞者の受賞第一作は『文學界』三月号（同三十三年）に載る。開高は、それが書けなかった。後年、谷澤永一は、このちょっとした〝事件〟めいたいきさつについて、牧羊子から聞いた話として、次のようにしたためている。

《今の開高には、書けない。『文学界』編集部も、せっぱつまった。そこに、難儀な、偶然、が作用した。のち、牧から聞いたかぎりでは、こうである。『群像』の編集長である大久保房男が、かねて開高に小説を徴した。新人に対して破格の措置である。感奮した開高は、百二十枚を書きあげて届けた。多少はいそいだゆえもあって、そのあと、書きくわえの必要におもいいたる。また音羽の講談社へおもむき、乞うて原稿ぜんぶを持ちかえった。まだコピー機器のない時代である。その問題の原稿が、鬱の底に落ちた開高のまえに、机のうえにおかれていた。それ以外の書きためなど、あろうはずがない。この状態では、しめきりをのばしてもむりであろう。結果としては、この「なまけもの」一篇が、芥川賞第一作、と銘うって、『文学界』三月号に掲載された。大久保房男は、激怒した。》

（『回想　開高健』）

開高の不安をよそに、短篇小説「なまけもの」は、新聞各紙の月評（文芸時評欄）でまずは好評だった。小田切秀雄は雑誌『新日本文学』の時評で失敗作と書いたが、絶賛に近い論評を載せた新聞もあったのだ。本人は複雑な屈折した思いから逃れられなかった。

その頃、たまたま会合で、まだ二、三度しか会ったことのなかった安岡章太郎が声をかけてくれて、『群像』とのいざこざには触れず、「開高君、キミは梶井基次郎だな」と読後感を伝えた。「この一言は私の内心をえぐりたてた」（『頁の背後』）と強い印象をうけ、元気づけられたことを、のちに開高は情感をこめて書いている。

この短篇小説は、〝私〟に拠らないで外に向かって書くという自身の「流儀」を、この時だけ破って、せっぱつまった開高が、まさに「自身の感性をなぞることで書いた」一篇だった。しかしながら、さらに『文學界』に載せたこの作品のために、身から出た錆とはいえ、開高にとっては辛い経験がつづくのである。

やや具体的に書けば、この諍《いさか》いから足かけ十六年、昭和四十八年九月号に至るまで、『群像』は開高を起用することはなかったとは、谷澤永一の証言である。編集長が何代もかわった。その間、開高が講談社から上梓したのは、唯一、若き編集者橋中雄二が企画した開高健評論集『饒舌の思想』（昭和四十一年刊）だけで、ほかにはみられない。

この時期、安部公房『沈黙の思想』、小松左京『地図の思想』、小田実『戦後を拓く思想』などがシリーズ化されている。だから開高の一冊がシリーズに入ったとみてよいであろう。開高を無視しなかったのは、編集者橋中の英断だった。

この件に関して、すでにそれから五年ほど過ぎた頃、些細なことだが、こんなことがあった。昭和三十八年四月、私はサントリー（当時は壽屋）宣伝部に入社して二年目で、広告制作や『洋酒天国』の編集などに携っていた。

すでに嘱託になっていた開高がある日の午後、ふらりと宣伝部にやってきた。私のデスクの前で立ち止まると、昼休みに近くの書店で買ってきて脇机に置いていた『群像』（五月号、創刊二百号記念）を見つけて手にとった。その号には、巻末付録に「日本現代文芸家事典」がついていた。監修は早大教授で近代文学者の稲垣達郎で、私が大学時代に講義を聴いた教官だった。

開高は、やおらその雑誌の巻末事典を開き、「か」の項目をみたのである。「やっぱり、あらへんなあ」と、ぽつりと呟いた。誰もなにも言わなかったが、妙な空気だった。その場には、同期入社のコピーライターのY君や、グラフィック・デザイナーの松永謙一君など、私をふくめて若手が三人いたが、いずれもなんのことだか皆目わからない。

「石原慎太郎も有吉佐和子も出てないでしょう?」と、係長席にいた山口瞳が慰めるようにいったので、ますますわからなくなった。「きみは『群像』を読んでいるのかね」。開高はこんなことを私に聞いてきた。その表情は寂しそうだった。そして開高は、すぐに宣伝部に隣接している写真のスタジオに入ってしまった。

開高がいなくなったので、あらためて文芸家事典を開くと、開高の前後で芥川賞を受賞している菊村到や大江健三郎は載っているのに、開高健は出ていなかった。江藤淳も出ている。何かあるのだ、と思ったが、その時すぐに、山口瞳に聞いてみる雰囲気ではなかった。その場は、そういうことなったが、『群像』といえば、たしか「トリス（エクストラ）ウイスキー」の広告を裏表紙に出稿していたはずだった。確かめてみると、昭和三十七年六月号から十月号まで、『群像』の裏表紙にはトリスウイスキーの広告が載っていた。

その日から数日経って、行きつけのバーで、口が重かった山口から一部始終を聞かされた。谷澤永一の文章のとおりであった。大久保は昭和三十年から四十一年まで『群像』の編集長だったが、雑誌における編集長の権限は今も昔も実に大きいのだ。

私は事情がわかってくるにつけ、監修者の稲垣達郎が、「客観性を貫くべき出版物が、開高健を排除するのはおかしい」と、編集長に対して指摘したのではないかと思ったものである。とくに稲垣教授に確かめたわけではなかったけれど、たとえ理由があったとしても、そうすることが監修者としては当然だと思ったのだった。

大久保房男の『終戦後文壇見聞記』（紅書房）を読むと、開高健の恩人ともいえる佐々木基一に、「大久保房男は一種の奇人」と書かれたことがあると、自ら語っている。会合で佐々木に会った大久保が抗議したところ、まわりにいた作家たちがみな「大久保は奇人だ」と肯定し、同じ慶應出身で四十年来の友人だった遠藤周作はあろうことか、「狂人が自分を狂人と思っていないのと同じ」と笑いながら言ったというエピソードを、大久保みずからが書いている。

この大久保に〝禁筆〟とされた作家は、開高健以外では、石原慎太郎や有吉佐和子が知られているが、石原は高見順の家で、『新潮』に載せた「完全な遊戯」を大久保に批判されて大喧嘩となった。そのとき大久保房男が「君にはもう一生『群像』には書かせない」といったと、石原自身が西村賢太との対談で語っている（『en-taxi』平成二十三年七月号）。

山口瞳が開高にいった一言の謎が解けた。多感で激情的な編集者〝鬼の大久保〟にはそんな一面があったのである。だから、先に書いた『群像』巻末付録「日本現代文芸家事典」には、「い」の項に石原慎太郎は掲載されていない。大久保房男流とはいえ、石原慎太郎も開高健も載っていない現代文芸家事典とはいかがなものであろうか。

初期作品の世界

昭和三十三年、『文學界』三月号に「なまけもの」が載ったあとも、鬱の症状はよくならず開高は苦しんだ。五月には、壽屋を退職して嘱託になった。週に二日出勤して、月収五万円だったということだから、大卒の初任給が一万円にもならなかった時代、破格の待遇だった。

同年六月二十二日、大映の増村保造監督によって制作が進められていた映画『巨人と玩具』が完成、封切られた。脚本は白坂依志夫、音楽が塚原哲夫。出演は川口浩、野添ひとみ、高松英郎など。話題の作品になったが、興行的には大ヒットとはいえなかった。

当時、活躍していた映画監督のなかでも、増村保造（一九二四―一九八六）は、知性派、理論派といわれ、学生に人気があった。東大法学部卒で、さらに文学部哲学科に再入学し、ローマの国立映画実験センターに留学した。フェデリコ・フェリーニ監督、ルキノ・ヴィスコンティ監督に師事したという経歴があり、帰国後は溝口健二、市川崑監督の助監督をつとめ、昭和三十二年、『くちづけ』で監督デビューした俊英である。開高作品をどのように映画化したか、学生の関心は大きかった。

大映撮影所に私は増村監督をたずねて、『早稲田大学新聞』への寄稿を依頼した。ローマなどでの体験を聞かせて貰った記憶がある。エネルギッシュな人だった。原稿は快諾してもらい、後日、『巨人と玩具』を映画化した話題の監督のエッセイ「現代映画論」を掲載することができた。開高作品の映画化についていては、増村は別途『映画評論』（昭和三十四年七月号）に書いているので、この映画専門誌から引用しておきたい。

《『巨人と玩具』の場合は、作者の開高健氏が言ったように、これは原作それ自体が出版社の枚数制限を受けて、作者の主観があまり入りこまないプロットであり、四百字詰百枚ほどのエスキス（スケッチ）だった。いわば一つの短篇小説だった。われわれは、登場人物の具象化や、全体のテエマの設定を、ほとんどオリジナル・シナリオに於けるように、自由に行うことができた。しかも、作品が映画の具象的な表現力を十分に駆使できる菓子会社のマスコミ闘争であったことは、この小説の映画化を容易にさせた。『巨人と玩具』は、小説と映画がやすやすと結合した、特殊な一例である。》（「原作小説とその映画化」）

この映画化された『巨人と玩具』をふくめて、開高の初期の代表作として、『パニック』と『裸の王様』の三つの短・中篇をあげることになろう。開高が書いているように、『なまけもの』は〝私〟という「主観」を中心に措いた異色作であったし、昭和三十四年、『中央公論』一月号に発表した「流亡記」は、好評を得た短篇作品だったが、一篇の寓話として読まれている。

『文學界』の西永からは「なまけもの」が載った直後から、「近々、長篇の連載小説を一本書いてください」という注文を再三受けていた。しかし、その気はあるものの、何を題材にしたらよいかわからなかった。「巨人と玩具」にとりかかったとき、開高はこの題材で、本格的な長篇小説に挑戦するつもりだった。ところがそのときは、西永は短篇でやってほしいと枚数制限をしてきたのだった。むろん受賞前のことだ。

昭和三十三年、開高は、芥川賞受賞という栄光と、その反動ともいえるかなり重症の鬱に沈んだ年だったが、以下の短篇等を発表している。

「二重壁」(『別冊文藝春秋』二月二十八日発行、第六十二号)

「なまけもの」(『文學界』三月号、文藝春秋新社)

「フンコロガシ」(『新潮』五月号、新潮社)

「白日のもとに」(『文學界』十月号、文藝春秋新社)

「一日の終りに」(『文藝春秋』十一月号)

この年の八月、社宅を転居。杉並区矢頭町四十番地へ移った。現在の地名は、井草四の八の十四である。そこは今、茅ヶ崎の「開高健記念館」を運営している公益財団法人「開高健記念会」になっている。さらに、十月には気分転換のために和歌山地方から関西方面に出かけたと、自筆年譜には書かれている。

後日談によると、紀勢本線で熊野灘を望む温泉宿の駅で降りて投宿。数日間、滞在したが、したたかにウイスキーを飲んで、酔いつぶれては蒲団を被って呻吟していたらしい。何日かそんな状態がつづいたあと、開高は白浜に寄り、さらに田辺から和歌山に出て、阪和線で天王寺をまわって帰途につくことにしたのだった。ここまでは、谷澤の回顧談のとおりだった。その後の開高の動きを、年譜（浦西和彦作成）の記述のままに、再度、辿ってみよう。

《南海電車難波駅で友人金木茂信に出会い、大阪の京橋〜森ノ宮間砲兵工廠跡の通称アパッチ族に関する情報を得る。住吉区万代東一の二四の谷澤永一宅に宿泊し、金木茂信に紹介された済州島出身の詩人金時鐘《キムジシヨン》の案内で、生野区猪飼野方面に取材、『日本三文オペラ』を起稿し、鬱症から立ち直る。》

先に書いておくと、「日本三文オペラ」は、『文學界』の昭和三十四年一月号―七月号に連載された。開高にとって、この最初の本格的長篇小説は、結果的には、開高作品のなかでも突出した異色作という位置付けが与えられている。けれど、それだけではない。題材を、同時代の〝事件〟に素材を求めるという方法をとった。調べて書いた小説、ルポルタージュ的方法の作品であった。

「アパッチ族騒動」は、戦後間もなくからその兆しがみえていて、十三年越しの〝事件〟だったと報道されている。開高が、この小説で書いた時期は、昭和三十三年初夏から秋にかけてであって、あまり長い期間におよぶものではなかった。しかしながら、まだ、戦後の空気がどす黒く漂う大阪砲兵工廠跡地を舞台に、実際に繰り広げられた屑鉄泥棒集団（アパッチ族）と警察との抗争事件に取材した作品であった。

近年、この作品をめぐって、事実関係を洗い出す研究が進んだ。たとえば、阪南大学名誉教授の橋本寛之氏が、大学の紀要に発表した論文「開高健『日本三文オペラ』――もう一つのものがたり」である。これは単著『都市大阪・文学の風景』（双文社出版、平成十四年）に、のちに発表された「旧陸軍砲兵工廠」とともにまとめられている。開高の作品を中心に、小松左京の『日本アパッチ族』と、当時アパッチ族の一人でもあった梁石日《ヤンソギル》が体験を書いた『夜を賭けて』にも、視野を広げながら、『日本三文オペラ』のトポスを扱った論文である。

トポスというギリシャ語は今もわかりにくい〝文芸用語〟である。何らかのドラマを蓄えた人間臭い「場所」をトポスと理解して間違いではないと思われるが、〝地霊〟とうけとめる人もいる。以前、私は河合隼雄、中村雄二郎の共著『トポスの知――箱庭療法の世界』（TBSブリタニカ）の出版に関わったが、この時もトポス、あるいはトポス論の定義は簡単ではなかった。同書で中村は書いている。

《トポス論あるいは場所論は、おおむね次の四つの角度から捉えられた場所についての考察から成り立っている。一、存在根拠としての場所、二、身体的なものとしての場所、三、象徴的なものとしての場所、四、ある主張についての表現の仕方や論じ方の蓄積を含むところとしての場所、いわゆる言語的トポス、である。》（同書新装版）

こう書かれると、かえって考え込んでしまいかねないが、橋本氏がいうトポスとは、中村のいう一と二である。『日本三文オペラ』の舞台となった新世界（ジャンジャン横丁）、旧陸軍砲兵工廠が辿ってきた空間の歴史と現在、つまり「場所」のドラマを開高作品に重ね合わせたユニークな評論だった。橋本氏の論考は、サントリー学芸賞をうけた酒井隆史氏の好著『通天閣――新・日本資本主義発達史』（青土社）にも刺激を与えているように思われる。

酒井氏は、橋本氏の指摘と関連させて「人間の身体にたとえて、新世界を〈手のつけようもなくドタリとよこたわった胃袋〉として、ジャンジャン横丁をそれにつながる〈腸管〉であるとたとえたのは開高健だった」と、開高のトポスを捉える直観力に驚いている。

「〈腸管〉は通りをへだてて飛田本通りへと接続し、まさに下半身へと、すなわち（旧）飛田遊郭方面へとむかうわけであるが、それに対して上半身を構成する美術館と動物園とは、〈この饒舌ではじしらず〉な町には〈なんの影響もない〉。胃腸と下半身は弱々しい理性をものともせず、独自の運動法則のもとで生々しく脈打つのである」と、開高作品を巧みに引用しながら論を展開している。

一方、龍谷大学教授の越前谷宏氏は、アパッチ族事件の流れについての新聞報道と作品をめぐる詳細な分析を同大学の紀要に発表された（同大学『国文学論叢』第五十四号、平成二十一年二月）。この論文は、本作品の構想の背景がうかがえる新しい視点からの論考だ。具体的に事件の流れを追って、当時の新聞各紙の報道が時系列的に調べられている。

前後するが、この長篇小説の連載開始直後に、開高が書いた〝覚悟〟ともいうべき一文を初めにみておこう。それにしても今、ここに紹介する一文はかなり異色の内容である。開高は、なぜ、この文章を寄稿したのであろうか。まず、一文を読んでみよう。

《『日本三文オペラ』という作品には手こずっている。文体や発想法や主題などいろいろな面で私は自分のカラをたえず破りつづけていきたいと思っているのだが、そのきっかけのひとつがこれである。これは泥棒の集団を描こうとしている。最下層の人間たちのうめきとはげしい力と、笑いを私は描きだしたい。それもきわめて単純明快で簡潔な文体で彼らの混沌を描いてみたいと思っている。インテリの青臭い自己省察や内面下降、また私小説伝統の実感主義というようなもの、すべてうそうそとしたものを一掃した作品世界をつくりだしたいと考えている。》

（「『三文オペラ』と格闘」、『岐阜タイムス』昭和三十四年一月二十七日付）

さらに、『日本三文オペラ』というタイトルについても、きちんとした自分の見解を書いている。つまり、「〝三文オペラ〟というのはジョン・ゲイの〝乞食オペラ〟以来さまざまあり、いちばん誤解されているのはブレヒトのものであるが、これは政治、商業資本、官僚、ジャーナリズムなど社会の全機構にたいする痛烈な罵倒の作品であった。いまのところ私にはそれほどの力がないので残念なことだが、泥棒を描くことにとどまる。が、インテリを描くことよりこの方がよほどエネルギーを要することである」。

というわけで、これは大変な仕事で、この年、昭和三十四年の上半期は、この作品との格闘についやされてしまうに違いないとも書いている。そして初めての長篇小説への挑戦の姿勢として、方法論、文体論にまで及んでいる。開高はこのように書いて、覚悟のほどを示したのだ。

《ぼくとしてはただの社会小説のリアリズムで作品に額縁をつくるよりは、むしろ思いつくままの手段を借りて、四方八方から額縁を破ることで何がしかのリアリティが定着できないものか、と思った。

だからときには記録体、ときには説話体、あるいはファルス、あるいはフィユトンが定着でき

ないものか、と思った。》　（前掲紙）
ここで「記録体」や「説話体」はわかるが、「ファルス」や「フィユトン」など、今やあまり聞きなれない用語が出てくる。昭和三十年代には、小説のスタイルを論じるときに、よく使われたフランス語であった。ファルス（英語ではファース）は「笑劇」であり、フィユトンは、いわゆる「新聞小説」の意味で、十九世紀フランスの荒唐無稽譚のようなスタイルをさしているのであろう。このように開高は、ときどき多少の衒学趣味《ペダンチズム》をあらわにする。
ところで、前掲の浦西年譜に書かれているとおり、開高が谷澤永一宅に投宿して、取材に動いていた様子を、谷澤自身、『回想　開高健』で念を入れて書いている。しかしながら「アパッチ族」を知るきっかけは、年譜にある十月よりも、かなり早い時期であったと思われる。
開高はこの辺りのことを、なぜかかなり婉曲に書いている。それに谷澤が書いていることを、開高は書いていないという奇妙な点にも気づかされる。たとえば、この長篇連載の脱稿直後に書かれたと思われる『日本読書新聞』（昭和三十四年六月八日号）では、こうなっている。
《去年の夏頃、ぼくはくたびれきっていたことがあって、その憂鬱から逃れるために、関西方面に旅行をした。たまたまその旅先で、この集落のひとびとのことを耳にして、なんということもなく調べはじめたのだが、その頃は、小説にするためというよりは、屈折した気持ちをはらすためというほうが近かった。実際に書いてみようと思いだしたのはそれよりずっと後になってからのことである。》
これが「大阪の〝アパッチ族〟」というタイトルがつけられた短いエッセイの冒頭である。同紙の掲載日が同年六月八日、すでに書いたように、この連載長篇小説の最終回つまり第七回が掲載された、『文學界』七月号が発売された翌日の日付である。評判の小説について、まだ連載中に、作者がこのように執筆意図や取材動機を語ることはなくはないけれど、めずらしいのではなかろうか。

この場合、開高はたまたま〝アパッチ族〟の話を偶然再会した旧友から聞いて調べ始めたというのだが、「書いてみようと思いだしたのはそれよりずっと後になってから」だと、やや事実とかけ離れた書き方をしていることが気になる。右に引用した文章につづいて、開高はこう書いている。

《この集落のことについて原則的な事実はだいたい『文学界』の連載小説に書いておいたとおりだし、今年になってからようやく東京でも二、三の週刊誌や新聞紙がとりあげたから、すでにごぞんじのかたも多いと思う。が、集落のひとびとは外来者を極度に警戒するので、容易なことでは知りようがなかった。

担当の警察署の刑事や、二、三の新聞社の記者にも、会うだけは会ってみたが、おおざっぱな現象のほかにはなにもつかめなかった。刑事の調書を見せてもらうと、冒頭の書きだしが、〝集落ノ内部ノ詳細ハホトンド確認ノ方法ナク〟となっている。新聞社にしても同様だった。》

つまり記録性は大事にしながらも、思うようには手が出せない。警察も新聞社も、それぞれのプロたちでさえ事実を摑みかねている、まさに闇の巨魁とでもいうべき族《やから》が支配する相手であり〝現場〟であることを、開高は早くから感知していたような書き方ではないだろうか。そしてさらに、開高はこう続けて書いている。

《で、しかたなくぼくは、じかに現場におりてみるか、当事者自身に会うかするよりほかにないので、いくつかの工夫をした結果、どうやら、アパッチ族の〝青年行動隊長〟とでもいうべき人物に出会うことができた。この工夫そのものや件の人物そのものについては前後の事情から他聞を憚ることが多いので、伏せておくのが礼儀だと思う。》

開高はいつになく慎重であり、簡単に舞台裏をさらけ出してみせたりはしない。では開高の自筆年譜では、この作品についてどう書かれているのか。重なるところがあるけれど、その部分を引用してみよう。

《前年の夏、ノイローゼを晴らすために大阪の泥棒部落へ行ったときの経験をもとにして書いた。部落のなかへ入ろうにも入りようがなくて困っていたところ、ある新聞社にいる友人の友人がこの部落の親玉を呼んでくるからと言うので、難波の駅で待っていたら、むこうからやって来たのが妻の詩人仲間の金時鐘《キムシジヨン》であったのにはおどろかされた。私はいつのまに彼がフランソワ・ヴィヨンになっていたのか、つい知るよしもなかったが、たちまち意気投合して、その夜、したたかに彼と飲み食いした。あとは御想像におまかせする。》

年譜ということもあって、少しは具体的に、「妻の詩人仲間の金時鐘」というように固有名詞も書かれているが、「御想像におまかせする」では、取材過程など知るよしもない。この含みのある文章の行間を一部分、埋めているのが谷澤永一の『回想　開高健』のこのくだりであろうか。

《ここで、旧知のふたりが、登場する。そのひとり、木場康治は、かつて『えんぴつ』から『文学室』へ、西尾忠久と呼応して、手びき橋わたしした詩人である。（中略）もうひとりは、長谷川龍生、である。昭和三年生まれのくせに、垢ぬけしておとなびており、最初から我われの兄貴分であった。戦後ならではの、あの飢餓の時代である。そのなかで、なにをしているのか見当がつかない、放浪生活、いうだけで、眼をそばだたせる、凄味、があった。小野十三郎のもとにつどう群れの筆頭、である。開高とも、あわいけれど交流があった。》

谷澤は句読点の使い方が独特で、それも意識的であるので、注意して読む必要があろう。ここでも谷澤は、なぜか牧羊子の名を伏せているように読めるのだ。

金時鐘と梁石日

木場も同様であろうが、ともかく長谷川は牧と同じく、小野十三郎のいわば門下であった。さらに、浦西年譜に出てくる「済州島出身の詩人金時鐘《キムシジヨン》」が、開高の自筆年譜に書かれているとおり小野十三郎の線で、牧羊子とも結びついていることに気を付けたい。

金時鐘については後述するけれど、彼は大阪文学学校時代から小野十三郎に私淑して、みずから詩を書いていた。一九五五年に出版された金の第一詩集『地平線』の序文は小野十三郎が書いている。開高は前述のように、いつのまに彼はフランソワ・ヴィヨンになってしまったのかと書いているが、その時からすでに五十八年、開高が没して三十年近くになる今、金時鐘の執筆活動はなお健在である。

ところで、谷澤が書きたかったことは、次のことだった。

《この長谷川龍生と木場康治が、昭和三十三年八月、猪飼野で、金時鐘《キムシジヨン》および梁石日《ヤンソギル》と、ドブロクを飲み、モツを食った。主として金の語るところ、大阪砲兵工廠あと、つまり国鉄城東線の、森ノ宮から京橋にいたる区間の東側、そこには、空襲による破壊と炎上のため、数えきれぬ鉄骨がうまっている。この不可触の金鉱へ、闇にまぎれてしのびこみ、掘りだし持ちだす仕事がある。その熱塊のような英雄たちを、アパッチ族、と呼ぶんだから、とにかく、おもしろいではないか。》この辺りの話から、開高のいう「いくつかの工夫をした結果」ということの仕掛けの糸口がすこしだけ見えてくる。木場は『大阪日日新聞』の社会部記者だった。

たとえば、開高と会って酒を酌み交わしたという梁石日である。金時鐘と同様に、ただの〝アパッチ族〟ではない。彼は昭和十一年、猪飼野生まれで、詩の手ほどきを金時鐘からうけている。直感でものごとを見ることのできる、ある種の奇人だった。苦労して職業を転々とし、当時その周辺で暮らしていた。

のちに、初めて書いた作品『タクシー狂躁曲』は崔洋一監督によって映画化された。ヒットした『月はどっちに出ている』である。私はこの映画を封切りと同時に岩波ホールで見た。まれにみる秀作だと思った。また梁は、彼自身の「アパッチ族」の物語である『夜を賭けて』を書いている。平成六年のことだった。さらに父親との確執を描いた『血と骨』では、第十一回山本周五郎賞を受賞している。

当時、開高が、〝取材〟したアパッチ族の二人は、奇しくも開高健の意図や想像力に、瞬時にして反応できる直感力と閃きをもちあわせた稀有な〝文の才人〟であった。最底辺の生活体験は、現実離れしていた。ドブロクを飲み、モツを食べながら話を聞くうちに、開高には、それまで経験をしたことがない霊感が訪れたのであろう。佐々木基一の言葉を借りれば、本来、開高が内面に秘めていた「内臓感覚」を目覚めさせた、ということになる。

金時鐘と梁石日の二人にめぐりあったことこそが、じつはどんな〝工夫〟にも優ることであった。むろん、ウツは雲散霧消してしまった（あるいは、鬱病独特の興奮にとりつかれたか？）。この邂逅で得たインスピレーションによって、一気に構想ができあがり、執筆にかかったのであろう。当然のことながら、ほとんど〝事件〟と同時進行という成り行きで構想は練られたのだった。

谷澤は長谷川龍生が金時鐘と飲んだ直後の九月、むろん谷澤は同席していたわけではなかったけれど、長谷川自身が東京で開高に会ったと書いている。長谷川はその場で、金から聞いた〝アパッチ族〟の話をしたというのである。もちろん、開高は歓喜して飛びついた。森ノ宮駅も国鉄操車場も、中学時代の勤労動員の辛い思い出の場所だった。級友も米兵の機銃掃射により自分のすぐそばで死んだ場所なのだ。「開高は、手蔓を、木場にもとめた」とだけ、谷澤はしたためている。

ところで金時鐘は、平成二十三年には詩集『失くした季節』で第四十一回高見順賞を受賞する。金は晩年になって賞に恵まれた。脱植民地化の詩人、日本語においてなされた言葉と想像力による詩的創造の積み重ねが評価されて本賞の受賞となった。

金時鐘と親しく、詩人でもありドイツ文学者でもある細見和之氏（京都大学教授）は、著書『ディアスポラを生きる詩人　金時鐘』（岩波書店）のなかで金の初期の詩をとりあげながら、実際に金が行っていた屑鉄拾いの〝アパッチ族〟についても書いている。大きな鉄板をはじめ銅やアルミなどの屑鉄拾いがモティーフになっている「しゃりっこ」という詩とともに、『日本三文オペラ』

とも関わる一文を引いてみよう。

《むかしはあかを喰った。

今は白を喰っている。

喰って

生きる。

生きる。

しゃりっこじゃ

間に合わねえから

硬貨を喰う。

ここには二重、三重に隠語が用いられている。「あか」は銅のこと、「白」はアルミのことだが、同時に「あか」はもちろん政治的には共産主義者、「白」は反動派のことでもある。さらに、「喰う」というのは、屑鉄を盗むことの隠語である。（中略）ともあれ、これらの隠語を使って屑鉄拾いを現に行っていた。大阪の在日朝鮮人の通称「アパッチ」は有名である。当時、大阪造兵廠跡地に放置されていたり埋もれたままになったりしていた鉄類を周辺の朝鮮人が集団で拾い出し、それを秘かに売りさばいていて、その集団がアパッチ族と呼ばれていた。金時鐘もまたそのようなアパッチ族のひとりだった。

作家・開高健はいち早くこれらのアパッチ族に取材して『日本三文オペラ』という長篇小説にまとめたが、その際、開高の夫人で詩人の牧羊子が金時鐘の知り合いであったことから、開高は

金時鐘にも取材して書いたのである。》　（『ディアスポラを生きる詩人　金時鐘』岩波書店）

細見はこれらのことを、開高没後に金時鐘から直接聞いたのであろう。金時鐘は、平成二十七年に上梓した回想記『朝鮮と日本に生きる――済州島から猪飼野へ』（岩波新書）で、第四十二回大佛次郎賞を受賞した。ときに詩人は八十六歳であった。平成二十八年一月二十九日、帝国ホテルで贈呈式が行われた。さいわい私は金時鐘氏に直接お祝いを申し述べることができた。さらに、その立ち話の間に、牧羊子、開高健との出会いについても聞くことができた。細見氏が書いているとおりとのことだった。

開高は、詩人金時鐘への取材のためにどのような工夫をし、どんな手を打ったかは詳らかにしていないけれど、やはり小野十三郎の流れを汲む同じ詩人仲間としての妻・牧羊子の存在は、ここでも幸運をもたらしたのだと思われる。金時鐘は胸襟を開いたのであろう。

金時鐘は、もちまえの詩人としての閃きで牧羊子の夫・開高健の意図を読み取り、精一杯の協力を惜しまなかった。梁石日がそれを助けた。この詩人・金と、将来の小説家・梁がいなかったら『日本三文オペラ』は書かれなかった。大佛賞贈呈式のレセプション会場でのわずかな出会いに過ぎなかったが、金時鐘からは、謙虚な表情とともに眼に輝きをもった一徹な老詩人の風貌を感じさせられた。在日朝鮮人として、初めて兵庫県の公立高校の教員をつとめた人物でもある。

『日本三文オペラ』の材料集めと創作過程で、長谷川龍生、木場康治（金時鐘の詩集「日本風土記」に名前が出てくる）と同様に、ここでも牧羊子が暗黙の役割を果たしていることが見えてきて、興味ぶかい。それもはじまりは、夕刊紙『新大阪』が縁だった。あの時代、このマイナーな夕刊紙の投稿詩壇には磁力のような何かがあった。

魔術的リアリズム

佐々木基一は新潮文庫の解説で、「『日本三文オペラ』という題名の小説が、日本でこれまで二つ書かれている。一つは武田麟太郎の作品で、これは戦前の昭和七年に発表された。もう一つは開高健の作品で、武田の小説から二十七年ののち、昭和三十四年に『文學界』一月号から七月号まで連載された」と書き出している。

そして開高も触れている通り、二十世紀前半のドイツの劇作家ベルトルト・ブレヒトの『三文オペラ』について、十八世紀イギリスの作家ジョン・ゲイの『乞食オペラ』を下敷きにして、現代的な芝居に仕上げたものであることを紹介している。

開高も意識していたわけだが、ブレヒトの意図は、ヒットラーの政権掌握を迎えることになるワイマール共和国末期におけるブルジョア社会の風俗および道徳の混乱を、泥棒と乞食と淫売婦の姿をかりて風刺しながら、ブルジョア社会の機構や道徳の偽善性を暴露した作品であったと捉えている。

ブレヒト学者であった岩淵達治は、『三文オペラ』（岩波文庫）の新訳でも知られているが、先年、亡くなる少し前に、偶然、地下鉄三田線でお会いしたことがあった。その時に、こんな話をきかせてくれたのである。

《ブレヒトの『三文オペラ』という作品は、音楽劇だから、初演とその後の大成功も、クルト・ヴァイルの音楽があったからですよ。今はあまり読まれないし、演じられないのが残念ですがね。そりゃあ、開高さんの『日本三文オペラ』は、あれはまた異質の文体と内容をもった独特の世界で、傑作ですよ。今も読まれている。芝居にもなったし……》

これはブレヒトの専門家の証言であるだけに、強い印象をうけた。岩淵は当時学習院大学名誉教授で、「日本アルバン・ベルク協会」の会長をつとめていた。私は同協会設立時からの会員で、今も理事の末席を汚している。地下鉄でお会いしたのもご縁であった。

岩淵教授はブレヒトの専門家として『日本三文オペラ』の独自性を高く評価しておられたが、開高自身は本家の『三文オペラ』に対して、「いまのところ私にはそれほどの力がないので残念なことだが、泥棒を描くことにとどまる」と正直に告白している。ちょっとおかし味を感じさせる釈明だが、いかにも開高らしい謙辞ではある。

さて。

小説は、全六章からなっている。『文學界』に発表されたものと、単行本化されたものは、多少の差異がある。いや、かなり重要な異同もある。それよりも奇怪なことに、初めての長篇作品に挑戦したはずなのに、最終回の末尾で、開高はこんな〝敗北宣言〟とも思われかねない附記を残しているのである。

《連載としてはこの章で終るのですが、連載しはじめてから間もなく発病し、床につきました。その後もずっと不調で、意に任せないことばかりでした。これまでのものは仮原稿とし、本にす

るとき全部書きあらためてから、問われたいと思っています。作者としてはお詫びするよりしかたありません。》

（『文學界』昭和三十四年七月号、文藝春秋）

こんな附記はめずらしい。『文學界』の開高担当の編集者西永達夫も、編集長上林吾郎も、よくぞこんな一文の掲載を許したと思う。しかし、開高は自己批判に陥る必要はなかったのだ。アパッチ族と警察の抗争事件を、いわばルポルタージュ的な方法で、というよりは開高独特の魔術的リアリズムを駆使して、ノンフィクション・ノヴェルとして書きあげたのだ。

むしろ、「鬱」という病魔と闘いながら、近代日本文学ではみることのなかった新しいリアリズム小説を完成させた。ただ、開高にとっては、事件が予想外の〝敗北〟で終わったために、何とも踏ん切りの悪いことになった。最後に、書き始める前の構想を歪める大きな齟齬が生じた。哄笑で終わらせることができず、〝悲傷〟だけが残ったからだ。

まず、この作品は、次のような構成になっている。各章ごとに、冒頭に相当に工夫されたらしいエピグラフが措かれているが、ここからもこの作品の構想の一端が読みとれる。引用しておきたい。

第一章　アパッチ族

「外では雨が降っている！」
「ところが頭の上では
小屋が燃えている！

焼け死ぬことを思えば
濡れねずみになるくらい
なんでもない」

――ピオニールの歌

第二章　親分、先頭、ザコ、渡し、もぐり

ああ、彼らは無類の腕ききぞろい
獲物をめぐっての争いで
ひとから邪魔さえされねば
だが、獲物、そいつあ彼らのものじゃない

――ベルトルト・ブレヒト

第三章　ごった煮、または、だましだまされつ

人生の解、諸説紛々
どうなろうとも知らぬこと。
失う人格持つ奴《やつ》に
礼儀を論議させておけ。

――バーンズ「愉快な乞食」

第四章　てんでばらばら

イギリス人は

利口だから
水や火など使い
……
——ロシヤ民謡「仕事の唄」

第五章　銀　が……

いざ出陣ぞ、皆の衆！
聞けよ、車の音ひびく
攻撃の時近づきぬ、
武器をとれ、男子《おのこ》らよ
——ジョン・ゲイ「乞食オペラ」
第二幕第一場、泥棒の合唱

終　章　どこへ？

駒の溺れ死んだところ
そこには水があった
——古すぎる諺

これら全六章を、七カ月にわたって雑誌連載した。ちょうど第五章を書いているときに、病に襲われた。龍谷大学の紀要に論文を書いた越前谷氏は、この第五章が四月号と五月号にわたっており、ここで開高は体調を崩したと推定していた。実際、初出の雑誌に当たってみたが、推定通りと思われた。ここで開高は、〝魔術〟を使ったのだろうか。普通では内からのエネルギーを必要とする、あれだけ激しい描写を、病体で書き続けることは、まず不可能だ。

開高は、年譜に記されているとおり、昭和三十四年四月、急性肝炎で倒れた。芥川賞の受賞から一年二カ月あまり、鬱症に苦しみながら、ムリを重ねた結果、過労でついにダウンした。その間やっと書いていたのだが、牧羊子が開高の口述を筆記してしのいだのだ。

元来、開高は虚弱体質だったらしい。生後十一カ月で腸炎を起こし、緊急入院している。その時はリンゲル注射八本目で奇跡的に助かった。これは幼児の頃のことだとしても、牧羊子はこんなことを語っている。むろん、結婚後のことで、ベトナム戦争を新聞社の移動特派員となって、取材するために、日本を離れるときであった。

《開高は決して丈夫な体質ではないのよ。十年おきに大きな病気をしているのだから、普通の人以上に気を付けないと……。持病もあってね。ほんとは、ベトナムなんてとんでもないこと。困ったことになってしもた。》

牧羊子から、初めてこんなことを聞いたときには、意外感があったが、何度か聞いているうちに、そう思うようになった。開高は決してマッチョな、頑健な体力の持ち主ではなかった。五十代に入った開高がバック・ペイン（背中の痛み）で苦しんでいたとき、牧羊子があげた夫・開高健が、それまでに罹った病気の名は、急性肝炎、腎臓結石、アレルギー性鼻炎（一時は点鼻薬を持ち歩いていたほど悪化していた）、腰痛、そして鬱症などであった。

ジャンジャン横丁は、大阪ミナミの「新世界」という歓楽街にあるせまい路地である、と開高健は書いている。のちにただフクスケと呼ばれる浮浪者である主人公が、女に連れて行かれたところがアパッチ部落といわれる湿地帯だった。アパッチ族とか泥棒集団とか、誤解を招きかねないひびきをもつボキャブラリーが頻出するが、当時、新聞報道されており、普通にそのように呼ばれていたようだ。「アパッチ族」の方は、警察が命名したという。西部劇映画のアパッチ砦から来た名称に違いない。

ようやく開高は、行動を起こす。大阪では谷澤永一の家に泊まりこんで、谷澤夫人に世話になりながら、生野区猪飼野方面での古鉄ドロボウ集団「アパッチ族」の取材活動を開始することになった。その活動に数カ月をかけたというが、時間的には矛盾がある。越前谷氏は、開高が谷澤家に泊まりこんだのは、最後の取材の時だったであろう、と推察しておられる。

流布されている本作品の執筆の経緯には、あれこれ省略があるのだろう。谷澤が書いている長谷川龍生と開高が、東京で会ったという一件の入り込む余地すらないからだ。もっとも、執筆動機や取材の経緯をいくつも書いていないながら、開高自身いつになく曖昧な記述で、とくに時間的な経緯がまるでわからない。

ともかく、開高はウツに落ち込んでいるどころではなくなった。雑誌『文學界』への連載がすぐにはじまる。徹頭徹尾、取材した事実に重点を置き、持ちまえの饒舌な文体で〝異界〟を書く。「日本三文オペラ」の舞台は非情のアウトローの世界だった。それには独自のピカレスク小説の枠を凝らしたものでなければならないと、取材の段階で、開高は構想していた。金時鐘の話に霊感が走った。

しかし同時に、開高は年内に、別に短篇を書く約束があった。「流亡記」である。それでもこれは、なんとか書きあげることができた。安部公房は、『砂の女』(昭和三十七年)のモチーフを、前出の梁石日の話から得たというエピソードがあるが、開高は「流亡記」を書くきっかけを、若い友人菊谷匡祐とのやりとりで、カフカの短篇を知ってヒントにしたという。

しかし、のちに開高は若い友人の話からとだけ、かなりそっけない書き方をしている。菊谷匡祐は、後年上梓した『開高健のいる風景』で、自分が開高にカフカの断片を渡したのだと、手柄話として書いている。

「流亡記」は、史料すら存在せず想像力だけで書くことになる古代中国の万里の長城建設を主題にした短篇だった。イメージのなかにカフカや中島敦があった。この作品は、早書きであったが、自信はあった。その年一月に出た『中央公論』臨時増刊文芸特集に掲載された。その間も断続的に続けられていたアパッチの取材の成果は、こんな風に生かされた。冒頭、まもなく〝アパッチ族〟興亡の惨劇の舞台になる場所の紹介ではじまる。

《フクスケのまえの薄明のなかにひろがっていたのは魔窟の跡である。大阪市東区杉山町。ここは、もと、陸軍の砲兵工廠があった。戦争中、日本には七つの兵器工場があった。東京に二つ、相模、名古屋、大阪、小倉、朝鮮の仁川、それぞれひとつずつ、あわせて七つあった。その七つのための下請け工場は全国に散らばって無数にあり、無数の部分品を製造していただろう。しかし、戦争を遂行するための主力はこの七ヵ所に集中し、この七ヵ所から生みだされたのである。そしてこの七つのうち、大阪陸軍造兵廠はもっとも規模が大きかった。ほとんど日本最大といっても過言ではあるまい。ということは、アジアでおそらく最大の兵器庫だったということだ。》

造兵工廠跡といわれることもあったが、大阪での通称は砲兵工廠だ。そしてここに描かれる廃墟は、前述の通り大阪の中心、まさにど真ん中にあり、その周辺には府庁、放送局、大阪城、府警本部、野球場などがあった。開高はこれらの施設と三十五万坪の廃墟を、小説の舞台装置として縦横に生かしている。

それもその時はまだ進行中だった〝事件〟について綿密な取材計画をたて、小説の全体構想は結構されていたのだが、迂闊にも、そこに落とし穴があることに気づかなかった。連載の原稿執筆は、厳密には事件と同時進行ではなかったものの、構想の段階、あるいは草稿の段階では、事件はまだどうなるか、見通しが立たなかった。それが、第一回の原稿締切り直前の十月二十七日に、アパッチ族の敗退で、事件は唐突に終わってしまうのだ。小説の全体構想は、かなりの修正が必要となったのではなかろうか。初読の時、このことに私は気づかなかったのだが。

開高自身が書いているように、アパッチ族と警察との抗争という〝出来事〟自体は、作品のなかで、事件の経緯に沿って忠実に追っていることがうかがえるけれど、時間の流れは具体的な記述がなく、開高自身では、戦後十年余が過ぎた時期になお存在する〝戦後の闇〟という捉え方をしていたのであろう。

そんな時代に、大都市のど真ん中に〝陸軍砲兵工廠跡地〟と、アパッチ族が棲む〝湿地帯〟という異界が存在するというトポスの魅力に吸いつけられた。時間に対しても、開高は十分に意識的であったはずだ。それにしても時間の扱いは、読者に苛立ちをおぼえさせるくらい曖昧なところがあるけれど、開高にとっては、それは創作上の戦略であったと思って間違いない。

これらの顚末は、前掲の越前谷宏氏は論考で、当時の新聞報道を引用しながら、詳しく解明しておられる。同氏の調査によると、当時、在阪のほとんどの新聞が、一斉に報じた事件だったことがわかる。おそらく開高は、在阪各紙の報道を、同時的ではなかったにせよ、あまり遅くない時期に読んでいたのではなかろうか。

越前谷氏の論考を、もうすこし辿ってみたい。まず、大阪陸軍造兵廠跡の屑鉄泥棒集団についての報道は、昭和三十二年五月二十三日付の毎日、読売、大阪、国際、大阪日日、新大阪、新関西の在阪各新聞が、いっせいに報道したことにはじまる。

それから一年間ほどの空白があり、翌年五月二十六日付の新関西が、「アパッチ族」という〝命名〟を見出しに使って報道、その翌日には産経、毎日、読売、大阪日日の各紙が報じている。読売と大阪日日新聞は「アパッチ族」という命名をこの記事から使っていると、越前谷氏作成の一覧表には明記されている。

小説『日本三文オペラ』で展開される奇想天外な「アパッチ族」と警察の〝抗争〟は、この時期から七月、八月と激しい攻防戦が繰り広げられてピークを迎え、秋風が吹きはじめた十月二十七日には、「アパッチ族」の解体消滅で、事件も集団も雲散霧消し、すべては壊滅してしまうのである。開高はくだんの人物、金時鐘から「全滅と放散の知らせを手紙で知らされた」と、連載脱稿後の昭和三十四年六月八日号の『日本読書新聞』に書いている。

さてここで、代表的な新聞報道をじっさいに読んでみよう。開高健の時代には過去の新聞記事をインターネットで閲覧することなど不可能で、朝・毎・読や日経など主要な新聞は、縮刷版で読むことができたが、少部数の夕刊紙などのバックナンバーを探すのは、とても大変なことだった。それにしても、越前谷氏の調査は徹底している。すでに廃刊になっている新聞も多いからだ。むろん現在も、データベースといえども万能ではない。有力紙は東京版も大阪版も閲覧可能だが、普通、東京版以外はなかなかむずかしい。

朝日新聞の「聞蔵《きくぞう》」は、大阪本社版の記事が読めた。昭和三十三年八月三十一日から九月二日まで三回、上・中・下の特集記事を検索し、閲覧することにした。開高も、この特集記事が掲載された直後に、読んでいたのではないかと思われる。「アパッチ族」と、描き文字の大きな見出しが躍っていた。紙面の三分の一ほどのスペースを埋める囲み記事であった。ストレート・ニュースの単調さはなく、表現に配慮しながらも読物としてのおもしろさを狙った特集記事である。「上」のリードの文章を引用してみよう。

《いつごろ、だれがつかったのか、人よんでアパッチ族。つわものどもの夢のあと、三十五万坪の旧陸軍造兵廠跡をかせぎ場として、生きている人たちのことだ。大阪城の天守閣のすぐ東、爆撃の廃虚に残る〝くず鉄さがし〟は、さながら西部劇。警察官とアパッチ族が追いつ、追われつ、盛衰はあっても、この八月でまる十三年、やっぱり戦争の傷跡はまだ消えてはいない。》かなり抑えたリードであるが、中見出しは初号活字くらいの大きさで、「絶えぬ死の悲劇〝シルバー・ラッシュ〟に踊る」とあった。目立つけれど、特別な大見出しではない。しかし、なによりも読み物として報道しようという魂胆がみえる。本文記事で最初に書かれているアパッチ族と警察隊との攻防は、開高が第四章の目玉としてとりあげている衝撃的な場面だった。フクスケが朝鮮人ゴンにそそのかされて、親分のキムを出し抜こうと誘われ、金ノコをもって鉄骨だけの高い屋根に上って仕事をしているところを、警官に発見されて追い込まれるシーンである。

《二人は目もくらむような高みの枝にとまって仕事をはじめた。一歩足を踏みはずすと墜落して肉と血のジェリーになる。骨も皮膚もあったものではない。フクスケは陽に焼かれ、風に切られ、あぶら汗にまみれて、ゴンのひく金鋸に一升瓶の石鹼水をそそいだ。》

開高はこう書いている。記事では四人で仕事をしていることになっており、むろんこちらも迫真の記述であるが、警官に発見されると、四人のアパッチ族は、すぐに「暗に吸い込まれるように平野川へ、水音だけを残してつぎつぎに消えた」となっている。そして四人のうち二人が逃げおおせるが、二人が死んでいる。これが〝事実〟であろう。

ところが開高は、事実を新聞報道でつかみながら、それをさらに想像力で虚構として組み立て直し、極限までドラマチックな場面を作るのだ。湧き出てくるようなボキャブラリーと饒舌な文体。そして頻発させるメタファー。言語機能をフル稼働させて小説空間を描き切った。新聞記事では、たとえば、「一歩足を踏みはずすと墜落して肉と血のジェリーになる」などとは、とても書けないだろう。

開高はルポとしての技巧は駆使しながらも、小説としてのレトリックをこの小説全体に貫徹させている。つまり、一見凄惨な、悲劇的にみえるアパッチ族と警官隊との抗争を、開高はセルバンテスやラブレーにならって「喜劇的な認識」（佐伯彰一）で捉えなおして、現代批判を行ったのである。

雑誌連載が終わった直後、この作品に対する評価はいろいろだった。世間の評判は高く、身近なところでも職場の壽屋佐治敬三専務、宣伝部の柳原良平、坂根進をはじめ、絶賛に近かった。「いかにも開高クンらしい、傑作や」と、とくに坂根が手放しで評価した。

しかし、文壇の風は甘くはない。文芸時評ではかなりきびしく書かれていた。たとえば、同じ『批評』同人だった佐伯彰一は「アパッチ族の野性的な活力への憧れと、現代日本の風刺的な寓意画を描こうという意図とが、ついに最後まで融け合わなかったのではないか」（『週刊読書人』六月二十二日号）と疑問を呈した。

とはいうものの後年、佐伯は角川文庫から『日本三文オペラ』が出たときに解説を書き、改めてこの作品を評価し直した。時評と解説の違いはあるけれど、批評の軸はぶれていない。「集団や群衆への着目という点にも、この小説の新しさは明らかだが、文体についてみれば、すぐお判りのように、作者の目ざしたのは、たんにある特殊な階層の生活の忠実な再現などではなかった」。つまり、作品の文学としての可能性を鋭く指摘した。

しかしもう一つ、ここで見落とすことのできないのが、小田切秀雄が雑誌『新日本文学』（昭和三十四年二月号）に書いた「文芸時評」である。「新世代内の対立傾向——学生作家の問題・正月号の小説等」という、たいそうなタイトルが付けられている。

大江健三郎と、当時の全学連委員長の香山健一との、一種の論争を批判した文章が、この文芸時評の中心を占めているのは、いかにも時代を感じさせるが、さらに井伏鱒二の新連載「珍品堂主人」を激賞し、室生犀星や佐藤春夫の作品を批判している。現代の視点で読むとちょっと奇異な印象をうける時評だが、この一文のなかで、小田切は、「新年号の長篇第一回のなかで最も注意をひいたのは、開高健の『日本三文オペラ』（『文學界』）であった」と書く。評価している。

開高が『裸の王様』以降、ほぼ一年にわたって不振を続けていることに触れ、短篇『なまけもの』を失敗作と辛口の紹介をしながら、『日本三文オペラ』については、アパッチ族が「暗夜に大きな集団をなして三十五万坪の荒涼たる日本軍国主義の廃虚に入りこみ、黙々と百貫近いものを掘りだして盗み去るそんなはげしいエネルギーと殺気は見事な表現が行われている」と褒めた。

しかし、この連載第一回について、こんな厳しい指摘も行っている。「途中で作者自身とおぼしき人物が東京新宿の飲み屋に現れてモノローグめいたものをのべるあたりはまことに具合がわるく、せっかくのそれまでの描写の意気ごみ（浮浪者についての）とどうかみ合って行くのか不安になった」。

開高は単行本にするとき、新宿の飲み屋の場面を全面的にカットした。当然の措置であった。むろん、突然抗争そのものが終息してしまうショックは大きかったが、構想に手を加えた。それもただ淡々と描くにとどめている。佐伯彰一は角川文庫の解説で、じつに絶妙にこう締めくくった。

《そこで、第四章、第五章と、小説が次第に結末に近づいて、アパッチ族の収縮、崩壊の予感がしのびよってくると共に、この男性的な喜劇小説にも、次第にパセティックな色調が加わってくる。ついに、フクスケやめっかちたちは、アパッチ部落を去る。彼らはどこへ赴くのか、誰もしらない。しかし、彼らをのせたトラックが、「いまにも解体しそうな軋みをたて」ようとも、「暗い道を明るい町にむかって全速力で疾駆《しっく》」しているかぎり、彼らは、また姿をかえ、別の形をとって、意外な場所でふたたび活動を開始するに違いない。》（『日本三文オペラ』解説、角川文庫）

同年四月に、開高は急性肝炎で床に就いたことはすでに書いた。執筆が第五章に差し掛かった時期であろう。開高は一時的に、妻の牧羊子に口述筆記を頼んでいる。越前谷宏氏は「第五章は、冗長で、テンポがよくないが、だからといって〝急性肝炎〟が作品の分裂を引き起こしたというのではなかろう」としているが、これは的外れな推測ではない。しかし、それでもなお、私は第五章の「パセティックな色調」と、敢えて指摘した佐伯の〝読み〟に共感したい。

小説家の大岡玲氏は、十三歳のときに『日本三文オペラ』を読んでとても驚き、感銘を受けた。大岡氏は、神奈川近代文学館で開催の『開高健展』（一九九九年四月―五月）の講演で「〝外へ〟と開高健は言った」と題してこんなことを語っている。

《人間が六十キロぐらいの鉄塊を肩に担いで疾走する。その後ろから警官が追いかけてくる。そういう小説を読んで、びっくりしないわけがないんです。しかも、その〝びっくり〟の原因として、ひとつには開高さんの独特な文体がありました。開高さんの文体というのは、華麗にして静謐とでも言いましょうか、一種の矛盾語法です。本来一緒にならないものをあえて一緒にしてしまう。そのすごい勢いたるや、たとえば宇宙で言うと、ブラックホールとビッグバンの両方が一緒になってしまうというような、とてつもない語法だったわけです。》

『日本三文オペラ』の文体は、初期の短・中篇三部作を超える斬新なスタイルを持ち、かつて日本文学にみられなかった独自性を持っている。いわば〝集団〟を主人公とした視点で書かれたときに得られた文体だ。

この作品は、「調べた小説」あるいは「ドキュメンタリー小説」として、ただ目新しかったのではない。開高は、アパッチ部落に入りこみ、首領に会い、ドブロクを飲みかわし、生肉を喰らい、そして話を聞き、じっさいに闇の奥まで歩いた。みずから〝アマゾン〟と命名した女たちを眺め、話をし、子供と接触した。そしてついに開高自身の内部に眠っていた潜在的な鉱脈〝内臓感覚〟を目覚めさせて、おのれの文体を構築した。開高健を、新たな跳躍台に立たせた記念すべき処女長篇小説だった。

第6章 『ベトナム戦記』――癒えない闇

ベトナムのジャングルで九死に一生を得るような体験をする。写真は、撮影者の秋元啓一と死を覚悟して撮りあった時の「遺影」(1965年2月14日)。写真提供・朝日新聞社おお、春よ！
死体は畑を肥やし、溝を香らせる
おお、ヴェトナムよ！
死体は未来のために大地に生を息吹かせる
未来への道はけわしくとも
死体がそれを易しくしてくれよう

チン・コン・ソン「死者へのバラード」

（開高健『荒野の青い道』より）

戦火のベトナムへ、朝日新聞社が特派する従軍記者として開高健が出かけて行く。国際的な報道合戦に開高健が〝従軍〟すると聞いて、当時、人々の反応はさまざまだった。

昭和三十九（一九六四）年、秋。東京オリンピックが開催されていたさなかであった。驚いて目を見開くジーンズの若者もいれば、冷淡にやり過ごす白いワイシャツの会社員もあった。旧知の読売新聞社会部の遊軍記者だった本田靖春は、「開高さんが、ベトナムか」と静かに、しかし表情を少し歪めて呟いた。

賛否の声があった。宣伝部の連中は、周囲の声に耳を傾けた。私自身はどうだったのだろう。むろん不意に受けた衝撃だったけれど、その頃のベトナム戦争は報道されることが少なくて、一般の人々の関心は希薄だった。私も同様だった。開高が何を考えて〝従軍記者〟をやろうというのか、その行動がすんなり理解されるはずもなかった。

しかし、今となってみると、開高健、三十四歳、円熟期に差しかかる〝導入部〟への不安定な第一歩だったことがわかる。そして結果をみれば、小説家の人生における大きな結節点となり、里程標ともなった。そんな〝意思決定〟がどのようになされたのか、その経緯をつぶさに辿ってみたいという思いは、今にして強い。紆余曲折があったはずだ。前後関係を腑分けしてみるだけでも、少しは核心に近いものを得られるのではなかろうか。

こんな気負った風な捉え方をしてみたところで、実は当の本人は、はじめからいたって冷静で確信に満ちていたのかもしれない。ある短篇集のあとがきで、開高はこう書いている。

《はじめてサイゴンへいったのは昭和三十九年だった。二度めが同四十三年。三度めが同四十八年。いずれも小説の取材のためではなく、出版社や新聞社にルポを送るためだった。しかし、おびただしく血と影をあたえられることがあったので、後日になって作品を書かずにはいられなかった。》

（『歩く影たち』後記、昭和五十四年）

初回のベトナム行から十五年が過ぎた時に書いた一文だ。だからこのように淡々と自分を突き放したような書き方ができたのではあろうが、しかし開高の心は、はじめから明鏡止水とはゆかなかった。デビュー以来、ベトナム行のこの時期に至るまで、開高の足取りは、六年前に芥川賞を受賞したときの初心とは大きく違っていて、マスコミにもみくちゃにされていた。

「間断のない慢性ヒステリー状態のなかでは、精神的、肉体的に力を拡散せず、コンスタントな密度を持続して走ることにたえぬいたものが、結局有利である」（「自分のペースを守ろう」、昭和三十三年）と開高は書いている。これはめずらしく若者向けの受験雑誌に寄せた文章である。警句のようであるが、これはその頃の自分への戒めであろう。

開高は初期三部作を世に問うて、文壇的な出発をしたあと、異色の長篇小説『日本三文オペラ』と『ロビンソンの末裔』を発表した。それらの執筆は、過労による体調不良と、生来の持病でもあった〝鬱症〟との闘いであったが、ようやく小説家としての地歩を確実なものとした。

この時期もそんな中で、大江健三郎、石原慎太郎、江藤淳などと「若い日本の会」を結成し、新警職法反対の文芸講演会で話したりして、自分の弱さに対し、反骨心を奮い起こして必死に行動していた様子がうかがえる。

しかしながら、作家デビューからベトナム行を敢行するまでの六年間の活動は、さまざまなプレッシャーと、絶えざる苦闘を続ける日々だった。開高の作品に込められた社会に対する鋭い問題意識は高く評価され、若くして日本ペンクラブの理事に推された。しかしその直後、開高は当時の川端康成会長に固辞したい旨の長文の手紙を書いているが、説得されて理事の一員として活躍した。川端への理事就任を固辞する書簡が、現在、神奈川近代文学館に保管されている。

この時期に日本文学代表団のメンバーに加えられて外国旅行が多くなった背景には、こうした事情があった。はじまりの第一歩は、芥川賞受賞の二年後、すなわち昭和三十五年に訪れた。この時期の動向を、年譜で足早に辿ってみたい。

最初の海外渡航は中国だった。この年の五月から三十七日間というかなりの長丁場であった。続いてまた、すぐに二度目の海外行きの機会が訪れる。同年九月から十二月まで、およそ三カ月間。まずルーマニアの平和委員会に招待された。そしてブカレストの「葛飾北斎二百年祭」に宮川寅雄と出席した。それと同時にチェコスロヴァキア作家同盟、ポーランド文化省の招きを受け、両国とルーマニアの三カ国に一カ月ずつ滞在した。この機会にアウシュビッツ博物館を見学、十二月にパリをまわって帰国した。

この時期の開高の動向について、小説家重松清氏はテレビ番組でこのように語っている。

《それらは、外遊だの取材旅行だのといった軽い言葉で片づけることはできません。第二次世界大戦の傷痕を見つめ、また大戦後に成立した中国、分裂した西ドイツの地を踏むということは、〈戦後〉をより大きなスケールでとらえる行為にほかならないはずです。》

（NHKテレビ「知るを楽しむ　開高 健」、平成十九〔二〇〇七〕年六月―七月放送）

いまや国際情勢はあまりにも変わってしまっている。東西ドイツは統合され、ソ連は消滅してロシアとなった。あの時代へ感情移入することは、二十一世紀の人間には難しい。これは重松清だからこその率直な〝問題提起〟であったかと思われる。開高の体験は、見逃すことのできない今日に通じる歴史の大きな転換点を、自分の眼で見たことであった。

海外への代表視察団の文学者の顔ぶれが、また、それぞれ〝大物〟ばかりだった。初の海外渡航となった中国訪問日本文学代表団、その団長は野間宏。さらに亀井勝一郎、松岡洋子、竹内実、そして若手では、開高とともに五歳下の大江健三郎がメンバーとして参加した。香港の九竜飛行場から、汽車で広州に到着。作家の李英儒に出迎えを受ける。北京では郭沫若と歓談し、上海では毛沢東、周恩来と会見した。

この年は、「六十年安保」反対闘争が激化、前半は開高も参加して活動に忙殺されていたが、ピークとなった国会南門突入のあった六月十五日は、日本にいなかった。北京で北京大学学長などに会っていたのである。安保反対闘争では多くの作家、評論家仲間が抗議集会に集まっていた。後日、開高はデモに参加できなかったことを残念がっていた。

帰国してからしばらくは執筆に追われた。書くことに専念するつもりであった。しかしそれも束の間で、誘いを断り切れず、昭和三十六年七月、アイヒマン裁判を傍聴するためにエルサレムに赴く。アテネ、パリなどを経て八月に帰国。十月末には、ソビエト作家同盟の招待でソ連に行き、エレンブルグと会見。十二月二十日、パリで反右翼抗議デモに参加。このときは大江健三郎、田中良とともにモンパルナス大通りのカフェ「ラ・クーポール」でサルトルと会見して、翌月帰国している。

この二年間の度重なる海外体験は、開高に大きな収穫と変化をもたらした。同時に、雑誌に連載してまとめた『過去と未来の国々』や『声の狩人』(いずれも岩波新書。初出は雑誌『世界』連載)の二冊のノンフィクション作品は、開高自身の表現活動の領域を広げたばかりでなく、自分のなかに潜んでいたルポルタージュへの関心の強さを、みずから確認することともなる。

これら二つの海外ルポルタージュは、開高にノンフィクション作家としての優れたセンスが備わっていることを、少なからぬ読者に知らしめた。開高は小説の文体でルポを書き、批評し、ときには文明批評といわれる領域へと越境した。昭和三十五年十月号の雑誌『世界』に載った開高の初めての海外ルポの冒頭部分を読んでみよう。当時の香港から中国本土に、列車で国境を越えて〝入国〟するときの場面だ。

《汽車はゆるやかに丘陵地帯に入って小さな駅にとまる。六月の日光が静かにそそぎ、小さな川が流れている。その小川が、つまり、国境である。川のこちら岸に小屋があってイギリス人の士官が腰にモーゼル拳銃をぶらさげて旅券認証のためにタイプライターをたたいている。川には鉄橋がかかり、鉄橋の線路のあいだには板が敷いてあって、そこを一列縦隊になってわたってゆくのである。中国側の岸には解放軍の士官がだぶだぶの青ズボンにカーキ色の軍服、鉢のひらいた軍帽、そこへ肩からピカピカに磨きあげたマシン・ガンをさげてたっている。鉄橋のしたの川は澄んで速く流れ、藻がゆらめき、陽はかがやいて、茂みはカンナの花の香りがする。靴のしたで板がコトコトと音をたて、解放軍の士官が微笑してパスポートを眺め、

「ニイ・ハオ（こんにちは）……」

つつましやかに握手をもとめた。》

（『過去と未来の国々』）

自分を運んでいる列車が停まる国境の駅の様子を描き、共産主義国家の兵士や、そこに暮らす人々の生活の営みを紹介し、同じ代表団に参加している作家や評論家の表情を伝えている。そしてまた相手側の要人、哲学者や文学者や詩人たちとの交流を、具体的に体温が感じられるような文章で報じ、とくに会食の場面では、料理にも目配りを怠らず微細な部分にまでペンを走らせている。内容はジャーナリスティックであっても、新聞記者やノンフィクション・ライターは、こんな文体でルポを書かないであろう。

開高の書くルポルタージュの新鮮さとおもしろさに眼をつけたのが『週刊朝日』編集部だった。昭和三十七年十一月号の岩波書店『世界』に「声の狩人」の最終回「ヨルダンのかなた」が載ると、『週刊朝日』編集部は、早速、開高に国内のルポをやらないか、と持ちかけてきた。この『世界』の連載は一回の枚数が多く隔月掲載で、全六回だった。

時代は経済の高度成長期に突入した直後であり、世の中は浮きたち〝レジャーブーム〟が起こりはじめていた。同編集部の要望は「日本人の遊び場」というタイトルで、小説家の眼でレジャー地帯をルポしてほしいというものだった。

連載の開始までにいくらか時間もあって、開高は迷わずに乗ることにした。ともかくも小説の材料が見つかるかもしれないと思った。このあと開高は、数年をかけて『週刊朝日』にルポを書き続けることになるのだが、当時の編集長であった足田輝一は、この間の事情を詳しく書いている。この〝裏話〟は、のちのベトナムにつながる種明かしをしているようで、思わず頷かされる。

《週刊朝日では、そのころ夏の数週間には、部外の執筆者にお願いした連載記事を大きくのせて、そこで編集部員の勤務を調節し、その余った人員が交替で夏休みをとる、ということをやったものです。

一九六三年の夏も、そういうわけで、いわゆる〝銷夏読物〟が企画されました。開高さんによる『日本人の遊び場』の連載で、これが私たちの開高さんとのつきあい始めとなりました。（中略）連載は大好評であり、悪いけれど、私たちもおかげで、夏休みをとることができました。

これで味をしめたわけではありませんが、このみごとな現代の語り部を編集部から手離すにしのびず、ひき続いて長期の連載を頼もうということになったわけです。こんたんをいえば、純文学の旗手としての開高さんは別として、週刊誌記者もかなわない好奇心と消化力をそなえているルポルタージュの妙手を、ほかの雑誌に渡したくなかったのです。》

（足田輝一「ベトナム出発前後」、『これぞ、開高健。――面白半分11月臨時増刊号』）

『週刊朝日』の昭和三十八年七月五日号を第一回として、開高は「ボーリング場」をとりあげて、この異色ルポ「日本人の遊び場」の連載を開始した。週刊誌だからすぐに次の締め切りがくる、第二回は、七月十二日号で、大阪の「食いだおれ」を特急で取材。最終回の第十三回は、「十二万坪のステテコ領土船橋ヘルスセンター」だった。これが九月二十七日号。この回には、「遊び場ルポのおわりに」という二頁にわたる「あとがき」をつけた。

単行本は翌十月三十日に上梓。新聞社ならではの早業だった。これがスピードを競う新聞記者ならぬ、足田編集長のことばにしたがえば、「純文学の小説家の仕事」だった。

『日本人の遊び場』が完結すると、翌週の十月早々から「ずばり東京」の連載がはじまる。一週の休みもなく、よくぞまあそんな曲芸まがいのことができたものと思えるけれど、開高は第一回「空も水も詩もない日本橋」を、同誌（昭和三十八年十月四日号）の三十四頁から三十六頁まで、びっしり活字で埋めた。大阪人・開高健は、まず東京の中心「日本橋」をとりあげた。歴史を調べ、都庁に出向き、〝お江戸日本橋〟界隈の商店街を取材した。そして、ルポの半ばほどでこう書いた。

《しかし、いまの東京の日本橋をわたって心の解放をおぼえる人があるだろうか。ここには〝空〟も〝水〟もない。広大さもなければ流転もない。あるのは、よどんだまっ黒の廃液と、頭の上からのしかかってくる鉄骨むきだしの高速道路である。都市の必要のためにこの橋は橋ではなくなったようである。東京の膨張力のためにどぶをまたいでいた、かすかな詩は完全に窒息させられてしまった。》

（『ずばり東京——昭和著聞集』）

昭和三十年代、混沌と騒然の只中にいた時代の人々が、日ごろ感じていること、薄々気づいていることを、印象に残る表現とともに独特の口調で書き込んだ。ときには、〝道化〟になった小説家を装って、哄笑《こうしょう》のなかに本当の現実の恐ろしさを開陳して見せた。たとえばここには笑いはないが、開高は日本橋をルポしながら「すべての橋は詩を発散する」と読者に語りかける。しかし「首都高にフタをされた日本橋」の光景は、映画『ALWAYS　三丁目の夕日』が見せてくれたようなノスタルジーを感じさせるものではなかった。

おそるべき広津和郎

「日本人の遊び場」の全十三回の連載を終え、すぐにスタートした『ずばり東京』は、トータル五十七回、毎週〳〵開高は取材をし、人に会いつづけ、ときには本当に輪転機のそばで書きに書いたのだった。このことについて開高はのちにこう書いている。

《デッサンの勉強にはげんだ。鬱、不安、絶望におぼれ、バナナの叩き売りのように森羅と万象をひっぱたくことに没頭し、ルポだから事実は事実として伝えなければならないが文体は思いつけるかぎりの変奏と飛躍の曲芸に心を托した。》（前掲書）

連載の後に、上・下二冊の単行本になった。それを、昭和五十七年に文春文庫にしたときに、開高は文庫版のための「まえがき」と「あとがき」を書いた。取材し執筆に明け暮れながら、このほぼ一年間のことを、当初から自覚的に受けとめていた様子がわかる。こういうルポを書きながらも、開高はいつも揺れていたのである。たとえば、『週刊朝日』連載の最終回に載せた附記にはこうある。

《毎週毎週どこかへでかけていって新しい人と会い、話を聞き、新しいことを眺め、とりとめもなく見聞をかきつづけてきた。一回に最低五人の人物に会うとして、この仕事をしているあいだ

に私はざっと三百三十五人から三百五十人ほどの人物に会ったことになる。》

しかし、いくらその分野の専門の人たちに会って話をきいたところで、所詮《しょせん》はその分野については〝半可通《はんかつう》〟に過ぎない。開高は、輪転機に追われながら、「むなしいことだ、むなしいことだ」と呟き、「いいかげんな知ったかぶりばかりおれは書いているのだと思うと、気持ちがわるくてわるくてならなかった」と吐露した。そこで開高はどうしたか。

「そんな気持ちをまぎらすためと、安全株は買うまいという気持ちのために板ばさみにとなって、文体にいろいろ苦しんだ」。そして、たしかに摑んだと思った答えが、結局は〝文体〟だったのである。つまり、毎回、文体を変えて書こうと試みた。開き直りと挑戦する気持ちで格闘した。独白体、会話体、子供の作文、擬古文、講談、あれこれ工夫を凝らして書こうとしたのだった。さらに上方落語や漫才の表現や、漢文調の歯切れのよさを生かした文体が試みられている。

開高は、こんな本音も漏らしている。上方の文人井原西鶴の「一群の風俗見聞録のことを考えて仕事にのりだしたのである」と。ほんとうは開高は、連載ルポのスタート前に、みずから考えていたタイトル「昭和著聞集」として書きたかった。『週刊朝日』では採用されなかったが、本にするときには、これをはっきりとタイトルに謳っている。昭和という時代に執着したのである。

たまたま山口瞳がルポ「山口瞳氏の一日社員」を雑誌『オール讀物』に連載し始めたのが、昭和三十九年一月号だった。開高のルポ「ずばり東京」の連載がはじまって三カ月後のことである。拙著『係長・山口瞳の〈処世〉術』（小学館文庫）で、この山口の連載について、同じ職場の開高のルポの成功が刺激したことを少し詳しく記した。山口の気持ちのなかの密かに燃えるライバル意識に、火がついたとも書いた。そしてルポを連載しようという、山口自身の内心の〝焰〟となった。
連載一年の予定で、日本水産、ミキモト・パール、精工舎、東洋工業など十二社をルポしており、山口瞳の同時代的な企業文化論としても、おもしろく読める。ある期間、「ずばり東京」と「山口瞳氏の一日社員」は、『週刊朝日』と『オール讀物』に舞台をわけて競作していた。山口のルポは、後年『会社の渡世』（河出書房新社）に収録された。

さて、先にふれた『ずばり東京』の文春文庫版のための「まえがき」と「あとがき」について、もうすこし書いておかなければならない。ここには、この小説家にとって、その後の方向をきめる重要な決意が書かれている。「前白——悪酔の日々——（文庫版まえがき）」と、堂々たる見出しをつけている。開高らしい衒学趣味《ペダンチズム》すら感じられるが、まずは印象的である。冒頭で、後年よく知られるエピソードについてこう書く。

《小説が書けなくなったらムリすることないよ。ムリはいけないいな。ルポを書きなさい。ノンフィクション。これだね。いろいろ友人に会えるから小説の素材やヒントがつかめるし、文章の勉強になる。書斎にこもって酒ばかり飲んでいないで町へ出なさい。これは大事なことなんだド」
昔、ある夜、クサヤの匂いと煙りのたちこめる新宿の飲み屋のカウンターで、武田泰淳氏にそういう助言を頂いたことがあった。泰淳氏は東京生まれの東京育ちで、都会人の特質である繊細なはにかみ癖があり、いつも眼を伏せるか、逸らすかして、小声でボソボソと呟くのだったが、他人の意見などめったに耳に入ることのない年齢だった私の耳に、どういうものか、この忠告が浸透した。コタエたし、きいたのである。》

新宿の酒場での話ということになっているけれど、これは昭和三十六―三十七年ころのことではあるまいか。もっとも、開高は芥川賞の受賞後に、文藝春秋の初代菊池寛から数えて第三代社長になった池島信平から同じようなことを言われたと語っている。「開高クン、行き詰まったら、ルポを書きなさい！」と。しかし、文学者として畏怖の念をもっていた武田泰淳が、直接、自分の体験をまじえて諭してくれた言葉は、格別心に響いたのであろう。

三十九年の八月、「ずばり東京」第四十六回「デラックス病院の五日間」の掲載号が発売されたばかりのころ、開高は文壇の長老である広津和郎から一冊の著書の献本をうける。『松川事件と裁判――検察官の論理』（岩波書店）である。開高はこの老大家を敬愛し、文壇デビューしたばかりの頃から親しくしてもらっていた。広津は明治二十四年生まれだから、開高の亡くなった父親正義より五歳も年上の文学者だった。

開高は一瞬緊張した。広津和郎はすでに七十歳を超えていた。松川事件と取り組んで、事件に巻き込まれて裁判になっている国鉄と東芝の労組員たちの無罪をかちとるために、二十年にわたりずっと闘ってきた。ようやくのことに、全員無罪の判決を受け、この八月十七日が公訴時効になったのだった。

松川事件は昭和二十四年に起きている。東北本線松川駅（福島県）近くで、列車が脱線転覆し機関車の乗務員三人が死んだ列車往来妨害事件であった。間もなく国鉄労組員、東芝労組員らが容疑者として次々に逮捕され、二十名が起訴された。戦後、続けて起きた下山事件、三鷹事件とともに

「国鉄三大ミステリー事件」ともいわれる。

開高は多忙を極めるなか、数日間で読了した。広津和郎から著書の恵贈をうけて十日ほど経っていたが、開高は礼状を兼ねて近況を伝える長文の手紙を書いた。その書簡は神奈川近代文学館に所蔵されている。開高がベトナムに出発する約二カ月前のもので、便箋ではなく「開高健原稿用紙」二枚にしたためられている。長くなるが、全文を引く。


《『松川事件と裁判』お送りくださいまして、ありがとうございました。全部読んでからと思ったものですからおへんじがすっかりおくれてしまいました。

こないだ『中央公論』編集部の人が来て、戦後二十年間の主要な諸論文を再編して特集号をだしたいとのことです。ついては広津さんの『真実は訴える』をその一つにのせたいから短いコメントを書いてみないかということでしたので、恥じ入りつつ何事かを書きました。

そのとき私は編集部の人に力説したのですけれど、いわゆる最近旺んなナショナリズム議論のなかで、日本国と日本人を再検討するにあたって松川事件をどうして知識人たちは見て見ぬふりして通過してしまうのだろうかということでした。世界史に類のないこの運動をいわゆる〝進歩派〟側でない人びとはどうして直視しようとしないのでしょうか。〝アカ〟と見られてマスコミからはじきだされるか。知らなさすぎるので遠慮するのでしょうか。長すぎるので困るのでしょうることを恐れているのでしょうか。この運動を無視した日本人論を一切私は認めまいという気持ちになることがあるのですが、なぜか知識人たちは素通りし、アレコレと書斎にとじこもってなけなしの人生体験から出発する雲の上の演繹法による日本人論にふけっています。おごそかに糾弾し、すばやく変り、すみやかに忘れる日本人論、煙のような言葉の数かずです。

ときどきお会いした講演旅行の宿屋で、しばしば広津さんは、淡々と、こんなに人間を信用していいものかと思うこともあるくらいだとおっしゃいましたが、私は、毎日、揺れて暮らしていいます。ときには人間は信じられると思い、ときには人間は信じられないと思いこみます。いや、あまりにしばしば人間が信じられなくて、フグのような孤独におちこんで衰えます。その衰えからでてくる反作用の声は、皮肉、罵倒、雲がくれにしかならないので、つくづく自分がイヤになります。あと何年これがつづくのかしりません。このイヤらしさに耐えることに意味があるのかないのか、それもよくわかりません。この心理に錘りをおろせばおろすだけ、広津さんの業績にはうなだれるしかないわけなのです。

固苦しい文面になりました。

またどこかでお目にかかれることがあるかと存じます。

御加餐のほどいのりあげます。

開高　健

広津和郎先生》

（消印＝一九六四年九月二日付）

この年、開高はすでに四月に設立された「サン・アド」に移籍していたが、サントリー（前年に社名変更）にやってくると、私たち若手を摑まえては、以前と変わることなく話し相手をさせた。私は間もなく新設の広報部門に異動するが、開高は広報部へもやってきた。くだんの饒舌はいつも変わらなかった。

この頃は広津和郎、きだみのる、さらに長谷川四郎、漂泊の詩人としての金子光晴について話すことが多かった。開高自身、彼ら先達から特段の印象と天啓のようなものを受けていたのではなかろうか。いずれも戦前戦後を通じて異色の存在であり、独自の文学精神を貫いたリアリストであった。定住も安住も好まぬ流離の文人だった。

村松剛の『アルジェリア戦線従軍記』

開高の連載ルポ「ずばり東京」は、大好評のうちに終わりに近づいていた。当然のことながら、足田編集長は開高健を起用する次の大型企画を考えていた。開高の連載を読むために『週刊朝日』を購読しているという読者も多く、部数は伸びていた。開高の担当だった永山義高氏（現・開高健記念会理事長）はそのあたりの事情をこのように書いている。

《連載終了に何かボーナスを差し上げたいという編集長の申し出に、開高さんは「いますぐベトナムに行きたい」と答え、編集長がその言葉に飛びついた。最終回のオリンピック閉会式を書いてから三週間足らずで、開高さんは戦火が拡がるベトナムへと飛び立ったのだ。以後の開高作品の通奏低音となる「ベトナム」が力強く響き始める。》

（「『ずばり東京』、そしてベトナム」、『サントリークォータリー』第35号）

長い連載の間、開高の念頭には、「これから何を書くべきか」が常にあったであろうし、編集長も「開高健の次の連載企画は？」とあれこれ知恵を絞っていた。このとき開高は、週刊誌という土俵に〝越境〟はしていても、志の高い小説家であった。ルポを書き続けながらも、いつも「次は何か?」という創作のことばかり考えていた。

ところで、開高が『週刊朝日』の最初の連載「日本人の遊び場」を始めるちょうど一年前の昭和三十七年八月、村松剛は中央公論社から『アルジェリア戦線従軍記』を上梓した。このとき、開高は東京にいなかった。サントリーの佐治敬三社長らの北欧ビール醸造地視察団に参加して、ヨーロッパを歴訪中だったのである。

開高は安部公房から村松を紹介されて以来、お互いに波長があって親しくしていた。村松の学識、人柄にひかれていたが、開高にとって村松剛の東大仏文卒でヴァレリーやアンドレ・マルローの研究家という〝冠〟は、多少とも眩しかったに違いない。文芸同人雑誌『批評』も、村松と一緒にやっていたし、小説家と文芸評論家ということで、お互いに刺激しあう仲でもあった。

その村松が、三十七年二月から三月にかけて産経新聞のアルジェリア派遣臨時特派員として、十九世紀から続く長い内戦の終末期にあたるアルジェリア戦争の取材に出かけていたのである。この件では、開高とも親しい作家の堀田善衛が村松に格別の便宜を図ったおかげで、村松は日本人としては、一説によると毎日新聞のパリ特派員だった三好修記者以来、二人目の従軍記者ということで、アルジェリアのFLN(民族解放戦線)の軍隊であるALN(アルジェリア仮政府軍あるいは民族解放軍と呼ばれた)の陣地にあって縦横の取材ができたといわれた。

このとき、アジア・アフリカ作家会議で多忙だった堀田善衛はカイロで、アルジェリア仮政府の元日本駐在代表のビエナビレス氏から、村松のためにチュニスの仮政府宛の紹介状をとってくれたのだ。村松はＡＬＮからも信頼を得て十分な取材ができた。

村松がＡＬＮに特派員として従軍したのはおよそ一カ月間であったが、モロッコでも自由に戦場を動き回り、取材できた。スペイン内戦にヘミングウェイとともに義勇兵として参加した、行動主義者アンドレ・マルローの研究家らしい村松剛の、果敢な従軍記だと話題になった。

開高は村松剛の『アルジェリア戦線従軍記』を読んで、先を越されたと思った。いかにも村松らしい正統的な、敢えて言えば均斉のとれた戦場報告だった。開高は打たれた。同三十二年「パニック」が発表され、話題になっていたときに、開高はほぼ二歳年上の文芸評論家である村松剛に、長文の手紙を出して、批評を仰いでいる。村松は手紙の文面から、開高の文壇での孤独、さらに言えば孤立状態を感じたと書いている。

一般の人よりは額《ひたい》がひろい村松をさして「あなたの高貴な額」などと親近の情を込めながら、自作が批評されることを望んだのだ。村松は開高にとって東京で頼りにできる、数少ない同世代の若き文芸評論家だった。

開高の「パニック」が評判になる二カ月ほどまえの六月、村松剛は世界的に話題になっていたフランスの小説家ロベール・メルルの『死はわが職業』を翻訳して大日本雄弁会講談社から出していた。この作品はルイ・アラゴンが激賞したというだけあって、村松訳が出る五年前の昭和二十七年、ガリマール書店から上梓されるや、にわかに注目の書となった。元アウシュビッツ収容所長ルドルフ・ヘスをモデルとしたリアリズム小説はまさに刺激的なものだった。開高は村松の確かな仕事ぶりに目を瞠《みは》る思いで、この翻訳を熟読した（後年、『オーパ！』の一章にこのタイトルをあてている）。

この頃、村松の自宅は早稲田大学のキャンパスからほど近い目白界隈にあって、私もよく訪問した。やや、記憶がおぼろげではあるのだが、村松は普段はまったくの書斎派で、二階の部屋で椅子の下に電気あんかを置いて足をのせて、膝掛で暖を逃がさないようにしており、さらに膝のうえに大きめの画板を置いて、原稿用紙と本の台にしていた。膝上用の簡易机である。

「冬場は、これがいい。僕にはいちばん集中できるのだよ」。ご機嫌な表情でこう呟いていたことが思い出される。しかし、いかにも奇妙なスタイルだった。広い部屋の真ん中で、江戸時代からの有名な医者の家系の子息であった村松が、固まっているような格好に見えた。のちの錚々たる立教大学、筑波大学教授、フランス文学者で著名な文芸評論家も、じつに書生然とした様子だったのである。昭和三十四年四月、皇太子（今上天皇）のご成婚のパレードがテレビで報道され国中が沸いたが、その実況を私は村松家で見せてもらったような記憶がある。

あまり知られていないが、村松は昭和三十八年春、南ベトナムにも出かけ、奥地の作戦を視察していた。これは開高を大いに刺激した。二度までも村松剛に先を越されたからである。

村松は、アイヒマン裁判にも傍聴に出かけていて、ユダヤ人問題にも関心が強かったけれど、南ベトナムに出かけて以降は、開高と会えばベトナム戦争について持論を説いていた。この時期、開高は明らかに村松剛から刺激されっぱなしだった。

村松はこんなことも書いている。かいつまんで記すと、一緒にシルク・ロードを車で踏破しようなどと、大まじめで検討したこともあったというのだ。三島由紀夫に開高を引きあわせたのも村松だった。村松は開高についてこんな回想を残している。内容は重なるけれど、一部を引用しておきたい。
《ナチ・ドイツについての記録映画『十三階段への道』が昭和三十四年の暮に輸入されたとき、ぜひ見ろといって試写会の案内状をわざわざ速達で送ってくれたのは彼であり、ナチのユダヤ人問題には一時期一緒に深入りする恰好になった。ヴェトナムの戦場を見るようにすすめたのは、ぼくの方だったような気がする。昭和三十八年の春に南ヴェトナムに行き、奥地の作戦を見てまわっていたのである。》
（「『パニック』のころ」、『開高健全集』第十二巻月報）
開高は、村松剛からベトナム戦争を見てくるように熱心にすすめられたとき、以前に読んだヘミングウェイの『アフリカの緑の丘』の一文が脳裡を掠めた。
《フローベールは戦争を見てはいなかったが、革命と、それからコミューンを見ていた。革命では誰もが同じようなことばを口にするものであるが、それにつられて狂信的になったりさえしなければ、革命はずばぬけてすぐれた教科書である。同じように、内乱も作家にとっては最高の、完全無欠の戦争の体験を与えてくれるものである。スタンダールは戦争を見ていた。そして彼にものの書き方を教えたのはナポレオンだった。ナポレオンは当時、あらゆる人間にものの書き方を教えていたのであるが、スタンダール以外の誰もそれを学ばなかったままでである。ドストエフスキーは、シベリアに流されたことで大成した。剣が鍛えられるように、作家は社会の不正によって鍛えられる。》
（『アフリカの緑の丘』川本皓嗣訳）
これは一九三五年、ヘミングウェイが三十六歳のときに、体験にもとづいて書いた信念の吐露である。開高は、愛読していた『アフリカの緑の丘』のこのくだりを読んで、チェーホフのあの過酷な体験記録『サハリン島』をふと思い浮かべた。そして同時に、グレアム・グリーンのインドシナ戦争体験の意味を改めて確認した。

ともかくもこの一節は、ヘミングウェイ文学の核心を衝く〝戦争論〟としても有名だ。開高は、のちに書いた「戦争体験と作家」（昭和四十五年）というヘミングウェイをめぐるエッセイのなかで、戦争体験の〝二律背反〟についてこんなことを指摘している。

《いっさいの戦争は人を何らかの共同体への融合の感覚におぼれさせるために遂行されるが、他のどんな手段をもってしても生みだすことのできない深刻な原理の体現にもかかわらず、もうひとつ別種の原理も同時にはたらき、人はあくまでも自身の感応の記憶に基づいて分離、独立、拒絶をひそやかに、しかし手のつけようもなく深く体感してしまうのでもある。戦争ほど人を連帯感覚に赴かせつつ同時に徹底的に人を個別化し、独立させてしまうものは、ないのである。その執拗さは他のどんな体験にも類を見ない。》

（「戦争体験と作家」、『新潮世界文学44』「ヘミングウェイ」月報）

これは、戦争が連帯感と同時に、人間を個別化し、独立させ、ついには裸の「個人」にしてしまうという、ヘミングウェイ文学から得た戦慄すべき発見だったのだ。

さて、昭和三十五年十二月、南ベトナム解放民族戦線（ＮＬＦ）が結成された。ほどなく、サイゴンは内戦状態になった。開高は、アルジェリア戦争にも気をとめながら、この時から南ベトナムのＮＬＦの動きに注目しはじめていた。

だから、村松が二年後に、アルジェリア戦線に突如出かけたときには驚いた。まして、その村松が、その翌年つまり昭和三十八年春に、南ベトナムへも出かけていくとは思わなかった。同三十八、三十九年と『週刊朝日』の国内ルポの連載で忙殺され、開高は内に籠るフラストレーションという負のエネルギーに悩まされていた。苛立っていたのである。そこへ、足田編集長からの誘いの一言だった。

朝日新聞社の臨時海外移動特派員という任務は、むろん開高を喜ばせた。開高は村松に刺激されて以来、自分はこの機会を予知していたと思った。村松はベトナム戦争に従軍取材することについて、開高から長い手紙をもらったと書いているが、いまその内容は確かめようがない。

先駆的な『ベトナム戦記』

昭和三十九年秋、開高は三十四歳だった。「来月、ベトナムに行くのや」。その年の十月下旬、開高が、めずらしく日本橋榮太樓ビルの宣伝部に顔を出して、一言そういった。

開高がやってきたのは別の用事を兼ねていたのであろう。開高が現れると、若い部員たちが開高の周りに集まってくる。開高の現役時代の宣伝部の光景と変わらない。『洋酒天国』も終刊寸前だったが、まだ続いていた。しかしこの時の空気は、いつもとは少し違っていた。「ベトナムに行くのや」という開高の一言が、一同を驚かせたからだ。「ずばり東京」の最終回、「東京オリンピック」閉会式の取材を終えたばかりだと開高はいった。

閉会式は十月二十四日に国立競技場で行われた。東京オリンピックの開催期間は二週間であった。

「オリンピック取材でムリしたんや。ノドが痛いわい……、けど、すぐベトナムや」。二週間ほど前の開会式にも出かけた開高は、夜風にあたりすぎて風邪を引き、三十九度ほどの熱が出て毎日ベッドでうなっていたという。執拗で頑固な風邪で、とうとう二週間も寝込んでしまい、閉会式の日も熱や悪寒があって、他人の足で道を歩いているような体調だったという。

開高はベトナム行については、皆を驚かしたけれど、自分からはあまり語らなかった。誰かが「開高さん、そんな体調でベトナム戦争の取材なんて大丈夫なんですか」と聞いた。牧羊子が口癖のように、「ウチの亭主は弱いのよね」と言っていたことを思い出したのだ。

取材で風邪をひき込んで十日もしないうちに、気温や湿度、水も食べ物も、そして風土のすべてが異なる亜熱帯気候の国へ行くというのである。むろんゲリラが出没する危険なベトナム戦争の真っ只中へ飛び込むというのである。マラリアの予防注射も打たなければならない。「思い切りましたな、開高さん。しかし、ええことや」。いつの間にか来ていた宣伝担当の平井鮮一常務が、一言励ますようにいって開高の肩を叩いた。

開高健が朝日新聞社の臨時海外移動特派員として、ベトナムに旅立ったのは、ちょうど東京オリンピックが終了した三週間後の昭和三十九年十一月十五日のことである。同新聞のカメラマン秋元啓一が同行した。当の朝日新聞社の幹部や担当編集者たちは、開高が、唐突に「ベトナム行」を思いついたように思っており、すくなからず驚いていた。

いや、大変だったのは家族の心配であった。先に登場した永山義高氏は牧羊子に、出発ぎりぎりまで黙っていたことをきびしく詰問されたという。むろん、牧羊子はとり乱さんばかりに心配して、ベトナム行きに反対した。

出発の日、羽田空港への見送りに、私たちは行かなかった。当時は、海外出張やちょっとした外遊でも、関係者は空港へ見送りに行ったものだ。むろんこの日、新聞社はしっかり部屋を用意して開高、秋元を送る壮行会を行った。

志をつらぬくために開高は、サイゴン政府側の南ベトナム軍を支援する米軍（当時は軍事顧問団）に、日本人ジャーナリストとして秋元啓一カメラマンとともに従軍した。兵士たちと寝食をともにしながら戦場の取材を続け、なかば必然的に生命の危険も冒すことになった。

実際ある時には、正確に書くと昭和四十年二月十四日の従軍取材では命を落としかけた。もっとも危険な地帯といわれるDゾーンにある「ベン・キャット基地」から出撃した大隊の作戦に同行して、ベトコンの奇襲攻撃を受け、九死に一生を得るような体験を重ねる。そして特派員として、夜を徹して『週刊朝日』編集部へ送信するために原稿を書き、時には東京とかろうじてつながった国際電話で、早口に口述で原稿を送るのだった。

第一回が翌四十年一月八日号。『週刊朝日』に掲載されたそのルポルタージュは、題して「狙われるアメリカ人――南ベトナム第一報〈ずばり海外版〉」というものだった。開高が送ってくるルポは好評で、『週刊朝日』の多くの企画のなかでも話題を独占した。編集部にとっては、成功した「ずばり東京」の延長線上にある連載ルポルタージュだったのである。

だが、危険な思いをしてまで、なぜ開高健は臨時特派員として南ベトナム側に従軍したのかという議論は当然起こった。ルポが評判を呼ぶほど、そんな声が反響した。吉本隆明や三島由紀夫は、文学者たるものの取るべき行為ではないとして、この従軍ルポを批判した。逆に山口瞳は、「ずばり東京」の続きということだし、意味も、しっかりした目的もあるルポではないかと言って、「ムキになるのはおかしい」と自然体で受け止めて開高を支持した。

秋元啓一とともに無事に帰国したのが翌四十年二月二十四日。その直後から、開高は箱根にカンヅメにされた。連載に加筆して、日をおかずして単行本『ベトナム戦記』が上梓された。このわずか三カ月ほどのベトナム戦争従軍記者としての体験が、その後の作家活動を大きく左右し、生涯忘れることのできない運命的な結節点となろうとは、開高自身でさえ、その時は気づいていなかった。

ベトナム戦争は開高健が帰国後にさらに激しくなった。ジャーナリズムを賑わせた『ベトナム戦記』に対しては、先の吉本隆明や三島由紀夫など文学者側の批判だけでなく、「アメリカ軍人のヒューマニズムに目を奪われ、帝国主義の本質を見失っている」というイデオロギー的立場からの批判もあった。これは当っていないことが、後にわかってくるのだが、この問題の議論は、いまだ曖昧なままであるといってよいだろう。

吉本は「戦後思想の荒廃——二十年目の思想状況」という評論の中で、開高の『ベトナム戦記』と大江の『ヒロシマ・ノート』批判を繰り広げていて、それ自体はよく知られているのであるが、その論拠は案外見えにくくて、これまで前後関係の議論も不十分で、通り一遍に扱われているように思えてならなかった。

吉本は開高がベトナムから帰国した後、昭和四十年十月号の雑誌『展望』に、早々とこの一文を寄稿したのだったが、今や広く読まれているとはいえないであろう（翌年、『自立の思想的拠点』所収）。この時期の吉本は、多くの作家や評論家を斬りまくっていた。

私はその時期から二十年余りのち、『サントリークォータリー』第25号で、吉本に三時間ほどの巻頭インタビューを行ったことがある。題して「文化のパラドックス――解体すすむ〈活字時代〉」（単行本未収録）という内容だったが、この時は話が同時代批評に終始して、開高の『ベトナム戦記』そのものは話題にならなかった。食事の時に、戦後の進歩的知識人（今や死語であろう）のことなどが雑談のなかに出てきて、開高やベトナム戦争も話題になったのだが。

吉本は、「もう二十年も前のことになるな。今は、現在とか、未来のことばかり考えていて、過去をふり返ることはないな」といいながら、さらに「開高さんは一貫してやってきたと思うけどね」というような言い方をしたと思う。吉本自身の位置が、すっかり変わってしまっていたのである。

しかし、ここではかつて吉本隆明という論客が行った開高健批判を、論拠がみえるように辿っておく必要があるだろう。やや長めの引用になるけれど「戦後思想の荒廃――二十年目の思想状況」から、そのくだりを書き写しておきたい。

《開高健の『ベトナム戦記』をよんでみると、わが国の進歩的知識人の思想的な「国外逃亡」がどんなものであり、どのような荒廃にさらされているかを如実に知ることができる。なぜ、なんのためにこの作家はベトナムへ出かけていったのか。この著書を読みおわっても、なにもわからないのである。ある日、ジャーナリズムからベトナム問題のルポルタージュをやってみないかと勧誘されて出かけていったとでもかんがえるほかはない。もともと話体でしか作品がかけないこの作家にとって素材の軽重がそのまま作品の軽重にかかわってくる側面がある。生きているのか死んでいるのかわからないこの日本の平和情況とはちがった情況がベトナムにはあるにちがいない、なぜならそこでは内戦があり、国際勢力も陰に陽にここに集中している。ひとつ出かけて何でも見てやろう、とかんがえてジャーナリズムの勧誘に応じたとでも想像するより仕方がないようにこの「戦記」はかかれている。

予想にたがわずこの作家は、いやおうなしにベトナムの現実に立ちあわされ、ベトナム行きの動機が何であれ、しだいに精神はその素材にひきずりこまれてゆく。かれは南北ベトナムを走りまわって見聞をひろめ、紛争の当事者やベトナムの知識人に会見しては意見をきいてまわり判断の素材をあつめる。そしてついにベトコンの少年が銃殺される場面に観客としてつきあわされる。》（『吉本隆明全集』第九巻）

この文章の後に、開高の『ベトナム戦記』から以下の公開処刑の場面が、長文になるのをいとわず引用されている。吉本の引用をそのまま書き写しておく。

《銃音がとどろいたとき、私のなかの何かが粉砕された。膝がふるえ、熱い汗が全身を浸し、むかむかと吐気がこみあげた。たっていられなかったので、よろよろと歩いて足をたしかめた。

（中略）

しかし、この広場では、私は「見る」ことだけを強制された。私は軍用トラックのかげに佇む安全な第三者であった。機械のごとく憲兵たちは並び、膝を折り、引金をひいて去った。子供は殺されねばならないようにして殺された。私は目撃者にすぎず、特権者であった。私を圧倒した説明しがたいなにものかはこの儀式化された蛮行を佇んで「見る」よりほかない立場から生れたのだ。安堵が私を粉砕したのだ。私の感じたものが「危機」であるとすると、それは安堵から生れたのだ。広場ではすべてが静止していた。すべてが薄明のなかに静止し、濃縮され、運動といってはただ眼をみはって「見る」ことだけであった。単純さに私は耐えられず、砕かれた。

そして「人間は何か「自然」のいたずらで地上に出現した、大脳の退化した二足獣なのだ」という感想を書き留めている。（前掲書）

吉本が自分の文章の中で引いている開高の言葉は、「（中略）」として略されている箇所がかなりの文字数になるために、開高自身の主張がつかみにくくなっているように思われる。長々と綴られた公開銃殺の場面を引用したいがための措置であったのか。私にはどうにも、吉本の意識の流れが見えにくい。しかし開高のルポについて、執拗な批判はさらに続く。

《この個所の悪達者な文章をよみながら、わたしは戦争中の丹羽文雄の『海戦』という悪達者な戦闘記録をおもいだした。もちろん、このとき開高健をおとずれたほんとうの破たんはこうである。

この作家が、人間が死んだとすれば、病気か交通事故か、やくざの強盗殺人かしかなく、もしそう思いたければ平穏で卑小な出来事が昨日のように今日も続いており、また、もしそう思いたければ、こういう平穏さこそかつて体験したこともない深淵であり、未知の状況であるといったわが国の〈平和〉を逃れてベトナムへ取材にゆく職業記者とおなじレベルにじぶんをつきおとしたとき、すでにそれは文学者でなく、安全な〈第三者〉にしかすぎなかったのだ。ベトコン少年の銃殺を、軍用トラックのかげで〈見る〉だけだったから、安全な第三者なのでもなければ、ベトコンにもベトナム政府や米軍にも加担しなかったから第三者であるのでもない。また、みずからベトコンにかこまれて瀕死の体験をしたから第二者になるわけでもない。》（前掲書）

吉本は文学者の姿勢と方法を、開高批判の論拠にしているようであった。つまり、開高の臨時特派員としての行動は、単にジャーナリストのやるべきことであって、引用した開高の文章と同じように〝悪達者〟な行動であるとみている。

批判はなお続くのだが、大江健三郎もこのすぐ後、返す刀でたちまちに斬り捨てられているのだから、この当時の吉本隆明は、いわば〝辻斬り〟のようにキケンな存在でもあったという気さえしてくるのだ。

では、大江についてはどうだったか。こんな調子である。「大江健三郎の『ヒロシマ・ノート』があたえる問題も、開高健の異常趣味とすこしもちがったものではない。ただ開高健がその文学方法の必然からして空間的な異常趣味であるのにたいして、大江健三郎がその文学方法の必然からして時間的な異常趣味ともいうべきものに陥っているだけである」。

ここで大江健三郎について触れるゆとりはないが、一九六〇年代の文学批評の状況は、当っていたかどうかは別として、この程度の激しさ（鋭さ？）は、とくに珍しいことではなかった。いま目にしている文芸時評や書評や匿名コラムの切れ味とは、まさに今昔の感というほかない。

開高は吉本の批判に、公式な反論はもちろん、ほとんど反応すら示さなかった。当然のことであろうが、自分が思う方向と方法を探り当てながら、作品によって応えて行くというのが小説家の正道であると思っていた。

私の印象では、吉本の批判は拡がりをもたなかったように思う。すでに書いてきたように、開高のベトナム行きが、吉本が指摘したようなことだけで意思決定されたわけではなかったからだ。吉本もその点は、自分なりの戦略としてあえて発言したのであろう。実際、吉本は私たちの『早稲田大学新聞』の部屋にもよく現れ、寄稿もし、講演もよく引き受けてくれた。私が在学していた昭和三十三年から三十七年にかけての頃だったけれど。

さてベトナム戦争について、開高自身は帰国後も、冷静に戦況と南北ベトナムをめぐる国際世論の動向を見ていた。『ベトナム戦記』を読み進めてゆくと、アメリカの矛盾を鋭く指摘していることがわかるし、会社の宣伝部にやってきて話すベトナム談義からも、開高が一冊のルポを書いただけで終わることはないと感じられた。

開高は間もなく行動を起こした。ベトナムから帰国した年の五月、哲学者の鶴見俊輔の呼びかけに応じて開高健、小田実、永六輔、小中陽太郎らとベ平連（「ベトナムに平和を！市民連合」）を結成した。吉本の開高批判が『展望』に掲載されたのは同年十月号だった。

開高健らは積極的に書いたり、街頭演説をしたり、『ニューヨーク・タイムズ』に反戦広告を出したりして活動は目立ったが、のちにベ平連と開高の距離は微妙なものになっていく。もともと開高は、いわゆる進歩的知識人の言動に対しては懐疑的だった。開高は小田実らとは異質の存在だった。やがて開高はべ平連からはっきり離れ、独自の立場を貫くことになる。

はじめ、つまり昭和三十九年の東京オリンピック以前は、たしかに開高健も南ベトナム政府とベトコンによる、激しいけれども戦争ではなく、「紛争」あるいは「内紛」というレベルのものだと思っていたようだ。

同じ時期、同年十一月に読売新聞外報部記者であった日野啓三が特派員としてサイゴンに着任しているのである。日野啓三は、後に『あの夕陽』で芥川賞（昭和四十九年下半期）を受賞するが、サイゴンに在任中は、開高とは盟友として飲んだり情報交換をしたり、とにかく親しく会っていた。その頃のことを、日野は『ベトナム戦記』（朝日文庫）の解説のなかで書いているのだが、これも一つの証言となろう。

《新聞社の外報部記者だった私でさえ、東南アジアの小さな国でゲリラ的内戦が激しくなりかけているらしい、という程度の認識しかなかったのである。勉強して行こうにも資料さえなかった。》

開高は日野啓三より一歳年下であった。新宿の酒場などでもよく顔をあわせていた旧知の仲だったが、期せずして同時期にサイゴンに駐在している。そして、二人の到着と時期をあわせたように、内戦は一気に激化し、アメリカが支援するサイゴン政権は空洞化が進み、翌昭和四十年二月の旧正月まで持ちこたえられるかどうかが、華商のあいだで噂になったほどだった。

サイゴンで活動を開始した開高には、まもなくこの内戦の全貌が見えるようになった。とは言うものの、この戦争がサイゴン政府とアメリカ政府が言うように「国際共産主義勢力に支援されたハノイ共産政権の侵略戦争」なのか、それとも「サイゴン傀儡政権の圧政と腐敗に抗してたちあがった南ベトナム知識人と民衆の反政府ゲリラ戦」なのか、なかなか見届けられなかった。このことは日野啓三もはっきりと書いている。

開高や日野はベトナムへ出かける前に、準備のために資料集めをしたというが、これというものがなく愕然としたと書いている。日野は当時丸の内にあった「外国人特派員協会」に出かけて情報を集めていたようだが、開高は、これまで読んできた気になる小説を再読しはじめた。役に立つ資料になると考えたからだった。

コンラッド、サマセット・モーム、グレアム・グリーン、エドガー・スノー、パール・バック、ストロングなど、東南アジアや中国に関心をもち、自分から何度も出かけて行ったり、棲みついたりして作品を書いてきた欧米の作家たちの作品には、いろいろヒントがあるという直感が働いていた。そして短期間に集中的に読み直した。この几帳面さと勤勉さは、開高ならではといったところだろう。

わが国の多くの作家は、地上の楽園のような日本文壇に閉じこもっていて、広く海外に視線を向けない。外国作家のように「人間ズレ」していない。モームにしてもグレアム・グリーンにしても、アジアを侵略してきた自国の植民地主義者の退廃を見抜き、徹底的に調べて作品として多くを書き残していた。

開高は、とくにイギリスの作家グレアム・グリーンがベトナムを取材した『おとなしいアメリカ人』と、続いて書き下ろされたコンゴ独立をめぐる『燃えつきた人間』を読み直してみて、じつに多くのヒントが得られたと語っている。

もっとも、昭和四十三年四月に上梓した『輝ける闇』のなかでは、開高は元ベトミン兵士で、G・グリーンに直接材料を提供したという壮年のインテリ・ベトナム人作家を登場させて、グリーン批判を語らせている。あれは、ヨーロッパ人の側からみたインドシナ戦争で、「私は不満だった」とそのベトナム人作家はいう。元ベトミンの彼は、若い頃にパリに留学し、マルセル・プルーストに熱中した知性派だったとされている。

開高はベトナムに出発する直前に文芸雑誌『文藝』（河出書房新社）のインタビューに応え、それが翌昭和四十年二月号のインタビュー欄に掲載されている。

《（『おとなしいアメリカ人』を）改めて読み返しました。あれはベトミンとフランスとが抗争しているときの話で、フランスが敗れはじめてきたので、アメリカがそれに入れかわって登場しようかという時期なんですね。（中略）調べてみると、グリーンはあの小説ひとつを書くために、五年にわたって毎年ベトナムに行っている。フランス軍のあとにくっついて、最前線にも行っている。そのドキュメントとして、彼は『ライフ』とかそのほかの雑誌にも記録を発表しているけれども、その経験のあげくにできたのが、『おとなしいアメリカ人』というわけです。で、読み直してみると、ベトミン抵抗時代のベトナムと、今のベトコン抵抗時代のベトナムとはほとんど本質的に大差がない。》

開高は、もともとグレアム・グリーンというイギリス人作家が好きで、宣伝部時代にも、私たち若い部員によくグリーンの作品の話をした。のちに世界の短編小説十傑を吉行淳之介、大江健三郎らと三人で選出する『洋酒天国』五十五号の特別アンケート企画の鼎談でも、開高はグリーンの『青い映画』を、『無邪気』とともに強力に推していたことを思い出す。

この短篇『青い映画』（今ふうにいえばポルノ映画）の映写係としてシャム（タイの旧称）人が出てくるから、舞台はタイか、その近くの国であろう。中年のイギリス人夫妻が旅の途中、女房に遊び心が起きて繁華街から離れた秘密めかした場所までブルーフィルムを見に行く。と、偶然、あろうことか夫が二十五年もまえに〝出演〟し、若い女と素っ裸で演じたフィルムが映し出された。

そのシーンを見た夫妻の、それぞれの心の動揺がおもしろい。女房にばれて、夫は白状する。ホテルに戻っても手ひどく侮蔑されたが、夫が風呂場から出てくると女房は一変、「あたし、あなたが美男子なのを忘れていたわ」とつぶやく。そしてベッドでの房事。女房は「もっと、もっと、と傷ついた鳥のような悲鳴をあげた」と書かれている。夫はなぜか後ろめたい感情をいだきながら、いつまでも黙って横たわっていた。

「若い君らや一般に女子には、わからんやろうが、中年以上の男には、この苦い味わいがいいねんな、無頼な青春時代への悲哀感があってね」と開高はいった。

臨時特派員開高健とカメラマン秋元啓一は、サイゴンに到着したものの、この戦争の「最前線」がどこかわからなかった。実に奇妙なことであった。戦争が行われている現地である「戦場」はどこなのだろう。まったく素朴な、おかしな疑問である。

二人はサイゴンにあるアメリカ顧問団の情報連絡室でモエン少佐に、「最前線はどこですか？」と何度も訊ねた。どこが戦闘の行われている最前線なのかわからないと訴えると、そのたびに二人はたしなめられたのだった。開高はこんな風に書いている。

《最前線がどこにもない、いや、全土が最前線だというのがこの国の戦争の特徴である。ベン・キャット基地も最前線ならばサイゴンのマジェスティック・ホテルだって最前線である。いつフッとばされるかわからないのである。戦争は水銀の粒のように、地下水のように、たえまなく流動していて、つかまえようがない。》

戦争に巻き込まれていないときは、サイゴンの街は普段の顔をしている。日本テレビのドキュメンタリー番組のチーフプロデューサーだった菊池浩佑は早稲田大学新聞時代の私の仲間であるが、ベトナムを何度となく取材した有能な映像ジャーナリストだ。六〇年代のベトナムについて確かめたいことがあったので、電話をしたらこんなことを、ぽろっと喋ってくれた。

《六五、六六年ころね、サイゴンの街全体が、戦場の最前線だという緊張感がいつもあった。六五年には開高さんがいたはずだよ。僕もね、カフェに入っても窓際の席には座らなかった。むろん、それ以前から繁華街はゲリラの標的だった。顔見知りから、あっちへ行くとキツネが出るぞ、とよく注意されたのをおぼえてるよ。こわかったな。》

思い出しても身ぶるいするという話し方だった。むろん、キツネとはベトコンのことだ。ゲリラはどこにひそんでいるかわからない。

日野啓三から、マジェスティック・ホテルの自室で、投げ込まれたプラスチック爆弾の破片の直撃を受けて、日経の若き支局長の酒井辰夫が殉職したということを聞いたことがあったけれど、菊池プロデューサーもそのことは聞いて知っていた。「取材でサイゴンに入るとすぐに、爆弾の破片で即死した日本人記者がいるので気を付けろ、と記者クラブの仲間から注意された」とのことだった。死といつも隣り合わせの現場だったということだ。

サイゴンはその頃も、普段はのどかな活気のある町と言ってもいいくらいだった。戦争が起きているとは思えぬ午後もあった。バスも走っていれば、かわいい子供たちが街角で遊んでいたりもする。夜ともなれば、ハデなネオンが輝き、男女の嬌声がさんざめく歓楽街が出現する。「最前線」とならない限り、人々はカフェやバーに集ってきて騒ぐのだった。旧暦の正月（この年は二月二日から）を迎えるころのサイゴンについて、開高は『ベトナム戦記』でこのように書いている。

《サイゴンの町の人びとは、いま「テット」を迎えるのに大いそがしである。いたるところに「正月！　正月！　正月！」と書いた横幕がぶらさがっている。飾り窓にはフランス香水、アメリカ製ライター、日本製トランジスタなどが山積みになり、金、銀、青、赤の豆電球が輝いている。ブールバールには露店商人の荷が積まれ、花市場には菊、カーネーション、桃、梅、水仙、薔薇の花などがあふれている。料理屋やキャバレでは金持ちの商人や高級官吏が笑いくずれ、フランスぶどう酒やシャンパンで乾杯している。少年乞食はアメリカ兵の腰にぶらさがる。酒場の女たちは口ぐちに叫びかわしている。

「ユー、ナンバー・ワン！」

「OK・OK……」

「レッツ・ゴー！」

奇妙な国だ。一日二百万ドルをアメリカにつぎ込んでもらって郊外の木と泥のなかでは毎夜毎夜死闘が繰りかえされているのに、この都の、まあ、輝かしいこと、繁栄ぶり、戦争があってはじめて豊富になる都、ネオンの香りと煌き、何がどうなってこうなったやら！》

ともかくも、いろいろな人々が数多く集まる歓楽街やその隣接地域が一番危険なのだ。ゲリラ戦の怖さが伝わってくる。歓楽地はサイゴン市内にもあるし、市内を少し離れたところにショロン地区という中華人街にもあったと開高は書いている。開高は、アメリカ人将校たちが飲むバーやカフェにも頻繁に出かけている。もっぱらバーボンウイスキーを飲みながら、聞き耳を立て、周囲を注視して、情況を探っていた。

『ベトナム戦記』を開高は、かつての従軍記者が肩に力を込めて書くような調子ではなく、さりげなくみずからの五感に感じられるままに書いている。引用の順序が逆になったけれど、こんなふうに冒頭を書き出している。

《どの国の都にも忘れられない匂いというものがある。私がおぼえているのはパリなら冬の夜の焼栗屋の火の匂いである。初夏の北京はたそがれどきの合歓木の匂いでおぼえている。ワルシャワはすれちがった男のウォトカの匂いでおぼえている。ジャカルタの道には椰子油の匂いがしみこんでいた。

南ベトナムは〈ベン・ハイ河からカマウ岬まで〉とよくいわれる。（中略）ベン・ハイ河からカマウ岬まで、どの町、どの村へいっても、〈ニョク・マム〉の匂いがしみこんでいる。サイゴンの舗道にもしみこんでいるし、カマウの『亜州大旅店』の暗い湿った壁にもしみこんでいた。石、木、川、草、新聞紙、タイプライター、すべてのものにしみこんでいる。》

本来なら、ベトナムという人間が生きやすい風土と豊饒な食文化をもつ楽園の物語がはじまってもいいのである。悲劇はいつも人間の一番弱くてやわらかい生命の根幹をむき出しにしてしまうものだ。開高は食べなくては生きていけないひ弱な人間を、まず描きはじめるのである。

さらにベトナム人の食の原点、いや、生きつづけるための根幹、生きるための源ともいえる〈ニョク・マム〉について、開高は、「日本人にはなじみの深い匂いである。〈しょっつる〉に〈くさや〉をまぜたものと思えば、まず、まちがいない」。

さらに製法にも触れ、「魚を塩汁につけて石でおさえ、しみでる汁の上澄みをとるのである。古いのになると何十年と貯えたのがある。黄濁したのは若い安物で、きれいに澄んだものほど老いて高価である。匂いはひどいが小蝦《こえび》を漬けたニャ・チャン産のものが最高とされている」。ベトナムの人々の軀のなかにしみこんだ〈ニョク・マム〉を、いとおしむような筆致で書いているのだ。

開高のこうした記述について、丸谷才一は、「開高には一種の生命主義というべき傾向が強い」と指摘している。よく言い当てている。『ベトナム戦記』は普通の戦記もの、戦争ルポルタージュとはかなり趣が違っているということの背景が、そこから見えてくる。二十世紀の歴史を重く引きずってきたカオスのような東南アジア、インドシナからつながる現代史を開高は鳥の眼で直視し、人間が戦火のなかの泥沼でうごめいている悲惨を自分の皮膚感覚、生命感覚で書こうという意志をつらぬいているからだろうか。

言い換えれば、この戦記は、開高自身が辿ってきた戦中戦後の飢餓体験と、焼け跡・闇市の泥沼の荒廃のなかで芽生えた鋭敏な感覚で、ありのままのカオス的現実を紡いだリアルな戦争譚なのであろう。だから開高は、このルポを意図的に、村松剛が書いた正統的な『アルジェリア戦線従軍記』とは異なる方法で、ベトナム戦争とベトナムの人々に接近してゆくのである。全土が戦場と化したベトナム戦線の異相を、皮膚を剝すようにはぎとってゆく。

試みに、端正に書かれた村松剛の『アルジェリア戦線従軍記』の冒頭を引用してみたい。戦後、外国の戦争に従軍したわが国の〝特派員〟の先駆的な作品だった。

《夕方から降り出した雨は、雪になったらしい。白い粉が闇の中を舞い降りてくる。砲声が二発、三発、低い雲にこもって、鈍い音をたてる。攻撃がはじまったのだろう。

——フランス軍の一五五ミリ砲だ。

となりに伏せているアルジェリア兵が、顔を寄せて、低い声で言った。モロッコとアルジェリアとの国境、アルジェリア仮政府軍の前線なのである。仮政府軍は、アルジェリア国内でゲリラ活動を行う一方、東のチュニジア、南のマリ、北のモロッコに、それぞれの基地をおき、毎晩のように国境のフランス軍守備隊にたいして、攻撃をしかけている。》

（『アルジェリア戦線従軍記』中央公論社）

これは開高も何度も読んだという、第一次世界大戦に取材したレマルクの『西部戦線異状なし』の文体で書かれているようでもある。私にはそう読めた。村松剛は硬派の評論家と思われていたが、柔軟な文章を書くルポルタージュ作家でもあったのだ。

いっぽう、現職の新聞記者としてベトナムに特派されていた読売の日野啓三は、『ベトナム戦記』（朝日文庫）の解説で、開高のルポについてこう指摘している。

《この開高のルポルタージュが、いわゆるルポルタージュの即物的明確さと調子が違うことを読みながら感じとったとすれば、あなたはこの本をよく理解したことになる。だが開高は小説家だから文学的なのね、としたり顔で呟くなら、あなたは全然何もわかっていない。》

日野は、文庫の解説としてはめずらしく、ナイーヴな言葉で読者に呼び掛けている。日野が言いたいことは、次に続く、こういう文章にこめられているのだと思う。

《明確な構図のない大状況の混沌の中で、事実らしきものを追い、最小の筋道でも読みとり浮かびあがらせたい、とする報道者としての誠実さが、言葉の、文章の全性能を不可避的に呼び出すのである。》

日野の言葉どおりであろう。開高は、志の高いルポルタージュ作家だった。こうした〝大状況〟に遭遇した小説家開高健にとっては、当然のことながら、現地を見に行かなくては小説が書けないようでは作家としての想像力の枯渇であるというような批判は、聞こえていなかったであろう。

開高が他界する二年まえの昭和六十二年、私は『サントリークォータリー』第27号の巻頭インタビューで、日野啓三から三時間ほど、いろいろと話をきくことができた。サイゴンで日野が、開高と一緒だったことも話題になった。ベトコン少年の公開処刑の痛ましい現場のことは、日野にも開高にもまぎれもなく壮絶な体験だったというが、聞いているだけで、忌まわしく戦慄すべき残虐非道ぶりが伝わってきた。

日野はこんなことも話してくれた。『ベトナム戦記』が単行本になった直後、開高はまだサイゴンで取材活動を続けていた日野啓三のもとへ、上梓されたばかりの一冊を送ってくれたという。「無事ダケヲ祈ッテイルゾ」。自著の扉にペンでこう書いてくれたと、日野は開高の気持ちを嬉しく思い、いつまでも忘れることができないと語った。

今、同書を読み返してみると、日野が指摘しているとおり、開高はそれぞれの局面を注意深く観察しながら、ベトコンと南の政府軍との戦いにアメリカ軍が参戦したことにより、結果として当時のソ連、中国陣営とアメリカの本格的な戦争となったことを、先験的に見通して書いていた。だからこそ、歴史的にもずっと、大国によってもみくちゃにされてきたベトナムの悲劇を、寓話的な現実を直視することで捉えようとしたのであろう。

『ベトナム戦記』の冒頭の扉には、一篇の寓話が引用されている。これは「サイゴンでいちばん流行っている寓話だよといって、東京でアメリカ人の新聞記者がしてくれた話」としてさりげなく載せてある。題名は付いていない。ついイソップ物語の一篇でもあるかのような印象で読みはじめてしまう。むろん、教訓とも風刺ともうけとめられようが、なんともやりきれない内容は、こんな話であった。

《ある日、一匹のサソリが川へやってきた。川をわたろうと思ったサソリは泳ぎを知らない。困ってあたりをさがしたら、草むらにカエルが一匹すわっていた。背なかにのせて向う岸へわたしてくれとたのみこんだら、カエルは、あんたはおいらを刺すからイヤだよといってことわった。

「ばかだなあ、おまえ」

サソリは笑った。

「おいらは泳げねえんだからあんたを刺すはずがないじゃないか」

人のよいカエルはそういわれて考えなおし、なるほどそういわれたらそうかも知れないと思い、サソリをのせてやることにした。

川をわたりはじめてまんなかあたりまでいったら、とつぜんサソリがカエルをブツリと刺した。二人ともたちまちおぼれ、死んでしまった。おぼれながらカエルが水のなかから悲しげに叫んだ。

「なんだってこんなことをするんだ」

サソリが水のなかから悲しげに叫んだ。

「それが東南アジアなんだよ」》

この一篇の寓話は、東南アジアの宿命的な紛争の歴史を思わせる。さらにこの寓話には、『ベトナム戦記』の行間に漂うなんとも名状しがたい悲劇の形が、そっと暗示されているように思われる。

開高は、アメリカ軍による北爆が開始された一九六五年の二月、サイゴンを離れ、古都フエに飛んだ。フエは北のハノイと南のサイゴン（現・ホーチミン）の中間に位置する。古都であり、美しい町である。

十九世紀、グエン（阮）王朝のもとで栄え、その王宮は世界遺産だ。フランス人はフエのことをプチ・ペキャン（小北京）と呼び、たいていの日本人はベトナムの京都と呼んでいると、開高は書いている。町には「香河」という美しい名の川が流れ、言葉は柔らかく、娘たちの瞳はサイゴンよりも大きくて「フエ生まれ」を自慢にする。

フエはフランス人の牧師が発見した保養地としても知られていた。軽井沢に似ているという。開高と秋元カメラマンは、ホテルの食堂で、サイゴンから来たベトナム人の客たちの振る舞いを観察していた。腹立ちまぎれに、開高はこんな調子で書いている。

《サイゴンからきた金持どもが Kintama の皺をのうのうとのばして太鼓腹をそりかえらせて食事していた。着飾った才槌頭やビリケン頭の息子、娘などを脂でにごった魚みたいな眼で満足げに見やりつつ、フランス産のぶどう酒を飲み、蒸した蟹や鱒などをいやいやつついていた。》

そのレストランの傍らの席で、開高と秋元はアルジェ産のまずい赤ワインをすすりつつ、こそこそと言い交わした。「チョーヨーイだな」と開高。それに応えて「チョーヨーイだよ」と秋元が言う。チョーヨーイというのは、ベトナム語で「チェッ！」「コノヤロー」というほどの意味だそうだ。戦火のベトナムでの貧富の差、格差社会の実体のひとコマをみたのだった。

ゴ・ディン・ジエムの独裁虐政に対して、フエの僧侶たちが焼身自殺を敢行してベトナム全土に反抗の狼煙をあげた。さらに軍事独裁打倒のために、フエの大学教授たちと仏教寺院の僧侶たちが協力して「救国委員会」を立ち上げている。この独裁者の弟の妻というのがゴ・ディン・ヌー夫人で、焼身自殺した僧をバーベキューに喩えたという話は有名だった。

開高は、三島由紀夫に会うという詩人の高橋睦郎氏に、「三島さんに会うたらゴ・ディン・ヌー夫人を戯曲にしてくれいうてんか、サド侯爵夫人よりよっぽどおもろいで」と言ったと高橋は回想で書いているが、その通りに三島に伝えたらしい。

「三島さんは笑って」と高橋は書く、「あのアーティクル・ライターが、そんなことをぬかしたか」と応じたというのである。開高らしい話だが、これは多分、三島から「作家なら想像力で……」などと批判されたのちのことで、〝従軍記者〟開高健なりのお返しではなかったかと思われる。三島由紀夫も笑って応じているのだから、開高は〝効果〟の加減はわかっていたはずだ。

日野啓三はいわゆる従軍記者について、重要な指摘を行っている。ベトナムから帰国した翌年の秋に上梓した『ベトナム報道――特派員の証言』のなかで、このように書いた。

《普通、従軍記者といえば、自国ないし同盟軍の軍隊に同行して、いわば味方の軍隊がいかに勇敢に正義の戦いを戦い、戦場の民衆に対しては優しく親切であるかをつたえることであろう。》

戦場の厳しさを書く場合でも、それは「にもかかわらず兵士たちは勇敢にその困苦に耐えて戦った」という効果を強調するためなのだという。これまで従軍記者というものは、決して自分が同行した軍隊が残忍で非人道的な戦いをし、戦争は本質的に否定されるべきものである、とは書かなかった。わが国ばかりでなく、欧米の従軍記者もすべて同様であろうと、日野啓三は指摘しているのである。太平洋戦争時代の従軍記者たちのルポを読めばすぐわかることだ。

だがベトナム戦争では、アメリカ軍も南ベトナム政府軍も、同盟軍でもない他国の報道記者を従軍させて記事を自由に書かせたのである。つまり反戦反軍的戦争報道が、いわば公然と出現したのであった。

むろんベトナム戦争には、わが国からも一九六五年をピークとして、日野啓三（読売新聞＝『ベトナム報道』）、大森実（毎日新聞＝『北ベトナム報告』および『泥と炎のインドシナ』）などの新聞各社の特派員（チーム）や、日本テレビの牛山純一（「ベトナム海兵大隊戦記」）に代表される取材班が活躍した。

小説家・開高健のベトナム報道は、その点、きわめて異色ではあったが、フリーの記者やカメラマンの行動は大いに注目された。砲弾煙雨の修羅場のなかを潜って来たことを、体験的に綴った岡村昭彦や石川文洋の業績は広く知られている。

それでも、開高の当時の連載「南ヴェトナム報告」（昭和四十年一月―三月、『週刊朝日』）は、週刊誌に掲載されていただけに、大いに注目を集めた。単行本としてまとめた『ベトナム戦記』（同年三月刊）の刊行も迅速であった。またタイミングをあわせたように、岡村昭彦の『南ヴェトナム戦争従軍記』が岩波新書として一月に刊行され、それに石川文洋の『ベトナム最前線』（読売新聞、昭和四十二年）が、少し間をおいて続いた。この石川文洋の最初のベトナム報道には、石原慎太郎が序文を寄せた。石原は石川と同時期に南ベトナムに行って、「最前線」をみている。

さらに日本テレビの牛山純一や、その後継者菊池浩佑をはじめとする取材班の、現地の生々しい状況を映像で伝える報道も目立った。昭和四十年五月九日に放映された牛山の『ベトナム海兵大隊戦記』（第一部）は意欲作だったが、ベトコンの「首」が写った衝撃映像が問題となり、第二部は放映されなかった（牛山については平成二十八年、鈴木嘉一氏が評伝〈『テレビは男子一生の仕事：ドキュメンタリスト牛山純一』平凡社〉を上梓した）。

北ベトナム報道は、TBSテレビの田英夫だった。「ハノイ——田英夫の証言」（昭和四十二年十月）は政治問題化し、田はこれでキャスターを降りた。大森実が毎日新聞に連載した『北ベトナム報告』も問題となり、大森は毎日を退社した。またTBSでは、土田節郎など一行の活動もあった。

少しあとになるが、産経新聞のサイゴン支局長だった近藤紘一の仕事も忘れがたい。四十五歳で没したが、昭和五十四年、第十回大宅ノンフィクション賞受賞の『サイゴンから来た妻と娘』と、開高が「顔もあれば眼もある本」との序文を寄せ、同賞の候補作にもなった前著『サイゴンのいちばん長い日』は異色作だった。

〝死〟の光景——白い枯葉剤

『ベトナム戦記』でも『輝ける闇』でも、開高は目撃した枯葉剤について書いた。また、それによって枯れて死んでいったジャングルの木々の光景を書いた。そしてその害についても、一般的に知られていない時期に、科学文明が自然を不気味に蝕んでいく奇怪な光景を、自分の眼でみたとおり文章に刻んだ。

《そのあとだ。ヘリコプターが去ったあとで、また空に爆音が聞こえた。手をかざして仰いで見ると、ジャングルの上を一台のL－19機が低く舞っていた。銃音は聞こえない。掃射をしてるのではない。

「……何やろ、あの飛行機。偵察してるねんやろか。U－19が一台とんでるでえ。UTTやないわ。機銃掃射はしてへん。のんびりしてるわ」

全智全能の将軍はあわれむようにして私をチラと横目で眺め、低い声でつぶやいた。

「あれはUTTじゃない。こちらが頼んだのだ。枯葉作戦だよ」

「枯葉作戦？」

「あとから大型輸送機もくるんだよ。薬をまいてジャングルを枯らすんだ」》

ここは、当時ベトナムで活動をしていた写真家の岡村昭彦こと〝岡村将軍〟との会話の場面になっている。開高は岡村を〝将軍〟という愛称で呼んでいた。枯葉剤作戦はこの年、始まったばかりだった。開高はジャングルの奥まで踏み込んでいる。危険このうえない。小説『輝ける闇』では、ベン・キャット砦の近くのジャングルの光景が描写されている。

《われわれは国道の両端をおとなしい獣の群れのように歩いていった。化学薬品を空からまかれて枯れ崩れた広大な灌木林のよこを通ったが、月光を浴びてそれは凄愴《せいそう》な形相をおびていた。立枯れした木たちが数知れぬ蒼白な骨と見えた。どこまでもそれがつづくので私は何か古代の爬虫類の肋骨の林のなかを歩いているような気がした。それほど広大な面積にわたって自然の因果律の環を破壊してしまったからにはきっと何か新しい災禍が起るにちがいない。》

これは『戦記』の場面よりも、一段と虚無的でかつ恐ろしい死の光景である。しかし、これが小説であるとはいえ、書き手である開高自身、自分が被る〝災禍〟にはまったく気づいていない。ベトコンの〝聖地〟といわれるDゾーン出撃に、ベン・キャット砦にカメラマンと詰めていた記者として従軍したのである。

大隊は待伏せにあってすぐに撃破された。九死に一生を得て敗走したときには、二百人の兵士がいた第一大隊は十七名になっていた。この壊滅的なシーンこそ、『ベトナム戦記』の「姿なき狙撃者！　ジャングル戦」に描かれたまさに最前線だった。

このルポから、週刊『朝日ジャーナル』誌に連載した「渚から来るもの」を経て、三年後の昭和四十三年四月、『輝ける闇』は「純文学書下し特別作品」として新潮社から刊行された。世評は高く、第二十二回毎日出版文化賞を受賞した。

ルポはかなり冷静に書かれているが、『輝ける闇』は、何かが乗りうつった状態で、独自の作品世界を生み出している。傑作となった。開高の反語嗜好症とともに、列挙癖は当時からよく知られていたが、一段と磨きがかかっている。

《南でも北でも人びとは政治された。或る哲学者の悲痛な饒舌に私は従いたい。人びとは資格も知識も徳もない輩《やから》によって、きびしく監視され、検査され、スパイされ、指揮され、法律をつくられ、規制され、枠にはめられ、教育され、説教され、……》

こうしたフレーズが、じつに十四行つづくのである。ところどころに、読者が息をつくために句点が措かれている。それにしても、こんなレトリックがリアリズム小説に存在していることが奇蹟のように思われてならない。〝病的昂揚〟、あるいは推測の域を出ないが〝鬱病的興奮〟というようなことがあるのではないだろうか。一連の描写は以下のように閉じられる。

《……武器をとりあげられ、縛られ、投獄され、銃殺され、機関銃で掃射され、裁かれ、罪を宣告され、流刑にされ、生贄にされ、売られ、裏切られ、なおそのうえにもてあそばれ、冷笑され、侮蔑され、名誉を汚されたのだった。》

これはルポルタージュの文体ではない。ルポルタージュ風の小説の文体でもないだろう。開高健だけの文体だからである。宮沢賢治の詩に似ているか。いや、違う。賢治ならば、紙切れの端《はし》にひっそりとエンピツで書いただろう。だから、とても書き切れないうえに、賢治はこのように堂々とは書かないだろう。これは開高自身の、『輝ける闇』の世界である。

開高は敬愛する作家堀田善衛について、「純文学の文体で書いているジャーナリスト」(『開高健全人物論集Ⅲ』)と指摘する。そして、作家として畏敬の念を持っていたグレアム・グリーンについて、「小説の文体で〝問題〟を書くジャーナリストではなかったかと、呟きたくなるが、これはもちろん嫉妬からである」(「悪魔の援助」、『ああ。二十五年。』)と吐露している。けれど開高も間違いなく、この〝系列〟の作家であったのだ。

開高マジックに幻惑され、気を取られ、引き込まれて読んでいるとき、ふいにジャングルの中の白くて固い土くれの描写が何カ所かあるのに気がつく。私にはこれらの箇所が、初読のとき以来、いつも気になってしかたがなかった。『ベトナム戦記』から続いている描写であり、ジャングルの不気味なイメージであるが、『輝ける闇』の「私」もベトコンに追い詰められて倒れ込んだとき、何度か枯葉と白い土くれの中に顔からのめり込み、鼻先を深く突っ込んでいる。

《大尉とミラーの臀のかげに私はころがり、必死に顔で枯葉を掘った。……鼻を枯葉におしこみ、私は眼をひらき、眼を閉じた。暗い肥沃な枯葉の匂いが鼻を刺した。眼は瞬間に見た。無数の蟻の群れが右に左にせっせと勤勉にはたらき、一匹の蟻は体の数倍もある病葉《わくらば》の一片を顎に咥《くわ》えてよろめいていた。》

有名な一節である。ここでは蟻は人間の鏡、生命の象徴なのだ。そして敗走する死の舞踏を微細に、執拗に、憑かれたように、息づまる短いフレーズを刻んで、しかしながら深い呼吸で書いている。マシンガンとライフル銃とカービン銃が、ドドドドド、ピシッ、パチッ、チュンッと、切羽詰まったカタカナ語で表現される。オノマトペで描写するほかない状況だ。

擬音の数々。爆発、掃射、炸裂、ジャングルを転げまわり、沼地に落ち込み、兵士の遺体を踏み越え、開高も秋元も、あえぎあえぎ走った。死地を逃れる……。そしてラストシーン――「森は静かだった」という一行で小説を終えている。

この小説『輝ける闇』のベトコンの奇襲にあう壮絶な場面は、昭和四十年二月十四日のDゾーンのジャングルを横断するサ・マック作戦でのことだ。ラストシーンの一行「森は静かだった」は、感傷の残り香がある。

少し詳しく書くと、目標地区は、サイゴンの北西五二キロのベン・キャット基地からさらに北方一六キロのジャングルであった。作戦の目的は、これまで一度も踏み込んだことのない解放戦線地区への威力偵察という狙いだ。しかしベトコンの執拗な抵抗と〝強さ〟に圧倒されて、脆《もろ》くも敗走する。南ベトナム政府軍の第一大隊二百名が、情報が洩れて待伏せしていたベトコンに奇襲されるのだ。

実はこのほぼ二年前、南ベトナム政府軍が同じような状況で、やはり待伏せされ、ベトコンに奇襲攻撃をうけて撃破され、敗走した戦闘があった。昭和三十八年一月二日の払暁に起きた「アプバクの戦闘」である。ベトナム戦争の大きな節目となった重大な戦闘だった。ディビッド・ハルバースタムが『ベスト&ブライテスト』(浅野輔訳)で書いている。

十六年という歳月をかけて、昭和六十三年に出版されたニール・シーハンの『輝ける嘘』(原題はA bright shining lie、菊谷匡祐訳)も、ベトナム戦争について、なかでもこの戦闘を詳しく取り上げて、可能な限りの資料と取材によって、綿密かつ圧倒的な記述を行っている大著である。

開高も当時、ニューヨーク・タイムズ記者だったN・シーハンとはサイゴンで会っているが、この戦闘については、開高の存命中には詳しいことは知られていなかった。上部へはもっぱら「嘘」の報告がなされ、事実が伝わらず、間違った内容が報道されていたという。

むろん開高はベトコンの〝実力〟、夜襲のすさまじさについてよく知っていて、こうも指摘している。それは前菜からはじまってスープ、魚、肉、サラダというコースを取るわけではないといい、「プレークーの空軍基地は十五分間でめちゃくちゃに破壊された。ビエン・ホア空港のときは二十五分間に八十七発の迫撃砲をうちこんで原爆搭載用の超重爆撃機四十数機を破壊してしまったのである」と『ベトナム戦記』で明記している。

しかし「アプバクの戦闘」の壊滅的な大敗北の事実を知っていてもなお、開高はサ・マック作戦に報道員として従軍したであろうか。前掲のニール・シーハンの『輝ける嘘』にあるような〝事実〟を開高が知っていたら、ひょっとしたら……と思わぬでもない。

坂田雅子さんが記録映画『花はどこへいった』を制作したのは平成十九年だった。翌平成二十年、同名の本『花はどこへいった――枯葉剤を浴びたグレッグの生と死』を刊行した。坂田さんが枯葉剤の調査に関わるようになったのは、写真家でアメリカ人の夫が、枯葉剤が原因と思われる肝臓がんで、平成十五年に死去したことが大きな動機となった。

坂田は京都大学の学生の時に、ピーター・フォンダに似ているグレッグに出会った。昭和四十五年であった。彼はベトナム戦争の三年間の兵役を終えて、京都で生活していたのである。二人は結婚したが、グレッグはベトナムで枯葉剤を浴びたので子供は作れないといったという。同書では、お互いの仕事や生活を丹念に書き込んでいるが、がんを発病してからの経緯に心うたれる。

グレッグの同僚のカメラマン、フィリップも肝臓がんの手術をニューヨークで受けている。坂田は夫ががんとわかったとき、フィリップに聞いた。「あなたも、グレッグも同じ病気だなんて、なぜ？　カメラマンの職業病？」「枯葉剤のせいだと思う」。即座に答えが返ってきて、坂田は一瞬とまどう。それからがんとの闘いが始まるが、グレッグは助からなかった。

ベトナムで枯葉剤が使用されたのは昭和三十六年からで、ケネディ大統領がベトナムでの散布を認めたという。四十六年には使用をやめているが、アメリカで使われている同種の農薬の二十五倍以上もの毒性があるダイオキシンが含まれており、ほぼ永久的に毒性は土壌に残るといわれている。

グレッグは昭和四十二年、第二二四大隊に属していた。彼はサイゴンから二〇マイルほど離れたロンタンで任務につき、枯葉剤でひどくやられた。その地での任務は、およそ六カ月間だった。枯葉剤――エージェント・オレンジと呼ばれる猛毒の化学物質は悪魔の薬剤といわれ、ベトナムの人々と兵士たち、およびアメリカ人兵士をはじめとするベトナム戦争を戦った国々の兵士たちに多くの被害を与えている。一九八〇年代に、アメリカでは多くのベトナム帰還兵ががんを発病したと坂田は書いている。そして彼女は、平成十五年にフォト・ジャーナリストだった夫をがんで失っているのだ。兵役にあったときに浴びたとしても、三十三年余が経っている。怖い話だ。

開高健と秋元啓一は昭和三十九年末から四十年二月下旬まで、およそ百日間サイゴンにいて、何度もジャングルの奥、Dゾーンにも取材の足を延ばしていた。枯葉剤が大量に散布された時期である。そして秋元は帰国後、沖縄を担当したといわれるが、昭和五十四年食道がんを発病し、四十九歳で没している。秋元啓一の生年は、開高と同じ昭和五年だった。開高はプロローグに書いたとおり、平成元年、春先に食道がんを発症し、その年の十二月九日に満五十八歳で没した。

開高健と秋元啓一は、果たして枯葉剤によるがんで斃れたのであろうか。すでに見てきたとおり、『ベトナム戦記』と『輝ける闇』のジャングルの光景から、そんなことを推察してしまうのは、坂田雅子さんの著書を読み、早稲田大学での「石橋湛山記念早稲田ジャーナリズム大賞」記念講座で、坂田さんの講義「私がドキュメンタリー映画をつくるようになったわけ」を聴講してからのことだった。

昭和六十一年に近藤紘一も四十五歳という若さで、胃がんに罹り他界している。近藤は胃薬を常用していたほど胃が悪かったというから、原因は不明である。アメリカ人の写真家グレッグの場合とは違うかもしれない。

最後に、中村梧郎氏の著書『戦場の枯葉剤――ベトナム・アメリカ・韓国』（岩波書店）のなかの、「ベトナムで何が起きたのか」という章の冒頭を引用しておきたい。

《ベトナム戦争は、第2次世界大戦後に行われた最大の近代戦争であった。核以外のあらゆる新兵器が投入され、枯葉剤も有効な新手段として採用された。ベトナムに散布された枯葉剤の総量は9万1000キロリットルと推定される。それに含まれていたダイオキシン（2378―TCDD）は168キログラム（米空軍）から550キログラム（A・H・ウェスティング博士）。作戦ではジャングルに限らず上水源である河川や収穫直前の穀倉地帯にも散布したから、人々は食べ物や水を通じても汚染を蓄積した。》（同書第1章「ベトナムで何が起きたのか」）

この章で、これ以上つけ加えることはない。しかし唯《ただ》一つ、開高健没後、昭和二十七年生まれのベトナム人の小説家バオ・ニンが、平成三年にベトナム戦争を描いた小説『戦争の悲しみ』（日本語訳刊行は平成九年。井川一久訳、めるくまーる）を発表したことは特筆すべきことであろう。北ベトナム人民軍兵士として従軍し、現役の作家でニンほど多くの殺戮現場と死体を見たものはいないだろうと言われるくらい、ジャングルの実戦で苛烈な体験をした。とくに北の人民軍兵士だったことは見逃せない点であろう。

バオ・ニンの小説を読むと、この戦争の悲惨さがリアルに迫ってくる。つまり和平協定（昭和四十八年一月）で戦争が終結するまでに米軍が使用した弾薬は、第二次世界大戦でのそれの約三倍に達し、爆弾だけでも住民六人に一トンの割合で投下されたということなどが、事実として目に見えてくる。朝日新聞のサイゴン支局長だった井川一久氏が示したデータである。

さらに井川はこう続ける。「戦火による死者は推定四百万人、行方不明者は今なお約三十万人、戦争未亡人、孤児または捨て子、身寄りのなくなった老人はそれぞれ約百万人、アメラジアン（米越混血児）は約二十五万人、韓越混血児は約一万人で、売春婦はサイゴンとその周辺だけで人口の一割をはるかに超える四十数万人に達した」（同書解説）とある。今さらながら目が眩《くら》む数字である。

しかも、開高のベトナム体験は過去のものではない。平成二十八年四月三日付の朝日新聞グローブ版は、ローマ・カトリック教会のフランシスコ法王の「私たちは断片的に〈第３次世界大戦〉のなかにある」という発言を報じている。テロや戦争は、今や日常生活の中に浸潤しつつある。『ベトナム戦記』は不幸にして、新たな現代的意味を付与されているといえるのかも知れない。

第7章 「女」たちのロンド――『夏の闇』

1970年夏の3ヵ月間、開高は『夏の闇』を執筆するために新潟県魚沼市銀山平の山小屋にこもった。

昂揚したいときにチェホフを読むと水を浴びせられた気持ちになる。心が濡れ薬のようになっている時に読むと、優しさ、柔らかさ、いいようもない。そしていくつも読んでいって、『退屈な話』や『六号室』などまでくると、語りくちが優しいだけに、異様な恐怖をおぼえ、ページを伏せてしまいたくなることがある。

開高　健『もう一度、チェホフを』

変奏される記憶

一九六八年の夏のある朝、パリとおぼしき都市で十年ぶりに再会したばかりの男と女が、雨の舗道を歩いている。二人はまもなく、男が滞在しているセーヌ河左岸、ソルボンヌに近いあたりの学生街の安下宿に落ち着く。そして、こんなやりとりをはじめる。

《「美食と好色は両立しないよ」

「そうかしら」

「どちらかだね。二つに一つだよ。一度に二つは無理だよ。御馳走は御馳走、好色は好色。どちらを選ぶかだ。二つ同時では眠くなるだけだ。……」》

男と女のこの会話は、長篇小説『夏の闇』の序曲である。互いに重い過去をひきずっている。主人公「私」は、人格剝離という精神的疾患といってもよい〝病〟を生まれながらにして背負いながら、何年も旅を続けている作家である。なぜかその間、「女」とは手紙のやりとりだけで繫がってきた。

こんな戯れを言いかわしながら、ぎこちなさを払拭させ、二人は流れた歳月の溝を埋めようとする。言葉のジャブの応酬が、しばらく続く。やがて「男」と「女」は唐突に十年前の関係を取り戻し、性の〝奈落〟に沈んでいく。

開高は『輝ける闇』を発表して三年後、「夏の闇」を『新潮』昭和四十六（一九七一）年十月号に一挙掲載した。この作品の登場人物は二人である。名前を与えられていない主人公の男である「私」と、時にもう一人の作者の分身かと思わせられるような過敏な神経の持ち主で、男と同様に名を与えられていない「女」を異国の時空間の中に措いて、飽食とセックスと眠りとをむさぼり極めさせる。

さらにもう一つ。開高は主人公である「私」と「女」に、お互いの過去に変奏を加えながら、それぞれの〝存在〟を再確認させることを課した。男と女、ふたりが生きてきた別々の時間と空間の出入りが錯綜して、小説的な遠近法は時間の経過とともにいささか複雑な構造を見せ始めるけれど、かろうじて日常的な空気の流れと、男女の通常の対話は保たれている。

十年ぶりの〝再会〟の動機は見えてこないが、この一組の男女の明滅する関係性は、小説世界に二重のドラマを滲み出させている。読者は気がつくと、いつの間にか、「男」と「女」の混迷の中にぐいぐい引き込まれている。

小説はパリらしい都市で始まり、ボンを思わせる隣国の小さな首都であり学園都市でもある清潔な街へ展開していく。そして上部バイエルンのジムス湖（だろうか?）、さらに東西ドイツ時代のベルリンで、西から東へ、東から西へを環状電車に乗って繰り返し、突然ドラマの幕が下りる。「私」が、天啓を得たかのようにベトナムへ回帰する決意をしたからだ。なぜ「女」を棄ててベトナムへ舞い戻るのか。「謎」を残したまま、小説はフェイド・アウトする。

『夏の闇』について、開高はこう書いている。

《私はそれまでにヴェトナムについて書いた自分の文章がいっさいなかったことにして、何もか

もイロハから出発する気持ちで一つの作品を書き下しの形式でやってみる決心をした。》

（「頁の背後」、『開高健全集』第二十二巻所収）

開高はこう決心して執筆の姿勢を示した。さらにこう続ける。「『輝ける闇』のときにすでに濃く頁のあちこちにあらわれているが、『夏の闇』では全面的に私はそれまで自分に禁じていたタブーを解禁することにした。抒情で書くこと、内心によりそって書くこと、性を書くこと、フィクションの形式ではあるが告白を書くことなどである」。

そして、それまで自身が書いてきた作品についても、このように吐露している。「一部の錯迷して禁をやぶった短篇、一つの『青い月曜日』という長篇、そういうものをのぞいて私は自分から遠ざかりたい遠心力だけをたよりにして、それによりかかって作品を書いていた」。

このように、これまでの自分の創作方法について、赤裸々な総括と告白をここであえて行ったのである。長篇『ロビンソンの末裔』を中央公論から単行本として出した年（昭和三十五年）、開高はロンドン大学の東洋アフリカ部門教授のチャールズ・ダンから一通の手紙を受け取った。面識のない人物であった。あまり知られていないエピソードであるが、小説家の〝節目〟に関わる時期を語る恰好の材料となるだろう（だが、これを開高一流の創作とみることも可能だ）。

《この人の手紙によると、『ロビンソンの末裔』は苛烈な世界を描きながらユーモアを忘れていず、何よりも心理分析のわずらわしさに陥ちこんで力を失うことを避けている点で傑作である、ということになるのだった。（中略）当時もその後しばらくも私はひたすら内なる密語と密語に没頭して蒼白な肥満漢となることを避けたい一心で作品を書こうとしていたし、書いているので

もあったから、この人には空瓶がひろわれたと感じた。》

自作への評価を、謙遜をまじえながら開高は書いているが、事実は当の手紙の末尾で皮肉な一行を目にして、ぐさりと内心を抉られることになる。開高はこう続ける。

《教授は手紙の末尾で、「小生はこの作品が好きなので英語に訳して見ますが、セックスが一行も書いていないから、きっとどこの出版社もうけつけてくれないでしょう」と皮肉な二、三行を書いていた。この点でも脱帽した。そのせいか。あらぬか。この作品はいまだに翻訳・出版されていない。》（前掲「頁の背後」）

実は開高は、習作時代からの名残《なごり》ともいうべき〝自己批判〟癖を、四十歳近くになってもずっと引きずっていた。つまり開高の内心には、あの詩人の影響が依然として蟠《わだかま》っていた。といっても、その詩人は牧羊子ではない。その詩人こそ小野十三郎であった。

牧羊子を通じて交流があり、事実上の文学的な出発を果たす以前から、小野の烈しい詩論には惹かれていた。情緒や主観を切り捨てて、大阪湾の重工業地帯を冷徹な眼で見つめて詠みつづけた同郷の詩人小野十三郎の姿勢は、レジスタンスの詩人アラゴンに親炙していた若き開高には眩しくみえたであろう。

小野は「短歌的抒情」を〝奴隷の韻律〟として批判し、日本の伝統的抒情詩にアンチテーゼを唱えた。開高はそれを受けて「抒情を排せ!」と主張し、「外へ」と向かう。そんな信念のもとに、晴朗に創作を実践し書きつづけた。『パニック』も『裸の王様』も『日本三文オペラ』もそうした方法で書かれ、作品として結晶させた。

とはいうものの、開高の生得的な資質はそれだけに限らなかった。多くの作品で、抒情的な描写、一抹の悲哀を感じさせるシーンをすら見出すことができる。若い頃、アラゴンやプレベールの詩をリアリズムの語法で訳しながらも、その頃の開高は抒情詩人であった。小野十三郎の血脈は変わることなく牧羊子にこそ繋がっていたのである。開高は〝生得〟の自己の資質に目覚め、『輝ける闇』と『夏の闇』にいたって、原点にたち返っただけのことであった。釈明の必要はない。

さて、この作品は、ベトナム戦争体験を通過して、はじめて書くことができた開高健の中期を代表する作品と評価されている。しかし、梗概をたどると、筋らしい筋、ドラマらしいドラマがクッキリとは浮かびあがってこない。

小説の冒頭から、ベトナム戦争特派従軍記者だった体験をもつ「私」が、ヨーロッパのある都市にたどり着き、学生下宿の一室に沈殿し、ひたすら眠り、貪欲に飲食し、隣国からやってきた「女」と愛のない性に耽溺する時間を送るという、いわば〝倦怠〟を描いた長篇小説なのだ。

開高の創作意図には反するけれど、今、この都市をパリと特定してしまっても構わないだろう。それもバルザックが『ゴリオ爺さん』の冒頭で克明に書き込んだ、あのセーヌ河左岸のカルチエ・ラタンだ。「私」が沈殿している下宿屋もバルザックの空気を漂わせている。あのヴォケー館の匂いである。

「セーヌ河の左岸、サン゠ジャック通りとサン・ペール通りのあいだで青春を過ごさなかったものに人生は語れない」というバルザックの一行を、開高は思い浮かべていたかもしれない。開高はパリにぞっこんであり、筆のタッチには青春がいくらか残っている。

主人公の「私」については、来歴の記述がほとんどなく、あえて抑えられていることから、そこを作者の逆を衝いて、開高らしい「私小説」として読んでも間違いではない。
「私」は妻子がいる開高健の分身であり、名を与えられていない「女」は、十年ぶりに再会した実在の、つまりモデルがある女性と読める〝昔の女〟である。さらに「女」の十年間が「荒寥」そのものであり、「私」も同じものを共有していることがわかる（江藤淳「完全なる自己表現『夏の闇』」）。だから「女」もまた、作者の〝一端〟の分身であると読むことが可能だ。

これがこの小説を読むための、唯一の前提となるといってよいかと思われるが、二人の過去が折々呼び戻され、すでに以前に書かれた作品のエピソードが随所で甦っているのは、この作者に多い自己引用である。むろん物語の時間は複雑に前後する。独特のモンタージュともいえる「過去」の再構成の手法が、男女のやり取りに、より緊張感を高めているともいえる。

映画的な〝眼〟とでもいうべき舐めるような微細な描写は、切迫感のあるドラマを生んでおり、『夏の闇』に際立っている。フィクションであれノンフィクションであれ、折々みられるこうした開高の方法を、私は〝印象〟の強調あるいは〝変奏〟の技法として位置付けておきたい。エピソードを一つ引用する。開高の読者にはお馴染みの路上の道化、蛙男の話である。

《はじめて見かけたときにくらべると、腹が丸くなってせりだし、眼のしたに袋ができ、背がたわんでいる。けれど生きた蛙《かえる》を呑んだり吐いたりする動作はずっと洗練されたように見える。彼は木かげであらかじめ水を飲んでおいてから通行人がくるのを見ると道へでていき、口をいっぱいにひらき、大きな、厚い、黄緑がかった苔のこびりついた舌をいきなりだらりとだしてみせる。

そこへ蛙をのせて、一気にごくりと呑みこむ。眼をしばたたく。ついで右手をあげ、手刀にして、ふいに太鼓腹をはげしくうつ。口からドッと水がとびだしてあたりに散る。同時に蛙もとびだし、胃液にまみれて砂利のうえをとびまわる。男はそれをひろって金魚鉢に入れてから見物人にむかって手をさしだす。見物人はポケットをさぐって一枚か二枚の硬貨を男の手にのせ、ぼんやりしたまなざしで散っていく。》

（『夏の闇』）

短篇『出会った』でもお目にかかれるが、よほど気に入ったシーンだったとみえ、開高はこの初老の大道芸人〝蛙男〟のエピソードを幾度となく使っている。

「まだ、こんな方法がのこっていたのか！」と、蛙男の侮蔑的な行為を眺めていると、小気味よく、ホッとせずにはいられない、何かを教えられずにはいられないと書いている。開高が、そんな感傷に耽《ふけ》っていたとは意外である。

公園では、ひとことも口をきかない蛙男が、仕事を終えて居酒屋で飲んでいるとき、酒場の主人と饒舌に話し込んでいることも突きとめている。これこそ、開高が自分に許した「抒情で書くこと」につながるエピソードだろう。眼にした光景を、自分の内面に引き寄せて、初老の蛙男の暗い人生を思いやっている。

では、解禁したというセックスを書くことに関してはどうであろうか。そこが、開高らしい。『夏の闇』を読んだドイツ人の翻訳家は、「このまま訳したのでは、今のドイツでは出版できません」といったというくらい、その解禁の度合いは、俗な言い方をすればきわめて際どいものだった。『輝ける闇』の素娥《トーガ》との房事の描写を、さらに一段と〝深化〟させている。ときに隠喩の使い方が巧妙で、思わず唸らされる。『夏の闇』のプロローグ、「私」が「女」と再会した日の朝、安下宿に帰りついてからのベッドでの光景を引用する。

《女は暗がりをかけ、ベッドにとびこむと、声をあげてころげまわった。朝の体は果実のように冷たくひきしまり、肩、乳房、下腹、腿、すべてがそれぞれ独立した小動物のようにいきいきと躍動し、ぶつかりあい、からみついてきた。広い胸に鼻を埋めようとすると女が長い腕をあげてはげしく抱きしめた。冷たい、しっとりした膩《あぶら》のしたから熱が放射され、それが爽やかな湯のように私の胸にしみとおった。私は女の腕をゆっくりとときほぐすと、ベッドに膝をついて体を起した。昔はいつもそうしていたように女の手をベルトにみちびいた。女はぶるぶるふるえながらはずそうとしたが、途中でやめてしまい、

「待ってた。待ってたの」

うめいてたおれた。》

（『夏の闇』）

初夏の冷雨は降りつづいており、舗道を濡らしている。「私」と「女」のかりそめの生活が始まるのだ。それにしても、長篇小説『夏の闇』の行間から既視感がつきまとうのはなぜだろうか。すでに書いたとおり、開高作品の中にたびたび登場する「イメージ」や「エピソード」を、これまでに書かれた複数の作品から呼び出して、ここで並列的にとりあげてみることは可能だろう。だが、意味はない。

開高は既視感のあることを書くということに対しては忸怩《じくじ》たるものがあって、『夏の闇』が単行本化された翌年、「渚にて」（『新潮』昭和四十八年一月号）ではこんな一文を残している。

《おなじ話を何度も何度も書く小説家がときどきいて、いかにも見苦しいし、能なしだと思えたりするが、そういうことをする動機の一つに惚れた弱さというものがひそんでいると、放射能のようになかなか逃げられない。はたから見ればあいもかわらずと鼻白みたいのに、本人は毎度〝新手一生〟と思って蒸しかえしている。そうするよりほかに呪縛のときようがないとどこかで感じているのでもあるが、結果としてはかえって呪縛を強めることになっている場合が多いようである。つまり書き損ねである。冷たくなれないために失敗するのである。》

（『ロマネ・コンティ・一九三五年――六つの短篇小説』所収）

作品のなかで、わざわざこう書かなければならなかったこの小説家は、いかにも苦しそうである。さらにこんな一行が続いている。「これから書こうとする人物たちも博士とおなじように私としてはすでにデッサンがすんでいるのだが、破片を集めてもう一回だけ組みたててみたい」という意外に率直な一文である。

釣狂の外科医である「博士」自身の精神科病棟での壮絶な入院譚を、この短篇の前半で書き終えたところで、引用の断りを入れたのだ。「もう一回だけ組みたててみたい」という人物は、釧路湿原だけを描く釣名人の画家と先導役をする謎めいた男の二人である。

一部分、モームの短篇を感じさせるくだりを私はうまいと思ったが、物語は謎めいた男の悲劇で終わる。登場するこの二人の人物は、すでに五年前の昭和四十三年、雑誌『旅』に連載した「私の釣魚大全」第八回（同年八月号）「釧路原野のイトウ釣り」で、実名のまま書かれている。開高はそのことが気になって、引用にみられるとおり断っているのだ。

『夏の闇』には、初期のころに書いた小説の主題となった旋律が流れている。ときには、モチーフとして、あるときには通奏低音のように聴こえている。戦後の焼け跡時代の精神の暗闇も、飢餓も、家庭的な悲劇も、ある時期からの飽食も、セックスへの渇望も、不安定な眠りも、開高は初期から中期の作品群の中からそれらを呼び戻し、主観をまじえ、あるときは告白としていっそう鋭い鑿《のみ》を使って彫りの深い〝虚構〟世界を形づくった。それらを変奏された「過去」といってよいだろう。小説家はこんな技巧を、あるいは不安な変奏をいつまでもやめられない。

むろん、これはノンフィクションとも無関係ではない。開高自身も、こんなことを書いている。「ノンフィクションの中にはポレミカルな要素が含まれているから、これを多作し、没頭し過ぎると、小説を書く創作力がしばしば枯渇する」というのである。開高の場合、ベトナム戦争を書いた作品をあげるまでもなく、小説がルポルタージュやエッセイと複雑に連携しているケースにしばしば遭遇する。

大江健三郎の作品にも、異なる作品同士、モチーフや主題が、相互に繋がる場面はよくみられるが、その点は、小説間のことであり、開高よりわかりやすいかもしれない。

さらに例をあげると、開高や大江より、二十歳近く若い世代の村上春樹の場合も、すこし注意を払えば、エッセイ「八月の庵」の中心テーマを、「螢」という短篇小説として書き、さらに後年、それを長篇『ノルウェイの森』の一部にかなり忠実に移しこんでいることがわかる。これもはっきりした自己引用である。むろん作家は意図的にこのようなことを行うのだ。

さて、『夏の闇』の執筆動機には、一つの謎がかくされていた。開高は、こんなことをエッセイで吐露している。この一文が書かれた時期は昭和四十七年十二月、「夏の闇」を脱稿して一年余が過ぎていた。作品は高い評価を得て、多くの批評が書かれ、文部大臣賞の打診があったが、これは固辞した。

実はこの時期が、微妙な意味をもっていた。開高は書くことそのこと自体について、小説家として深刻な告白を雑誌『文藝』に書いている。これが、『夏の闇』の謎に接近する一つのヒントとなった。

《その時期は私には空白ではなくて透明な充実だったのだけれど、いまになってそういうのであって、そのときは七転八倒したのである。そのとき〝事実〟を書くことと、〝事実〟ではない事実を書くこととのあいだにある困難を思い知らされたような気がした。習慣を排除することの困難。肉とおなじほどにうつろいやすい抽象の困難。単語をすみずみまで洗滌する困難。わらわらといっせいに湧いて菌糸のようにからみついてきた。ブナの原生林は輝き、水は鼓動をうち、イワナは走るが、私は朦朧をきわめていた。》

(「白昼の白想」、『文藝』昭和四十八年一月号。傍点は引用者)

これは奥只見の銀山湖の、ガスもなく、時間制限のある自家発電の灯りと石油ランプのみという村杉小屋に籠ったときのことである。書下ろし小説『夏の闇』の執筆に着手しようとして千辛万苦をつづけたときの体験だった。村杉小屋にいた時期が、昭和四十五年六月から八月にかけて。暗示的な文章だが、これだけでは、あまりに朦朧としていて、何のことかわからない。しかしともかく開高が、人里離れた山小屋に籠るには理由があった。

開高の胸中には、この作品の素材であり、かつ主題でもある〝事実〟が、葛藤となって渦巻いていたのである。この一文は作品を具体的に展開させることの困難さを告白しただけでなく、作品の背景の深刻さの〝解題〟に繋がっているともみられるものだ。「肉とおなじほどにうつろいやすい抽象の困難」とある引用文中の「肉」とは、いうまでもなくセックスである。また「抽象」とあるのは、セックスを体験している自己の存在のことである。と同時に、この作品のテーマそのものでもあろう。「私」の内面の「剥離」感と「女」に対する葛藤をともなった複雑な視線と想念とを、開高は書かずにはいられなかった。

つまり、この作品に着手しようとしていた時期、開高には、どうしても鎮めなければならない深刻な衝撃があった。それは胸に刺さった鋭いトゲのように、心身を苛《さいな》んで開高を苦しめていた。いや、この痛みと衝撃が、作品を書かせたとみることもできる。それが「女」に関わることであったからだ。

作品のモデルとなった女性をめぐるある特殊な事態であった。彼女が、その年（昭和四十五年）三月二十四日午前零時過ぎ、東京玉川の瀬田交差点で、不慮の交通事故にあって死亡したのである。愛人らしい男とともに。この作品を書き始める三カ月前のことだった。時間の流れでいえば、すでに二年も前に別れた「女」であったが、事故の顚末を知って、開高は複雑に揺れつづけ、その時期ずっと葛藤をひきずることとなった。

「女」が事故死した後、思い立って開高は、一度、雑誌の取材で行ったことのある人里はなれた奥只見の銀山湖畔に籠った。『夏の闇』は「女」が死んだことによって、逆に構想が一気にかたまり、書かれはじめた小説だったともいえるだろう。

　むろん、作品自体からはそんな気配は感じられないし、背景は闇につつまれていた。ともかく激しく動揺させられたこの時期を乗り越えたとき、開高はこう書いた。「その時期は私には空白ではなくて透明な充実だったのだけれど、いまになってそういうのであって、そのときは七転八倒したのである」と。

　しかし、銀山湖畔の村杉小屋では書けず、東京に戻って新潮社の倶楽部にも籠った。文字通りの七転八倒ぶりだった。一年あまりの歳月をかけて書き下ろされた四百八枚の長篇小説「夏の闇」は翌年、雑誌『新潮』十月号に一挙掲載された。担当編集者は坂本忠雄氏。のちの『新潮』編集長で、第二代「開高健記念会」会長となった。単行本化は昭和四十七年三月だった。

　多くの書評が掲載され、批評が書かれた。一例をあげると、江藤淳は文芸時評（『毎日新聞』）で真っ先に取りあげて、こう書いている。

　《それで、前回に書いたように、合わせ鏡を幾重にも重ねたような晦渋をきわめた大江氏の「みずから我が涙をぬぐいたまう日」とくらべると、開高健氏の『夏の闇』ははるかに明快な作品である。大江氏の主人公はまことに救いのないニヒリスティックな人物であるのに対して、開高氏の主人公は、いわばまだなんとかなる余地があるかなあ、という印象を抱かせる。これらの主人公は、いずれも明らかに作者の分身であって、早い話がいずれも「おれはもうだめだ」と言っているのであるが、そのいいかたが開高氏の主人公の場合、率直で悪びれていないところが救いになっている。そして事実『夏の闇』は、開高氏がこれまでに発表した作品のうちで、おそらくもっとも充実した作品になり得ている。この作品の主題は、またしても〝欠落〟である。現象的にいうなら、『夏の闇』に登場する男と女は、まず事物との親和感の欠如に悩んでいる。（中略）〝欠落〟が「愛」の〝欠落〟であることは明瞭である。大江氏の主人公の場合には、幻想と奇妙に引き裂かれたイデオロギーが埋めていたこの〝欠落〟を、開高氏の女主人公の場合には、日本への憎悪が埋めていた。しかし、その憎悪が失せはじめたいま、女は、「子供がほしいわ、いまほしいわ」とうめくようにいって、身もだえして泣く。この箇所は『夏の闇』のなかでも、ことに哀切をきわめた箇所である。なぜなら、この孤独な、「愛」を求めて号泣している女のそばにいる男は、不可能な男だから。彼の内部ではなにかが死んでいるか、焼けただれてしまっているかして、男は女の肉体に溺れることはできても、その心に手をさしのべることができないから。そして男は、やがてヴェトナム情勢の急変をいい立てて、女から逃げ出して行く。

この男が没頭できる唯一の積極的行為である、山の湖での釣の部分をも含めて、『夏の闇』が開高健氏という作家の、ほとんど十全な自己表現になっていることは、感銘を受けずにはいられない。荒涼とした、おそらくは半ば他民族の血を受けたと覚しい女の姿態も、同じく荒涼と澱んだ男の内面もともによく描かれ、現代のある苛烈な断面を浮き上がらせている。堀田善衛氏の『広場の孤独』が書かれてから二十年、われわれはここに、いわば堀田氏の小説の世界を実際に生きた世代の、率直かつ眼をおおわしめるような報告書を得たのである。》

（「完全なる自己表現『夏の闇』」、昭和四十六年十月四日）

長い引用になった。江藤は、この文芸時評を六年続けていたが、手放しで作品を絶賛することはめずらしかった。後年、開高のこの作品を担当した編集者坂本忠雄氏は、開高健記念会「紅茶会」での講演で、こう語っている。

《この作品を読んで江藤さんの琴線に深く触れたのでしょう。本当に高く評価してくれて、これに開高さんもとても喜んでいました。

この『夏の闇』は、大江健三郎さんが『みずから我が涙をぬぐいたまう日』を発表した『群像』とたまたま同じ月号の『新潮』に掲載されたんですね。大江さんと江藤さんの仲はある時期から断絶して、いわば犬猿の仲になっていたのですが、このときすでに江藤さんの気持ちは大江さんからかなり離れていて、開高さんのほうに近づいている状況がよくわかります。》

（「『夏の闇』の書かれ方」、『「紅茶会」講演集「ごぞんじ　開高健」』I）

このように語った後、坂本氏はさらにこう感想を付け加えている。「これは江藤さんが亡くなったいま思うと、江藤さんが自分自身のことも含めて語っているような気がします。江藤さんはいろいろ毀誉褒貶のある文芸批評家でしたけど、非常に自己に正直な方でしたし、〝欠落〟は江藤さんにもあったと思うし、自らをオーバーラップさせて書いているなということが、いまになってみるとよく気づかれるわけですが」。

江藤のこの時評で注目されるのは、単に作品を評価しているのではなく、『夏の闇』の世界を正確に読者に伝わるように主題を押さえて書いていることだろう。

『輝ける闇』につづく『夏の闇』が、好評であったけれど、しかし、翌年になっても、開高は滅形の中に沈み込んでいた。すでに引用した雑誌『文藝』では、さらにこう書くしかなかった。「小説を書くことに没頭しているときは何かの病気にかかっている状態にある」と自己を曝した。そのうえに畳みかけて、「病いはひろがらせ、はびこらせ、耐えがたいほどにまで繁殖させなければならない」。

ことさらに自己を追い込んだ状況に触れているのだったが、具体的なことは書かれていない。ある事態に遭遇していたことを暗示させているようには読める。こんな謎めいた文章に違和感をもった読者もいたはずである。

では、事故の背後に何があったのか。そのあたりの背景のねじれを、解きほぐしてゆきたいと思う。しかしこれは、小説家の実生活と作品をなぞることになるだろう。謎の糸口を手繰ることによって、同時に作品を読むだけではわからない小説家の、その時期の生き方、というよりも〝実像〟を捉えることができるだろう。開高が「〝事実〟ではない事実を書くこと」に取り組んで七転八倒した『夏の闇』には、どんな事情が背景に隠されていたのだろうか。

〝性〟の荒地

昭和四十三年六月から十月。時代はいわゆるパリ五月革命の直後である。

いうまでもなく、『夏の闇』の主人公「私」の過去は、「女」とのやりとりや、一人でいる白昼にみる夢や、突然おそってくる幻視のなかにあらわれる。新聞社から特派されベトナム戦争の従軍記を書いていた。戦場の酷薄な死やテロの血だまりやショロンの阿片窟の煙が語られる。端的にいえば「私」がトラウマを負っていることも。

すでに触れたように、この小説では旧東西ベルリンとベトナムだけが、具体的に明示され特定された場所となる。「私」は四十歳、「女」は三十代後半だった。

小説ではパリ騒乱は数行の軽い描写に終始しているが、実はこの年、開高は六月十六日にパリに到着しており、「五月革命」のルポを書くことになっていた。文藝春秋の特派記者として派遣されていたのだ。

小説『夏の闇』では、パリの学生下宿（読者はそう読むだろう）に「私」は〝沈殿〟しているのであるから、背景としては当然、世界を揺るがした、この時期の学生と労働者による「パリ五月革命」が眼に映っていてよいはずである。むろん、虚構として小説を成立させるために、また読者に直接〝政治的〟思惑を持たれることを避けたのであろうか、それは触れられていない。

だから小説の舞台はパリと特定されてもいないし、「五月革命」は存在していないとみてもよい。フランスの各都市だけでなく、ドイツや東京の学生運動をも巻きこんだ歴史的なパリの〝騒乱〟が、あえて抹殺されている。開高自身、この小説からイデオロギーを排除して、〝純度〟を高めたかったのであろうか。

とはいうものの、六月から七月といえば、「五月革命」はすでに終結に向かっており、警官隊がソルボンヌを占拠。そして国民会議の投票でドゴール派が大勝利。七月になると、パリ大学の学生は、自主的に法学部の占拠を中止し、数日後、理学部もサンシェ分校も警官隊によって学生は排除され、暴動は事実上、終結した。だから政治的な勝利のまったくない、いわば左翼があっけなく敗北した〝革命〟であり、〝騒乱〟だった。

が、それにしても、その後の流動的な部分も多く、人々は夏のバカンスに出かけてしまうが、無残な爪痕は消しがたかったはずである。開高は意識して、いやストイックにも、小説の状況設定に〝騒乱〟も〝騒乱後〟も、背景に加えなかった。

予定通り『文藝春秋』には、二回にわたってルポが寄稿されている。その「五月革命」の報告は面白かった。にもかかわらず、〝革命〟の敗北や影響を、開高らしく洞察したものではなかった。読ませる文章ではあったが、表面をなぞったものに終わっていた。開高は疲れていたか絶望していたか、であった。この小説『夏の闇』では、そんな〝俗事〟にあえて触れることを必要とはしていなかった。

ところで。

この小説に登場する男と女。男は前述のとおり新聞社から特派されてベトナム戦争従軍記者として過酷な体験をもつ、いわば実在の「私」である。そして片や「女」は姓も名も与えられていない、ドイツの大学町で研究生活を送っている薄幸な日本人女性である。「女」の存在感は滲み出ていると私自身は読んだが、一見、虚構かと思わせられる奇妙な抽象化も感じられる。

佐伯彰一が紹介している『ニューヨーカー』の書評家は、作品を評価したうえで、この男女の設定を「人工的」と書いている。さらに、「女」が隣国からやってくる設定が、いかにも不自然だという指摘を、佐伯は自身も同感だとしながら、こう書くのだ。

《彼ら二人の出会い方、女性から進んで会いに来てくれる筋の運びについては、〝何故なのかよ

くわからないが〟とつけ加えている。》

（「開高健の〝普遍性〟――英訳『夏の闇』をめぐって」、『新潮』一九七四年七月号）

また、「この実りのない情事にのめりこみながら、彼女が逞しく意気さかんな点についても同じく〝何故なのかよくわからないが〟と三度くり返している」という指摘を、『ニューヨーカー』らしい「味」の、細かい読み巧者の観察であると、佐伯自身の『夏の闇』に対する作品評価と重ねて、紹介している。

とはいえ、この作品にはストーリーらしいものはない。異国で再会した男女の倦怠感と日常感覚からの剝離感、そしてただくり返す不毛な情交を微細に、かつ執拗に叙述するところにこそ、開高の狙いがあった。小説としては「到着」して「出発」するという結構があり、そこにドラマを見ることができるといえなくはない。

川西政明は『新・日本文壇史』（第十巻）でこう書いている。「『夏の闇』の女の存在感は際立っている。滅形の闇に落ちた〈私〉の存在感が圧倒的であるのと等量等質の重みがある。男と女は、食べて、飲んで、性交し、寝る。この完全に単純化された生活の重畳としたくりかえしだけでこの小説は成り立っている」。

そして、さらにこう続ける。「もっと正確に書けば、食べる微細、飲む微細、性交する微細、寝る微細の集積にこの小説はすべて支配されている。それも性交の微細な描写によってこの小説は一番よく光る」。

『夏の闇』について、これ以上の正確さで、あるいは大胆さで書かれた批評は、これまでなかっただろう。しかし、一つだけ書きおとしていることがあるように思われる。滅形の闇に落ちた「私」である男は、この時期、単なる憂鬱症ではなく、明らかに双極性障害を病んでいて、抑鬱的症状をあらわしていたらしいとみられることだ（『開高健の憂鬱』を書いた医師仲間秀典氏の指摘）。だから普通では考えられない時間が流れ、おどろくべき性行為が営まれ、圧倒的な〝存在感〟が生まれたともいえるだろう。そしてまた、ときに異様としかいえないような、シュールレアリズムの文体を思わせられる描写が見られるのではなかろうか。

さて、ここで話は少し前後する。小説『夏の闇』の書名扉の裏には、開高らしいエピグラフ（題辞）が措かれている。「われなんじの行為を知る」ではじまる、『黙示録』の有名な一節である。けれど、これは本篇を最後まで読んでみないと、ほんとうの意味はわからない。しかしこの聖書の言葉は暗示的である。『夏の闇』の謎を予告している。エピグラフを引いてみよう。

《……われなんじの行為《おこない》を知る、
なんじは冷《ひやや》かにもあらず熱きに
もあらず、われはむしろなんじ
が冷《ひやや》かならんか、熱からんかを
願《ねが》う。》
（ヨハネ黙示録3、7―15）

言わんとしていることは、「お前が冷ややかでも熱くもなっていないこともわかっているけれど、むしろお前が冷ややかであるか、熱くなっているか、どちらかであることを願う」ということであろう。一見わかりやすいが、意味は深い。

小説の冒頭は、いかにも開高らしいリードではじまる。夏のある日の早朝、男がパリの北駅とおぼしき停車場に、隣国（西ドイツだろう）から到着する女を出迎えるところから小説は始まる。

《その頃も旅をしていた。

ある国をでて、べつの国に入り、そこの首府の学生町の安い旅館で寝たり起きたりして私はその日その日をすごしていた。季節はちょうど夏の入口で、大半の住民がすでに休暇のために南へいき、都は広大な墓地か空谷にそっくりのからっぽさだった。毎日、朝から雨が降り、古綿のような空がひくくたれさがり、熱や輝きはどこにもない。夏はひどい下痢を起し、どこもかしこもただ冷たくて、じとじとし、薄暗かった。膿んだり、分泌したり、醱酵したりするものは何もなかった。それが私には好ましかった。》（『夏の闇』）

冒頭のくだりは、バルザックとはまた一味ちがうメロドラマ風の空気が流れている。生理的な語彙が並ぶが、むしろ抒情的でさえある。純文学は〝通俗〟に通底していなければならないと開高は語っていたことがあるが、そんな冒頭の一行から、いかにもドラマが起こりそうな気配を感じさせられる。

この小説は二年後の昭和四十九年、アメリカの一流出版社クノップフ社から翻訳出版されたが、雑誌『批評』時代から親しかった佐伯彰一氏は、開高から〝Darkness in Summer〟を送られて読み、先に触れたように早速「英訳『夏の闇』をめぐって」という一文を『新潮』に書いた（新潮社に出かけて、現地の新聞や雑誌に載った多くの書評も読んだという）。

佐伯は、この冒頭の文章には一種リズミカルな快感があり、よくのった滑り出しを、詩的な味わいをふくんでいると高く評価している。そして英訳を読むと、ヘミングウェイの『武器よさらば』の冒頭を、おのずと思い浮かべさせるようなものがあると書いている。試みに、『夏の闇』の英訳の冒頭部分を引用してみたい。

《"In those just days I was still doing some traveling."

I had just left one country and entered another. Sleeping and waking, I passed one day after the next in a cheap hotel in students' quarter of the capital city. ......

（その頃も旅をしていた。

ある国をでて、べつの国に入り、そこの首府の学生町の安い旅館で寝たり起きたりして私はその日その日をすごしていた。――）》

翻訳はセシリア・瀬川・シーグル女史で、名訳の誉れが高い。リズム感のある、よくのった鮮明なイメージが伝わってくるようだ。翻訳が出版されるとすぐに、『ニューヨーク・タイムズ』や『ニューヨーカー』誌などの一流メディアに、多くの書評が載り、佐伯彰一はそれらを、ポイントを押さえて紹介したのだった。

ここで再度、時間を戻す。小説の流れと、開高の実際の動きを確認しておきたいからだ。

既述のとおり開高は、この時期、文藝春秋から派遣されて、パリ左岸のカルチエ・ラタンに滞在していた。だから小説には、時間と場所が、ほとんど事実のままに反映されている。

そして、開高は東西ドイツをまわって、ベトナムを経由して十月中旬に帰国しているが、小説でも登場人物は、同様の時間軸で同じ都市を移動している。取材には編集者は同行していなかった。

そして、帰国するとすぐ、待っていた残務を片づけ、連載を二本書いた。『文藝春秋』とほぼ時期を同じくして、「私の釣魚大全」を昭和四十三年一月号から日本交通公社の雑誌『旅』に毎月書いていていた。そのための取材も、この旅でやってきていたし、それは舞台も材料も『夏の闇』でふんだんに生かされている。ドイツのバイエルン地方へ釣魚の旅に赴いた時、多分『夏の闇』の構想はある程度は練られていたであろうから、ルポの取材だけが目的の釣魚行ではなかったのである。

雑誌『旅』の連載は同年十二月号までつづいた。『サントリーの70年　やってみなはれ1』の戦後篇の執筆をふくめて、驚くべき多産の一年であったが、これらの一連の出来事が、『夏の闇』の舞台とモデルをめぐるいくつかの疑問点を解くカギとなった。

小説『夏の闇』に登場する「女」には、すでに明らかなように名前がない。男も無名の「私」であるが、開高の分身であることはすぐにわかる。小説化を施された作者自身である。「女」の過去が、少しずつ明らかにされるが、女性ではあっても、作者の分身でもあるらしく描かれ、剝離感の持ち主である。また、抽象化された存在であるようでいて、妙に存在感が濃厚である。

そこを川西政明氏は指摘しているのだろうか。「男」と交わす言葉からも、それまでの「女」の人生における〝悲惨〟も〝憤怒〟も見て取れるけれど、房事における肢体の動きと、息遣《いきづか》いと官能的な呟きだけが、その存在を確かなものにしているとみる。

そして、日常を覆っている倦怠感と現実剝離の重い空気が伝わってくる。たしかに、そういう意味で、男と女の存在感は圧倒的だ。「女」から〝異境〟の匂いを感じさせられる場面の描写が随所に描かれている。「女」の肢体から立ちのぼってくるのは、なぜか〝ヤマト〟ではなくて、〝アジア〟の体臭だった。明治以来、今日までわが国の近代文学に描かれてきた多くのヒロインたちと同列に並べて眺めてみても、『夏の闇』の「女」は、やはり特筆すべき存在であるように思われる。そしてここで、女を書くことが生涯を通じて少なかった開高が、大変身を果したとみられるのである。

とくに〝官能〟的な描写は、これまでの作品に比べ、次元の違いを思わせる。執拗である。しかし、性を微細に書けば書くほど、行為の抽象化が進行するという逆説に、読者は気づかされることになる。克明な性交の描写は、隠喩による抽象化が高まり、ここにおいて官能小説として読むことを不可能にする。『夏の闇』における密度の濃い性描写は、そのような性質のものだ。

にもかかわらず、『日本三文オペラ』のドイツ語版への翻訳を行ったユルゲン・ベルント氏は、この日本語の原作をそのまま訳したら、東ドイツでは検閲は通らないだろうと開高に話したという。出版は、多分スイスなどでやることになるのではないか、というのであった。

小説家は想像力によって、作品のなかの人物を、生きた存在としてつくりあげてゆく。だから読者は、この小説の「女」もまた、小説家の想像力が生みだしたヒロインとして読むのである。『夏の闇』についてもモデルがいるとは少しも考えなかっただろうし、多くの読者にとっては、モデル問題などはさしたる関心事ではなかったであろう。

しかし小説家の周辺では、なぜか作品が発表された当初から、開高に近い女性がモデルに違いないという〝風評〟が消えなかった。牧羊子だと指摘する見方もあったけれど、これははなから否定された。とはいえ、実は私自身は、牧羊子が〝モデル〟の一人だという説に拘泥しているのである。

私小説的な見方をすれば、モデルの詮索は自然な成り行きともいえようが、小説におけるモデル問題は、人権、今は個人情報という面からも難しい問題を孕んでいる。作品批評という観点からは、無視できないところだが、いつの時代も安易に扱えないテーマかと思われる。

開高はノンフィクションの名手でもあったが、まず何より〝痩せた事実〟より〝華麗な嘘〟を書く立場をとる小説家であった。そして開高の立場は、事実に寄りそって書く小説家でもあった。このことは開高健の作品を読むうえで見逃してはならない。開高はルポの方法で小説を書いたし、取材を重ねて小説の方法でルポを書いた。『開高健全ノンフィクション』Ⅱ「叫びと囁き」（文藝春秋）の巻末に措かれた「頁の背後」で、開高は、こう書いている。

《〝事実〟を知るということはじつに容易ならぬことではあるけれど、事実を知っただけでは現実はけっして紙のなかにたちどまってはくれないのだということもわきまえておかなければならない。何事かがそれにプラスされてはじめて現実は後姿なり前姿なりをちらと紙のなかで見せてくれる。こう並記してみると、ノン・フィクションを書くのはフィクションを書くのとほとんどおなじ心の操作を経るものであるとわかる。》

ここで開高はノンフィクションについて語っているが、同時に開高が書くフィクションについての見解、あるいは心情を告白している。さらに、こう続く。

《究極的にそれは心による取捨選択の結果生まれるものなのであるし、文字を媒介にするしかないものなのであるから、ノン・フィクションはあくまでもノン・フィクションであると知っておきながら同時にそれはフィクションの別の一つの形式なのだとも知っておかなければなるまい。

（中略）

だからこうなってくると、ノン・フィクションとフィクションのあいだにはほとんど膜一枚のへだたりもないのである。必然の歯車は強力だけれど、偶然がもたらす自由と展開は必然の骸骨に肉と眼をあたえるものである。神は細部に宿り給うのである。創造には無意識という悪魔の助けが必要とされると呟いたのは、ジッドだが、おなじことを別の言葉で述べたものと思いたい。》

これが開高健の小説観であった。開高文学の全体像を語っているようにも読めるからだ。

いうまでもなく、開高は事実や経験を決して疎《おろそ》かにすることのできない小説家だった。開高は「〝事実〟を書くことと、〝事実〟ではない事実を書くこととのあいだ」と、あえて書くのである。虚構の意味は尊重されながらも、同時に体験に寄り添い、モデルを求めることが、ぜひとも必要だと思っていた。かたや『夏の闇』をめぐって、喧《かまびす》しくモデル問題が詮索されたのは、開高の作品がもつ顕著な傾向のためともいえるし、また、それだけ登場する「女」から、強烈な印象を与えられたためともいえるだろう。

最初に推測をまじえずにモデルの存在を断定的に書いたのは菊谷匡祐である。彼は開高とも長年のあいだ日常的に付き合いのあった文筆家で翻訳家だったが、開高の晩年、『オーパ！』の旅などでは、一時秘書的な役割を果たしていたようであった。菊谷は、開高没後十年あまり過ぎた平成十三（二〇〇一）年の一月から翌年六月まで、集英社のＰＲ誌『青春と読書』に、「開高健のいる風景」を連載した。手慣れた筆致のエッセイだった。平成十四年、単行本として刊行された。

この中で、菊谷はモデルの「女」が早大露文科を出た佐々木千世子だったとはっきり書いた。菊谷の問いかけに開高が否定せず、彼女の生い立ちまで、言葉少なではあったそうだが、語ったという。あるいは、開高は誰かに聞いてもらいたかったのかもしれない。

彼女は中央公論社から『チェーホフ全集』（一九六〇―六一）が神西清、池田健太郎の編集で刊行されることになったとき、アシスタント編集者兼翻訳者として携わっていた。この全集の月報には開高も寄稿しているが、その時に佐々木千世子は開高と知りあった。

開高が芥川賞を受賞し、文壇デビューを果たして間もない頃だった。開高は寄稿するだけでなく、千世子の翻訳した文章に手を入れてやっていた。それにしても古い話だが、私はこの全集を予約購入していたので、今も座右においてある。佐々木千世子は別巻『チェーホフの思い出』の中の五篇を、ベテラン翻訳家にまじって訳していた。

彼女を『夏の闇』のモデルであると、最初の〝正解〟を出したのは、菊谷のこの回想記であった。と同時に、これをきっかけに開高健をめぐる「女」という〝テーマ〟が、新たに浮上してくる。しかしこれは、小説家にとってはかならずしも不名誉なことではないだろう。

さて、あろうことか開高が永眠した翌年、『新潮』二月号に、未完のままだった「闇」三部作の最終巻にあたる『花終る闇』が発表された。その中で開高は『夏の闇』の「女」に加奈子という名を与えて、読みようによっては〝素性〟がわかるように、事実関係を書いてしまっていた。この作品が未完であったため、最終的に開高がこの部分をどう処理しようとしていたか、たしかなことはわからない。

　当時、発表すべきではなかったという強い指摘や批判があったことも事実であるし、さきに挙げたクノップフ社版の『夏の闇』の翻訳者であるセシリア・瀬川・シーグルさんは、坂本忠雄氏との対談で、はっきりこの作品を批判している。

「私は申し訳ないんですけれど、非常に残念に思っております。二巻で終ったことが残念なのではなくて、第三部をあえてお書きになったということが残念なんですね。……『花終る闇』には、前にお書きになった女性たちが出てくるでしょう。同じことを何遍もお書きになっているのね」と手厳しいが、プロの翻訳者としてはこう語るしかないであろう。

　さらに、「(『輝ける闇』の)素娥《トーガ》も『夏の闇』の女性もそのままで素晴らしい女性像ですから、修正は必要ではないと思いました」。とはいえ、未完の『花終る闇』の雑誌掲載は、妻たる牧羊子が許諾を与えているのである。

「叱られた」三木卓氏

『花終る闇』は、作家本人の死去によって未完に終わったのだから、本来、公表されるべき作品でなかった。しかし正式な題名が、何年も前から版元によって発表されていたのである。公表されなくても、何かと取り沙汰されたであろう。この顚末は、開高の早過ぎた死が招いた不幸だったと思わざるを得ない。

平成二十二年には菊谷匡祐が、がんを病んで惜しまれながら他界した。享年七十五。菊谷はモデル問題に決着がついたとは思っていなかったであろう。佐々木千世子については、しばらくは忘れ去られたかのように誰も触れなかった。

川西政明が既出の『新・日本文壇史』第十巻で大胆な結論をくだしたのは、平成二十五年三月だった。この文壇史は、伊藤整の名著『日本文壇史』（講談社）の衣鉢を継ぐ労作である。第十巻では開高健に大きくスペースを割いて、第六十二章「滅形の人、開高健」とある。この巻が最終巻として配本されてすぐ読んだが、『夏の闇』をとりあげて佐々木千世子の素顔を具体的に捉えていた。以下が、川西による千世子の出自と経歴である。

《女の姓名は佐々木千世子という。千世子は奈良県天理市の出身で、在日コリアンである。昭和三十四年に早稲田大学文学部露文科を卒業している。当時の露文科には三木卓や李恢成《りかいせい》らがいた。三十六年七月十二日、スラブ系の国際コースに参加するのを第一目的に世界放浪の旅に出ている。そのことは『夏の闇』にも出てくる。

千世子の旅行記『ようこそ！　ヤポンカ』（筆名・佐々木千世）によれば、旅は横浜―ナホトカ―ハバロフスク―モスクワ―レニングラード―キエフ―ワルシャワ―クラクフ―アウシュビッツ―東ベルリン―西ベルリン―ストックホルム―オスロ―コペンハーゲン―アムステルダム―パリ―ロンドン―ウィーン―アルプス―ローマ―神戸とつづいている。》

川西は、千世子がこのとき放浪した都市の名前を、すべてあげている。しかしこれは、かならずしも単なる興味からではない。この旅程は、一九六〇年代にはじまる開高の海外放浪とほぼ重なっているからだ。「二つの魂は別々に海外をさまよったが、パリで再会し、ドイツのある都市のある部屋で生活することになった」と書き、後年繰りひろげられた男女のドラマにむすびつけている。しかしながら、ここで一つ疑問符がつく。

千世子の著書『ようこそ！　ヤポンカ』は昭和三十七年に婦人画報社から刊行された。開高はこの本の表紙の帯（扉だったかもしれない）に推薦文を書いた。開高とはサントリー宣伝部で同僚だった山口瞳が、ちょうどこの時期『婦人画報』に、この年直木賞を受賞する「江分利満氏の優雅な生活」を連載中だった。

開高は山口経由で、同社の編集長矢口純に千世子の『ようこそ！　ヤポンカ』を売り込んだのであろう。というのは、私はこの本が出たとき、書店に並ぶ前に、宣伝部の係長山口瞳のデスクに置かれていたのを見ているからだ。私がサントリーに入社した年だった。今にして思うと、開高は宣伝部の自分のデスクの脇に、小ぶりの黒いケース入りの『チェーホフ全集』を積み上げて、仕事の合間にしきりに目を通していた。その光景が鮮やかに目に浮かぶ。

念のために書いておくと、菊谷もその時期に、書店でこの本をみて、開高の推薦文があるのを一瞬「おや？」と思ったという。そして彼は、それを買った。菊谷は半信半疑であったようだが、山口瞳は開高と千世子の関係を察していたはずだ。むろん、名編集者としてならしていた文壇の情報通、当時まだ『婦人画報』編集長だった矢口純には、先刻お見通しだったことも後でわかる。

さて、千世子の学生時代を知る男女の学友ふたりに話を聞いたということで、川西氏は、前掲の文壇史で、取材先を匿名にして、聞き出した事実を証言として載せている。特筆すべき内容はないが、孤独でさびしげな印象をあたえる女性だったということがわかる。開高は彼女を孤哀子《クーアイツ》（中国語の「孤児」）だったと作品の中で何度となく書いているから、その通りだったという印象だ。

菊谷は先の著書では名前を伏せていたが、川西は事実関係をさらに調べたのであろう、千世子がロシア文学者で『チェーホフ全集』の編集を担当していた池田健太郎と婚約、同棲していたこと、そして事情があって婚約を解消されて、さらに孤独になったとしている。これも『花終る闇』を読み、当の『チェーホフ全集』の各巻や月報などを照らし合わせれば、感度のよい人間でなくとも、すぐわかることだったのではなかろうか。

ちなみに池田健太郎は東大助教授だったが、昭和四十四年、大学紛争の折に、同大教授で文芸評論家だった寺田透らとほぼ同じ時期に東大を退職した。昭和五十四年に池田は急逝、享年五十だった。

早大露文科には、当時、のちに芥川賞作家となる三木卓と李恢成がいたとある。川西は学生の頃の千世子のことを聞くために、三木と接触したのではないかと、ふと思った。あくまでも私の推測である。果たして、神奈川近代文学館の館報に三木卓が「佐々木千世子のこと」という連載随筆を書いていた。予感どおり、その第二回が「佐々木千世子のこと」「このごろ会った人」だった。平成二十五年七月十五日号である。川西の文壇史の第十巻が出た時期とも、微妙に重なる。

やはり、ここには大事な証言があった。ともかく三木は小説家として、まず開高の『夏の闇』を、「ドイツのボン大学の研究員でノモンハンの研究をしているという孤独な日本人女性との食と性と眠りだけの凄絶な日々」をつづった小説だと位置付けている。その上で、「この女性は佐々木千世子という早大露文科出身の研究者、というのは川西のいうとおりで、それにまちがいない」と証言している。

川西は河出書房が倒産する前、三木と担当は異なっていたというが同じ編集部門にいたというから、佐々木千世子について、多分三木に直接確認したのであろう。これも、どこまでも私の推測である。

すでに書いたとおり、『夏の闇』の「女」すなわち佐々木千世子が交通事故死したのは昭和四十五年三月二十四日の深夜だった。彼女は前年の暮れ、一時帰国し、東京の友人の家にしばらく滞在していたが、成城学園のアパートで暮らしていたという。なぜかその日、深夜零時過ぎ、東京工業大学の著名な原子力制御工学の某教授（四十四歳）の運転するクルマに同乗して事故にあったのだ。

菊谷が著書で引用している朝日新聞の記事によると、二人は即死だったとある。この時、千世子は三十七歳。彼女の持っていた手帳から開高の連絡先がわかり、警察から電話をうけたのは開高健本人だったようだ。

しかしながら、よくわからないことばかりだった。千世子はなぜ深夜に、著名な原子力工学の教授のクルマに同乗していたのか。死んだ二人以外に真相はわからない。『夏の闇』を読み返してみると、「女」の過去に「原子科学者や言語学者との恋があった」とあるが、開高は彼らを外国人と設定しているように読める。カモフラージュと見てよいだろう。これは一見さりげない記述だけれど、ある意図を持たせた伏線だった。読み飛ばす読者がいてもおかしくないくらい、さらりとした書き方であった。

佐々木千世子は、前年の暮れに帰国していたけれど、自分を棄てた「男」すなわち開高に、帰国したことを知らせるはずはないと思うのが自然だろう。しかしながら事故の一報を聞いたとたん、開高は、彼女が深夜、なぜ東京工業大学教授の車に乗っていたかというその顚末を、瞬時にして理解したはずだ。事実は小説よりも奇なりというと、いささか通俗に堕すが、人生の不可思議さ、人の業の奥深さを感じさせる〝事故〟であった。だが開高にして、ここを小説には書けなかった。

それにしても自分が「棄てた女」の葬儀に、実際に関わり、諸事とり行ったのは開高自身だった。ごく一部の人々しか、この事実を知らない。親族を探し、葬儀社とわたりをつけ、いくつかの方面に連絡をとり、桐ケ谷の火葬場で「女」の骨を拾ったのは開高健だったという。会葬御礼の文章も書き、彼女の友人の名前と自分の名前を文末に連記した。彼女は孤哀子だったから、親族がいないという理由だった。三木卓氏は、くだんの随筆「佐々木千世子のこと」の最後のところでこう書いた。

《佐々木は、東京で交通事故でなくなった。そのとき葬式の面倒を見たのは開高健だった。〈ワセダのおまえたちは、だれ一人葬式に来てくれなかったじゃないか。かわいそうに〉あの大声で、わたしは叱られた。佐々木は一人ぼっちでどんどん行ってしまったから、とてもつきあってもらえると思うことが出来なかった。同級生など歯牙にもかけない、おそろしい孤独の道だった。》

手元にある早稲田大学校友会名簿（昭和五十六年版）をみると、昭和三十四年卒の頁の第一文学部露文専修の項に、「住所不詳者」という別枠の欄があって、佐々木千世子と冨田三樹（三木卓氏の本名）が並んでいる。

たしかに同級生だった。李恢成は昭和三十六年卒の同露文科の項の、やはり「住所不詳者」とある別枠の欄に名前が掲載されていた。三木は、自分は一浪で、佐々木千世子は三年浪人して入学してきたから、どうしても「お姉さんだった」とも書いている。開高は『夏の闇』の「女」を、書ききってはいなかったのだろうか。

キャンパスで佐々木千世子をみたことがあるという菊谷匡祐は、昭和三十五年、第二文学部独文専修卒で、同三十七年、大学院文学研究科芸術学コース修士課程修了とあった。菊谷は、リルケ研究で知られた浅井真男ゼミに属していたと思うが、三年間ほど『早稲田大学新聞』の学芸欄のキャップをやっていた。ついでながら、私は同三十三年から三十七年まで同大学新聞の編集部員として所属した。

在学中の四年間、新聞会では、開高健や村松剛、佐伯彰一、進藤純孝らが選考委員に就任してくれた「新評論賞」も担当した。菊谷は新聞会の三年先輩だったが、大学院に進んでからも、よく新聞会に出入りしていた。広告入稿は、東大教育学部に在籍していた江副浩正が、「大学新聞広告社」(リクルートの前身)を立ち上げたばかりで、多くをそこから受け入れていた。江副はよく早大新聞会の部屋(大隈重信侯の旧馬小屋)にやってきた。そんな時代だった。

大学新聞の取材で、私は露文科の研究室、とくにドストエフスキーの米川正夫、ロシヤ・シンボリズム研究の黒田辰男教授のもとには何度も通った。すでに高齢で、ビールしか飲まなかった米川先生のお宅へはクルマでお送りした記憶がある。先生からは『鈍・根・才――米川正夫自伝』をいただいたが、後年、その本を開高が読んでいたと知って嬉しかった。

また、どちらかの研究室で佐々木千世子に会ったような気がする。新聞会の会長は、中島正信教授の後、フランス文学科のジッドの研究で知られた新庄嘉章教授になっていた。

女を書く技法

一方、近年私は、とくにこの数年、妙な疑問と妄想に取り憑かれていた。すでにみてきたように『夏の闇』についてさりげなく、あるいは確信を込めて語られ、書かれてきた作品の背景が気になるのである。

作中の「女」のモデルは明らかになった。しかし、佐々木千世子がモデルだったというのは、果たして小説の中ではあるにしても、どこまでが〝事実〟で、どこからが虚構なのだろうか。答えはひとつではなくて、真相はそう単純なものではなかったと思われるのだ。

この作品を私は一気に読んだし、また開高の傑作として繰り返し読んできた。しかし初読のとき以来、この小説の流れには断絶があると感じていた。むろん、かなりまえからの疑問だったのだけれど、モデル問題に敢えてこだわるのはためらわれた。だが〝妄想〟と〝猜疑心〟は消えることがなかった。これまで書いてきたように、菊谷匡祐や川西政明や、さらに三木卓氏がきっぱり指摘したことは、ほんとうにその通りであって、この作品の背景を語りつくしているものだったのだろうか、と。

思い返すと、多少謎めいた女性高恵美子が書いた「お疲れさまでした開高さん」という追悼文が、ムック『ザ・開高健——巨匠への鎮魂歌』（『面白半分』の編集長だった佐藤嘉尚が編集。読売新聞社）に載ったのは、開高没後の翌年、平成二年七月だった。

当時、その高恵美子のエッセイを読んで、開高さんにはずいぶん長く付き合いのあった親しい女性がいたのだなと感心はしたものの、すこしも詮索する気持ちなど起きなかった。彼女のカラーのポートレートが載っていて、それにしても女優の岸恵子によく似たきれいな人だなあと思いながら、どこかで会ったことがあるような気がしたこともおぼえている。その後、佐藤嘉尚の『「面白半分」の作家たち』が出たのが平成十五年である。同書には開高と高恵美子のことが、かなりはっきりと書かれていた。

《高は、慶応の文学部の学生のころ知人に紹介され開高家に出入りするようになった。そして当時慶応中等部に入学したばかりの道子のバイオリンの家庭教師になった。恵美子は大学卒業後、フランス政府留学生として渡仏、五年間パリに滞在する。

その間フランス国営テレビで研修したあと朝日新聞パリ支局で働くなどしながら、文筆活動を開始。開高とはパリで、そして時どき、帰国したときに東京で会う。セーヌ川に舟を浮かべて一緒に釣りをしたこともあるが、三時間で一匹も釣れなかった。そのとき開高は、

「セーヌ川の魚はしたたかじゃ。童貞をおちょくっとるな！」

と興奮して叫んだという。》（佐藤嘉尚『「面白半分」の作家たち』）

佐藤嘉尚が、こう書いているその頃の経緯は、彼女自身がその追悼文に、かなり詳細に書いているることだった。恵美子が書いた一文から少しだけ付け加えると、彼女を開高に引き合わせたのは、

開高を知っていたベトナム人の留学生だったとある。だからベトナムとの縁で、開高は高恵美子に出会ったということになる。

開高の愛娘《まなむすめ》道子さんが慶應中等部に入学したのは、昭和四十年四月だった。二月上旬の入学試験の時、父親の開高はまだベトナム特派中だったので、『週刊朝日』で開高担当だった永山義高氏が入試会場に付き添ったという。むろん、牧羊子に同行させられたのであろうが、編集者も気楽な稼業ではない（「開高健記念館」のイベントのスピーチで）。

さて、高恵美子は、文学部の学生だったが、「慶應義塾ワグネル・ソサィエティー・オーケストラ」の一員として、ヴァイオリンを弾いていた。「それは好都合」ということになって、その年から道子のヴァイオリンの家庭教師として、恵美子は開高家に出入りするようになった。道子は小学校の頃から、自宅近くの杉並区桃井にあるヴァイオリン教室に通っており、老楽士という風情の教師に教わっていた。

恵美子が大学を卒業してフランスへ留学するのが昭和四十二年で、五年間滞在したという。開高が文藝春秋の特派員として、パリの学生による騒乱「五月革命」を取材に出かけたのが、既述のとおり翌四十三年六月十六日だった。

ところで、『夏の闇』の佐々木千世子と思われる〝西独〟からやって来た「女」と再会して、パリらしい学生街の安下宿で過ごすあたりは、この長篇小説の全体の中では、かなり希薄な印象をうける。むろん、手の込んだ再会の折のシークエンスは、この長篇小説の、よくできた導入部で、すでに書いたとおり、メロドラマを思わせるような情感たっぷりの再会シーンだった。

しかし実際、このパリの「女」は、隣の国ドイツからやってきた佐々木千世子だったのであろうか。ちなみに、既出の佐伯彰一によると、『ニューヨーカー』に載った『夏の闇』の書評子は、女が隣の国から、わざわざやって来るのはいかにも不自然、とはっきり書いているというのだ。初読の時、私自身感じたとおり、やはり「ムリがあろう」と指摘しているのだと思った。

未完の遁走曲

この作品は、滅形に落ち込み、毀れかかった「私」の心象風景が織りなす暗く沈んだ色模様の綴れ織りで、小説的核心が占められている。それも、全篇を通じて、自然な時間の流れに従って記述されているわけではない。巧妙にフラッシュバック、カットバックの技法が随所に施されている。既述のように自己引用も多く、それ自身モンタージュなのである。

さらにいえることは、この長篇が〝展開部〟にさし掛かるのは、やはりボンと思える学生街の寄宿舎のガラスと鋼鉄で囲まれた箱のような部屋に移ってからなのだ。ちなみに、文芸評論家の村松剛は『新潮日本文学辞典』(昭和六十三年版)の開高健の項目を書いているが、『夏の闇』の〝パリ〟の部分を無視して触れていない。

隣国の首都、大学都市での「女」との生活。何も起こらない日常と、静かで清潔な街の様子が語られていたかと思うと、回想的な重苦しい心象の描写がつづく。そしてまた、すぐ目のまえで、前掛けを着けただけの全裸の「女」が喜々としてピザをオーブンに入れている光景が、ソファーに寝転がっている「私」の眼に映っている。

「肢体」や「性器」の形状や、「性交」の体位が微細に記述され、vaginaは、幾通りもの粋《すい》を凝らした隠喩で描写される。過去が妄想のように浮かび上がり、さらに剥離した「女」が床に押し拡げた手帳やペンや爪切りなどの「物」の細密な部分まで描写されるのは、この部屋においてである。

凄絶な光景だ。クローズアップが続き、一連のシークエンスを追う映画的手法が展開されているようでもある。しかしながら、「私」の眼は力を失っている。時間が入り組み、日常の空間は、あるがままのことだけが、そのものとして鏡を見るように描写されている。

キッチンの道具や家具や、さらに「女」が身に着けている衣装や、裸の肢体、乳房や臀や脚などの各部位が、ストーリーに無関係に、脈絡もなく記述され、さらに時間が流れ、小説としての構成はめまぐるしく揺れている。幻想のようでいて、リアリズムの語法で書かれている。

どうやら千世子がわざわざボンから、パリにやって来る必然性はないように思われる。ここは、つまり〝パリ〟は、やはり開高自身がいう虚構で書かれているとみなければならないのである。〝事実でない事実〟を書くために、虚構を用いて立体化が図られている。仮に〝パリの女〟と〝ボンの女〟をそのままにして、この其々の国を舞台にした長篇小説に登場させたとしたら、たとえメロドラマであっても、小説としての恰好がつかない。

だから、それを避けるために、二人の「女」を〝融合〟させてしまったとはみられないだろうか。すなわち、視点を措き直してみれば、パリの「女」は、その時、パリにいた高恵美子であってもよいのである。小説では、「女」を列車で早朝のパリに到着させて、映画的名場面に仕立ててはいるけれど、作者開高の嗜好ではあっても、読者である私にはストンとこなかった。

つまらぬ詮索をしているという思いが私自身にはあるが、事実その時期、千世子は隣国の都市にいたのであろう。パリの学生街の安下宿で、「私」と過ごした「女」は恵美子の方であった。開高は本当のことを書くわけにはいかなかったし、それが小説というものなのだろう。ひょっとしたら、『ニューヨーカー』の書評子に指摘されるまでもなく、当の開高本人が、その不自然さを気にしていたのかもしれないのである。

ボンのガラス張りの箱のような清潔な寄宿舎へ「私」をつれて帰った「女」こそが、具体的な輪郭と、生活感覚をそなえた「女」だった。うつろな「私」の写し鏡という一面はあっても、彼女の存在感はしたたかなものだった。しかし、パリの「女」はどこかメロドラマのヒロインのような浮いた存在であり、しかも抽象化されて描かれている。これは意図的な造形で、むしろ開高はそこにこそ腐心したのではなかろうか。

未完の『花終る闇』には三人の女性が登場する。一人はボンの「女」である加奈子であった。あとの二人は、高恵美子ほかの女性に見立てた分身だとしてもよいかと思われる。しかしながら、ここでふと司馬遼太郎が、『珠玉』に登場する阿佐緒という女性の原形を「おそらく牧羊子さん」と指摘したことが気にかかる。開高健の葬儀における、あの有名な司馬の弔辞の中での一言であり、読者の意表を衝いた〝発見〟であった。

ということは『夏の闇』の「女」の原形のひとりとして、牧羊子が存在していると仮定しても、あながち納得できないことではないということになる。ともかく、『花終る闇』は、この三人の

「女」との性交が、微細に、繰り返し描かれており、どこか〝狂気〟さえ感じさせる、未完ながら壮絶なリアリズム小説だった。

あと百枚も書けば、おそらく脱稿ということだったのであろうが、小説家が存命だったならば、ほんとうはどんな作品になっていたであろうか。ヘミングウェイは『老人と海』の原稿を出版社に渡す前に、実に二百回も読みかえし、手を加えたというではないか。S・サンダースン教授の指摘だ。「未完」とあるこの作品の最後の一行を見て、開高健の「無念」を思わざるを得なかった。

さらに、こんなことがわかった。『ザ・開高健』に掲載され、私も意外感をもって読んでいた高恵美子の回想記には、ある裏話が隠されていた。編集を任された佐藤嘉尚は、高恵美子から寄稿された長い回想記「お疲れさまでした開高さん」を受け取って、アタマを抱え込んでしまった。すなわち彼女は開高健との〝愛〟の経緯を、出会いからパリでの逢引き、東京での出来事、そして開高の死まで「コト細かに綴ったうえに、恋文と思われかねない開高から自分への私信を全文書き写して」寄稿してきたというのである（佐藤、前掲書）。

佐藤嘉尚は、そのままでは掲載はできないと判断した。原稿の修正をめぐって泣きだしてしまった恵美子と、五時間にもおよぶ長電話でのやりとりの後、その部分を削って掲載したと書かれている。

さらにこんなことがあった。彼女の帰国後もかなりの歳月、開高との関係は続いていた。勤務先は、朝日新聞やピエール・カルダン・ジャパン広報部だったというが、彼女がピエール・カルダンで仕事をしていた頃、サントリーのワイン事業部が「ピエール・カルダン・ワイン」と契約し、国内販売していたことがある。カルダンがラベルをデザインしたお洒落なボルドーワインだった。開高の斡旋だったのであろう。

開高は恵美子を、こんな形で応援していたと思われる。私はサントリーの広報部門を長く担当していたので、その頃、日本橋のオフィスで彼女に会っているはずなのだが、具体的なことは思い出せない。

悲惨な結末が待っていた。開高の没後、ちょうど一周忌の日、つまり平成二年十二月九日、彼女が自殺したことを、佐藤は驚きと哀悼の気持ちをこめて綴っている。恵美子はその年、五十四歳か五十五歳だったはずだ。ボンの「女」千世子が三十七歳で交通事故死してから、ちょうど二十年後のことだった。開高と親しかった佐藤嘉尚も平成二十三年、がんを病んで惜しくも他界した。南無、森羅万象というほかはない。

第8章 やってみなはれ!——年月のあしおと

佐治敬三と銀座・レンガ屋で（当時、開高が編集長を務めていた雑誌『面白半分』のための連載対談。1976年4月20日）。撮影・石山貴美子……サントリーの将来像を生活文化企業と位置づけたのは、昭和五十五年であった。生活文化という言葉は決して熟した言葉となっていなかったが、産業の未来像を考えた時、生産一辺倒で社会が成り立つわけがないと考えた。企業の存立は、社会に提供する財が社会から尊重されることによって保証される。

佐治敬三『へんこつ　なんこつ――私の履歴書』

壽屋旧本社ビルは五階建ての古い建物である。四階が宣伝部（戦前は廣告部）であった。開高は当時を回想する文章を書くとき、好んで今はない古い本社ビルを持ち出すのであった。第3章で少し触れたが、堂島渡辺橋の袂にある旧本社は近くの建物よりも一段と低く、「外見上なんの特色もなくてただペチャッとしているというので、ペチャ・ビルと仇名をつけた」（『夜と陽炎――耳の物語**』）と懐かしそうである。

昭和三十三（一九五八）年、本社は中之島の新朝日ビルに移転していたけれど、私は昭和三十年代後半に何度も大阪本社に出張した。その頃は、ここは研究所、労組などが使っていたと思う。一種の旧本社ビルとしての風格のような古さは感じたが、〝ペチャ・ビル〟などと呼ばれていたということを聞いたことはなかった。

昭和四十六年二月、新本社ビルが同所に竣工するまで、旧本社ビルはちょっとした歴史の感じられる壽屋らしい活発な表情を周囲に見せつけていたように思われた。「ペチャ・ビル」という響きは、開高の好みだったのである。

開高は旧本社ビルに昭和二十九年二月から三十一年十月まで、東京支店へ転勤するまでのおよそ二年八カ月通っている。強い印象だったのであろう。このビルのこの部屋の空気が、私にはなんとなくわかるのである。むろん私が知っているといっても、新聞社出身の文案家栗林老や十河先輩から聞いた話で知っているということではあるが、どこか混沌とした懐かしい雰囲気を思わせる。

入社した頃の開高の仕事は広告制作ではなく、販売促進用の雑誌『発展』の取材と編集だった。友人の谷澤永一には「雑誌をつくれるねん」と感激してみせたというが、「だがな、雑誌の名前が『発展』ちゅうねん。語るにおちるわい！」とぼやきもしていたという。

開高は、朝日ビールの『ほろにが通信』と張り合うつもりだったが、その意気込みは開高らしい。しかし、少し違うのである。『発展』は酒販店向けの業務用雑誌で、『ほろにが通信』は三國一朗や岡部冬彦らが編集していた個人の一般消費者向けPR誌で、昭和二十五年十一月創刊、同三十年六月まで続いた。八―十頁ではあったが、やや知的な香りのする小冊子だった。

『発展』は既述のとおり、酒販店サポートのために昭和十三年『繁昌』という誌名で創刊され、翌年から『発展』となった。太平洋戦争中は一時、担当者らが応召し休刊。同二十八年復刊し、渡辺順俱の名前が編集発行人としてある。翌年、開高が入社。『発展』の仕事は栗林貞一から指示をあおいでいたが、編集長はすでに富田森三になっていた。

誌面には歌人の吉井勇なども登場していて文化的志向が感じられる。目次を見ると、商いのことだけではなくて、文化、芸能といった類いの記事も盛り込んであった。開高が、興奮して谷澤永一に『ほろにが通信』を想像してくれ、といったことには、そんな根拠があった。方向性は違っていても『ほろにが通信』と太刀打ちできる内容といえなくはない。

昭和十三年、創刊当時の『繁昌』の表紙裏に、高名な紅灯緑酒の歌人吉井勇が寄せた一首が載っている。鳥井信治郎に贈った歌だ。

《宇伊須伎以《ウイスキー》の樽を見あげてた、ずみぬ酒《さか》ほがいする猛者のごとくに　勇》

古いバックナンバーで、この一首を見た開高は思わずニヤリとしたに違いない。昭和二十八年からは、朝日新聞社のOBであった栗林老が編集全般をみていた。この人物については、拙著『『洋酒天国』とその時代』でも書いたことがある。

開高が老人と言っていたくらい高齢であったとはいえ、ひとかどの知識人で、「文化人訪問」のグラビアページも企画されていた。ロシア文学の知識があった栗林老はシベリアの地も踏んでおり、作家クープリンを含めロシア短篇集などの訳書もあった。開高は可愛がられたという。

創業者の鳥井信治郎は、戦前から旧制高校や大学の優秀な学徒に匿名で奨学金を出すことに熱心に取り組んだ。自分で校長宛に手紙を書き、前途のある志の高い学生の推薦を依頼した。金沢の第四高等学校の中谷宇吉郎（のち物理学者）はその一人だった。

むろん東大や阪大など、大学への寄付もおこたらなかったが、それとともに知識人や文化人への敬意の念が厚かった。一例をあげれば、応用微生物学者の坂口謹一郎（当時東大教授）や、有機化学者の小竹無二雄（阪大教授、敬三の指導教授となった）との親交は深かった。さらに坂口博士とも親しく、博士自身がモデルとして登場する名作『紋章』の作者として知られた、新感覚派の小説家横光利一などとの出会いもあった。

そうした志は赤玉ポートワインを製造販売した創業期からあって、ウイスキーを中心に酒類の総合メーカーになってからも文化的指向の強い経営方針を貫いた。大正末期から昭和初期にかけて、小説家志望だった名文案家の片岡敏郎を筆頭に、当時活躍中だった川柳作家の岸本水府などを宣伝部にスカウトしたのも、そんな方針のあらわれだった。

会社の経営に〝知の活用〟を積極的に実行した草分けである。阪急沿線に住み、英米の雑誌を取り寄せ、三人の息子に最高の教育を受けさせている。信治郎は明治生まれながら、大正、昭和を通じてのモダニストであった。

サントリーの社史の記録にはほかにも、文案（コピー）の方では田辺四緑、土屋健、山田慎次郎、本松呉浪、久保田孝、渡辺順偵などの氏名が遺されており、画家（デザイナー）としては、俳画でも知られていた井上木它（大阪を代表する俳人青木月斗の親友）をはじめ荒井草雨、岩田清一、谷川英夫、妹尾平三、富田森三らが腕を競っていた。同社の第一次宣伝部黄金時代といわれた、輝ける時代を作りあげていたのである。

住吉時代、本社二階の宣伝部（当時は廣告部）では、ベートーヴェンの「田園」が流れ、俳人や画家などが集い、さながら規模を小さくした江戸後期の浪速の華「木村蒹葭堂のサロン」のようだったとも伝えられている。蒹葭堂も作り酒屋だったが、信治郎は「洋酒」で独自の流儀をとおした。敬三はその頃の廣告部の様子をよく憶えていて、片岡敏郎とは心斎橋へ、モーツァルトのレコードを一緒に買いに行ったこともあった。のちの高名な評論家小林秀雄が昭和初年、一時、関西に住んで、船場、道頓堀あたりを「ふらついて」いたという時代だった。

茅ヶ崎の開高健記念館に、開高の壽屋時代の出張報告書が展示されていたことがあった。開かれていたのは、二月三日から七日の頁だった。前後関係から判断すると、昭和三十年であることがわかる。

《2月3日　〝月光〟で上京。
2月4日　〝発展〟11号のグラビア頁、愛飲家スナップと小売店訪問の件につき文店にて土居氏、販売課樋口氏と打ち合わせ。
今回の訪問予定知名人は、徳川夢声、西崎緑、佐藤美子、清水崑、近藤日出造、花森安治、その他、ときまる。このうち、旅行中などの理由で前記四氏のみ電話連絡で訪問日時を決めた。藤田に泊まる。（以下略）》

この報告書が書かれたのは『洋酒天国』創刊のおよそ一年前。この時期の光景がおぼろげに見えてくる。土居氏とは、広報部にいた土居クンのお父さんであっただろうか。樋口氏は顔が浮かんでくる。すでに第3章で示した壇谷雄高宛の開高書簡にある「私は仕事の関係上、二月《ふたつき》に一度、必ず上京します」と書かれている東京での開高の仕事とは、このような内容であった。

埴谷雄高への手紙の日付を見ると、『洋酒天国』創刊の七カ月前である。新しいPR誌の準備を秘かに進めていたのであろう。開高がこの時訪問を予定していた人物は、『洋酒天国』に間もなく登場してもらおうと思っていた人たちだ。『発展』と『洋酒天国』とは、そんなところで繋がっていた。私の記憶では徳川夢声は、直前に鳥井信治郎と『週刊朝日』で対談していたはずである。栗林老や開高は、波及効果を狙った見事なエディターシップの実践者であった。

昭和三十六年秋、私は入社内定の直後から『洋酒天国』の編集に関わり、翌年四月、入社式のあと宣伝部に配属されると、あわせて『発展』の編集にも加わった。開高が熱心にやっていた「文化人訪問」インタビューのグラビアも、新人ながら担当させられた。俳優の佐田啓二宅を訪問して「ホームバー」を取材したこともある。女優の新珠三千代、奈良岡朋子、さらに宇野重吉、滝沢修などを劇団民藝の楽屋や劇団の稽古場を訪問して、記事にさせてもらったかと思う。

話を戻すと、開高の出張報告書に登場する著名人は、翌三十一年創刊された『洋酒天国』に登場したが、私が訪問して『発展』の誌面に登場してもらった人々も、何人かは同様にその後『洋酒天国』に出ていただくか、書いていただくことになった。

私は開高の背中を見て仕事をしていた。編集とはネットワークであると悟った。戦後間もなく、佐治敬三によって創刊された『ホームサイエンス』、戦前からの歴史をもった販売促進誌『発展』、そして開高らによる『洋酒天国』は、同じ壽屋という企業文化の流れの中で誕生し、多くの果実を生み出した、いわゆるアメリカの企業でいうハウス・オーガン house organ「カンパニー・マガジン」だった。

開高は社員時代、すでに妻子持ちであり、入社以前には、数々の空振りも落胆も体験ずみであったが、未知の出来事や多くの人々にめぐり会い、自分から一歩前に出て、仕事の実績をつみ重ねて自信をつけた。佐治によると、きわめてマジメだったという。開高はこのトップから、いち早く才能を評価され、格別なヤスリで磨かれるという幸運にめぐまれたのだ。

小説家としてのデビュー後、サラリーマンが〝文壇〟とどのように対峙し、折り合いをつけていくかということは、開高ならではの重要なテーマだった。文学の世界を渡って行くには、どうしても世渡《よわた》りの術と知恵を働かせなければ生きていけない。本来、内気で離人癖的な傾向を持っていた開高が、なぜ、ある時期から、誰よりも大声で、饒舌で、腹をゆすって哄笑する人間に変わったのか。不思議な側面ではある。しかし、こんな証言もある。

後年、牧羊子が井伏鱒二に語ったというところでは、「彼は話し好きで、食事のときには時間をかけて高座でやるような話をします。彼は子供のときからマジメな顔をして、ずっこけたことをやっていたようですね。そんな一席に釣りの話もありました」（井伏鱒二「開高夫人からの聞書」）ということだった。だから同人雑誌時代の虚勢も、大声も、若気の至りとはいいながら生来のものだったとみるべきなのであろう。

とはいえ壽屋入社当初は、この一見内気で、それでいてしたたかな個性をもつ青年は新しい組織の中で多少とも〝見栄〟を張る必要はあり、相当に緊張していたはずだった。予想外の多忙な業務が押しよせたが、思いがけなくも『えんぴつ』時代に蓄積した雑学や基礎知識と文章力で乗り越えられることを知った。

この体験は、勘のいい開高に大事な啓示と霊感を与えた。バーテンダー協会の機関誌から読み物記事の執筆を依頼されたことは自信になったが、バーを担当する営業部員が、開高の〝ウデ〟を買って先に手を打ってくれた。影ながらの応援を得ていた。「オレがやってきた文学や、その周辺の経験はムダではなかった。今、ビジネスに使えるというのは不思議やがな」と、このめぐり合わせに驚きもした。

「あいつらは何者や？」。社内には最初、驚きの目があった。柳原も坂根も個性的だった。宣伝部のスタッフは若返り、アタマ数は揃った。佐治敬三の構想だった。開高は販売促進の地方回りのしんどい仕事に加え、業務用ＰＲ誌『発展』の取材と編集を担当することにあけくれた。

『発展』の仕事は間もなく、柳原良平の大学の後輩で新入りの酒井睦雄に譲った。後年、当時をふり返って、酒井はこう語っている。「僕が入ったころはちょうど開高さんも『発展』の編集にそろそろ飽きてきたところで、そこに新人が入ってきたので、君、ちょっとやってみいへんか、というようなことになってね。本当は開高さんとはちがう部屋だったんだけど」。

酒井はこのとき、開高さんは「体型も細かったし、それはもう鋭かった。黒縁の眼鏡でしょう。知性の塊と同時に、抜け目なさを感じたが」ともつけ加えている（『サントリークォータリー』第35号）。このことは柳原も認めていた。かくして一年間の臥薪嘗胆《がしんしょうたん》を体験したのち、開高はようやく、柳原と組んでトリスウイスキーの広告制作を担当できるようになった。

そして昭和三十一年、宣伝部の主要スタッフは、広告制作と『洋酒天国』の編集発行という業務を抱えて、蛎殻町の運河沿いにある東京支店に開設された宣伝技術課に異動した。

もっとも、話題になった『サントリーの70年　やってみなはれ1』でも、『日々に新たに――サントリー百年誌』（平成十一年）でも、開高の最初期のコピー作品をすべて載せられていたわけではない。谷澤永一が編集し、坂根進が監修した『言葉の落葉』（全四巻、冨山房、昭和五十四―五十七年）の第三巻付録（谷澤は〝付載「トリス時代」〟と書く）では、最初期から昭和四十二年二月までの開高のコピー作品が制作期日とともに紹介されている。

《〝ウィスキー〟といわずに

〝トリス〟とご指名下さい

ウィスキーもピンからキリまで、浜の真砂ほどありますが、その中でホントに　うまくてやすく、気持ちよく酔えるのはトリスです。お求めのときはただ一言トリスとおっしゃってください。》

（昭和三十年二月）

入社翌年の作。開高は、まだ地方回りの仕事との兼務時代であったであろう。これが開高の活字になった最初のコピーということになっている。ケレン味のない素直な広告コピーである。文字配りとカタカナの使い方に工夫がみられるといってよいだろうか。

谷澤永一は、開高のコピー集を編むにあたって、とても用心深かった。「記憶魔である坂根進に懇願した」と書き、さらに「この種の仕事の常として、宣伝課の猛者たちが衆知を集めたに違いなく、一面では共同制作の性格を持つのだが、結果として開高健の立案が中心となったと思われる作品を慎重に選んだつもりである。もとよりこの採択は御本人を局外に置き、本書の制作を一任された佐藤康之と案を練り、編集者の権限を筒一杯に行使し、この機を逃すべからずと雀躍りした編者の悪戯趣味にご寛恕を乞いたい」。慎重さをウィットにくるんだ挨拶と読める。

さらに、翌年のコピーである。

《明るく

楽しく
暮したい
そんな
想いが
トリスを
買わせる

手軽に
夕餉《ゆうげ》に
花を添えたい
そんな
想いが
トリスを
買わせる》

（昭和三十一年二月）

すでに手慣れた感じが出ている。このコピーを書いた二カ月後、同年四月に、開高は『洋酒天国』を創刊している。当然、その準備で追いまくられていた頃だ。まだ山口瞳は入社していない。
それにしても、前掲のようにコピーだけを抜き出して、その文案を読むということは、本来、邪道なのだ。このコピーも、柳原良平の切り絵のイラストがあってこそ生きたものになっていたからだ。

まず二人でしっかり打ち合わせをしたあとに、開高がコピーを書いて柳原に渡す。柳原はその場で、職人的な素早い技で、見事な切り絵のイラストを作成していくのである。谷澤永一が指摘しているように、これも共同作業なのであった。

〝共同〟して行うということは、孵卵器《インキュベーター》に卵を入れて雛をかえすことと同じように感じられた。開高や山口（瞳）が、それぞれのチームにあってめざましい成果をあげている神技の秘密のひとつが、〝共同制作〟というインキュベーターの効果であったと思われる。

むろん、才能あるコピーライターが中心になってアイデアをまとめていく。開高や山口はつねに中心として、エディターのような役割を果たしていたと思う。私は駆け出しであったが、宣伝部のデザイナーだった中原収一氏や、同期入社の松永謙一クン、カメラマンの薄久夫クンなどと、チームワークで仕事をやった。ちなみにアカダマの華麗なイラストを描いておられた中原収一氏は、小説家でマルチタレントの中原昌也氏の父君である。

あの頃、とくに『洋酒天国』の編集は、彼ら制作グループに大きな創造上の飛躍のきっかけをもたらした。いっさい外注はせずに、社内の宣伝部で原稿依頼から編集制作までを行ったからだ。宣伝部内にノウハウと知識の蓄積が残った。こうした彼らの持ち前のエディターシップこそが、同時に企画力、創造力を逞しいものに育てたのだと思われる。社内への波及効果も大きかった。

〝トリックスター〟の素顔

今もアンクル・トリスがテレビコマーシャルに登場することがある。寿命の長いキャラクターだ。アンクル・トリスなる長寿アニメ・キャラクターは、すでに歴史的な存在といえるほどの〝古参〟ぶりであるが、彼は決して年齢《とし》をとらないのである。彼の風貌をご存じの方も多いかと思う。

柳原自身は、当初「アンクル」をこのように説明していた。「年の頃は五十代なかば、定年もそう遠くはない人生経験を積んだおやじっぽいキャラクターだ」。身につまされる定年も目前の、一見ふつうのオヤジという設定である。たかがコマーシャルと言うなかれ。やや大げさではあるが、まずこのように人物像、キャラクターの創造がヒットのための基本条件だった。

それを聞いた佐治敬三も山崎隆夫も、「その調子だ。大いにやってくれ！」と彼らを激励した。褒めれば連中は高い木でも登ってゆく。さらにこう続く。柳原の説明だ。「性格は実に幅をもたせた。小市民的に小心ではあるが時々思い切ったことをする。少し偏屈だが気はいいところもあり、義理人情にもろいが一面には合理主義、女嫌いなところとエッチなところを持つといった具合だ」。

演劇や映画の役づくりとかわらない。実際、フランス文学や欧米の映画から、開高と酒井が古今の作品の主人公を次々にとりあげて、「ああでもない、こうでもない」という議論を繰り返した。

古典的な作品、たとえば文学作品では、アルフォンス・ドーデのタルタラン三部作で知られる『陽気なタルタラン』（岩波文庫）の主人公のタルタランから、魅力的な役どころを〝抽出〟したと柳原は語っている。アンクル・トリスは虚構だが、タルタラン的風貌を感じさせる。タルタランは典型的な南仏人で、気がよくて偏屈でほら吹きで〝ちょいワル〟で、一見お道化（神話伝説などに出てくるトリックスター）にも見える。

「お道化」とくれば、わが太宰文学だ。御伽草子にもよく見られる可笑しな人物や動物たちだ。一寸法師もそれに近い。むろんタルタランを持ち出したのは、開高の〝教養〟であろう。そこは幅広い読書家、文学青年であった開高のこと、むろん太宰の自虐的な「お道化」を意識していたかもしれない。開高には「お道化」の気が若いころからあったとみられるめずらしい葉書を、今、読むことができる。『文學界』（平成二十四年二月号）に発表された二十代の頃の一連の開高書簡のなかの一葉である（昭和二十七年三月二十日・はがき）。

《向井敏さま

なにかとおひまなこととおもいます。

おねがいしました本の件、どうあそばされておられますか。おかげで、読みたくなくなりかけてきました。わたしの好学心をおもみけしになるのでしょうかしら。そういえば、ちっともお姿をおみせになりませんが、どうなさいましたか。まさかお病気、とは――

書きだしが気に入らないので三十枚近くを書きかけては破り、ああ、このくるしさ。もう、すとっくの安原稿用紙もありません。何枚破ったかと考えますとき、ゾッとします。おお、へゔんず。

気に入った書きだしのためにわたしは何日、何年、くるしむのでしょうか、ああこのしつこさ。

わたしの顔は、きいろくなっています。いえ、たくあんをたべすぎたということではないのです。……

おお、わがあるじ、創りの悪魔さま、何とぞ、おんみのすぐれてたぐいまれなる御威力のほどを、われらがうえにいかづちとくださせたまえ。

金曜（21）は、あるばいと、休みです。おしゃべりに来てください。

日曜午後5時より谷沢宅に居ります。

〔びいどろ学士〕》

向井敏への葉書であるが、まさにお道化（＝ピカロ）である。太宰治である。同様の文体で全文平仮名で葉書にしたためられた、やはり向井宛のパロディーめいた葉書もある。開高は躁鬱症を病み、滅形に苦しみながら、どのようにも自分を「偽装」して見せる、いや「道化」てみせることができたのだと思われる。これが多くの奇抜な発想の拠り所となったのであろう。

ピカロじいさんとはいささか違うけれど、画家の藤田嗣治や、『暮しの手帖』の名編集者として知られた花森安治は、奇抜な行為や服装で有名だった。二人と知り合いだったという小説家の柴田錬三郎は、彼らのような奇抜な〝扮装〟めいたことをする人物を、フランス語で「エトンネ」というと書いている。

昭和三十七年春、エトンネを演じているのかと思われるような姿の開高が宣伝部にやってきた。これも事実である。開高は前年アイヒマン裁判の傍聴のためにエルサレムに赴き、八月にパリをまわって帰国した。パリで一着のスーツを新調してきたのであった。それはコーデュロイと思われる濃紺の生地で仕立てたスタンドカラーの、一見、パリの学生などが着るようなおしゃれなスーツだろうと思われた。ボタンは金色に光っていた。正確なことはわからない。

その服を着こんだ開高が宣伝部のオフィスに現れたとき、全員が注目した。「凄いですね、開高さん！」というわけである。開高は少しはにかんでいたが、得意そうだった。今なお、その姿が見えるようだ。

これは柴田錬三郎がいうような一種の〝扮装〟であり、〝エトンネ〟でもあったろう。開高は、すでに演技のできる小説家だった。この新調の服を着た開高の写真が、モノクロで小さいが新潮日本文学アルバム『開高健』に載っている。

さて、テレビCMのアンクル・トリスの続きである。人物像の次に大事なのは、その風貌、見かけだった。柳原はこう書いている。「ハゲ頭で鼻は三角にとがり、首はまるでないように太く、目玉は丸く片方に平目やカレイのように二つ、しかもいじ悪そうに両目と両眉がくっついて、目の下にシワが二本、体は二等身半で胴も太く、足は極端に短いものだった」（『アンクル・トリス交遊録』）。

タルタランを模したとはいいながら、その原点は、やはり開高と組んで昭和三十年頃から制作していた、トリスウイスキーの新聞広告に登場していた世俗的なキャラクターを基本にしたのである。パーソナリティーといおうか、その人物像の魅力づくりは欠かせない。

入社してたかだか三年目、二十代半ばの〝若造〟たちである。開高が二十六歳、柳原と坂根が二十五歳であったが、このアイデア会議の時には坂根でなく、二十五歳の酒井睦雄が参加したという。

若い三人が、板張りの床の茅場町のボロ事務所で、何度も議論をかさねて作り上げたキャラクターがアンクル・トリスだった。

　ちょうどこの時期は、すでに書いたとおり開高は「パニック」を発表して、ようやく文壇へその第一歩を踏み出した頃だった。ちょっと得意だったが、それよりも死にもの狂いだった。小説と広告制作と『洋酒天国』の編集で、単に多忙というよりは、押し寄せてくる仕事で混迷を極めていたのであった。

　それでも畳みかけるように、「巨人と玩具」を執筆。昭和三十二年『文學界』十二月号に発表した渾身の力作「裸の王様」が、大江健三郎氏の「死者の奢り」と芥川賞を争っていたのであった。山口瞳が中途採用されたのは、同三十三年二月だったが、前年の秋からPR誌の編集に参画し、開高を助けていた。

　開高は同三十三年二月十一日、第三十八回芥川賞を受賞した。一躍渦中の人となった開高は、しばらくは広告制作どころではなくなった。アンクル・トリスのテレビコマーシャルは同年七月、無事に第一回目がスタートしたのだったが、第二回目がなかなか作れない。開高が小説の執筆に追われて、出勤すらおぼつかなくなってしまったからであった。

　それでも初回のストーリーが、さいわいにも継続可能なつくりだったので、同じものを流し続けても視聴者を飽きさせなかったという。こんなストーリーであった。柳原良平がみずから筆を執った解説で書いているのだ。

　《主人公のアンクル・トリスが、会社で不愉快な目にでもあったのか、しょんぼりと肩を落として歩きながら街を行くうちに、トリスバーが目の前に現われ、そこのドアをあけてカウンターに坐る。一パイのハイボールが二杯になり、三杯になり、次第に心地が良くなって、しょんぼりと小さかった体が、だんだん大きくなり、顔が赤く変っていく。何杯か飲んだのち、気分もなおって、おつまみの爪楊枝を口に、たのしそうにバーを出て行って一巻の終り……。》
（『アンクル・トリス交遊録』）

ＣＭとしては平淡そのものだ。ストーリーはあるが、オチが無いから飽きがこない。そのうえ、このＣＭ作品はその年の電通賞を取り、七月には毎日産業デザイン賞を受賞したと柳原は書いている。業界では大きな賞である。制作者として、柳原、開高、酒井、それに正式入社して間もない山口瞳の四名の名があげられている。社史の年表にもあまり載っていないから、ほとんど社内でも知られていなかったようだが、山口が参加するまでの四年ほどのあいだに、坂根進を加えた四人組は朝日広告賞、日経広告賞、総合広告電通賞など、多くの広告賞を総なめにしていた。

柳原は「勉強はできなかったけれど」などと謙遜しながら、自分は「優等生タイプ」と書いているだけあって、その頃のことを、やはり『アンクル・トリス交遊録』のなかで克明に呟いてくれている。開高についてのくだりはこうだ。

《二足のワラジの開高クン。――芥川賞を受けていよいよ本格的に小説家としての道をすすむことになった開高クンは、それでもコピーライターの仕事はやめず、依然として寿屋に通い、トリスの広告を書きつづけていた。しかし、二足のワラジは彼にとってそんなにラクなことではなかったようで、午後五時まで茅場町の寿屋の東京支店に勤め退社時間がくるとまっすぐに杉並の社宅へ帰る、それからは小説家の時間である。》

遅刻がちだったというが、毎日、何本ものコピーを書いてノルマをはたし、仕事に大きな穴をあけることもなくやっていくのは大変だった。当然のことながら、当初から開高の受賞に対して会社はたいへん好意的で、周囲もそろって応援していた。しかし社員でありながら遅刻が多いと、給料は減額になる。柳原は、当時は遅刻を三回すると一日欠勤とみなされたと書いているが、その四年後、私が入社した頃も同様の〝制度〟が生きていた。

これには宣伝部のメンメンは、音《ね》をあげていた。「無遅刻無欠席だった」という柳原自身の証言によると、開高は当時三万円位の月給が二万円ぐらいになっていたのではないかとのことだ。会社は決して甘えさせてはくれないシステムである。柳原は、満額の三万円であったのであろうけれど。

この年の五月二十日、かくて開高は意を決して退社する。宣伝部の嘱託となった。相変わらず広告制作には関わったが、週に二回の出勤、大幅に時間的な自由がきくようになり、すこしだけ息がつけるようになった。給料は、逆に上がったはずである。谷澤永一への手紙にはこうあった。「寿屋の社員をやめてショクタクとなったのであるが、給料は税込五万円、どうやら食えるだけの分は確保するように計らった」。

谷澤宛だったからこそ「計らった」と力んでみせ、矜恃を示した。八月に社宅を出て、杉並区矢頭町（現・井草）に転居。なんとか借金をして小さな家を買った。人事部長に頭を下げて金を借りたが、あとで調べてみたら、利息は銀行とほとんど変わらなかったのでガッカリしたとどこかに書いていた。とにかく大変な年であった。

朝日新聞からは、開高や柳原などグループのつくる連載マンガを、日曜版でやってほしいという注文がきた。アンクル・トリスの宣伝アニメのおもしろさが原稿依頼の直接のきっかけとなった。だからマンガも、アンクル・トリスの制作グループによる集団制作でお願いしたい、ということだった。「ピカロじいさん」という五コマのマンガを一年間連載した。普通は四コマのマンガなのであるが、敢えて一コマ増やしてリズム感に変化をつけた。

グループ制作ということであったが、「柳原良平＋α」というクレジットで発表することになった。むろん、ピカロじいさんはキャラクターとしても「アンクル・トリス」のヴァリエーションであって、柳原は〝兄弟分〟だと書いている。創造力を鍛える場になると、皆でよろこんだ。連載マンガのコンセプトを皆で考え、タイトルは開高が付けた。

開高は、この創作マンガのヒントをアメリカの漫画家ボブ・バトルの「意地悪爺さん」に求めたという。当時、『漫画讀本』（文藝春秋）に載っていたので、私も読んでいた。アンクル・トリスもひとクセある主人公であるが、ボブの「意地悪爺さん」は相当なワルである。だから開高は、ここはひとつという気になってピカロという名前を付けた。ピカロというのは、マンガの世界では単に一種の「ワル」と理解しておいてよいと思われるが、語源はスペイン語のピカレスク（picaresque）である。

悪漢小説をピカレスクというけれど、その頭の部分をとってピカロ（picaro）といい、ワルであると同時に「おどけもの」「道化もの」という意味にもなって、この「ピカレスク」こそ、フランク・ヴェデキントや、開高が『日本三文オペラ』で影響をうけたベルトルト・ブレヒトなどにつながるヨーロッパの近現代文学の大鉱脈なのだ。むろん、ドーデの小説の冒険家タルタランとも、セルバンテスの『ドン・キホーテ』の騎士とも通じている。祝祭的なものや、逆に「闇」やカオスを好む嗜癖も共通する。開高文学の〝根〟にあるものとみてよいだろう。

二十代の開高は、日本の近代文学よりも、仏・英・独やスペイン文学を中心にヨーロッパ文学に関心があった。エスプリ・ゴーロワ、つまりフランス文化の起源ともいうべき「ゴーロワ精神」にまつわるもの、そしてフランス・ルネサンス期の異端の文学者フランソワ・ラブレー（一四九四頃―一五五三頃）の『ガルガンチュワ物語』などに格別の関心を払っていたようだ。

ゴーロワ精神を「豪放、快活、磊落の気風をもって、飲めや歌えのどんちゃん騒ぎは大歓迎」という伝統だと開高は語っている。貧しかった学生時代、フランス語塾で学び、ルイ・アラゴンやジャック・プレベールの詩を翻訳して、同人雑誌に載せたのも、そうした関心からだった。

後年、開高はラブレーの「ガルガンチュワ」ばかりでなく、「パンタグリュエル物語」というような極端に奇抜な法螺咄や冒険譚、糞尿譚《スカトロジー》、艶笑小咄など、普通は隠されている人間の本質を暴いてみせる諷刺文学への関心をいよいよ深めていく。渡辺一夫が訳したラブレーのほとんど全作品を読んでいたようだし、改訳が出されると、それもいち早く読破した。名著といわれる渡辺の『狂気についてなど』（新樹社）も愛読した（雑誌『海』での渡辺一夫との対談。昭和四十九年五月号）。

つまり、開高がよく口にした「エクストラヴァガンツァの文学」（奇抜、狂想の物語）を、偏執的なまでに愛好する嗜癖を生来もっていたということであろう。「お道化」につうじるルネサンス人に憧れた。焼け跡を経験したばかりの若き日の開高は、じつは十六世紀のヨーロッパ文学から大いに眼を開かせられていたというわけである。

四十代の中年になるとともに、一層、その傾向は堂に入ったものとなって、いよいよ開高は、フランス宮廷の貴婦人が庭園でいたす尿《しと》の話や「ポワヨー・キュリエ」（ラブレーが好んで使った言葉、つまり「糞袋《くそぶくろ》」）などと薀蓄を覗かせて、糞尿譚を作品に取り込んだ。開高はまぎれもなく『日本三文オペラ』を書いた小説家だったし、『夏の闇』で「女」に主人公を〝ウンコちゃん〟と呼ばせた日本で最初の作家だった。

いつの頃からのことであったか、ラブレー研究とその翻訳で知られる世界的大家、渡辺一夫に可愛がられ、たびたびの文通とともに二度の月刊誌での対談を行っている。東大仏文科教授だった渡辺一夫は清岡卓行や大江健三郎氏の恩師であるが、門下ではない開高が、私淑して畏敬の念を抱いていたということは、開高らしい一面だ。渡辺一夫は明治三十四（一九〇一）年生まれで、開高の父親正義（明治二十九年生まれ）とは五歳違いだった。

実は、この時期にこんな社内的なアクシデントがあった。既述のように、マンガ「ピカロじいさん」のグループ制作は、彼らのクリエイティヴの絶好の訓練の場となったが、これが社員としての〝副業〟とみなされたのである。

大きな賞をたびたび受賞する宣伝部員たちの快挙は全社員の誇りでもあったけれど、いっぽうで、サラリーマン社会のツネ、周囲から嫉妬の眼でみられることもあった。彼らにとって、必ずしも毎日が居心地のいいことばかりではなかった。だから、開高が小説を書くのに忙しくなり、嘱託になって数年後、まず柳原良平、坂根進、酒井睦雄らが、開高のあとを追うように嘱託となった。その経緯は、「柳原良平＋α」という共作者名で『朝日新聞』日曜版に連載したマンガ「ピカロじいさん」に関わることだったのである。その時のことを、柳原は後にこう書いている。
《しかし、出る釘《ママ》は打たれるというのだろうか、ひがまれるというのだろうか、朝日の漫画連載は社内でも知られるところとなり、その副業についてとやかく言う人がいた。私としては広告の仕事とは全くかけ離れた作家活動でもあり、まして就業時間中に描くわけでもないのでやましくはなかったが、上長に事前に話かけなかった。》（『アンクル・トリス交遊録』）
すでに嘱託になっていた開高以外の三人は、この件で宣伝制作課長（当時は今井茂雄）宛に始末書を書かされたのだった。始末書まではめずらしかったにしても、こうしたことがときどきはあったのだ。山口瞳は、係長、課長補佐と出世していたので、嘱託になったのは直木賞受賞後、しばらくしてからであった。むろん山口も苦労している。
開高に遅れること四年、柳原、坂根、酒井の三人が晴れて嘱託となった。そして、山口を含めた開高以下、この五人が新設された系列会社「サン・アド」に移ったのが、東京オリンピックがあった昭和三十九年だった。この広告制作会社は、サントリーの傘下であったが、柳原が発案して佐治敬三に上申し、快諾された結果、設立された新会社だ、と当時聞かされた記憶がある。

ここでちょっと余談を――。開高健記念会会員の伊佐山秀人氏が、めずらしいものを見せてくれた。今回のそれは、昭和三十四年の『毎日グラフ』（八月十五日増刊号）に掲載された「開高健案、柳原良平画」とある一頁のマンガ「ある晴れた日に…」というものだった（左頁参照）。
これは初めて見る漫画であった。クレジットもはっきり読める。この作品の掲載については、柳

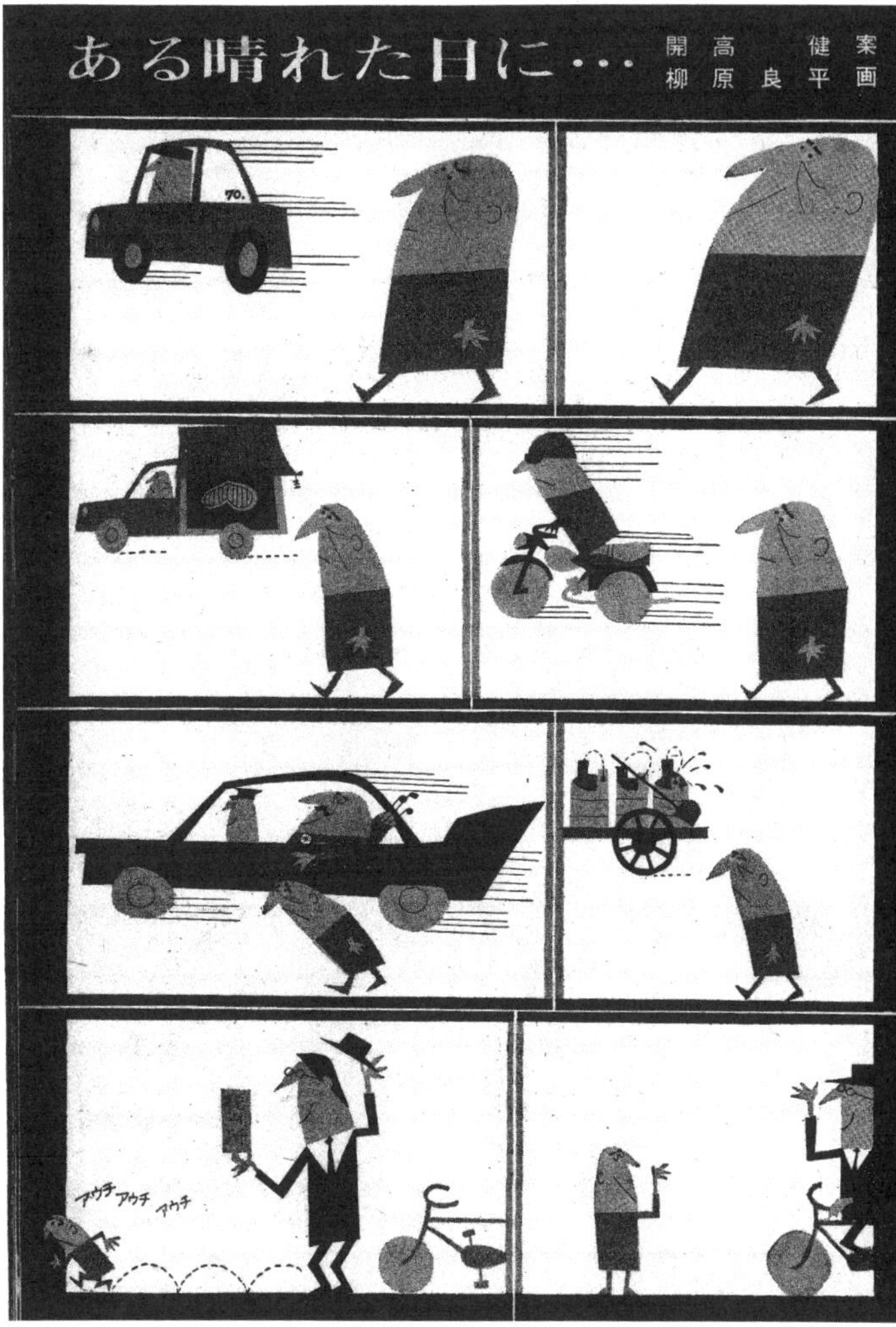

（『毎日グラフ』増刊号、昭和 34 年 8 月 15 日、毎日新聞出版社）

原良平は『アンクル・トリス交遊録』にも一行も書いていないし、これまで聞いたこともなかった。ご本人も忘れていたのか。まずは新発見だった。『毎日グラフ』の前後の号には掲載がないから、この終戦記念日の増刊号のための単発の作品であったのだろう。

このマンガを見ると、アンクル・トリスとは違ったキャラクターが登場している。目の周囲の表情は似ているようだ。しかし、残念ながら、あまり面白くない。自転車の男が手にしているのは「税務署」と書かれた名刺だった。

水魚の交わり

開高健と佐治敬三。実際、開高健二十四歳のときから、終生かわることのない〝親交〟と〝信頼関係〟が、佐治敬三との間に続いていた。仕事の面だけでなく精神的な繋がりも含めて、それはきわめて奥の深いものだったと思われる。

二人の関係を友情と呼ぶと、やや平淡《へいたん》に感じられるくらいで、「水魚の交わり」であったと思われる。もちろん、「君子の交わりは淡きこと水のごとし」というように、水のように淡白で、いつも変わることのないものであったということでもある。ともかく「親交」という語彙では表現しきれないところがあった。

あるいは、十三歳で父を失った開高は、佐治敬三に「父親」としての一面をみていたのかもしれない。敬三は大正八年生まれだから、開高とは十一歳の年齢差があった。出会いのきっかけは、すでにみてきたとおり開高の妻牧羊子だったが、ここでとりあげておきたいのは、開高にとって佐治敬三とは、いかなる存在であったかということである。同時に逆の関係、つまり明敏な経営者であった佐治敬三にとって、開高健とは何ものであったのか、ということ。これも解明したい課題である。

ともかくも五十八歳まで、開高は実に三十四年間、終生、壽屋＝サントリーと濃い繋りをもっていた。その間、正社員として勤続したのはたったの五年間に満たない。普通なら「どうして？」ということになるだろう。その答えは簡単である。佐治敬三が、開高を離さなかったということと、開高が有能で、仕事の現場が好きだったというだけのことである。

言い方をかえるならば、開高健という稀有な個性と、一風変わった創業者であった鳥井信治郎と、創業者的二代目であった佐治敬三という、いわば二人の異色の経営者がつくりあげた壽屋＝サントリーという独特の企業の文化が、開高健の「居場所」をつくっていたからだった。こうして開高は入社以来、ずっと晩年まで縁が切れることなく、サントリーとの仕事を続けた。製品の広告ばかりではなく、クリエイティヴ全般、さらに分野の異なる文化事業などの企画立案、折々のコンサルティング、あるいは佐治敬三の参謀とでもいうような多岐にわたる役割を担っていたと思う。

社員とか嘱託とか参与であるかないかは、制度上のことはともかくとして、開高の場合、無関係だったようにもみえた。その時代、二人のやりとりは〝阿吽の呼吸〟の域に達しており、もはや誰も近づくことができない雰囲気があったのではあるまいか。

佐治敬三はカリスマであることを好まなかったが、従業員たちはおのずから備わっていた敬三のカリスマ性を敬愛し、そこに信頼を寄せていた。開高は来社すると、すでに世間で大物とみなされている芥川賞作家ながら、大声で可笑しなことをあれこれ話してくれる敬愛すべき小説家として、社員の誰からも好かれていたように思われる。私は作ったことを書いているような気分になるが、これはホントのことなのだ。

佐治敬三と開高健、その関係は社内的にはと断わって言いたいのだが、シェークスピア劇の「王様と道化」のように見えてしまうこともあった。「王」に何でも言えて、ホントのこと、真実を語れるのは「ピエロ」しかいないではないか。しかし、そんな演劇的な関係ではなくて、敬三は「いや、彼とは骨肉の関係に近いな」とはっきり語っている。左に引くようなやりとりが、雑誌の対談として載ったこともある。開高が編集長を六号だけ務めたときの異色の月刊誌でのことだ。

《開高　……その企業の儲けはどこへいきますのや。
佐治　それはねえ、やっぱり配当になっとるんでしょうな。
開高　なんでもう少し、文学・芸術を振興するとかいう方向にもってゆかないのや。グッゲンハイム奨励賞とか、香港のタイガーバーム・パークとかありますがな。なんで子孫のために美田を残すことをせえへんのや。（中略）
佐治　あのねえ……、それ、ちょっと置いといてね。（笑）
開高　江戸時代の茶碗も結構。音楽家も結構です。だけどね、ちょっと冷たいよ。世間の評判は。
佐治　いや、あったかいでェ。（笑）
開高　そうですか。それじゃ今後は、日本のある種の作家たちは彼に保護されると思う。

佐治さん、ホンマにもうちょっと小説家を保護して。（中略）
佐治　それはまあ、期して待つべきものがあると思うけどもね。
開高　小説家だけやなしにね、小説家、音楽家、画家……いろんなものを含めてクリエイチビチのことをやってる人に対して何らかの奨励政策、保護政策を取るような賞金をね、佐治プライズとかなんとかいって、一つ設けてくださいな。
佐治　いわゆる文学賞みたいなもんとは違うんやろ。
開高　ええ、文学賞じゃダメです。もっとジャンルの広いもんにしてね。
佐治　それはええこっちゃと思いますよ。それはともかくとして……。
開高　ともかくやない。（笑）
佐治　まあ、大変重要だけれども。（笑）
開高　重要です。大統領、あなたは、日本のメディチ家なんですから。
佐治　それは保障する。
開高　神もご照覧あれ。》

（『面白半分』一九七六年十二月号）

この対談は、第一回、第二回は銀座のレストランなどを会場に行われたが、十二月号の第三回目は、茅ヶ崎の新築二年目の開高邸に移している。何やらボケとツッコミのような空気すら漂わせながら、一流経営者と売っ子作家が話しあっているのである。

くつろいだ話のなかで、経営上きわめて大事なことの基本的な方向性が決まってしまう。小説家は、やや挑発的な言辞を弄して、道化役に回っているのだろうか。見事にトリックスター（破壊的て応じている。

な創造者）を演じているようだ。開高のやや乱暴で、知的なアイデア、閃きに、佐治がたくまずし

かくして後日、このときの話が役員会議で真剣に検討されることになった。それから三年後、佐治が開高家における雑誌の対談で〝公約〟したことが、具体化されて新聞発表された。一九七九年二月、現在は公益財団法人であるサントリー文化財団（現＝評議員会長・佐治信忠、理事長・鳥井信吾）が設立され、それは同社の創業八十周年記念事業の中心をなすものであった。

開高が希望し、指摘していたとおり、幅広い分野の著作に対して「政治・経済」「思想・歴史」「文学・芸術」「社会・風俗」の四部門からなる「サントリー学芸賞」が発足し、あわせて地方・地域文化の活性化のために「サントリー地域文化賞」が設けられることが決定した。同時にその年の一月、時間をかけて準備していた文化指向の広報誌『サントリークォータリー』が創刊された。

さて、この対談よりも二年ほどまえに遡る。昭和四十九年師走、開高は茅ヶ崎市東海岸の山崎隆夫邸に隣接した土地に建てた仕事場が完成したので、ひとり移った。

開高が妻子から逃れて一人で生活し、原稿を執筆するためだったのか、いずれ妻羊子と娘道子を呼び寄せるつもりであったのかはわからない。谷澤や菊谷をはじめ周囲の人たち何人かは、開高の意に反して、妻子が押し寄せたと書いたり、話したりしていた。たしかに一年くらいは、開高は一人で暮らせると思っていたかもしれない。

まもなく日を置かずして、親子三人で暮らすことになった。当然、そうなるものと私は思っていた。数年後、あるいはもっと短期間だったかもしれないが、開高は裏手の庭に廊下でつながった離

れの書斎を増築した。

菊谷などは、本気で家庭内別居だといっていた。たしかに書斎に隣接させてシャワールームを作り、母屋につうじる扉の下に、猫が出入りできるような四角い穴をあけて、そこから食事を差し入れられるような改造が施されていた。ほんとうのところはよくわからないが、動くのがいやだった開高が、牧羊子に指示して、そのようにしたのではなかろうか。


実は、開高・牧夫妻にはこんな一面があった。牧羊子は料理づくりが好きだった。後年、料理レシピの本を上梓しているくらいである。だから、人を招くことも厭わなかった。茅ケ崎転居より少し前のことであるが、杉並区井草の狭い家で暮らしていた昭和四十七年五月、正確には二十七日だったとわかっているが、武田泰淳夫妻、埴谷雄高夫妻、それに平野謙、辻邦生を自宅に招いて、牧の手になる〝本格的〟な中国料理を調理して饗応接待している。

その頃、開高は一息つきたい気分だった。前年十月に『新潮』に発表した力作「夏の闇」が、三月に単行本となったばかりだった。開高は内祝いのつもりだったのであろうか。それにしても招かれたのは大物たちばかりである。

この日、正餐のときに「うちとこよりお庭が広くて清々しているの」と牧羊子が言った、と武田夫人の百合子が書いているとおり、開高夫妻が親しく付き合っていた近所のお宅の座敷を使わせてもらっている。その家の夫人も令嬢も、給仕などを手伝ったようだ。大物文学者たちを招いた異色の会食の席となった。デザートの時間から、開高家のリビングに移ったと百合子夫人は、随筆「開高さんと羊子さん」(『これぞ、開高健。――面白半分11月臨時増刊号』)で書いている。

とにかく、その日は妻の羊子も娘の道子も、開高家の台所とO家の間を走って往復し、食材や調理道具を運ぶのに大汗をかいたようだ。一家をあげて先輩文学者たちをもてなしたのだった。〝悪妻〟のいる家庭のすばらしい光景ではないか。この時のことを、開高ものちにエッセイ集『開口閉口』でたのしげに書いている。

その伝で、開高健・牧羊子夫妻は茅ヶ崎に転居して落ち着いたころ、ある日、その新居に佐治敬三・けい子夫妻を正餐に招いているのである。敬三夫妻にとっては、開高家新築のお祝いの意味があったのだろう。

この時、招いた方の開高から佐治敬三・けい子夫妻に宛てた書簡が残っている。谷澤や菊谷が書いていているように、妻と娘にむりやり押しかけられたのであったのなら、家族そろって明るい顔で、佐治夫妻を迎えたりはできなかったのではなかろうか。もともと、けい子夫人は牧羊子の支持者であったという(佐治敬三の発言)。

この少し前になるが、現会長の佐治信忠氏が慶應義塾大学の学生時代、開高は「僕はずっと信忠君の〝御養育係〟やったんやで」と話していたことがある。何となく嬉しそうだった。信忠氏も、「開高さんは、ぼくには伯父さんみたいなもんやったな」と、今も懐かしそうに語っておられる(サントリーOB会、平成二十八年の「寿山会」で)。

ところで、開高夫妻の家庭内別居という噂話は、当時、かなり有名になっていた。開高自身も「この仕事部屋には、トイレもシャワーも備えてあるのやで……。わしはな目下〝家庭内別居〟の真っ只中におるのや」といって私たちをからかっていた。けれど、開高はよく家庭生活のあれこれを、親しい人の前でぼやいてみせることが多く、折にふれて書いてもいたから広まったのであろう。

そもそも離れの書斎は、牧自身が開高のために設計したとご本人から聞いたことがある。夫婦間のことは、外からはわからない。おまけに、出入り口の扉の下に猫が出入りする穴があるのは、いかにもリアルだったが、開高の猫好きは堂に入ったもので、書斎には実際大きな猫がいたのである。

つまるところ、こうであろう。開高をめぐる一連の挿話や出来事は、開高ならではの〝お道化＝ピカロ精神〟のしからしむるところだった、ということである。多分、文化人類学者の山口昌男なら、このようなケースを演ずる人物をトリックスター的とみるはずだ。山口によれば、トリックスターとは「笑い」という最強の破壊力をもって一瞬にして人を引きつけ、覚らせ、「蒙」を啓いてくれる存在ということだった。これなら当て嵌まるだろう（山口昌男「知的冒険への手引き」、『サントリークォータリー』第10号）。

武田泰淳など高名な文学者夫妻や知性派といわれた小説家辻邦生（早保子夫人は欠席）をわざわざ狭い旧宅に招いて、妻と娘の手料理でもてなしたのもサービス精神であり、開高一流の〝ピカロ〟的心情のなさしめるところであった。少なくとも開高はへりくだってみせていたのに違いない。

ともかくも他家の立派な部屋まで借りての饗宴だった。自宅のリビングルームでは、賓客たちにデンマーク製のポルノを鑑賞していただいたとも、あるエッセイで書いているのだ。やはり、開高のトリックスター的性格は否定できないと思う。

山崎正和氏は「ロマネ・コンティ・一九三五年」を論じた開高健論の中で、開高のシアトリカルな一面、つまり、性格的な、生来の演技性をはっきり指摘しておられる。これは小説家開高健を読み解く上で大事なカギとなる（評論「不機嫌な陶酔」）。

さて、佐治敬三が経営するサントリーという企業は、開高健（もうひとり山口瞳も）というきわめて異色で、また多くの実績を遺した小説家を生み出した。それは同時に、小説家が呼吸をして生息できるだけの空気が、かつてはこの企業内に存在したということでもあった。かなりマレな弾力性と同時に文化的志向性の高い企業経営を、佐治敬三はやってみせたということになるだろう。これを当時の新聞は「サントリー文化」と書いた。

しかし常識的にみると、この会社がいささか変わった企業だったということになるのかもしれない。今もって継続されている一面はあろうが、それこそが鳥井信治郎の時代から佐治敬三を経て、この会社がめざしてきた生活文化企業としてのアイデンティティだったのであろう。世間の耳目を集めたのもその点にあったと思われる。

昭和三十三年、開高が芥川賞を受賞したとき、後日、「開高健の受賞は、経営的に見ていくらぐらいの値打ちがあるか」という新聞記者の質問を受けた佐治敬三は、質問の趣旨にあわせるかのように、「多分、これは会社にとって四千万円ほどの値打ちはありますやろな（笑）」と答えている。このコメントを、その記者は経営者の打算と聞いたであろうか。

戦後間もなくの昭和二十一年に、佐治敬三は父・鳥井信治郎のもとで生産力を増強してトリスウイスキーを再発売し、数年後にはマーケティング（実弟の鳥井道夫が主導。のち副社長、副会長）にも力を入れはじめた。やがて、時代の流れを摑み、爆発的なウイスキーブームを演出することとなった。

開高が入社して三年目、すでにトリスバーは都会のサラリーマンの憩いの場になっていた。東京や大阪を中心に全国に広がって、その数は二万軒を超えていたという。

アンクル・トリスのCMのヒットも手伝って、「トリスバー」という呼称は、巷では普通名詞のように囁かれるようになっていた。トリスは、ビールよりも、当時割安だったということもあったかもしれない。しかし、佐治敬三は経営者であった。トリスの売行きに満足しているわけにはいかなかった。やがてスコッチ・ウイスキーと競争しなければならない時代が、必ずやってくると。

敬三はほどなく、戦前に一度、製品設計がなされ、父の指示もあって昭和二十五年に新登場させていたサントリーウイスキー「オールド」を、経営の柱になるような製品へと育てなければならないと考えるようになった。

開高らは、欧米の酒の文化風俗を『洋酒天国』で積極的に紹介し、スコッチやコニャックのこともただライバル視するだけでなく、またタブー視することもなく積極的に扱った。欧米文化に詳しい執筆者が内容のよいものを書いてくれれば、スコッチやバーボンの銘柄が登場しても一切こだわらなかった。

後年、佐治敬三は開高とある雑誌で対談した時に、自社のウイスキーについてあまり載せない

『洋酒天国』の編集方針にハラハラしてみていたと吐露しているが、ウイスキー党に広い視野をもってもらうところにこそ、洋酒事業の将来があると考えるようになったとも語っている。

前述のトリスを世に出したその四年後、時機尚早かと思われたが、サントリーは「オールド」を再登場させている。その当時、牧羊子はすでに社員だったが、開高はまだ入社していない。この時代を書いた開高の作品で、牧羊子が『えんぴつ』の合評会にフラスコに入れた試験用のウイスキーを持参して同人連中に飲ませ、感想を聞いている場面が出てくる。

これは新製品のための準備の一環だったのであろう。ウイスキーは、試験用とはいっても、いったん蔵出しされれば酒税は課せられているから、開高ら同人たちは高価な酒を試飲させられていたのかもしれない。

「オールド」は限定生産ではあったが、しっかりと販売網にのせたのである。実際、敬三はトリスの増産と販売強化に努めており、他の製品を育てることは差し控えていたのだったが、この「オールド」こそ、自分の手でしっかりと市場に根づかせたかった。

昭和三十年代になると、デパートの洋酒売り場や一部のサントリーバーや、夜の銀座を華やかに彩り始めた文壇バーなどで、「オールド」は幻の銘酒といわれるようになった。なかなか入手できない〝銘酒〟として、ウイスキー党の垂涎《すいぜん》の的であったのだ。

そんな時期に、記憶を辿ると、「オールド」にまつわるパーティーがあった。直木賞を受賞した山口瞳の祝賀パーティーだ。作家活動に多忙をきわめる開高の助っ人として中途採用され、早々に係長として有能ぶりを発揮していた山口瞳が、「江分利満氏の優雅な生活」で、何と入社五年目にして直木賞を受賞したのだった。昭和三十八年であった。

その祝賀パーティーが開かれたのは、パレスホテルだったと思う。入社間もない私の目に映ったのは、バー・コーナーに並べられた「オールド」のボトルと、その近くで談笑している和服姿の高見順の姿だった。むろん開高も作家たちの輪のなかにいた。すると突然、高見順が大きな声で、「うるさいぞ、もっと静かに演奏してくれ！」と、まさに私の隣りで、ステージに向かってどなったのである。皆びっくりした。

なぜかその光景が鮮明な印象として、今にして私の脳裡を離れない。ワセダを中退している受賞者の山口瞳のために、後輩の早大応援部のブラスバンドが賑やかに演奏していた。たしかに煩いくらいだった。作家仲間と談笑していた高見にはかなわなかったのであろう。

高見順は山口の鎌倉アカデミア時代の恩師でもあった。私は高見を学生時代から好きだったけれど、小説家は怖いな、と思った。このパーティーでは、ウイスキーは「オールド」がしっかり出されていた。しかし数は限られていて、メインはここでも「角瓶」だった。

開高と佐治敬三の場合、二人の強烈な個性が嚙みあったところに、際立った〝創造〟の秘密があったのではなかろうか。ひょっとすると佐治敬三と開高の〝骨肉の関係〟を思わせる親しさに、いささか嫉妬心をおぼえた専務や常務がいても、少しもおかしくはないナ、と思える。

いっぽう山口瞳はどうであっただろうか。同じ小説家として活躍し、六十八歳で他界するまで、生涯をつうじてサントリーとは深い縁を持ち続けた。開高と同様にサントリーを、ずっと「わが社」と呼んでいた。当時、私自身はあまり意識しなかったが、山口の心中はかなり複雑であったかと思う。開高が、あまりにも佐治敬三と親しい関係だったからである。

しかし山口にとっては、開高は恩人であった。開高の推挙で、佐治敬三は失業中であった山口の採用を決めたのだ。山口は開高よりも四歳年長であったが、いつも開高を立てていたように見受けられた。決して開高にたいして批判がましいことは言わなかった。むしろ、開高が『ベトナム戦記』で吉本隆明などから批判された時などは、開高をさりげなく擁護していた。

ただ後年、かなり冷えた関係になったことを、私など現場の人間にも肌で感じられるようになっていたことは、否定しようのない事実である。背景に、どのような理由があってのことなのかは、むろん知る由もない。

コピーライターとして、開高が書き残した広告についてはこれまでもいろいろ語られ、また多くが書かれてきた。当然のことながら開高は、山口瞳とともに後世に伝えられる数々の傑作コピーを書き、出色の業績を積み重ねた。しかし開高の本質は、決してコピーライターではなかった。山口も自分をコピーライターとは思っていなかっただろうし、佐治敬三も、開高や山口をただすぐれたコピーライターとして遇したのではなかっただろう。

とはいうもののサントリー宣伝部の第二の黄金時代は、佐治敬三というトップを得て、宣伝部長山崎隆夫のもとで、開高健と山口瞳というツートップのリードで実現した。柳原良平や坂根進、酒井睦雄という存在も、優れた才能たちであり、個性豊かなデザイナーやアートディレクターであり、賑やかに活躍していて頼もしく、役割も大きかった。

しかしながらサントリーの場合は、宣伝制作におけるコピー担当の位置付けは、つねに要《かなめ》となる存在だった。私の思い込みかもしれないが、開高や山口にはクリエイティヴな才能のほかにマネージメント能力、つまり制作グループを引っぱって行く統率力があった。

開高も山口も忍耐力があったし、ビジネスの現場が好きだった。サントリーが赤坂にあった時代、すでにとっくにOBになっていたが、二人はしょっちゅう七階の宣伝部、広報部のあるフロアにやって来た。ビジネスの現場の空気が好きだった。

しかし小説家の〝現場好き〟というのは、この二人に限ったことではなく、吉行淳之介や安岡章太郎など、開高や山口の先輩にあたるベテラン作家たちも同じだ。二人がそれぞれに〝現場〟にいた時代について、いかにも誇らしげに、いや満足げに、何度も話して聞かせてくれたことをおぼえている。貧しさに耐えかねて、現場で働いたという側面ばかりではなかったのだ。

吉行は戦後間もなく『モダン日本』という洒落た雑誌づくりに奔走していたし、安岡は日本橋にあったレナウンの前身の衣料会社の宣伝部で、ファッション雑誌の翻訳や雑文などを書いていた頃のことを愉しそうに話してくれたものである。他にも戦前のことだが、戸板康二が明治製菓の宣伝部でPR誌『スヰート』の編集をやっていたし、戦後、太宰治の弟子といわれた田中英光が横浜ゴムで広報の仕事をやっていた。

ともかくビジネスの現場が好きだった開高は、最晩年の十年はサントリーの傘下になった出版社TBSブリタニカ（現・CCCメディアハウス）の編集顧問でもあった。広告を離れた出版ビジネスであり、開高にとっては若い頃から関心のあった分野でもある。

この時期は、私自身も昭和五十六年から約六年間、同出版社に出向し、単行本の刊行や『ニューズウィーク』日本版の創刊準備を進めていた頃と重なっている。開高の編集顧問への就任の背景には、同社の会長でもあった佐治敬三の強い要請があったからだった。

ここで時代をさかのぼり、少しつけ加えておかなければならないことがある。昭和三十七年、開高は広告制作活動の第二ラウンドともいうべき新たなビール戦争に参画した。激しい闘いが予想された。翌年四月に参入するビール事業のために新設された「ビール宣伝課」に、開高は所属する。この年七月には社長に就任して二年目の佐治敬三らによるヨーロッパへのビール視察団に加わり、八月までほぼ二カ月、デンマークを中心に北欧諸国と西ドイツなどを回り、ビール事情を調査し、試飲をした。

東京の府中に新鋭の武蔵野ビール工場の建設が進み、デンマークや西ドイツに留学していた技術者たちが帰国し、配置に付きはじめていた。徹夜が続くこともしばしばだった。宣伝部では、ウイスキーの広告を宣伝制作課の今井茂雄課長、山口瞳課長補佐、酒井睦雄ディレクターなどが、ビール宣伝課は細野勇を課長として、開高、柳原、坂根などが担当する体制になっていた。担当官庁への諸手続きも予定通り終了。帝国ホテルでの発表記者会見を無事に済ませ準備は整ったが、限られた人数で、猛烈な忙しさが何カ月も続いた。

翌昭和三十八年三月、社名をサントリー株式会社と変更することが決まった。四月二十七日、新発売するビールのために誕生したビール営業部は、中途採用の精鋭を含めて歴戦の販売要員を揃え、社内的には「新撰組」と呼ばれ、ビール戦争の開始に備えた。

マーケティング活動、とくに宣伝戦略は万全であった。新発売に当たってビールの名前を全国紙で公募していたが、「富士ビール」「桜ビール」など数十万件の応募があり、幸先よしと喜んだ。けれども新しいビールの銘柄は、これしかないと「サントリービール」に決定した。

ビール広告の作成に時間をとられながらも、開高は初めての新聞連載小説「片隅の迷路」(『毎日新聞』)を含め、創作は短篇小説「森と骨と人達」(『新潮』)、「エスキモー」(『文學界』)など、ルポルタージュとしては「日本人の遊び場」「ずばり東京」(いずれも『週刊朝日』)など多作の時期を過ごした。朝日新聞社の臨時特派員となってベトナム戦争の取材に出発するちょうど二年前である。

芥川賞受賞デビューからは、六年が経っていた。

第9章 『オーパ!』の〝功罪〟——逃走の方法

自宅近くの茅ヶ崎東海岸で長女道子と（1976年）。

釣りは、運、勘、根である。つまり人生だな。

開高健『開口閉口』

成功した『オーパ！』

開高は知名度が高いわりには、あまり多くを論じられていない小説家だ、と菊谷匡祐が、以前、語ったことがある。実際、菊谷は平成十九（二〇〇七）年、光文社文庫に寄せた解説でこう書いた。

《開高健は『裸の王様』で芥川賞を受けて、颯爽と文壇に登場した。受賞後、『流亡記』『日本三文オペラ』など秀作を発表していたが、にもかかわらず筆者の知るかぎり、ジャーナリズムの世界に彼の読者は驚くほど少なかった。

学生時代にまわりにいた連中は多く新聞、出版、放送の世界に散って行ったが、彼らも芥川賞の受賞作を除くと、開高の作品をほとんど読んでいなかった。愛読者は、あくまで純文学の熱心なファンだけだったように思われる。》（『日本人の遊び場』解説）

たしかにこの指摘は否定できないだろう。純文学という視点でみても、安部公房や石原慎太郎や大江健三郎などにくらべ、当時、開高の小説は読まれていなかったし、文芸評論として開高をとりあげた作家論や作品論は、現在に至っても少ないと言わざるを得ない。開高が、広く読まれ、人気を得たのは、『週刊朝日』に連載した二つの連載ルポルタージュ「日本人の遊び場」と「ずばり東京」の大ヒット以降であろう。

その後、開高はすぐれた長篇小説を発表したし、短篇でもよい作品を書いた。しかし、ノンフィクションでの方が有名だった。『ベトナム戦記』をはじめ、『私の釣魚大全』、『フィッシュ・オン』、そして『オーパ！』に続く『もっと遠く！』『もっと広く！』などと連発したベストセラーに勢いがあった。

小説の方は、たしかに菊谷が書いているとおりだった。現在も開高作品はノンフィクションを中心に、若い世代にファンを持ちながら、「私は食わず嫌い、読まず嫌い」という読書人のつぶやきは、少なくないのである。

「私は長いあいだ開高健が苦手だった。食わず嫌いだったといってもいい」と正直に書いているのは、文芸評論家の三浦雅士氏である。同氏は昭和二十一年の生まれだから若い世代ではない。三浦氏はこう書きながら、新しい発見のある、斬新な〝開高健論〟を書いて雑誌『群像』（昭和六十一年十二月号）に発表している。開高文学にとっては心強い擁護者、支持者であると言えるだろう。

しばらく前のことだが、〝開高嫌い〟を自称する知人に、その理由をきいてみたことがある。よく本を読む理系出身者で、会社の経営者である彼は、「そうだな……」と思いを巡らすようにこう語った。

《あの『オーパ！』ね。あれがはっきりいうと嫌いなんだ。代表作だよね。開高健のベトナム戦争のイメージ、例えばともかくも読んだ『輝ける闇』や、処女作『パニック』などと、ぼくにはぜんぜんつながらない。『オーパ！』は、派手なエンターテインメント雑誌の〝興行〟と思ってた。文章はいいんだが、写真が多すぎるのが、本になってからも読むのを邪魔してた。あれが冒険とも思えなかったしね。》

あえて反論も同意もしなかったけれど、「嫌い」といわれて驚いた。こんな断定は少ないだろうが、開高の小説を評価していた読者からは、『オーパ！』の系列は、今も否定的な意見は少なくないようだ。

昭和五十二年、四十七歳にして、月刊『PLAYBOY日本版』（初代編集長、岡田朴）の依頼をうけて、自ら取材チームを組んだ。さらにアマゾンへ釣魚の冒険旅行に出かける準備に時間をかけ、六十五日間の取材日程を組んで出発した。そして、同誌の翌年二月号から連載開始。十一月には、カラー写真満載の絢爛豪華な大型本（縦二八センチ、横二一センチ、二八〇〇円）が集英社から刊行され、ベストセラーになった。最初の二年間で十万部売れたという。再び開高の海外旅行癖に火が付くが、同書が出たのは、開高の死の僅か十年前のことであった。

『オーパ！』の企画の発端は、創刊三年目を迎えていた同誌の岡田編集長が、開高がアマゾンの秘境を「見たい」と書いているのを読んだことにはじまった。編集者の勘で、これは大型企画になると思いついた。開高との間に入ったのが、集英社を辞めたばかりの、岡田の後輩であった入江滉と菊谷匡祐だった。

もとはといえばサンパウロ在住で『オール讀物』新人賞を受賞したことのある醍醐麻沙夫が、『フィッシュ・オン』を読んで感激し、開高に「アマゾンで釣りをしませんか」と手紙を寄こしたことにあった。それを開高が『サンデー毎日』の連載エッセイ「開口閉口」に、そんな経緯を書いたからだった。縁とはおもしろいものである。

こうして開高の最晩年の十年間を〝決定づける〟一大企画がスタートした。釣り紀行といえる作品は、これ以前に『私の釣魚大全』や『フィッシュ・オン』があり、多くの読者を獲得していた。

しかし、『オーパ!』の企画や執筆のねらいとは明らかに違っていた。『オーパ!』は、チームを組んで、遥かアマゾンの秘境を冒険しようという大型企画だった。

出版社にとっては事業に近い規模のプロジェクトであったであろう。そして開高はプロデューサーを務め、ディレクターとして差配をし、かつ執筆者であった。結果は大成功で、開高は読者から〝喝采〟を浴びた。これが契機だった。その後、海外への釣魚の旅は、他界する前年まで続く。

昭和五十四年には、『オーパ!』以上の大型企画であったと思われる南北アメリカ両大陸縦断紀行を実施した。『週刊朝日』に連載後、『もっと遠く!』『もっと広く!』(朝日新聞社)を刊行し、再び〝喝采〟を浴びた。以後、釣魚にかかわる海外取材が十回以上を数えることになる。つまり、簡単な年譜では追いきれない頻度なのであった。

開高の作品を初期の頃から注意深く読み、たびたび、批評を書いてきた佐伯彰一は、この時期の開高に対し「憑かれたような相つぐ外国旅行……」と評し、「やみくもの熱中ぶり」とも指摘している。そして、ついには開高の年来の躁鬱気質、とくに「鬱症」に照らして、開高自身の「手製のサイコセラピーとすらうつったものだった」(『珠玉』解説)と断定的に批評した。佐伯が指摘するように、開高の生涯からは、明らかな精神的な揺れともいうべき「サイキック・パターン」が見られたのである。

精神科医で作家の加賀乙彦氏は「開高健と躁鬱病」という文章で、注意すべき指摘をしておられる。開高の「小説の発行年を調べてみて不思議に思うのは、二年ぐらいから数年ぐらいの期間にわたって小説の創作がなくなり、代わって、紀行文とかエッセイとか、小説家としては二次的な文章が書かれていることである。つまり小説創作に集中する時期と、それから全く離れてしまう時期とが、まるで女波と男波が織りなすように波形をつくっているのだ」（雑誌『太陽』平成八年五月号）。

加賀氏は男波を、小説を書いていない非創作期としており、さかんに海外旅行をしたりデモに参加したり釣りをしたり、つまり外界にむかって行動している時期と説明する。そして次のようなほぼ五つの期間を、年譜から推定して割り出している。精神医学の専門家としての推定であり、またたいへんめずらしい指摘でもあるので参照しながら該当作品をあげてみたい。

（一）昭和三十三年夏から三十四年秋まで。

芥川賞受賞の後、「若い日本の会」結成。その後、安保改定反対の集会で講演をしたり北海道大雪山の開拓民の調査、取材。開高はこんな言葉をのこしている。「そのころ私はひどい衰弱におちこんで、字が書けなかった。生来の躁鬱症を持てあましていた。暗く、陰鬱で、冷酷、無気力だった。」（「私の小説作法」）

（二）昭和三十六年はじめから四十一年まで。

アイヒマン裁判の傍聴、ソ連旅行、ベトナム戦争へ特派された。『ベトナム戦記』

（三）昭和四十四年の夏から四十六年秋まで。

アラスカ、ヨーロッパ、エジプトへ。釣魚と戦争取材。『フィッシュ・オン』

（四）昭和四十七年の春から五十四年の春まで。

ベトナム、ヨーロッパ、アマゾンの旅。『オーパ！』

（五）昭和五十四年夏から五十七年まで。

釣魚と冒険、南北アメリカ両大陸縦断、アラスカへ釣魚と冒険。『もっと遠く！』『もっと広く！』

このように時期を分類しながら、「とにかく、よく動き、さかんに旅をして、小説は書かなかった」と指摘したが、加賀氏はしかし、むろん開高がただ「外界だけを向いていたわけではないだろう」としている。執筆しないまでも、構想を練っていたこともあろうし、ひそかに籠って小説を書いていたこともあっただろうという。

どこまでも参考ということなのであろうが、年譜をあらためて眺めると、こんな状況のなかで、「二次的な文章」を含めてではあるが、開高はおよそ三十年間に、よくぞ書いたり、である。全集二十二巻、未収録のエッセイ集や対談集、その他もろもろ……。

しかしながら、ここに割り出された五つの時期には、小説家として開高は、「二次的な文章」を書いていたということを加賀氏は明言しているのである。さらに、開高が自分で「躁鬱症」と「離人症」をもてあましていたと書き、仮に何らかの精神の変調を起こし、それを鬱病のような病気と推測できたとしても、断定はできないと慎重である。

一時的に小説が書けなかったにしても、鬱病性の興奮（raptus melancholicus）ということで、何か大きな刺激をもとめて行動的、活動的になっていたという見方が可能だとも指摘している。専門家はどこまでも慎重だ。この期間ではなかったが、こんなことがあった。

ある年、昭和六十一年か六十二年だったかと思うが、開高は成田まで帰って来たにもかかわらず、自宅には戻らず、空港近くのホテルに三日ほど滞在したあと、すぐに次の国へ旅立ったことがあった。同行のスタッフがいなかったから、多分単独行の旅であったかもしれない。自宅へは電話で連絡をしていたようだが、私は成田のホテルまで呼び出されて打ち合わせをしたことをおぼえている。他の章でも触れたが、何らかの「サイキック・パターン」（Psychic Pattern）の時期の現象とみてよいのであろうか。

実は、開高が書いた『オーパ！』をはじめとするノンフィクションは、小説家の「二次的な作品」とは、とても済ませられない位置付けができる成果ではないかと思われる。開高自身も、自分のノンフィクションは、小説の文体で書くルポだとくり返し述べているのだ。そこには強い思い入れがあった。

『オーパ！』が刊行された直後、文芸評論家の川本三郎氏は、雑誌『カイエ』の文芸時評で『オーパ！』を対象作品として丁寧に論評している。「一抹の悲傷――開高健『オーパ！』」（『同時代の文学』所収）というタイトルで、『オーパ！』を前面にうち出した骨格のしっかりした「開高健論」である。ここで川本氏は開高のレトリックの異色性を分析し、初期から中期の小説と、中期にあたる時期に書かれたノンフィクションの文体とボキャブラリーの繋がりを明らかにしている。

このすぐれた評論を詳細に紹介する紙幅はないが、十四ページというコンパクトな論評の中で、さまざまな表情を見せる開高健という小説家の〝原イメージ〟を、『青い月曜日』に描かれている「よりいっそう輝かしくも雑然たる活気に満ちていた筈」の戦後の混乱期の状況のなかに発見する。ジャンジャン横丁のカオス、焼跡の屋台で売る牛の臓物の悪臭と猥雑。闇市で戯れる男と女。登場人物の一人の悪童に「るねっさんすて、あんなもんやなかったやろか」といわせているが、これは開高自身のことばであり、「混沌の魔力」にとらえられたこの小説家こそが〝永遠のるねっさんす人〟であると指摘している。そして、川本氏は膨大な作品『オーパ！』をたった数行で完璧に総括している。

《落日の感傷、旅の終わりの感傷で終る『オーパ！』は、晴朗でおおらかな冒険の書であると同時に、どこまでも憂鬱にして沈痛な病んだ都会人の書であることをみないわけにはいかない。》戦中、戦後の混沌を、ベトナム戦争の悲惨と泣き笑いのような現実をすべて体験し、カオスをまるごと背負い込んだまま、つまり開高は初期作品も『輝ける闇』も『夏の闇』も、それらを礎石として『オーパ！』を書いた。川本の指摘どおりであろう。

かくして開高の小説とノンフィクションの関係性は、明白なものとなる。またそのように読むことが、どうみても妥当であることがわかる。あとで触れるように、私は開高の小説における「到着」と「出発」について関心をもっているが、川本氏は「昂揚」と「挫折」というとらえ方を明示している。

『オーパ！』は「神の小さな土地」から「愉しみと日々」まで全八章で構成されているが、これらはややペダンチックに欧米の古典的名作の題名を踏襲したものだ。これが開高健なのだ。そして、小説家は旅の終わりでこんな一行を刻んでいる。「前途には、故国があるだけである。知りぬいたものが待っているだけである。口をひらこうとして思わず知らず閉じてしまいたくなる暮しがあるだけである」（同書第8章）。

川本氏が「一抹の悲傷」と評論のタイトルに書いたわけはここにある。帰国は新しい出発につながるのであろうか。

ここで、開高の釣魚に関わるノンフィクションを年代順に見ておきたい。おびただしい数にのぼる。亡くなる年の四月にも『国境の南 オーパ、オーパ!!』を出している。これらのノンフィクションは、小説の延長線上にある渾身の文学作品であったと位置付けたいのである。

『私の釣魚大全』(文藝春秋、一九六九年)
『フィッシュ・オン』(朝日新聞社、一九七一年)
『オーパ!』(集英社、一九七八年)
『最後の晩餐』(文藝春秋、一九七九年)
『もっと遠く! 北米篇』(朝日新聞社、一九八一年)
『もっと広く! 南米篇』(朝日新聞社、一九八一年)
『海よ、巨大な怪物よ オーパ、オーパ!! アラスカ篇』(集英社、一九八三年)
『扁舟にて オーパ、オーパ!! カリフォルニア・カナダ篇』(集英社、一九八五年)
『王様と私 オーパ、オーパ!! アラスカ至上篇』(集英社、一九八七年)
『宝石の歌 オーパ、オーパ!! コスタリカ篇、スリランカ篇』(集英社、一九八七年)
『国境の南 オーパ、オーパ!! モンゴル・中国篇』(集英社、一九八九年)

甦る架橋の時代

ようやく開高健の〝最晩年〟の作品群に触れることになったが、ふと気づくと開高の生涯への旅は、間もなく果てようとしている。『オーパ！』に至るまでの開高を、ここで再点検しておかなくてはならない。

「明るみに出ていることの裏にも重要な事実があり、原則には例外があり、できごとには背景がある」とは、開高も付き合いのあった高坂正堯の言葉であるが、小説家の生涯を見極めるには、精度の高い複眼をもつことが要求されることを知らなくてはなるまい。だから時代を単純に、平面で捉えてはいけない。

戦後、見極めることがむずかしい時代が続いた。時を同じくして登場したのが、開高健（二十七歳）であり、大江健三郎（二十二歳）だった。昭和三十年代（一九五五―一九六四）初頭、渦状《かじよう》の星雲が拡散しはじめたような慌《あわ》ただしさと混沌の中で生きていた。

一時代の文学を取り巻く状況などというものは、渦巻《うずまき》銀河状の混沌《カオス》のようなもので、まともに向きあっても摑みきれるものではない。十七歳の高校生だった私は、あの時代の空気をおぼえている。経済白書で「もはや戦後ではない」といわれたのが翌三十一年。社会全体が一種の揺籃期にさしかかっていた。

始まりは石原慎太郎（二十三歳）だった。劃期的な小説「太陽の季節」を『文學界』に発表したのが三十年七月号で、その三カ月後には江藤淳（二十四歳）が「夏目漱石論」の連載第一回を『三田文学』十一月号に書いた。それにつづいたのが、同三十二年の開高健「パニック」と大江健三郎「奇妙な仕事」である。学生作家、大型新人の登場とあって、この時期、にわかにジャーナリズムが賑やかになった。

昭和四十三年にノーベル文学賞を受賞する川端康成は、この時代、日本ペンクラブ会長として活躍中であり、谷崎潤一郎はまだ『瘋癲老人日記』を書いていない。あえて名前を並べると、井伏鱒二、佐藤春夫、正宗白鳥、尾崎士郎、尾崎一雄、中野重治、大岡昇平、さらに強靭な秀作『普賢』で知られた石川淳も……。多くの旧世代の大家たちが、まだまだ元気で作品を発表していた。坂口安吾は同三十年に斃れたが、戦中派の島尾敏雄、梅崎春生、安部公房、吉行淳之介、安岡章太郎、阿川弘之らも期待に応える作品を書きはじめた。

それまで文壇といわれていた〝ムラ社会〟は、膨張するマスコミによって〝崩壊〟を余儀なくされ、同三十一年十二月、文芸評論家の十返肇は「「文壇」の崩壊」を雑誌『中央公論』に発表して大いに議論をよんだ。すでに書いてきたとおり、開高健と大江健三郎が一つの核となって、文芸ジャーナリズムという新たな〝文壇〟に登場したのが翌三十二年だったのである。

言い換えれば、この時代においてこそ、開高や大江や石原の手によって、伝統的な従来の「近代文学」と、彼らの志す現代の文学とを架橋する努力が、はじめて試みられたといって過言ではないだろう。

昭和六十三年、雑誌『新潮』の創刊千号記念のための特別座談会が「文学の不易流行」というテーマを掲げて行われた。出席者は石原慎太郎、開高健、大江健三郎と江藤淳。四人に絞られたことに意味がある。このメンバーがそろった座談会は三十年ぶりとのことで、話題は彼らのデビュー当時の文学状況が俎上にあがった。江藤が早々とこんな総括をしている。

《昭和三十年代前半の文学状況というのは、古い世代が一つずつ古くなって新しい世代が出てきたというだけじゃなくて、もっと古い世代の遺産がそのままどかんと同時に仕事しているというような、非常に層の厚い時代なんだな。層が厚くて、しかも占領という拘束的枠組がパッとはずれた後の解放感もあった。（中略）洋々たる希望を持っていたと思うんだね、僕らの青春時代というのは。そういう感じ方はどうですか、間違っているかしら、大江さん。》

大江は肯定的に「文学をやっていくことに、全く疑問を感じてないという感じを僕は持ってたな」と応じている。さらに、開高はこの時代について、すぐ前を行く先輩作家たちについて率直に持論を展開した。

《戦前に作家になって、戦中書かないでいるか、政府に命じられて従軍記者となってしぶしぶ戦線へ行かされて書いていた人たちが、四十、五十になって敗戦を迎えて、それでゼロから出発した。だから戦前のいわゆる老大家にならないで、第二の青春みたいなのを迎えちゃった。エネルギーが敗戦のドンガラで再活性化された。だから佐藤春夫でも室生犀星でも谷崎潤一郎でも、一斉に何年置きかに書き出したでしょう。そしてめいめい畢生の作というものを書いた。どこから何が出てくるか分らないという時代ではあったんじゃないの。》

しかしながら、近年、読売新聞の尾崎真理子氏の『現代日本の小説』（平成十九年）や、早大教授で文芸評論家の佐々木敦氏の『ニッポンの文学』（平成二十八年）という新書版でありながら意欲的な試みの〝現代文学史〟が書かれているのを読むと、昭和三十年代が遠い過去へ追いやられているような印象がある。東大教授で書評家でもある安藤宏氏の『日本近代小説史』（平成二十七年）は、昭和三十年代に一章分をあてて難なく総括しているが、同氏は逆に論じ足りなかったのではなかろうか。

しかし面白いことに、昭和三十年代の〝文学状況〟にあって、「文壇」も文芸雑誌も新聞記者も学生たちも、「現代文学は不毛だ！」と声を大にして叫んでいた。時代の閉塞状況を、そのまま文学にぶつけていたのだ。文学はそういう〝存在〟たり得ていた。

たしかにその後、昭和と平成という時代を貫く、戦後七十年余の歳月を俯瞰するとき、昭和三十年代こそは、新旧文学が入り混じり、暖流と寒流が交差する豊かな漁場の様相を呈し、近・現代文学史上まれにみる豊饒な産物にめぐまれた〝頼れる文学の時代〟だった。

むろん、あと知恵ではある。しかし、「現代文学は不毛だ」と叫ばなかったのは、この時期に走り出した石原慎太郎であり、開高健であり、大江健三郎であったのではなかろうか。彼らは時代と格闘した。この三人は、旺盛な批評精神をもちあわせていて、小説ばかりでなく、批評やルポを書くことに熱心だった。その代表格が、最年長の開高健だった。開高は後年、自作をめぐって、書くことの根本に触れたこんな名言を吐いている。

《一人の小説家の内部には、作家と、批評家と、読者の三人が同棲していて、のべつケンカしたり握手したりして暮らしているが、書きあげた直後に判明する問題もあれば、そうでない問題もある。》

（『輝ける闇』自作再見」、『朝日新聞』平成元年八月二十七日付）

彼らには、同時代の文学を背負っているという自負があり、海外へとび出し、現代批判や文明批判ばかりでなく、旺盛な自己批判の精神を作品に内蔵させ、爆発させた。同時期に登場した文芸評論家という立場から、江藤淳がひとり、先行する三人のランナーの尻を叩く役回りを演じた。

石原慎太郎も大江健三郎も、今なお現役作家として書きつづけている。死してのち開高健は、「開高健記念会」の活動を核として、新聞・雑誌・TVに相変わらず〝伝説〟を提供しつづける小説家だ。近年、全作品が小学館から電子書籍として発刊され、光文社文庫には新しいシリーズが復活している。しかし〝伝説〟では、往々にして真実が伝えきれない場合がある。

さらに江藤淳については、そのバイオグラフィーが書誌的な研究を含めて雑誌『新潮45』に、平山周吉氏によって連載中である。江藤淳宛の、諸家からの書簡も発表された。〝めでたい〟ことにちがいない。幽明境を異にしてはいるけれど、この三人とプラス一人は、戦後日本文学における際立った存在感をもちつづけてきた、鋭い切っ先をもったシンボリックな〝団塊〟であった。

開高と江藤は、仲たがいしたり、また縒《よ》りを戻したりで忙しい間柄だった。石原氏と大江氏も同様であるという観察は、よく匿名コラムなどで伝えられているが、そこに江藤が加わって、大江氏との間にも、かなり複雑な絵模様ならぬ人間模様がみられた。しかしながら、それは〝華〟でもあった。そうしたことを読み解くうえで、小谷野敦氏の『江藤淳と大江健三郎』（筑摩書房）は貴重な著作だ。

江藤淳が粕谷一希と山崎正和と中嶋嶺雄を俎上にのせて批判した「ユダの季節——「徒党」と「私語」の構造」（『新潮』昭和五十八年八月号）が発表されたとき、私はサントリー文化財団や、サントリー系の出版社だったTBSブリタニカと関わっていて、江藤淳とも行き来があった。

その江藤について思い出されるのは、手違いから、江藤がその時の〝敵〟とみなした当の粕谷一希がTBSブリタニカから上梓した本が、江藤淳のところに献本されてしまったというのである。

私は真夜中に、カンカンになった江藤淳からの電話で叩き起こされるという災難にあった。「ケンカしている相手からの本を送りつけてくるとは何事か！　担当者を出せッ」というのである。

行きつけのバーへ案内されたり、ずいぶん親しくしてもらったが、江藤は本当に怒りっぽい人だった。バーでも怒鳴っていた。電話の件は、無茶もいいところだった。このとき私は一瞬、怒りの背景にはサントリー文化財団の件があるのかなと感じた。私の職場には、編集顧問として開高がいた。財団機関誌『アステイオン』の編集長だった粕谷もいた。この辺りのことを小谷野氏は同書で書いているけれど、間違ってはいない。

とはいえ、真夜中の電話は初めてのことではない。開高夫人の牧羊子からは頻繁にきた。彼女は二月の寒いときでも、平気で真夜中に電話をかけてきた。何年《いつ》のことか、要件が何だったのか、まったくおぼえていないが、こちらは平気とはいかない。寒いし、眠い。家内が厚手のカーディガンを背中にかけてくれたが、ブルブル震えながら電話を受けた。牧羊子はイラチというのだろうか、待てない人だった。地球の時間は、自分を中心に回っていると考えていたのだろう。

悲傷と愛情――父親として

開高家は核家族だった。ひとり娘の道子さんはすぐれたエッセイストでイラストレーターだった。だが、父健が没して五年後の平成六年六月二十二日、彼女はなんとも無残なことに、ＪＲ茅ヶ崎駅の西側にある大きな踏切で鉄道自殺したのである。この日、私は芝公園のホテルで会議中だったが、連絡を受けると、すぐに中座して茅ヶ崎へ向かった。即死だったという。彼女は四十一歳で独身。父親ゆずりの躁鬱気質があって、一時、治療を受けていた。抗うつ剤を服用していたという話を、父親の開高から小さな声で聞いたことがある。昭和五十六年頃だった。突然、開高が言い出したので驚いた。

「道子が肥えている原因の一つはな、クスリや。抗うつ剤なのや。心配でなあ……」とそっと語ったことをおぼえている。さらに声が小さくなったが、「あいつはオトコを知ってるのやろか……」とも。自殺の原因も、やはり父の死をのり越えることができず、深い「うつ」に沈んでしまったからなのであろうか。当時『週刊新潮』が早々に自死と断定する記事を載せた。母親の牧羊子はどこまでも踏切事故と主張した。今、手元にある同誌のその記事を引用するのは、忍びない……。

開高は作品の中で「娘」についてこんなことを書いている。茅ヶ崎に移る前のことだ。

《酔っぱらいで閉所愛好症の半狂人にもせよ父が復帰したとわかって娘ははしゃいでいる。肉を焼くもうもうとした脂っぽい煙りのなかで頬に明るい血の色が射し、眼がキラキラ輝いて母と冗談をとばしあって笑いころげている。毒も汚《し》みもついていない、そのしなやかな肌理《きめ》を眺めていると視線が柔らかく吸いこまれるばかりだが、いつかは父の悪血が登場して抑鬱に苦しめられるのだろうと思うと、胸をつかれる。不憫でならない。眼をそむけずにはいられない。不屈の潑剌と見えるものもいつまで無傷でいられるだろうか。》

（『夜と陽炎——耳の物語＊＊』）

父親としての勘が、こう書かせたのであろうか。不幸にして的中してしまった。道子さんはエッセイストであるとともに、高校時代から一般の雑誌に頼まれて寄稿するようなイラストの名手だった。『不思議のエッセー』（新潮社）や『絵のある博物館』（保育社）をはじめとする何冊かの著書は、彼女のほんものの才能を感じさせ、父親ゆずりだろうか、とくに文章が光っている。今も公立図書館などでは読むことができるだろう。

道子さんには家庭のこと、両親のことを綴った才筆も多く、家族と一緒にいるときの開高健、つまり父親としての開高の姿が見事に立ちあがっている。いろいろに書かれてきた開高と妻牧羊子の夫婦関係の一端が、裸のやり取りとして、娘の視点から素朴に捉えられている。道子さんのエッセイは、これまで開高一家に対する谷澤永一や菊谷匡祐や関川夏央氏らのいろいろ手厳しい指摘を、おや？　と一瞬疑わせるだけの役割を果たしている。

年譜的に開高自身の閲歴を見ると、自筆のものも含めて、開高の生涯は断絶することなくその行動がよく書き込まれていて、作品の執筆と日録的な動きがほぼきちんとつながっているようだ。しかし開高の全体像においては、見えない陰の部分が、今もって数多く存在する。理由は明白で、簡単なことだ。それは、このすぐれた小説家の伝記的な研究が、やはりまだ不十分ということなのである。そのため、単なる〝開高伝説〟に惑わされていることが少なくないのではあるまいか。ひとは〝伝説〟を壊すようなことを、あえてしたくないからだ。

ところが、これまで見えなかったと思っていた部分の一端、つまり日常茶飯における開高を、また父親としての開高を、ありのままに語っているのが、愛娘《まなむすめ》道子さんの一連のエッセイだった。病跡学《パトグラフィー》（Pathography）を研究する精神科医や心理学者は、対象とする人物の作品（＝作物）を、まず分析・検討し、次に伝記的事実を洗い出すという。たとえば加賀乙彦氏などの仕事がそうで、当然の作業であろう。しかしそれだけでなく、周辺の人々の観察や家族の証言は生きた恰好の素材、エビデンス（根拠）となるという。

とはいえ牧羊子が開高没後に書いた文章は、いささかバイアスがかかっているようで、うまく理解できない。牧羊子ともあろう書き手が、理系の学生のレポートのような文章で書く「開高健」についての擁護論と自己弁護（牧羊子自身の）は、いささか読むのが辛い。牧羊子の、詩と散文の〝質〟の違いに驚く。大岡信氏が評価したような詩などはとてもいい。しかし散文は一言も二言も、ことばが多過ぎるのだ。谷澤永一『回想　開高健』に対する『新潮』に書いた牧の反論は、「ほとんど支離滅裂」（関川夏央『本よみの虫干し』）とさえ指摘されている。

そこは、道子さんのエッセイに描かれる父親としての開高健は、ストレートで隠さず、過剰もなく、過褒もなく、伸び伸びと自然で、明晰な文章で書かれている。父を追悼する文章には、たしかに甘えのようなものも感じられるが、素朴に捉えたユーモアがある。なぜ彼女が生きているうちに、その才能を伸ばしてあげられなかったのか。牧羊子の場合とちがって、若い道子さんは、もっと柔軟に生得の才能を伸ばせたはずだ。父は週刊誌に売り込んだりはしていたようだが、そんなことではない。

開高は妻の頭の良さは認めながら、彼女自身の〝物理の女〟ぶりには辟易していた。道子が慶應高校三年のとき、進路を理工学部に決めたことに猛然と反対したのは父親だったと、道子さんは書いている。「ウチに〝理系女〟は、二人はいらない！」と言ったという。だから彼女は文学部に進学し、物書きをめざした。道子さんが書いた父を追悼する文章の冒頭を引用する。

《私には幼いころ父に抱かれたという記憶は、あまりない。

二十《はた》歳《ち》前後、私は父と取っ組み合いの大げんかをしたことがあった。

そのとき暴走する私に父は足げりをくらわせたり、頭をぶんなぐったりはしなかった。

あとから思えば、徹底して父は距離をおくことで、私を冷たく観察していたともいえるし、私をじっと抱きしめるしか方法《すべ》を識らなかったともいえる。とっさのことで、彼はこうして父性をつらぬいたのだろうか。――

父は一字でも気に入らないと四百字詰めの原稿用紙の最終行であってても躊躇なく破りすてて、はじめから書き直す、という作業を終生つらぬいた。癇癖のつよい、それに見合った外形の、一見頑丈そのものといった父の肉体の外形からは想像もつかないデリケートで、とぎすまされた感性は、ときにナーバスすぎるほど傷つきやすくさえあった。

そんな神経の持ち主のむきだしのきつさが、娘にはひどく癇にさわるのだった。

なかば無意識にあがき、ジタバタあばれ、彼の頭をポカポカとなぐったかもしれない。しかし、その方向のない嵐を鎮めようと、ひたすら父は阿呆な娘を抱きしめることに専念していた。

……》

（「父　開高健へのレクイエム　訣れの水」、『中央公論文芸特集』平成二年冬季号）

静かに書き出された出来のいい作文のような流れがみえるが、父親の心の奥底を覗いているような深い描写であることに気づかされる。これが道子さんのエッセイの「方法《すべ》」なのであった。

それに、これは娘の側から書かれた文章であるだけに、父親としての開高健の姿が行間からも浮き彫りにされている。開高健という小説家は、父親としての家庭とみずからの作家的行動の間で、生涯をつうじてアンビバレントな対立感情という揺らぎから逃れることができなかったのではあるまいか。〝火宅の人〟を意識しないわけにはいかなかった。

古い本を思い出した。長谷川巳之吉と共に知られる第一書房から、三井光彌著『父親としてのゲーテ』（昭和十六年）というよく読まれた一冊が出ていた。その一節が、ふと思い出されたのである。突飛な連想ではあるが、三井光彌は当時よく知られたドイツ文学者だった。戦前から戦後にかけて、開高や野坂昭如らの世代がむさぼるように読んだ新潮社版『世界文学全集』のヘルマン・ヘッセなどの翻訳者であった。三井はこんなことを書いている。

《父親としてのゲーテの愛と悩みは、余りに平凡な、余りに人間的なものに過ぎなかった。しかし父性愛なるものを、人間本来の盲目的衝動として、われわれ人間が生まれながらに背負って来た痛ましい宿業として見るとき、ゲーテの如き不世出の天才と、われわれ凡庸の人間との間に、いささかも差異のあるべき筈はなかった。》

『父親としての森鷗外』（森於菟）という別の一冊も記憶にあるが、鷗外も父親としては普通の人だった。ゲーテと同様に余りに平凡だった。三井光彌の指摘していることは今も本質的に少しもかわらない。父と子、いいかえれば健と道子のアンビバレントな感情を、痛ましい〝宿業〟とみなされるのである。

道子さんは頭蓋硬膜腫瘍（髄膜腫）で苦しんでいた。その年、二十八歳だった。年来の疾病だったという。慶應の大学院修士課程を終えて、エッセイの執筆やイラストレーション作家としての仕事をし、両親と茅ヶ崎の家で暮らしていた。

その年は昭和五十五年のことだったが、開高は朝日新聞社とサントリーからの派遣で南北両アメリカ大陸縦断（五万二三四〇キロ）の旅を終えて、三月に帰国したばかりだった。前年七月二十日に成田空港を出発して実に八カ月の旅程で、ムリにムリをかさねていた。疲労を十分に蓄積させての帰国だった。

その直後であったのであろう。娘の道子の頭蓋硬膜腫瘍の容態が深刻さを増したのである（一般に良性の脳腫瘍といわれるが、キケンを伴うこともある）。母親の牧羊子の話では、大学の学部を卒業した頃から前頭の部分に異常が見つかって、年々、めまいや頭痛などの症状も出ていたという。この件については、開高没後、牧は文章にも書いている。なぜか、回復を信じて手術を一日延ばしにしていたらしい。開高の心配は大きく、病院を秘かに探したようだ。しかし、このつらい時のことを、開高は周囲の人々には一切語らなかった（牧羊子「墓前祭へ」、『新潮』平成四年二月号）。

この件で、私は書いておきたいことがある。こんなことがあった。おそらく道子さんの手術の半月ほど前のことだっただろう。正確な月日は思い出せないが、夜中、零時すぎに突然、私は自宅で電話を受けた。新宿区新大久保にある社会保険中央総合病院（現・東京山手メディカルセンター）からだった。相手は、脳神経外科の看護婦長のNと名乗った。私の義理の従弟《いとこ》の知人だった。

N婦長の名前は以前から知っていたので、何事ですか、と用件を聞いた。今では「看護師長」というのであろうか。彼女は手短に話した。「突然、夜中にすみません。従弟さんから開高健さんとお親しいと聞いていましたので」と、N婦長は先ず前置きをして、そして続けた。「脳外科部長の三輪先生からご指示がありまして……」。

話は急を要することだった。「開高道子さんが病院に来なくなりまして、脳外科部長の三輪先生が、そのままにしておくとキケンだから、できるだけ早く連絡をさしあげて欲しいと、きょう夕方おっしゃいまして……」。患者さんの病状は規則で申し上げられないけれど、明日になれば当院からご家族に連絡するのですが、取り急ぎと早口にいった。「明日、当院に来られるか、脳外科のある病院へ、できるだけ早く行ってください、ということをお伝えいただきたいのです。明朝、もし連絡がとれないとたいへんですから」。

むろん、開高からは道子さんのこの病気については、まったく聞いていない。私には寝耳に水であったけれど、ともかくお礼をいって、「すぐ、開高さんに電話します。三輪先生にどうぞよろしく」とだけ言って電話を切った。

すでに零時半を過ぎていたと思うが、茅ヶ崎の開高宅に電話をすると、書斎に繫がったようで、すぐに開高が出た。「そうか、三輪先生がそういってきたか。実は、娘が慶應大学病院といううんでな、そっちで手術の日が決まったんや。心配でなあ。三輪先生には、あした僕から電話してお詫びをいう」ということだった。社会保険中央総合病院は、なぜ夕方でも夜中でも、開高夫妻に直接連絡しなかったのだろうかと不審に思ったが、逡巡するところがあったのであろう。

道子を最初に診断した同病院の脳外科部長は三輪和雄医師で、よく知られたその分野の名医だった。数多くの手術をこなしているだけでなく、『騎手福永洋一の生還——脳障害との闘い』（文藝春秋、昭和五十五年）などノンフィクションの書き手としても知られていた。昭和五十四年三月、落馬事故の福永騎手の手術とその後を、関西労災病院、大阪大学病院などの医師団を取材して、脳外科医として、その手術の詳細と経過を克明に追ったドキュメンタリーで、話題の書だった。

この時、道子の病状が、それだけ急を要することだったのであり、ものを書く医師であった三輪和雄氏には、開高健に対する親近感もあったのであろう。開高が三輪医師にどうお礼とお詫びを言ったかはわからない。しばらくして会った時に、「この前は夜中にありがとう」と開高から言われたことをおぼえている。開高は多分、文藝春秋の出版局長あたりから三輪医師を紹介されたのだろうと思った。

転院した母校の付属慶應大学病院では、脳神経外科部長のT教授が執刀して無事手術は終えた。腫瘍は「野球のボール大になって剔出された」と牧羊子は書いている。道子さんは元気になった。後年、今度は開高が消化器系の疾患を発病したとき、道子のときの「執刀医だったT教授の同級で親友でもあった食道がん手術の第一人者として知られているK教授」に手術をしてもらった、と牧羊子は開高没後に書いている。

到着と出発の〝文学〟

行動派作家であった開高健にとっては、「到着」と「出発」には格別の意味がある。代表作『夏の闇』の最終章で、「私」と「女」は山を降りて、かつての西ベルリンに滞在する。しかし、ここも「ベルリン」とは書かれない。「昔はここはこの国の壮大、華麗な首都」とあり、「市は〈東地区〉と〈西地区〉に二分され、境界線にはベトン（フランス語でコンクリートのこと）の長い壁が張りめぐらされ……」とだけ書かれている。

印象的なエンディングのシーンに続く場面——東西両ベルリンにまたがって環状に走る高架電車〈Sバーン〉に「私」と「女」が乗って、「東に入ったわ」「西に入ったわ」と声を出すことで〝虚無〟を押し殺しているような不思議な情景が描かれる。

ここで開高は、実にさりげなく「入ってきて、人生と叫び、出ていって、死と叫んだ」と書いている。「到着」と「出発」の暗喩であることはいうまでもない。原典は『老子』の第五十章「出生入死＝生ニ出テ死ニ入ル」であるともいわれるが、こちらは「到着」と「出発」が逆になっている。

ふり返ってみると、初期作品『日本三文オペラ』の「私」の分身ともみられるフクスケが、ジャンジャン横丁に現れた、その「到着」ぶりは、みごとなドラマだった。

《見たところは大きな男だが、すこし猫背で、穴のあいた水袋のように筋肉が骨のうえでたるみ、すっかり弱りきっていた。眼は乾いてどんよりかすみ、重そうな顎をたらし、紐のないかたちんばの靴をひきずっていた。》

ボロをひっ提げて、空腹でやっと「到着」したのだった。物語の始まりだ。

そして最終章、フクスケもアパッチ族も、警察に蹴散らされて、どこへともなく消えてゆく。これとて滅亡ではない。「出発」が暗示される。

《……めっかちはにがにがしげに吐きだすように叫ぶと、いきなりドアをばたんとしめ、エンジンを始動させた。トラックはたちまち、いまにも解体しそうな軋みをたてて走りだし、暗い道を

明るい町にむかって全速力で疾駆していった。》

最後の場面だ。フクスケはこのトラックに乗り込んでいる。新しい「出発」だった。

『輝ける闇』では、ベトナムという戦場に「到着」し、ジャングルでゲリラの待伏せにあって、生命《いのち》からがら生きのびて一度は日本に帰るが、またどこへともなく「出発」することが暗示されている。『夏の闇』の舞台に、引き継がれるのである。

とりわけ『夏の闇』は、「到着」と「出発」という枠がはっきり見えている。パリと思われる都市に「私」は到着している。早朝、北駅らしい駅に「女」もまた「到着」するのを「私」が出迎える。さらにボンと思われる清潔な都市に移動したあと、この学術都市を舞台に「私」は二度目の「到着」をし、ある日、突然のように「出発」しなければという天啓を得て模索をはじめる。小説は西ベルリンと思われる都市で急展開をみせて、「私」はベトナムにむけて「出発」する。

開高はチェーホフの作劇術を、意識していたのであろうか。かつて開高は、『小説の方法』という代表作を書いた伊藤整について、こう評価した。

「氏が注目したのはチャプリンとチェホフである。それは鋭い認識だった。この二人には境遇、経験、発想法、文脈の息づかいなどの点で、おどろくほど共通するものがある」（『チャップリン自伝』新刊案内、新潮社。昭和四十一年）とわざわざ指摘した。が、実際は開高こそチャップリンとチェーホフに入れ込んでいて、多くを吸収しているのだった。

『輝ける闇』の「私」は特派記者として従軍中に、バーネットの英訳ペーパーバックの『チェーホフ短篇集』を砦のベッドの中で読んでいる。そして昼間はジャケットの左胸のポケットに入れて、敵の銃弾から心臓を守っている。

むろん銃弾は貫通するだろう。しかし開高とチェーホフはこんな極限状況におかれても、深く繋がっている関係だった。開高は『チェーホフ短篇集』を読みながら〝チェーホフの問い〟を反芻し、チェーホフが病身を押して敢行した『サハリン島』の激烈に、思いを馳せていたはずである。

開高が親炙したチェーホフは、人生の転換点を「到着」と「出発」という枠をつくって表現した。たとえ波乱がなく、坦々と流れる日常の茶飯事であっても、この枠が機能すると、「到着」と「出発」のあいだにある時間と場面と、さらにいえば、登場人物の人間関係に波乱がみえてくる。人が生きているということが、そういうことだからなのであろう。この秘密をさりげなく解き明かしているのは、ロシア文学者の浦雅春氏だった。『チェーホフ』（岩波新書）では以下のように指摘されている。

《『ワーニャ伯父さん』では教授が若い後妻をつれてワーニャの屋敷に「到着」し、ワーニャの生活を翻弄して去っていく。『三人姉妹』では駐留する連隊について軍人のヴェルシーニンがやってきて、連隊とともに去っていく。》

チェーホフの生涯最後の戯曲、あの『桜の園』も、たしかに「到着」と「出発」という枠組みで構成されている。〝桜の園〟の持ち主ラネフスカヤが、娘のアーニャと五年ぶりにパリから帰ってくる。〝桜の園〟は競売にふされ、農奴の息子で今や有力商人になったロパーヒンが買う。領地を失った女主人ラネフスカヤたちは、新しい生活を求めて静かに旅立っていく。

〝「闇」シリーズ〟と開高が、自分から語ったように、『輝ける闇』で戦場の恐怖と悪を、さらに戦慄と絶望を書いた。そして『夏の闇』では、ベトナムを超えて「私」に、異国の閉塞状況のなかで自己への凝視を貫きとおさせて、その顛末をみずからが見届けているのだった。

そしてその上で、再度、ベトナムに回帰した。『ベトナム戦記』を書いた時の自分の〝直感〟を確かめたかったのだ。〝見る人〟だったとして自分を批判した吉本隆明や三島由紀夫には、『輝ける闇』で、すでに答えを示していた。しかし自身を納得させるためには、再度の出発と回帰が必要だった。

開高は、いつも自身の背後から、誰も踏み込めない〝荒地〟を思わせる心の葛藤に、重くのしかかられていた。戦中戦後の少年時代、まるで死と対峙しているような恐怖感が、いつか「滅形」となって開高の存在自体を揺るがした。小説家は激しい脅迫観念に怯えていたに違いない。小説『夏の闇』を脱稿したとき開高は四十一歳。もちろんすべてを書き切ったわけではない。

「犬の生活」について

いきなり「犬の生活」といわれると人はたいてい驚くだろう。開高は、その言葉を敬愛する佐治敬三に〝献呈〟した。最後にその背景を書いておきたい。

年長者から親しく目をかけられたという体験をもつ小説家。その点で開高はきわだっていたのではなかろうか。人嫌いだとか離人症だとかいいながら、習作時代から富士正晴や島尾敏雄、さらに小野十三郎には格別の厚意をもって遇されていたし、少し時を経てからは広津和郎であり、きだみのるであった。自分からも進んで近づいていった。正規に職を得てからの特別な存在は、やはり当時の壽屋専務だった佐治敬三である。開高も佐治には生涯を通じて兄事し、活動の幅を広げた。

壽屋へ入社した直後、明治四十年生まれの代表的な文芸評論家だった平野謙に「パニック」を激賞されて文壇に初登場するが、斡旋をしたのが大正三年生まれの佐々木基一だった。芥川賞受賞後も、武田泰淳、埴谷雄高、金子光晴、井伏鱒二などと親しく接していたし、武田泰淳や池島信平の訓えを守ってルポを書き出した。

さらに親しい交流のあった、年齢が比較的近い先輩作家では、デビュー当時から「第三の新人」といわれた吉行淳之介、安岡章太郎、遠藤周作、そして阿川弘之など、それに大正十二年生まれの詩人の田村隆一などがいた。

阿川弘之とは昭和五十年ごろ、フランス料理研究家の辻静雄邸に二人で招かれたときのエピソードについて、寛いだ筆致のエッセイを雑誌『新潮』（昭和五十四年六月号）に寄せているが、その後、一緒に北米旅行にも出かけている。カナダではサントリーウイスキーのコマーシャルに共演したりする間柄だった。その前に、開高が十一歳も年長の経営者・佐治敬三とどのように晴朗な交友をつづけていたか。その一端を辿ると、こんなことがあった。

ある年、開高は雑誌の対談に佐治敬三（当時、サントリー社長）を引っ張りだしている。しかもそんな場で開高は、本音で語り合うということを何度かやっている。小説家同士のよくある対談とちがって、笑いをまじえながらも知的かつ異質の人格がぶつかり合うような対談で、取り合わせの妙を感じさせる内容だった（『対談集　黄昏の一杯』および『佐治敬三まろやか対談——お手やわらかに』）。

それらの対談で、開高がこんなことをいったのである。「大統領、そんな自分の時間もないような超多忙のみじめな〝犬の生活〟はやめなはれ。あっち行ってワン、こっち来てワンなんて、悲しおまんな……」。

およそこんな内容であったかと思うが、よくぞ言ったりである。後年、佐治敬三自身が、日経の『私の履歴書』の連載でこう書いている。

《サントリー社長と大阪商工会議所会頭との二足のわらじで多忙を極めていた頃、開高健が私の過密スケジュールに辟易してこう言ったものである。〈あんたの生活は、犬の生活や。あっちゃいって、ワン。こっちゃきて、ワン。あわれでっせ〉。しかし、この犬の生活、本人は必ずしもあわれとばかりは思っていなかった。〝忙中の閑〟という言葉もある。その間、結構人生を楽しんでいないわけでもない。》

開高からいわれた「犬の生活」ということを、佐治は逆に前向きに受けとめて、〝忙中の閑〟にこそ楽しみがあるという持ち前の哲学を開陳しているのだ。以後、社長室の壁には、黒々と墨書された「犬の生活」という立派な書が掛かるようになった。

とはいえ、ここで大事なのは「犬の生活」が、チャップリンが無声映画時代に製作した古典的名画のタイトルだったということだ。「犬の生活」とびっくりするような譬《たと》えで指摘された佐治敬三は、当然、開高の〝比喩〟の出所に気づいていたはずだ。だから機嫌を損ねなかったともいえる。

この辺りの〝呼吸〟に、実は開高一流の仕掛けがあった。大胆に突っ込んでも相手を怒らせない工夫。開高はこのような場合、いつも相手の反応を先に読んだ。

ともかく「犬の生活」である。今も愛好者が多いこの作品は、一九一八年に製作された天才チャップリンの代表作の一篇である。「犬の生活」A Dog's Life とは、英語の慣用句で本来は「みじめな生活」のことをいう。

この作品は、二十世紀初頭のロンドン（ランベス、ケニントン街）の最貧民社会の現実と犬の生活をめぐっての作品である。放浪者チャーリーと酒場の歌手エドナーと犬のスクラップスなどを絡ませて描いたストーリーで、チャップリンの世界を髣髴とさせていて、警官も泥棒もホットドッグ屋も登場する。職業安定所も舞台の一つで、社会性のある〝一抹の悲傷〟を感じさせる短篇喜劇映画だった。

佐治社長のがんじがらめのタイトなスケジュールと、個人としての自由のない生活をみて、すぐに「犬の生活」という〝比喩〟を使ってみせたところに開高らしさがみえる。しかし、少しきつい。開高は、十歳以上も年長のトップ佐治敬三をつかまえて、折々、文学論や映画論を持ち出して、熱弁を振るうクセがあった。

佐治は理系出身だったが、文学好きの教養人だ。旧制高校時代は俳句を嗜んでいる。開高にとって、むろん社長であることには一目置いてはいるが、芸術談義の相手としては不足はない。佐治もさるもので、時間さえあればニコニコと面白そうに開高の饒舌の相手になっていた。

《佐治さん、チャプリンはいつも遁走する人なんです。いいでっか。逃げる人なんです。大男。がみがみ女房。警官。役人。歯車。組織。文明。教条。強制。あのチョビひげの、感性豊かなる乞食紳士は持って生まれた敏感ゆえに、いつも安住の地を失って、どこかノー・マンズ・ランドへかけこむよりほかなくなってしまうのですねん。誰かと似とると思いますやろ。これ僕自身でもありますねん。中野好夫訳の『チャップリン自伝』を読んでいて、オレのことでもあるな、とつくづく思いましたね。》

佐治も心当たりがあるとみえて、「ふん、ふん」と聞いている。開高はチャップリンの映画から、いろいろ小説の方法を学んでいた。ヘミングウェイの小説の描写には、どこか映画の冒頭かラストシーンを思わせる魅力があるが、開高はチャップリン映画のラストシーンには、強い関心をもっていた。前掲の新潮社版の新刊案内にこんな文章を書いている。

《チャプリンというとチョビひげに破れ靴というトレード・マークよりも私は最終場面をいつでも思い出す。たそがれたような薄暗い荒野に一本の道がほの白くあって地平線までしらじらとつづいている。そこをせかせかと、チョコチョコと、一人の小男が背を見せてどこへともなく去っていくあの場面である。或る作品ではそれが国境であった。追われた小男は右の国へとびこんだり、左の国へとびこんだりしながら、どちら側にも満足できず、結局いつもの一本道を地平線めざして小走りに消えていくのだった。》

開高は小説作品のラストシーンに、強いこだわりがあった。映画にせよ小説にせよ、ラストこそ作品全体を総括してみせる象徴だ。〝とどめの一撃〟に相当するからである。『輝ける闇』や『夏の闇』のエンディング・シーンに見られるとおり、映画的手法に細心の意識を払っている。しかしその上で、開高が描くラストは映像を超えた独自の文学世界の極限をめざしていた。チャップリンの映画的手法、作劇術から学んだのは、『小説の方法』を書いた伊藤整よりもむしろ開高健自身だった。

道化師、アルルカン（仏語）、アレッキーノ（伊語）、あるいは、今では山口昌男にならってトリックスターとでもいうのであろうが、これらはいずれも開高が関心を示す世界であった。大阪人であることと無縁ではあるまい。

「アンクル・トリス」や新聞連載の漫画「ピカロじいさん」を作り出したことでもそれとわかるが、躁鬱症でありながら、あるいはそれゆえにこそ、開高の饒舌は留まることを知らず、警句を頻出させるのだ。年上の作家と語るときにも変わることはない。真実を言い当てるために、開高はみずからをトリックスターに擬して語っているのである。

道化師カルヴェロを主人公とした映画『ライムライト』はチャップリンらしい警句の宝庫であり、日常生活におけるカルヴェロの饒舌ぶりも見事なものだった。この映画をあらためて見直した。カルヴェロの機知にとんだ饒舌が、私には開高の舌の連弾を聴く思いがする。映画で、カルヴェロはこんな警句を随所で発している。

「願望が人生を決める。薔薇《ばら》は薔薇になろうとしている。岩は岩になろうとしている。」

「人生は、冗談じゃなくなった。」

「時は、偉大な作家だ。完璧なシナリオを書く。」

「必要なのは、勇気とイマジネーション（想像力）と少々のお金だよ。」

開高はこの映画の完成度については、チャップリンの素顔があらわに出過ぎていて、「仮面性」

が消えていると批評していた。無声映画に登場する白い仮面のアルルカンこそが、開高のチャップリンで、語りの〝師匠〟でもあった。

チャップリンと同年同月（明治二十二年四月）生まれのアドルフ・ヒトラーにも、開高は若い頃から強い関心を示し、中篇小説『屋根裏の独白』（昭和三十四年）を書いた。この作品は十七歳から二十四歳までアドルフが住んでいたウィーンを舞台にしているが、貧しい裏町の描写は、サイレント映画時代のチャップリン作品の情景から多くの示唆を得たものだった。

エピローグ——青空が流れる

読む人がこの主題にどれだけ関心、情熱、経験、学識、覚悟が、あるか、ないか。そのこと次第でどうにでも浅くなったり深くなったりする。容易ならざるおとぎ話である。

開高健「24金の率直——オーウェル瞥見」

阿川弘之からの手紙

開高健、五十七歳の初夏のことであった。阿川弘之といささか波風が立ったのは、『新潮』に「耳の物語」として三年間も連載した直後、単行本になった『破れた繭——耳の物語＊』と『夜と陽炎——耳の物語＊＊』が、昭和六十二（一九八七）年五月二十二日、第十九回日本文学大賞文芸賞を受賞したことに始まる。贈呈式は六月十九日、ホテル・オークラ別館。その回を最後に、この賞は発展的に幕を下ろし、新たに三島由紀夫賞と山本周五郎賞が設立された。いずれも新潮文芸振興会の主催である。

同賞は昭和五十九年から文芸賞と学芸賞の二部門に分かれていて、この最終年度の日本文学大賞は、文芸賞を開高健が、学芸賞を阿川弘之『井上成美』が受賞と決まった。選考委員は文芸賞が遠藤周作、開高健、篠田一士、松本清張、水上勉であり、学芸賞が安部公房、高坂正堯、司馬遼太郎、柳田邦男、山本七平であった。

文芸賞が『耳の物語』で、学芸賞が『井上成美』という結果だったが、ここで阿川は、なぜ自分の作品『井上成美』が学芸賞なのか、文芸賞ではないのかという不満をぶつけたのだ。阿川には、昭和四十一年、『山本五十六』が伝記文学の優秀作品として、新潮社文学賞を受賞した経験があった。だから『井上成美』も、同様に伝記文学であって、学芸賞的作品ではないという気持ちが強かったという。

少し書き添えると、日本文学大賞の第一回で、開高の『輝ける闇』が候補に上がったが、選ばれなかった。第五回は『夏の闇』が同様の結果。第六回では阿川の『暗い波濤』が候補に上がったが、選ばれなかった。二人にとって因縁の文学賞だった。なお第十二回は、阿川と開高は一緒に選考委員をつとめた。開高は延べ七回選考委員をつとめている。

開高は『耳の物語』が受賞した第十九回の選考委員の一人だった。開高の態度はフェアではないと阿川は思った。開高自身は、自分の作品が候補に上がっていたこともあってだろうか、選考委員会の日にはモンゴルにいた。五月中旬から六月中旬まで、ソ連でチョウザメを取材、さらにモンゴルに行ってテレビ番組の撮影をやっていた。だから選考委員会には出席していなかった。やましいことはないと思っていた。しかし阿川にはこだわりがあった。開高にとっては、長年のあいだ親しくしていた阿川から、思わぬ異議を唱えられたという思いだった。

それでも二人は、決定通り、それぞれ同賞を受け、六月十九日、ホテル・オークラで開催された贈呈式に出席した。それ以後、阿川と開高は断絶状態となった。

開高は、ちょうど十歳年長で戦中派でもあった阿川弘之を敬愛しており、すでに書いたが、ともに語り、遊び、海外旅行にも誘うという親密な間柄だった。さらに阿川は、佐治敬三とも同世代で、海軍では阿川が海軍中尉、佐治が海軍技術大尉だった。昭和六十一年頃だったであろうか、阿川は佐治とピアニストの中村紘子を交えて日本経済新聞紙上で鼎談し、酒や文学や音楽談義に花を咲かせたこともあった。

開高は日本文学大賞の受賞をめぐって、阿川の反応があまりに烈しいことに、少なからず心を痛めていた。むろん、この直後に開高は、選考委員としての立場を釈明するためもあって、阿川に手紙を書いている。返信はもらえなかったらしい。


平成元（一九八九）年三月、開高とも親しかったサントリーの常務取締役だった平木英一が死去し、同月十二日、中野坂上の宝仙寺で平木家の葬儀が行われた。開高は葬儀に出たいといって、赤坂のサントリーに来ていた。一緒に行こうや、というわけである。開高はそういうところに、一人では行かないことにしているようだった。私は開高に同道して、タクシーで宝仙寺に向った。

現役の常務取締役で文化事業と広報部門の担当だったので会葬者は多かった。むろん、会社関係、業界関係が中心だったが、粕谷一希、本間長世、山崎正和氏ら文化人の顔もあった。開高は、そのような人々のなかに入って行くのを敬遠したようだった。

「焼香がはじまるまで、後ろにいようや。ここでもかまへんやろ」と、境内の端のやや小高くなっている木陰で待つことにした。そこへは誰も近づいてこなかった。「平木さんはやっぱりがんだったんやな。あれはあかんナ。死病やで」。開高はそんなことをぼそぼそ呟いていたが、ふとマジメな表情になって「あのな、この頃食べ物が胸につかえるねんな。すぐ直るんやがね、ちょっとおかしいのや、これは……。きみはそんなことあるかね」と言った。

この言葉を聞いたときには正直驚いた。親しくしていた作家の後藤明生が、何年か前に食道がんを手術していたのだったが、やはり当初、そんなことを訴えられた記憶があったからだ。明日、ぜったいに病院に行った方がいいですよというと、「きみもそう思うか。まだ女房には言ってないねんがな。平木さんの葬式にきたら、急に気になってきたんや」ということだった。

二日後の十四日には、開高が企画し、ずっと力を入れていた「サントリーミステリー大賞」の第七回公開選考会が当時の赤坂プリンスホテルで開催され、選考委員長格で出席。病院には行けぬまま十九日になってしまったが、この日は昼食がノドを通らない。いよいよ二十日になって、茅ヶ崎の徳洲会病院へ検査入院した。食道狭窄と診断され、数日間、同病院に入院したあとに、東京三田の済生会中央病院へ転院することになった。

徳洲会病院へ入院の翌日、連絡を受けて、すぐに出向いた。エレベーターの脇にある面会室で、開高が一人で無表情にタバコを吸っていたので驚いた。パジャマ姿だった。何もない病院の白壁の待合室に開高がひとりだけで、タバコを指の間に挟んでぽつねんといる光景は、なかなか理解できなかった。しかし、割合に元気そうだった。

《平木クンの葬式から、もう十日になるな。病院に早よう来れへんかったんで、入院になってもうたわ。佐治さんによろしう言うてな。心配はいらへんて》

四月十七日、転院した済生会中央病院で、〝食道〟の手術を受ける。浦西和彦氏作成の年譜には「主治医は浜名元一」とあるが、牧羊子によると執刀医は、慶應医学部から九州の大学に移った消化器外科医で食道がんの権威K教授であったという。開高の闘病生活が始まったのである。

四月上旬、前年の暮れに雑誌連載を単行本用の原稿にまとめておいた『国境の南　オーパ、オーパ!!　モンゴル・中国篇』が集英社から上梓された。手術後、三十日間の放射線療法を続け、小康を得ると本を読み、芥川賞候補作品を読み、復帰に備えていた。七月十三日の芥川賞選考委員会は欠席し、書面で回答している。そして実はその前に、二年前の日本文学大賞受賞をめぐっての阿川弘之との確執について釈明の手紙を書いた。

『新潮』平成二年二月号の「追悼・開高健特集」に、阿川弘之が、かなり長い追悼文「早すぎた終焉」を寄稿している。この文章のなかにはっきりと経緯が書かれていた。阿川は開高の五十八歳の死を悼み、親しかった付き合いを語りながらも、昭和六十二年の日本文学大賞で味わった〝違和感〟を正直に書いていた。そして、このような一行を記した。

《何カ月かして、開高が様子をさぐるやうな調子で弁解の電話をかけてきたけれど、私は冷淡な受け答えしかせず、すぐ切つてしまつた。》

（「早すぎた終焉」）

やはり、ただ事ではなかったという気配を感じさせられる。そして、追悼文の前段で「今年の春、不意に病院から開高の長い手紙が届いた」ともある。おそらくこれが手術後、ある程度恢復をみた五月下旬から六月頃、開高が書いた手紙のことだ。

開高は気になっていた阿川弘之への手紙を、根を詰めて書き上げ、刊行されて間もない『オーパ、オーパ!! モンゴル・中国篇』を添えて、阿川邸宛に郵送していたことがはっきりする。開高は阿川からの返信がないことを気にしており、「指さきに刺った小さなトゲ」のようなストレスを感じていた。

ところが、本稿のために神奈川近代文学館や開高健記念会の関係資料を閲覧しているとき、開高に宛てた平成元年七月二十四日付の阿川弘之の返信書簡が、開高健記念会に保管されていることに気付いた。それを読んでみると、二人のその間の経緯《いきさつ》がすべてわかるだけでなく、阿川の開高へのいたわりの気持ちも伝わってくる。長い引用になるが、重要な書簡なので、あえて全文を掲載しておこう。

《拝復

原稿用紙に鉛筆といふのが、一番自由に楽に書けるので、失礼してさうさせて貰ふ。『オーパ!』モンゴル篇と共に拝受した御手紙で、二年前のこと、君が病床で「指さきに刺った小さなトゲ」と気にしてゐるのを知り、胸の痛む思ひをしました。しかし、おざなりの返事でごまかす気にはなれないので、此の際一度、僕の感じてゐたことをはつきり書いて、さうして、それで以て、以後一切水に流してしまひたい。

簡単に言へば、あの時、自分ならどうしたかを考へた。つまり僕が新潮大賞の審査員で、君はさうでなく、君の『耳の物語』と僕の『井上成美』とが候補に上つてゐるといふ場合、僕ならまづ、自分の作品を候補から下ろしてもらふ、その上で君のものを丹念に読み、駄目だと思へば止むを得ないが、一応水準以上の力作と評価出来たら、やはり友人である君の作品を優先的に推しただらう。仮りの、想像上の話であるけれど、さうしたであらうことは略々間違い無い。ところが、君はさうしなかつた。自分が為すが如くすることを人に強要するわけには無論いかないのだが、あの時僕は、長年よき友人だと思つてゐた君に、裏切られたやうな気がした。お手盛りの感じを受け、露骨に言へばエゲツナイと感じた。審査会の時モンゴルにゐたかどうかは問題で無く、したがつて「誤解」だとは、今も思つてゐない。賞を貰ふか貰はないかも、余り問題ではない。欲しくないと言へば嘘になるけれど、僕は生涯文学賞と無縁だつた志賀直哉に師事した為か、文壇的なる褒美に是非ありつきたいといつた執念に乏しく、芥川賞が貰ひたくて大騒ぎした太宰治のやうな真似は出来ないし、したくもない。ただ、審査員である君が、君の作品の受賞を自ら容認し、僕の分は、何だか学術研究の分野で評価されたやうな結果になつたのが後味悪かつた。そのため、自然にLong time most see youになつて了つたけれど、これ丈言へばもういいのです。はつきり書いて心に重苦しい感じを与へたかも知れないが、今後此の件でとやかく不平を口にするやうなこと（これ迄も殆どしてないが）は決してしないし、心中ひそかにこだわることも、もう無いつもりです。君も「小さなトゲ」を気にしてゐたなら、どうか安んじてそれを抜き取つて、早く元の、大声でエネルギッシュな閉口先生に立ち戻つてもらひたい。病気のことは薄々耳にしてゐたし、此の間、船坂もトロントからの電話で、どうなのかと心配してゐた。
水に流してさつぱりしたいとなれば、早速お見舞いをと考へるのだが、大好きな美味いものも必しも適当ならざるやに受け取れる御手紙の文面で、さしあたり、先日出した随筆集一冊別便お届けして、せめてもの病床の花、フォアグラ、キャビヤの代りにする。と申しても、内容美にして豊かと自惚れてゐるわけではない。七月二十四日朝。

阿川弘之

開高　健　兄》

七月二十三日、開高は済生会中央病院を退院した。阿川からの返信を受けとったのは茅ヶ崎の自宅に帰ってからだった。開高がどう感じたのかはわからない。しかし冒頭の五行を読んで、ほっとしたはずである。あの「小さなトゲ」は消え去って、気持ちがラクになり、逆に引き締まったであろう。

そして開高は、退院後間もなく、気力と体力を回復させるためにリハビリを開始した。七〇キロあった体重は五四キロになっていた。しかし開高は、毎朝六時には起床して、近くの海岸を六千歩近く歩いて体重を戻し、食欲をつけることに努めたと牧羊子は語っている。

効果が現れて、体重が五八キロまでに戻ると、気力が充実してきた。書く意欲も回復してきた。「指さきに刺った小さなトゲ」と阿川に対して訴えていた痛みもすっかり消えた。二年前の出来事を、阿川はともかく「以後一切水に流してしまひたい」と書いてきた。阿川はその上、近著（『断然欠席』講談社）まで贈ってきたのである。

『珠玉』第二部「玩物喪志」（八十五枚）は、この年の八月に入ってから書き上げた。当時、『文學界』の編集長だった湯川豊氏は開高宅に出向き、書斎で原稿を受け取っている。開高から創作への意志と緊張感は切れていなかったというが、こんなことを語ったとある。

《「痛み止めやら化膿止めやら、クスリ漬けの頭で書いた部分もあるから、意識が混濁しているようなところがあるかもしれんから、読んでみておかしいとこがあったら、すぐいってくれよ」開高健さんは二、三度そう繰り返した。》

（「遺作『珠玉』の周辺」、『サントリークォータリー』第35号所収）

その後、八月、九月と開高は、第三部「一滴の光」を書き続けた。そして十月十日の脱稿まで、ほぼ一カ月で六十五枚の作品を書きあげた。開高にとっては、異例のスピードだった。大きな手術の後、どんなにリハビリにつとめ、薬膳などによる食餌療法を工夫しても、創作を継続させるだけの意志の力を維持するには相当の体力が必要だったはずだ。十月十一日、湯川氏は第三部の原稿を、直接本人から手渡されている。

《作家の顔に黄疸が出ているのを見て、僕は驚き、危惧した。開高さんの表情も話す口調も平静なものだったが、大きな疲労が全身に刻印されているような感じは否めなかった。》（前掲誌）

連作小説『珠玉』を擱筆し、編集部に渡し終えると、それを待っていたかのように翌々日の十三日、開高は、済生会中央病院へ再入院した。牧羊子は、病み衰えた開高には誰も会わせたくないといって、見舞いを断わり続けていた。「それが男の美学だ」といった。柳原良平は病院まで出向いたものの牧羊子は開高に会わせず、柳原はそのまま帰宅している。そして佐治敬三の秘書が連絡しても、牧はなかなか取りあわなかった。

再入院の直後であったろうか、大事な点だが、そのへんが曖昧なのである。ある日、佐治は牧羊子に連絡せずに、直接病院に行くことにした。社長秘書の中田欽也と私が同道したが、ナースセンターから案内されて、すんなり病室に辿りつけた。いきなり佐治敬三が現れたので、開高はよろこんでベッドから起きあがった。ベッドの脇に立って、佐治と掌を握りあった。一見、元気そうにみえた。

「初子（牧の本名）さん、いろいろたいへんやろうけど、旦那さんをあまり抱えこまない方がええのとちがうかな。ちょっと自由にしてあげては」。佐治は牧の顔をみながら、小さな声でそう言った。

開高の病気には「朝鮮ニンジン」が効くというので、サントリーの北京オフィスに佐治社長からの指示として、最良のものを取り寄せさせて、入院以来、届けていた。そんなこともあって、病院には行かないようにしてはいたが、私は折々茅ヶ崎の開高宅には、夜遅く牧羊子をたずねていた。

七月上旬だったと思うが、開高の一時退院も近いある日、また夜遅く茅ヶ崎の家を訪問した。タクシーを待たせたままなので、手短かに用件をすませると、牧羊子が「開高がネ、小玉クンに渡してっていうの……、手紙、書いてたわよ」と一通の白い封筒を渡してくれた。

私は後で読ませてもらいますといって、すぐに辞去した。茅ヶ崎からの帰りの湘南電車の中で、開高からの手紙を開封した。いつものように紀伊國屋製の四百字詰め自家用原稿用紙二枚にしたためられてあった。この書簡も全文を掲載したい。

《いつもいろいろと気をつかって差入れして頂いてありがとう。今回は女房の無理を入れてニンジンを入手して頂き、恐縮しています。このニンジンは特殊なものだし、素人には入手困難です。しかし、この病院でも退院後のリハビリにはいいとすすめてくれています。かねがね佐治さんにもっと甘えていろいろほしい物をいうてくれといわれていますので、このニンジンにかぎり、今後とも御好意をアテにすることにしました。佐治さんにお会いの折にはよろしく御伝声を。

さて。

短篇ベスト10の座談会のゲラ。手を入れようかと思うのですが、どうにも気分がわきません。羞恥と狼狽のせいです。一言半句訂正しようとすると全発言を訂正したくなり、そうなればそれは58才の発言だから読者をペテンにかけることになる。吉行、大江の両人がOKというのならしぶしぶ右へならえをするしかありませんが、テニオハ《ママ》の訂正はそちらでして下さい。そうでなければいっそボツにしてはじめからなかったことにしてべつの企画をたてて下さい。こんな〝古証文〟は珍しがられるよりは編集の行詰りととられてマイナスイメージになるほうが大きいのではございませんか。

七月末に退院いたします。

いそいで書きました。

ごぞんじ

小玉　武様》

いきなり「世界の短篇小説ベスト10」のことが出てくるが、『洋酒天国』五十五号（昭和三十七年）で、吉行淳之介、大江健三郎、開高健の三人が、同名の鼎談を行っている。好評だったので、それを四半世紀ぶりに『サントリークォータリー』第33号で再録しようという企画であった。

いささか時間的に前後するけれど、ここで書いておくと、驚きに値するのは、『文學界』平成二年新年号に遺作として掲載された「珠玉」を読んだ佐伯彰一が、こんな読後体験を書いていることである。

《逝去の直後、いや、ほとんど同時に出て、すぐに読み通し、不思議な衝撃に心のおののきを抑え難かったことを思い出す。いわば瀕死の床からなおも読者に語りかけようとした開高流の遺書とさえいえるかも知れない。（中略）

いかにも重い主題であったが、一人称の語り、それも「私」を多用せず、一種の軽みさえふくんだエッセイ風の回顧調だから、読者もおのずと作中に誘いこまれずにいられない。大手術後の、いわば束の間の復調、恢復の間に、自身の重い病状には全くふれることもなしに、こうしたさりげなく乾いた、ほとんど客観的な調子の物語をまとめ、書き上げた意志力の勁さには、改めて敬服する他はない。》

（『珠玉』解説、文春文庫）

いうまでもなく佐伯彰一は、村松剛らと若い開高を巻きこんで同人雑誌『批評』を主宰した年上の文学的同志でもあった。かなり思い入れをこめて読んでいるわけは、そこにあるのだろう。

それにしても開高没後、ファンが怒りだしそうな一文を書いたのが、いわば開高の〝身内〟ともいえるサン・アド出身の著名な詩人、高橋睦郎氏だ。『珠玉』について、こう書いている。

《亡くなった後、『珠玉』が発表され、絶賛した批評も読んだ。私もさっそく読んだひとりだが、無残な思いがした。コマーシャルに食い荒らされている、と思った。死者への弔問の意味で讃めているのなら許せるが、本気で讃めている人がいたら、その人の批評眼は信じられない、と思った。》

（「開高さんとコマーシャル」『開高健全集』第十八巻月報）

これだけなら、いかにも短絡したワルクチとしか思えないが、前段がある。ここが高橋氏の一文のミソなので、引用しておく。

《開高さんは芸術がどんなに贅沢を食って育つものかを知悉していた。ペートローニウスの金主がネロなら、自分の金主はコマーシャルだ、と深く期するところがあったのではないだろうか。（中略）あくまでも（開高さんは）小説が主でコマーシャルが従、小説を大きく育てるためにコマーシャルに貢がせるつもりだったのではないか。》

正論だろう。俗な言い方をすれば、小説だけでは食っていけないということである。その意味で、高橋氏の指摘は一面の真実を衝いているといってよい。昔も今も、まったく変わらない。小説だけで食える作家は、そうはいないのだから。だが、さらに高橋氏はこう続ける。

《じつは貢がせるためには冷酷な距離意識が欠かせない。開高さんはコマーシャルに対して冷酷ではなかったし、距離意識を持つには密着しすぎていた。おまけにそちらのほうの才能も並でなかった。だから、コマーシャルのヒットを飛ばしつつ、小説の話題作を書くことができた。しかし、開高さんにおける小説とコマーシャルの関係は、だんだん苦しくなって行ったというのが、実情ではないか。》

さて、佐伯の一文に戻りたい。このあと佐伯はヘミングウェイの『キリマンジェロの雪』と重ねて、「迫ってくる死を身近に意識しながらの回想作用の集中化、その結晶化という意味では、開高とヘミングウェイ、ぴたりと重なり合うのである」として評価している。私は佐伯のこの作品に対する批評を支持したい。たしかに佐伯は数々の欠点も指摘している。気になる美文調、ご都合主義的設定、つくり過ぎの筋だてと表現、出来過ぎの道具だてと舞台などであるが、あら探しだけに終わっていないところが批評の〝芸〟であろうか。

《これは、濃密に圧縮された回想小説であり、今さら、どれが文字通りの実景、現実体験であったかなどと、詮議立てするにも当たるまい。ただ、ここで執筆当時の開高の病状、体調を思い合わせるなら、やはり自らの生命の終末を意識させられた語り手による懸命に張りつめた回想作用と呟かずにはいられないのだ。いわば残された生のエネルギーをふりしぼっての集中的、全身的

な、わが生の再点検、サミング・アップの営みであったろう。》　（佐伯彰一、同文庫解説）

『珠玉』は牧羊子が熱望した文学賞からは、T賞も、N賞も、Y賞も、いっさい声がかからなかった。同年代の作家である日野啓三に比べて、開高は圧倒的に文学賞の受賞が少なかった。

平成元年十二月九日、開高健は東京都港区三田の済生会中央病院で食道潰瘍に肺炎を併発し、帰らぬ人となった。その夜遅く、佐治敬三が急遽上京し、茅ヶ崎の開高邸で遺体と対面し、号泣した。牧羊子のかなり〝異常〟とも見える対応もあった。これらのことや自宅での通夜、密葬の様子は谷澤永一『回想　開高健』に書かれているとおりである。牧はあらかじめ用意したような言い訳を、佐治に捲《まく》し立てたことも事実だ。翌日の密葬も牧がビデオ撮影スタッフに記録をさせて、過剰な演出をした。祭壇を置いた狭い書斎は混乱をきわめた。

葬儀告別式の諸事全般は、開高とは浅からぬ縁のある出版各社の幹部、新潮社の新田敞氏を始め何人もが、知恵を絞り手際よく決めていった。サントリー社内にも冠婚葬祭のベテランはいたけれど、「出版社の皆さんにお任せしよう」という佐治敬三の意向もあって、彼らは後衛にまわった。

葬儀委員長をおくかどうか、弔辞を誰に依頼するか。文壇の序列が生きていた時代で、むずかしかった。「開高健の葬儀なのだから、本来なら阿川弘之氏だろうな。むろんダメな状況だが」という意見が多かった。そんな発言が出るところをみると、阿川が「一切水に流し」たという二年前のことが知られていなかったのかもしれない。結論は、葬儀委員長はおかない、弔辞は、文壇からは司馬遼太郎と日野啓三に依頼するということになった。

式次第は以下の通りである。
通夜　十二月十日　　午後六時より
密葬　十二月十一日　正午から午後二時
会場　自宅（茅ヶ崎市東海岸六―六―六四）

葬儀・告別式　平成二年一月十二日　午後一時より（司会）向井敏
会場　青山葬儀所（東京都港区南青山）
弔辞　司馬遼太郎、日野啓三、佐治敬三、谷澤永一、柳原良平（かほる夫人代読）
弔電　井上靖、井伏鱒二、森繁久彌ほか
喪主　開高初子（牧羊子本名）

なお、納骨式は同年十一月十六日、北鎌倉の円覚寺松嶺院で営まれ、同墓地に埋葬された。一周忌法要は納骨式を兼ねて松嶺院で行われ、佐々木基一や新潮社常務の新田敞、文藝春秋専務の西永達夫など文壇、出版界からも何人かが出席した。

開高健の没後、開高家は不幸が続いた。平成六年には愛娘《まなむすめ》道子さんが亡くなった。牧羊子も、それ以前から健康がすぐれなかった。心配した実妹の馬越君子さんが、しばらくの間、開高家に移り住んで、なにくれとなく姉をサポートしていた。

開高が他界後、平成二年秋から、牧羊子は国際交流基金にみずから資金を拠出して「開高健記念アジア作家講演会シリーズ」の活動を支援し始めた。開高の業績を残したかった。第一回はベトナムのマー・ヴァン・カーンが来日、翌年からモンゴル、スリランカ、中国、マレーシアなどの、開高とも縁のあるアジアの国々の文学的才能をわが国に紹介した。

平成四年には「開高健賞」（TBSブリタニカ主催）が設立され、牧羊子も表には出なかったが、運営にも参加した。賞に個性を持たせるためにノンフィクション中心の文学賞としたため、牧羊子には多少の不満があったようだ（現在は「開高健ノンフィクション賞」として集英社が主催している）。

牧羊子は一方で、昭和六十二年から金子光晴研究『こがね蟲』（年刊誌）に関わっており、開高没後も熱心に続けていた。平成四年には『金子光晴と森三千代』（マガジンハウス）を上梓した。光晴の展覧会を三鷹で開催したり、文学仲間たちと交流したり、静かな生活を送っていたようだった。

一人住まいだった牧羊子に異変が起きたのは平成十二年一月だった。TBSブリタニカで私とは仕事の仲間だった編集者の森敬子（現・開高健記念会理事）さんが異変に気づき、開高邸に駆けつけた。交番の巡査の立ち合いで家に入ると、牧羊子が普段着のまま洗面所の入口の廊下に倒れていた。すでに死亡していたが、あまりにショックな出来事だった。

司法解剖の結果、胃潰瘍性出血が原因で、十五日ころに死亡したということがわかった（亡くなった日ははっきりとは特定できなかった）。父であり、そして夫であった開高健の他界に端を発し、娘と妻が続いて亡くなり、開高家は不幸の連鎖がとまらなかった。

しかし今、牧羊子の希望の一端が成就しはじめている。開高家関係の親族の要望で、開高邸を記念館にすることが決まり、運営を茅ヶ崎市と連携してNPO法人として「開高健記念会」が行ってきたが、現在は、同会は公益財団法人として活動を続けている。現在の理事長は永山義高氏で、開高とはとりわけ縁の深い出版社のOBたちが中心となって運営にあたっている。

最後に、江藤淳との唯一の対談集『文人狼疾ス』（文藝春秋、昭和五十六年）で語った開高健の覚悟の一端を聞いて筆を擱きたいと思う。

《江藤　これは完全な解答ではないので、ためらいながら言いますと、素材そのものを展開していけば、自分の歌がうたえるときは、ルポルタージュにしちゃうんじゃないかな……。（中略）

開高　うーん……。ノンフィクションで書こうが、フィクションで書こうが、言葉、文字でやっている限り、すべてフィクションだと思うんだけれども、そうは言ってもやはり、ノンフィクションとフィクションの二種あってね。ただ、ノンフィクションで書いてても、こちらがうまく乗れたときね、そうすると、これはやはり歌のような気もする。ノンフィクションの素材の要求する歌……。》

（「作家の経済学」、初出『文學界』昭和五十六年七月号）

ここで開高は悩んではいるが、小説に対しノンフィクションに対し、それぞれに確信があった。いずれにせよ、開高が書くノンフィクションは、『オーパ！』シリーズにせよ『最後の晩餐』にせよ、どれも新しい発見がある。フィクションである『輝ける闇』や『夏の闇』で読ませた文体とはまた違う達意の文体で、読者を別世界に引き連れて行った。

あとがき――〝開高健は終わらない〟

開高さんが亡くなって二十年ほど経った頃、「開高健は終わらない」（平成二十年八月三十一日付、朝日新聞朝刊）という見出しの木元健二記者による特集記事を読んだことがあった。開高さんの不死身の〝生命力〟に軽い驚きと感銘をおぼえながら、名状しがたい気分に襲われたことを思い出す。それからさらに九年になるが、開高さんの作品と存在は伏流となって、依然私たちの世界の地層を流れているように感じる。

正直に書くと、私もまた学生時代から、開高健について何か書きたいと思っていた。その密かな願いが通じたのか、大学に進んでまもなく面識を得ることができた。それだけでなく、はからずも何年間か上司と部下として同じ職場で仕事をすることになり、お宅にお招きいただくような間柄にもなった。そして開高さんが亡くなった後は、開高さんに関わるイベントや事業、財団設立について牧羊子さんの相談に与《あずか》るなど、何とも深いご縁をもつことになった。牧さんからしばしばかかってきた真夜中の電話も、今となっては懐かしい思い出である。

思い起こすと、私の高校時代に、開高さんはすでに『近代文学』に小品を発表していた。それは地味な印象しかなかったのだが、どこか必死さを感じさせた。ともかくも開高は、そうやって作家活動を開始していたのだ。ちなみに、『近代文学』を手にする高校生など本当にいたのかと疑われるかも知れないが、その頃の高校生は随分と早熟で、学校の文芸部には『近代文学』や『新日本文学』まで置かれていて、誰かが持って来たに違いない『新潮』や『文學界』なども積んであった。

開高の文壇への処女作「パニック」が書かれたのは、それから間もなくの頃だった。私はもう高校を卒業していたが、その直後から『文學界』にたて続けに開高作品が発表され、『裸の王様』で芥川賞を受賞することになったのである。その陰には、編集者だった西永達夫（元開高健記念会会長）の炯眼《けいがん》と読みがあったからこそと、拙稿を書き進めながら改めて実感した。こうして昭和三十三年以降、開高健は抜群の人気作家となった。彼の小説ばかりでなく、新聞や雑誌のコラムや発言に鋭い批評性があり、学生時代、私たちはよく話題にした。

没後も開高の魅力は消え去ることなく、平成二十四年には『文學界』が多くの頁を割いて、「若き日の開高健」と題した特集を組んだ。開高の畏友ともいうべき谷澤永一が没した翌年だった。谷澤と向井敏へ宛てた開高の手紙が公開され、『パニック』以前の自伝的未完小説「食卓と寝台　第二章」（昭和二十八年）も掲載された。本書の執筆に際しては、この時の坂本忠雄氏（前開高健記念会会長）と山野博史氏（関西大学教授）のそれぞれによる解説と注解から大きな刺激を受けた。

その他にも、今回も多くの先行研究に助けられた。まず挙げなければならないのは、書誌学者である浦西和彦氏が編纂された『開高健書誌』である。作家はすべてを文字にすると考えがちだが、それだけに何を書かなかったかを知る作業は欠かせない。浦西氏の手になる書誌全般と年譜は、開高の隠れた部分を測深する作業を大いに手助けしてくれた。さらに、嶋崎善明氏と伊佐山秀人氏から教えていただいた資料にも有益な示唆を得られたことを、感謝の気持ちとともに記しておきたい。

同時に、本書ではいくつかの手紙の存在が、書き進める上での里程標のような役割を果たしてくれたと思う。その意味で、先に挙げた『文學界』に公開された書簡のほか、中村光夫、埴谷雄高宛の開高の書簡は貴重なものだった。さらに特筆すべきは、阿川弘之さんから開高に宛てたものである。近くにいて開高の晩年の〝悩み〟を仄聞する機会があっただけに、それを読みながら、ふとこみ上げてくるものを禁じえなかった。

そうした作業を進めるために、神奈川近代文学館学芸員の和田明子氏や開高健記念会理事の森敬子氏には何度もお世話になった。掲載手続きに当たっては、日本文芸家協会著作権管理部長の長尾玲子氏にご指導いただき、著作権継承者の方々にはご快諾いただくと同時に、許諾状には拙著への励ましさえ添えていただいた。折々に示されたそうしたご配慮が、決して容易ではなかった執筆を進める上でどれほど励ましになったか、感謝というだけでは言いあらわせない思いである。

装丁に用いたイラストはこれまで同様、柳原良平さんの作品を拝借した。平成二十七年八月、惜しくも他界され、お見せできなかったのは悔やまれる。「先輩」の気安さに甘えるばかりだったが、きっと許していただけるものと勝手に思っている。ご冥福を祈るとともに、今もお付き合いいただいている令夫人や、柳原さんの作品を管理されている佐々木勲氏にも心よりお礼を申し上げたい。全体のデザインを担当して下さったのは間村俊一氏で、見事に仕上げていただいた。

ところで牧羊子さんの妹、馬越君子さんとは過日お電話し、近況を伺いながら茅ヶ崎の開高邸の日々を懐かしく思い出した。開高さんの妹、野口順子さんとも先年お話する機会を得て、特に開高さんの少年時代についてご説明いただいたのだが、惜しくも昨年十月に逝去された。心よりお悔やみ申し上げたい。

実をいうと、私のような経歴の者にとって、本書のような主題、すなわち開高健の生涯を辿るという試みは、たとえれば丹沢くらいしか登ったことのないものが剱岳をめざすようなことなのである。しかし私には、恵まれた得難い体験をしたという実感があり、それを多くの人に伝えたいという使命感に似たものがあった。幸いその思いはかなえられ、まず『「洋酒天国」とその時代』、そして『「係長」山口瞳の処世術』、『佐治敬三』とまとめることができた。

そしてこの数年は、最後に残った開高さんと向き合う日々が続いた。非力を顧みずに挑んだその作業も、これでひとまず終わる。すでに謝意を表した方々のほかに特に記しておきたいのは、今回も草稿からゲラまで何度も精読し、ご意見をいただいた斯界のベテラン編集者・新井信氏（元文藝春秋副社長）である。新井さんの御指摘をよく活かし得たかどうか心許ないと言わざるを得ないのは残念だが、お許しを乞うほかかない。

本書は、過去の二冊にひき続いて、湯原法史氏にお世話になった。優しく、鋭く、かつ遠慮もなく問題点を衝かれたが、練達の編集者の貴重な示唆をどこまで反映させることができたか、これも自分ではわからない。この際、感謝などという他人行儀な言葉はやめておこう。

擱筆するにあたっての願いは一つしかない。拙著が一人でも多くの〝開高ファン〟の座右に届くこと、それのみである。

平成二十九年二月九日（亡き母の誕生日に）

小玉　武

主な参考文献（本文中で明記した書籍・雑誌・新聞・書簡は一部省いた）

『開高健全集』全二十二巻（新潮社、一九九一～九三年）
『開高健全ノンフィクション』全五巻（文藝春秋、一九七六～七七年）
開高健『眼ある花々／開口一番』（光文社文庫、二〇〇九年）
開高健『二重壁／なまけもの』（講談社文芸文庫、二〇〇四年）
開高健『戦場の博物誌』（講談社文芸文庫、二〇〇九年）
開高健『宝石の歌　オーパ、オーパ!!　コスタリカ篇、スリランカ篇』（集英社、一九八七年）
開高健『対談集　黄昏の一杯』（潮出版社、一九八〇年）
『悠々として急げ――追悼開高健』（牧洋子他、筑摩書房、一九九一年）
牧羊子『コルシカの薔薇』（創元社、一九五四年）
牧羊子『人生受難詩集』（山梨シルクセンター出版部、一九七一年）
牧羊子『自作自演の愉しみ』（ＰＨＰ研究所、一九七三年）
牧羊子『詩集　聖文字蟲』（集英社、一九八八年）
牧羊子『夫開高健がのこした瓔《よう》』（集英社、一九九五年）
開高道子『父開高健から学んだこと』（文藝春秋、一九九四年）
佐治敬三『佐治敬三まろやか対談――お手やわらかに』（現代創造社、一九七七年）
佐治敬三『へんこつ なんこつ――私の履歴書』（日本経済新聞社、一九九四年）
鳥井道夫『和洋胸算用』（ダイヤモンド―タイム社、一九七六年）
『サントリーの70年　やってみなはれ１』（サントリー株式会社、一九六九年）
『日々に新たに――サントリー百年誌』（サントリー株式会社、一九九九年）

山口瞳『山口瞳大全』全十一巻（新潮社、一九九二年）
柳原良平『アンクル・トリス交遊録』（大和出版、一九七六年）
坪松博之『壽屋コピーライター開高健』（たる出版、二〇一四年）
菊谷匡祐『開高健のいる風景』（集英社、二〇〇二年）
仲間秀典『開高健の憂鬱』（文芸社、二〇〇四年）
平野栄久『開高健　闇をはせる光芒』（オリジン出版センター、一九九一年）
『小野十三郎詩集』（牧羊子編・解説、彌生書房、一九七四年）
『大岡信著作集』全十五巻（青土社、一九七七〜七八年）
山崎正和『柔らかい個人主義の誕生』（中公文庫、一九八七年）
田村隆一『詩集　一九四六〜一九七六』（河出書房新社、一九七六年）
田村隆一『詩集　一九七七〜一九八六』（河出書房新社、一九八八年）
谷澤永一『標識のある迷路』（関西大学出版・広報部、一九七五年）
谷澤永一『回想　開高健』（新潮社、一九九二年）
谷澤永一・向井敏・浦西和彦編『コレクシオン開高健』（潮出版社、一九八二年）
浦西和彦編『開高健書誌』（和泉書院、一九九〇年）
向井敏『開高健　青春の闇』（文春文庫、一九九九年）
吉行淳之介『懐かしい人たち』（ちくま文庫、二〇〇七年）
川本三郎『同時代の文学』（冬樹社、一九七九年）
飯島耕一『詩の両岸をそぞろ歩きする』（清流出版、二〇〇四年）
金時鐘『朝鮮と日本に生きる——済州島から猪飼野へ』（岩波新書、二〇一五年）
細見和之『ディアスポラを生きる詩人　金時鐘』（岩波書店、二〇一一年）

村松剛『アルジェリア戦線従軍記』（中央公論社、一九六二年）
日野啓三『ベトナム報道』（講談社文芸文庫、二〇一二年）
日野啓三『地下へ　サイゴンの老人――ベトナム全短篇集』（講談社文芸文庫、二〇一三年）
石川文洋『ベトナム　戦争と平和』（岩波新書、二〇〇五年）
坂田雅子『花はどこへいった――枯葉剤を浴びたグレッグの生と死』（トランスビュー、二〇〇八年）
中村梧郎『戦場の枯葉剤――ベトナム・アメリカ・韓国』（岩波書店、一九九五年）
バーバラ・W・タックマン『愚行の世界史』上・下（大社淑子訳、中公文庫、二〇〇九年）
吉澤南『ベトナム戦争――民衆にとっての戦場』（吉川弘文館、二〇〇九年）
菊池治男『開高健とオーパ！を歩く』（河出書房新社、二〇一二年）
平野謙『芸術と実生活』（岩波現代文庫、二〇〇一年）
十返肇『文壇と文学』（東方社、一九五四年）
江藤淳『石原慎太郎論』（作品社、二〇〇四年）
大江健三郎『自選短篇』（岩波文庫、二〇一四年）
吉本隆明『自立の思想的拠点』（徳間書店、一九六六年）
小田実編『市民運動とは何か――ベ平連の思想』（徳間書店、一九六八年）
安藤宏『日本近代小説史』（中公選書、二〇一五年）
佐々木千世『ようこそ！　ヤポンカ』（婦人画報社、一九六二年）
高恵美子『ヨーロッパの白い窓』（三修社、一九七八年）
サルトル『嘔吐』（白井浩司訳、人文書院、一九九四年）
『チェーホフ全集』全十六巻（中央公論社、一九六〇〜六一年）
浦雅春『チェーホフ』（岩波新書、二〇〇四年）

佐々木基一『私のチェーホフ』（講談社、一九九〇年）
山口昌男『道化的世界』（筑摩書房、一九七五年）
C・v・バルレーヴェン『道化――つまずきの現象学』（片岡啓治訳、法政大学出版局、一九八六年）
P・ラディン他『トリックスター』（高橋英夫他訳、晶文全書、一九七四年）
ジョルジュ・サドゥール『チャップリン――その映画とその時代』（鈴木力衛他訳、岩波書店、一九六六年）
三井光彌『父親としてのゲーテ』（第一書房、一九四一年）
田中和生『江藤淳』（慶應義塾大学出版会、二〇〇一年）
小谷野敦『江藤淳と大江健三郎　戦後日本の政治と文学』（筑摩書房、二〇一五年）
小玉晃一『比較文学の周辺』（笠間書院、一九七三年）
斎藤兆史・野崎歓『英仏文学戦記』（東京大学出版会、二〇一〇年）
三輪和雄『騎手福永洋一の生還』（文藝春秋、一九八〇年）
ディビッド・ハルバースタム『ベスト&ブライテスト』Ⅰ～Ⅲ（浅野輔訳、サイマル出版会、一九七六年）
ニール・シーハン『輝ける嘘』上・下（菊谷匡祐訳、集英社、一九九二年）
バオ・ニン『戦争の悲しみ』（井川一久訳、河出書房新社、世界文学全集Ⅰ、二〇〇八年）
小玉武『『洋酒天国』とその時代』（筑摩書房、二〇〇七年。のちちくま文庫）
小玉武『「係長」山口瞳の処世術』（筑摩書房、二〇〇九年。のち小学館文庫）
小玉武『佐治敬三』（ミネルヴァ書房、二〇一二年）
開高健記念会編『「紅茶会」講演集「ごぞんじ 開高健」』Ⅰ～Ⅺ（同会発行、二〇〇七～一六年）
『大阪で生まれた開高健』（生誕80年記念、たる出版、二〇一一年）
『織田作之助全集』全八巻（講談社、一九七〇年）
『金子光晴全集』全十五巻（中央公論社、一九七六～七七年）

『中野重治全集』全二十八巻（筑摩書房、一九七六〜八〇年）
『中野重治』新潮日本文学アルバム64（新潮社、一九九六年）
辻原登『父、断章』（新潮社、二〇一二年）
柏木隆雄『謎とき「人間喜劇」』（ちくま学芸文庫、二〇〇〇年）
バルザック『役人の生理学』（鹿島茂訳、講談社学術文庫、二〇一三年）
ヘミングウェイ『移動祝祭日』（高見浩訳、新潮文庫、二〇〇九年）
『ヘミングウェイ全集』全八巻（三笠書房、一九七三〜七四年）
『グレアム・グリーン全集14巻、おとなしいアメリカ人』（田中西二郎訳、早川書房、一九七九年）
ポーラ・マクレイン『ヘミングウェイの妻』（高見浩訳、新潮社、二〇一三年）
三島由紀夫『三島由紀夫文学論集』（講談社、一九七〇年）
川西政明『新・日本文壇史』全十巻（二〇一〇〜一三年、岩波書店）
『アド インフィニタム』（集英社PR誌、一九九九年十二月号）
『青淵』（公益財団法人渋沢栄一記念財団発行、二〇一六年九月号）
『サクラクレパスの七十年』（株式会社サクラクレパス、一九九一年）
『洋酒天国』（壽屋PR誌、1号〜61号、一九五六年創刊）
『サントリークォータリー』1号〜36号、一九七九年創刊）
山崎正和「不機嫌な陶酔」（『新潮』一九七九年六月号）
斎藤理生「小林秀雄〈政治家〉解説」（『新潮』二〇一五年九月号）
早稲田大学新聞（縮刷版、一九五八〜六三年、同大学新聞会編）
東京大学新聞（一九五八年号、同大学新聞社編）

小玉　武（こだま・たけし）

一九三八年東京生れ。神戸、横浜で育つ。早大在学中は「早稲田大学新聞会」に所属する。六二年、サントリー（株）宣伝部に入社し、広告制作のほかPR誌『洋酒天国』の編集に携わる。七九年『サントリークォータリー』を創刊し、編集長を務める。広報部長、文化事業部長等を歴任し、その間、出向中のTBSブリタニカ取締役出版局長の時には『ニューズウィーク日本版』創刊にも参画する。九九年から早大（参与、顧問）、戸板女子短大（評議員）の教壇に立ち、早大では二〇一五年三月まで石橋湛山記念早稲田ジャーナリズム大賞事務局長を務めた。現在は小川未明文学賞委員会会長、日本文藝家協会会員、俳句結社（森澄雄主宰）「杉」元同人。著書に『『洋酒天国』とその時代』（ちくま文庫、第二十四回織田作之助賞）のほか、『佐治敬三』（ミネルヴァ書房）、『係長・山口瞳の〈処世〉術』（小学館文庫）、『美酒と黄昏』（幻戯書房）などがある。

開高《かいこう》健《たけし》——生《い》きた、書《か》いた、ぶつかった！

二〇一七年三月三〇日　初版第一刷発行
二〇一七年七月　五　日　初版第二刷発行

著　者　小玉　武

発行者　山野浩一

発行所　株式会社　筑摩書房
東京都台東区蔵前二—五—三　〒一一一—八七五五
振替〇〇一六〇—八—四一二三

カバー・目次イラスト　柳原良平

装　幀　間村俊一

印　刷
製　本　中央精版印刷株式会社

ISBN978-4-480-81844-7 C0023

乱丁・落丁本の場合は、左記あてにご送付ください。送料小社負担でお取り替えいたします。
ご注文・お問い合わせも左記へお願いいたします。
筑摩書房サービスセンター　電話番号〇四八—六五一—〇〇五三
さいたま市北区櫛引町二—六〇四　〒三三一—八五〇七

人名索引

【あ行】
アイヒマン、アドルフ　208, 222, 318, 351
青木月斗　308
青野季吉　148
阿川弘之　54, 114, 126, 357, 374, 381–383, 385, 386, 388, 395
秋元啓一　226–228, 238, 246, 253, 256
秋山駿　159
芥川龍之介　56, 157
浅井真男　294
浅野輔　254
浅見淵　159
足田輝一　211, 212, 219, 225
安部公房　113–116, 132, 133, 140, 141, 165, 168, 193, 220, 347, 357, 382
阿部知二　81
鮎川信夫　113
荒井草雨　308
新井雄市　145
アラゴン、ルイ　62, 221, 264, 265, 324
新珠三千代　108, 310
荒正人　136, 148, 156
有吉佐和子　169, 170
安西冬衛　89
アンダスン、シャーウッド　115
アンデルセン、ハンス・クリスチャン　143–146, 150
安藤宏　358
安藤元雄　78
伊賀弘三良　137
井川一久　257, 258
池内紀　42, 43
池島信平　216, 374
池田健太郎　287, 291
伊佐山秀人　326
石川淳　357
石川達三　86, 153
石川文洋　248
石原慎太郎　152, 154, 155, 159, 169–171, 206, 248, 347, 356, 357, 359, 360
磯川繁男　81
磯田光一　161
市川崑　171
伊東静雄　90
伊藤整　155, 159, 165, 289, 371, 378
稲垣達郎　169, 170
井上光晴　113
井上靖　86, 153, 396
井原西鶴　22, 40, 41, 51–53, 56, 214
井伏鱒二　147, 157, 199, 311, 357, 396
今井茂雄　326, 342
岩田清一　308
岩淵達治　186, 187
ヴァイル、クルト　187
ヴィスコンティ、ルキノ　171
ヴィヨン、フランソワ　180, 181
植草甚一　124
ヴェデキント、フランク　323
牛山純一　248, 249
臼井吉見　137, 139, 148
宇田川竜男　133
宇野浩二　52, 55, 153, 154
宇野重吉　310
梅崎春生　113, 357
浦西和彦　22, 66, 114, 174, 178, 181, 385
浦雅春　372
永六輔　233
江副浩正　294
越前谷宏　176, 190, 192, 195, 196, 200

江藤淳　155, 169, 206, 266, 273, 275, 356, 357, 359, 360, 361, 398
江戸川乱歩　124, 166
遠藤周作　127, 157, 170, 374, 382
お市の方　23
扇谷正造　129
オーウェル、ジョージ　381
大江健三郎　68, 139, 148, 151–158, 165, 169, 199, 206, 208, 209, 228, 232, 237, 270, 273–275, 320, 325, 347, 356–360, 391, 392
大岡玲　200
大岡昇平　357
大岡信　77, 78, 364
大久保房男　167, 170, 171
大隈重信　294
大谷晃一　90
大森実　248, 249
岡田圭二　49, 50
岡田朴　349
岡部冬彦　306
岡村昭彦　248, 250
岡本潤　86
尾崎一雄　357
尾崎士郎　357
尾崎真理子　358
大佛次郎　86, 185
小田切秀雄　168, 198, 199
織田作之助　52, 81, 89
織田信孝　23
織田信長　23
小田実　35, 168, 233, 234
小野十三郎　65, 77, 85–90, 160, 164, 181, 185, 264, 265, 374

【か行】

開高いゑ　23
開高カネ（中野カネ）　23–26, 54, 55
開高八右エ門　23, 25
開高初子→牧羊子
開高文子　21, 24, 25, 33, 117
開高正義　21, 22, 24, 25, 30, 33, 216, 325
開高道子　10, 39, 40, 67, 93, 95, 96, 117, 296, 297, 332, 334, 361–369, 396
開高緑　26
開高八重子　26, 44, 96
開高弥作　22-26
加賀乙彦　350–352, 363
郭沫若　208
梶井基次郎　11, 16, 53, 168
ガスカール、ピエール　134
粕谷一希　156, 360, 361, 383
片岡敏郎　307, 308
片山哲　146
葛飾北斎　207
金戸述　49-51
金木茂信　174
金子光晴　219, 374, 397
カフカ、フランツ　161, 193
カミュ、アルベール　70, 134
亀井勝一郎　148, 208
カルダン、ピエール　301, 302
河合隼雄　175
河上肇　146
川口浩　171
川西政明　279, 283, 289–292, 295
川端康成　153, 207, 357
川本皓嗣　223
川本三郎　353, 354
河盛好蔵　147
上林吾郎　137, 138, 188
菊池寛　216
菊池浩佑　238, 248
菊村到　169
菊谷匡祐　114, 158, 166, 167, 193, 254,

286, 287, 289–292, 294, 295, 333, 334, 347–349, 363
岸恵子　296
岸本水府　307
北尾吉孝　96
北川寿起　25
北川由三郎（・寿起）　25
北原武夫　139
きだみのる　219, 374
木下杢太郎　84
木場康治　180-183, 185
金時鐘　174, 180–183, 185, 193, 196
木村兼葭堂　308
木元健二　399
清岡卓行　325
金城棟検　79–81, 95
金城トキ　79
クープリン、アレクサンドル　307
久保田孝　308
久間瀬巳之吉　123
倉橋由美子　156
グリーン、グレアム　224, 235–237, 252
栗林貞一　109, 305–307, 309
グレッグ→デイビス
黒田辰男　294
桑原武夫　87
ゲイ、ジョン　177, 186, 190
ケネディ、ジョン・F　92, 255
小泉八雲　28, 29
小出楢重　102, 103
高恵美子　295–297, 299–302
高坂正堯　356, 382
香山健一　199
ゴ・ディン・ジエム　246
ゴ・ディン・ヌー夫人　247
小竹無二雄　78, 100, 102, 307
小谷正一　86
小玉晃一　56
後藤明生　384
小中陽太郎　233
小林一三　81, 101
小林秀雄　90, 146, 308
小松左京　35, 168, 175
五味康祐　52, 53, 116
小谷野敦　360, 361
近藤紘一　249, 256
近藤日出造　309
コンラッド、ジョゼフ　235

【さ行】

斎藤理生　146
斎藤茂吉　34, 55, 58, 87, 105
崔洋一　182
佐伯彰一　114, 133, 140, 141, 158, 198–200, 278, 279, 281, 282, 294, 298, 350, 392-395
酒井隆史　175, 176
酒井辰夫　239
酒井睦雄　103, 312, 316, 319, 321, 325, 326, 340, 342
坂口安吾　126, 357
坂口謹一郎　307
坂田雅子　255, 256
坂根進　103, 110–112, 129, 130, 142–147, 149, 150, 158, 198, 311-313, 319, 321, 325, 326, 340, 342
坂本一亀　135
坂本賢三　74, 75, 77
坂本忠雄　137, 273, 275, 288
作田耕三　80
佐々木敦　358
佐々木基一　104–107, 113, 115, 134, 135, 170, 183, 186, 374, 396
佐々木千世子（筆名・佐々木千世）　287, 289–295, 298, 299, 302

佐治けい子　98, 334
佐治敬三（旧姓・鳥井敬三）　13-15, 78, 80, 81, 95, 97–104, 122–126, 198, 220, 304, 307, 308, 310, 311, 316, 326, 328–332, 334, 336–340, 342, 374–377, 383, 385, 390, 391, 395, 396
佐治信忠　14, 15, 98, 332, 334
佐治春恵→堤春恵
佐田啓二　310
作花済夫　38–40, 49–51
佐藤春夫　153, 155, 199, 357, 358
佐藤康之　313
佐藤美子　309
佐藤嘉尚　296, 301, 302
サルトル、ジャン＝ポール　209
沢野久雄　89
サンダースン、スチュアート　301
シーハン、ニール　254, 255
シェークスピア、ウィリアム　330
志賀直哉　54, 387
重松清　207, 208
ジッド、アンドレ　286, 295
篠田一士　382
柴田勝家　23
柴田錬三郎　318, 319
司馬遼太郎　300, 382, 395, 396
島尾敏雄　31, 90, 112–117, 132, 135, 357, 373
島木健作　154
嶋崎善明　400
清水崑　309
周恩来　208
庄野潤三　89, 90, 114, 115
ジョーンズ＝グリフィス、フィリップ　255
白井健三郎　139
白坂依志夫　171
神西清　287
新庄嘉章　113, 166, 167, 295
進藤純孝　159, 294
榛葉英治　113
杉木直也　112
薄久夫　315
鈴木嘉一　249
スタンダール　56, 90, 223
ストロング　235
スノー、エドガー　235
シーグル、セシリア・瀬川　282, 288
関川夏央　363, 364
妹尾平三　308
セルバンテス、ミゲル・デ　198, 324
十河巌　305

【た行】
醍醐麻沙夫　349
高田早苗　157
高橋和巳　35
高橋紀行　23, 31
高橋睦郎　247, 393, 394
高松英郎　171
高見順　114, 170, 183, 339
高見浩　92
高山恵太郎　51
瀧井孝作　153
滝沢修　310
竹内実　208
武田泰淳　215, 216, 333, 335, 374
武田百合子　333
武田麟太郎　186
太宰治　157, 165, 166, 317, 318, 341, 387
伊達得夫　114, 115
田中英光　341
田中良　209
田辺四緑　308
谷川英夫　308

谷崎潤一郎　52, 357, 358
谷澤永一　50, 55, 57–60, 62, 63, 65–67, 70–72, 74, 86, 88, 99, 110, 114, 136, 153, 167, 168, 170, 174, 178, 180, 181, 183, 192, 306, 312, 313, 315, 318, 322, 332, 334, 363, 364, 395, 396
田村隆一　113, 374
ダン、チャールズ　263
ダンテ・アルギエーリ　56
チェーホフ、アントン　9, 11, 16, 95, 223, 260, 287, 290, 291, 371, 372
近松門左衛門　51, 52, 56
チャップリン、チャールズ　371, 376–379
チン・コン・ソン　204
塚原哲夫　171
辻邦生　333, 335
辻早保子　335
辻静雄　374
土田節郎　249
土屋健　308
堤春恵（旧姓・佐治春恵）　98
壺井繁治　86
坪松博之　9
鶴見俊輔　233
デイビス、グレッグ　255–257
デカルト、ルネ　29
デュマ・ペール、アレクサンドル　56
寺田透　291
暉峻康隆　40
田英夫　249
戸板康二　341
ドーデ、アルフォンス　316, 323
十返肇　357
徳川夢声　309
ドストエフスキー、フョードル　223, 294
冨田三樹→三木卓
富田森三　306, 308
豊臣秀吉　23
鳥井敬三→佐治敬三
鳥井信吾　332
鳥井信治郎　100, 102, 306–309, 329, 336
鳥井道夫　337
鳥井吉太郎　102

【な行】

内藤宗晴　90
永井荷風　56
中崎日出男　123, 124
中島敦　193
中島正信　295
中嶋嶺雄　360
中田欽也　390
中野カネ→開高カネ
中野キエ　23
中野五左エ門　23
中野重治　22-24, 34, 52–55, 77, 105, 106, 357
中原収一　315
中原中也　90
中原昌也　315
仲間秀典　280
中村光至　140
中村梧郎　257
中村真一郎　113
中村紘子　383
中村光夫　147–149, 153, 165
中村雄二郎　175
中谷宇吉郎　307
永山義高　219, 226, 297, 397
夏目漱石　48, 56, 155, 157, 356
ナポレオン・ボナパルト　223
奈良岡朋子　108, 310
西尾忠久　58, 180

西崎緑　309
西永達夫　137–140, 147, 149, 167, 173, 188, 396
西村賢太　171
新田敞　395, 396
丹羽文雄　153, 166, 231
ネロ　393
野口順子　10, 26, 31, 34, 97, 117
野坂昭如　35, 56, 366
野添ひとみ　171
野間宏　139, 208

【は行】

バーネット　371
バーンズ、ロバート　189
バオ・ニン　257
橋中雄二　168
橋本寛之　175, 176
パスカル、ブレーズ　29
長谷川郁夫　115
長谷川四郎　219
長谷川巳之吉　366
長谷川龍生　180, 181, 183, 185, 192
バック、パール　235
バトル、ボブ　323
花森安治　101, 309, 318
羽仁進　150
埴谷雄高　104, 106, 107, 113, 136, 309, 333, 374
浜名元一　385
濱谷浩　142
早川良雄　112
原田義人　139, 161
バルザック、オノレ・ド　265, 281
ハルバースタム、デイビット　254
バルビュス、アンリ　56
ビエナビレス　220
樋口一葉　11
ビゼー、ジョルジュ　69
ヒトラー、アドルフ　379
火野葦平　113
日野啓三　234, 235, 239, 243, 244, 247, 248, 395, 396
平井鮮一　226
平岡篤頼　159
平木英一　383–385
平野謙　136, 137, 139, 148, 156, 159, 333, 374
平山周吉　360
広瀬善雄　64
広津和郎　213, 216-219, 374
フィリップ→ジョーンズ＝グリフィス
フェリーニ、フェデリコ　171
フォンダ、ヘンリー　255
福永洋一　369
藤沢桓夫　90
藤田嗣治　318
富士正晴　90, 96, 114, 373
伏見康治　79
船坂真一　387
舟橋聖一　153, 155
プランゲ、ゴードン・ウィリアム　78
フランシスコ法王　258
プルースト、マルセル　27, 236
ブレヒト、ベルトルト　177, 186, 187, 189, 323
プレベール、ジャック　265, 324
フローベール、ギュスターヴ　223
ベートーヴェン、ルートヴィヒ・ヴァン　308
ペートローニウス　393
ヘス、ルドルフ　221
ヘミングウェイ、アーネスト　92, 221, 223, 224, 281, 301, 377, 394
ベルク、アルバン　187
ベルント、ユルゲン　284

ボードレール、シャルル　20, 27
細野勇　342
細見和之　183, 185
堀田善衛　165, 220, 252, 274
本多顕彰　147
本多秋五　137, 139
本田靖春　205
本間長世　383

【ま行】

マー・ヴァン・カーン　397
牧羊子（本名・開高初子）　10, 14, 17, 53, 58, 63, 65–72, 74, 75, 77–81, 85–91, 93–99, 101, 106, 113–117, 167, 181, 184, 185, 191, 200, 226, 227, 264, 265, 284, 288, 297, 300, 311, 329, 332–335, 338, 361–364, 367, 369, 385, 388, 390, 395–397
マクレイン、ポーラ　92
馬越君子　396
正岡子規　54
正宗白鳥　166, 357
増村保造　171
松岡洋子　208
松永謙一　169, 315
松本清張　125, 382
真鍋呉夫　114-116
マラルメ、ステファヌ　66, 78
マルクス、カール　146
丸谷才一　242
マルロー、アンドレ　220, 221
三浦雅士　348
三木卓（本名・冨田三樹）　288, 289, 291, 293, 295
三國一朗　306
三島由紀夫　114, 222, 228, 247, 373, 381
水谷長三郎　146
溝口健二　171
三井光彌　366
水上勉　382
南淵信　74
宮川寅雄　207
三好修　220
三輪巖　166
三輪和雄　368, 369
向井敏　37–39, 50, 66, 67, 114, 317, 318, 396
村上春樹　270
村松剛　114, 132, 133, 140, 141, 158, 219–225, 242, 243, 294, 298, 393
室生犀星　147, 199, 358
メルル、ロベール　221
モーツァルト、ヴォルフガング・アマデウス　308
モーム、サマセット　235, 269
モーリャック、フランソワ　70
本松呉浪　308
森有正　29, 30
森鷗外　56, 366
森敬子　31, 397, 401
森繁久彌　396
森田正馬　44
森三千代　397

【や行】

八木義德　113
矢口純　290
安岡章太郎　114, 126, 168, 341, 357, 374
柳田邦男　382
柳原かほる　117, 396
柳原良平　14, 103, 110–112, 117, 126, 129, 130, 142, 144–147, 198, 311, 312, 314, 316, 317, 319–323, 325, 326, 328, 340, 342, 390, 396

山川方夫　155
山口瞳　60, 61, 103, 108, 111, 169–171, 214, 215, 228, 290, 314, 315, 320, 321, 326, 336, 339–342
山口昌男　335, 378
山崎隆夫　102, 103, 131, 316, 332, 340
山崎正和　60, 335, 360, 383
山城多恵子　116
山田敬蔵　95
山田慎次郎　308
山本健吉　148, 157
山本七平　382
梁石日　175, 181, 182, 185, 193
湯川豊　389
横溝正史　127
横光利一　165, 307
吉井勇　306, 307
吉田健一　148, 157
吉田定一　89
吉村正一郎　89
吉本隆明　228–233, 340, 373
吉行淳之介　27, 114, 126, 237, 341, 357, 374, 391, 392
米川正夫　294

【ら行】
ラフマニノフ、セルゲイ　92
ラブレー、フランソワ　198, 324, 325
李恢成　289, 291, 294
リチャードソン、ハドリー　92, 93

【わ行】
和田明子　401
渡辺一夫　324, 325
渡辺順偵　109, 306, 308
渡辺忠雄　102

開高健年譜

＊本年譜を編むにあたっては書誌学者・浦西和彦氏作成の『開高健書誌』（和泉書院）および『開高健全集』（新潮社）第22巻の年譜を同氏の許諾をいただいたうえで参照引用した。さらに「開高健自筆年譜」を参照し、新たに確認できた事項を記載した。開高作品は主なものだけを挙げた。

年号／年齢	事　項
昭和 5（1930）生誕	12月30日　大阪市天王寺区東平野町1丁目13番地（現・中央区東平1丁目付近）で生まれる。父正義（34）、母文子（28）。父は福井師範卒業後、郷里福井の小学校訓導（正教諭）を経て、大正12年より大阪市立鷺洲第三小学校（現・海老江西小学校）に勤務。なお、正義は大正13年7月3日、開高弥作の次女文子と婿養子縁組婚姻を届出。健の祖父弥作（母文子の父）は明治3年、福井県坂井郡高椋村（現・坂井市丸岡町）一本田に生まれた。同27年、同地出身の中野カネと結婚した。
昭和 6（1931）1歳	1月7日　父正義が長男健の出生入籍を届出。生後11カ月で腸炎に罹るが、奇跡的に助かる（リンゲル注射8本目で回復したという）。
昭和 7（1932）2歳	10月24日　妹陽子が東平野町の家で生まれる。
昭和 9（1934）4歳	9月には祖母北川寿起（正義の母）が福井で死去。／12月21日　妹順子が東平野町の家で生まれる。
昭和12（1937）7歳	4月1日　大阪市立東平野小学校に入学。なお同小学校には織田作之助が昭和元年に入学している（現・市立生魂小学校）。／12月28日　一家は同市住吉区北田辺町800の1（現・東住吉区駒川2丁目51番地）へ転居。（2月に祖父弥作が67歳で隠居届出。父正義が家督相続。弥作は将来を考え、転居した家から東へ4軒の家作を15,500円で購入した。）
昭和13（1938）8歳	3月31日　父正義が鶴橋第2小学校（現・北鶴橋小学校）へ異動。
昭和14（1939）9歳	4月1日　大阪市立北田辺小学校3年生へ転入学。出席状況もよく学業精励で、優等生をとおした。
昭和18（1943）13歳	3月17日　同小学校を卒業。「操行善良学力優等」で賞を受ける。総代として答辞を読んだ。／4月1日　大阪府立天王寺中学校（現・天王寺高等学校）に入学。級長となる。担任は藤原参三。／5月5日　父正義が大阪市天王寺区の病院で死去。享年47。腸チフスを誤診されたためという。健の家督相続を母が届出。1

	学年学籍簿には「第一学期父ヲ失フ」も、成績極めて良好、体操班に所属。読書をよくし、優等賞を受け級長ともある。
昭和 19 (1944) 14 歳	この年から授業が停止、3～5年生が学徒動員され、教室は兵営に代用された。
昭和 20 (1945) 15 歳	5月1日～11日　和歌山県へ勤労動員。火薬庫造営。八尾飛行場での勤労、国鉄龍華操車場での突放作業などに従う。／8月15日　終戦をむかえる。／9月　授業再開。通学しながら家計を助けるためアルバイト生活が始まる（以後、ほぼ8年間にわたりパン焼き工、漢方薬屋、家庭教師など数々を体験)。
昭和 22 (1947) 17 歳	6月1日　牧羊子（本名･金城初子＝大正12年4月29日生まれ）が壽屋へ入社。母方の姓である「小谷」を社内で使用。
昭和 23 (1948) 18 歳	3月3日　府立天王寺中学校を卒業。／4月1日　旧制大阪高校（新制大阪大学教養部に合併）文科甲類に入学。一時、学生寮で生活。
昭和 24 (1949) 19 歳	1学年が終了の時、学制改革により旧制高校が廃止された。／4月7日～9日　大阪市立大学法文学部を受験。25日、合格。／6月1日　同大学入学式。大森盛信、金原昌次らの文芸部に入部。†「鈴木亨君」(『臥龍』2月）を発表。
昭和 25 (1950) 20 歳	1月　森下辰夫のフランス語塾に通い、谷澤永一と会う。／2月19日　同人雑誌『えんぴつ』の合評会が阿倍野区昭和町の谷澤宅で開かれて出席。同誌第3号より同人となる。／5月21日　中之島公会堂で、同誌第5号の合評会があり牧羊子（壽屋研究所社員）が出席。牧は6月から同人参加。 †「印象生活」(『市大文藝』1月)、「乞食の慈善」（同誌、4月)、「印象採集」(『えんぴつ』4月）ほか、『えんぴつ』に「季節」「バンケ」など。
昭和 26 (1951) 21 歳	2月1日　『えんぴつ』の勉強会〈木曜会〉が中央公会堂会議室で開かれ、レポーターとして「芥川龍之介」を発表。／4月26日　〈木曜会〉が北田辺の開高健宅で開かれ、大森信夫が「田中英光」を語った。／5月1日　『えんぴつ』第17号を以て終刊。この号の同人住所録には、開高健：大阪市東住吉区駒川町2丁目51。牧羊子：同市住吉区山之内町265金城初子方、とある。／9月　谷澤永一、向井敏らと一時南淵信主宰の『文学室』に参加。†翻訳「ルイ・アラゴン抵抗」(『えんぴつ』4月、5月)、初の長篇習作「あかでみあ めらんこりあ」(孔版印刷『えんぴつ』発行7月)
昭和 27 (1952) 22 歳	1月　北田辺の自宅を出て、旧住吉区杉本町の牧羊子が一人住居していた家に同棲。／7月13日　牧羊子との間に長女道子

	が誕生。大阪天王寺病院で帝王切開を受けた。この時の輸血で慢性肝炎に罹る。／11月1日　創刊された富士正晴らの雑誌『VILLON』の同人に。 †「衛星都市で」（『文学室』6月）、「煉瓦色のモザイク」（『文学室』8月）、「或る部屋」（『現在』10月）
昭和28（1953） 23歳	2月　洋書輸入の北尾書店に入社。／3月12日　牧羊子（本名・金城初子）との婚姻届出。娘道子を親に預けて職場に復職した牧羊子が、壽屋専務・佐治敬三のもとに夫開高の文案を持ち込む。／12月1日　大阪市立大学法学部法学科を卒業。 †翻訳「待ちましょう」「雨」（『VILLON』1月）、「名の無い街で」（『近代文学』5月）など。
昭和29（1954） 24歳	2月22日　壽屋（現・サントリー）に入社。宣伝部に配属。牧羊子が入れ替わって壽屋を退社。／4月1日に入社した柳原良平と組んで、約1年後からはトリスウイスキーの広告制作の担当となる。昭和22年に結成された壽屋労組の委員長から請われて教宣委員となる。兼務で機関紙『スクラム』編集長として健筆を振るう（業務等多忙のため1年で辞任）。
昭和30（1955） 25歳	安部公房、島尾敏雄らの〈現在の会〉に牧羊子と参加。前年より壽屋の小売店向け販売促進誌『発展』（隔月刊）の編集を続ける。取材のため東京をはじめ全国の地方都市へ出張。／11月1日　役員会議でPR誌『洋酒天国』の企画がうけいれられ、翌年の創刊が決まる。 †「二人」（『近代文学』4月）、翻訳「冒険」（『現在』6月）、「アンダスン『冒険』についてのノオト」（同8月）、「或る声」（『近代文学』10月）
昭和31（1956） 26歳	4月10日　『洋酒天国』を創刊。編集兼発行人となり終刊の61号まで編集長（事実上は23号から編集を山口瞳にバトンタッチ）。この頃から多忙をきわめる。／11月1日　東京支店（中央区蛎殻町）へ転勤。住居は杉並区向井町の社宅に転居。 †「円の破れ目」（『近代文学』2月）
昭和32（1957） 27歳	2月11日　宇田川竜男「木曽谷ネズミ騒動記」（『朝日新聞』夕刊）を読み、小説「パニック」を構想。社の仕事を終え、自宅に帰り深夜まで執筆する。／7月19日　平野謙が文芸時評（『毎日新聞』）で「パニック」を激賞。 †「パニック」（『新日本文学』8月）、「巨人と玩具」（『文學界』10月）、「裸の王様」（同12月）、「長谷川四郎氏の遠近法」（『現代詩』12月）
昭和33（1958） 28歳	1月13日　祖父弥作が死去。／2月11日　「裸の王様」で第38回芥川賞を受賞。／4月　新日本文学会に入会。／5月6日

	早稲田大学大隈講堂で「新入生歓迎文芸講演会」が同大学新聞会の創刊35周年記念事業として催される。講演者は開高健のほか大江健三郎、遠藤周作、山本健吉、吉田健一。／5月20日　壽屋を退社し、嘱託となる。／6月22日　大映映画『巨人と玩具』(監督・増村保造、出演・川口浩、野添ひとみ) 封切り。／8月　社宅を出て、同区矢頭町40番地(現・井草4－8－14)に転居。／10月　牧羊子旧知の詩人金時鐘の案内で、生野区猪飼野方面に「日本三文オペラ」の取材開始。／11月1日　江藤淳らと〈若い日本の会〉を結成。／11月15日　村松剛らの復刊した『批評』の同人となる。 †「自戒の弁」(『朝日新聞』1月22日)、「二重壁」(『別冊文藝春秋』2月)、「なまけもの」(『文學界』3月)、『裸の王様』(単行本、文藝春秋新社、3月)、「フンコロガシ」(『新潮』5月)、「賢明な様式化」(『中央公論』7月)、「白日のもとに」(『文學界』10月)、「一日の終りに」(『文藝春秋』11月)、「弁解にならぬ弁解」(『批評』11月)
昭和34 (1959) 29歳	4月　過労のため急性肝炎を発症して寝込む(一時、牧羊子が口述筆記)。／8月16日　柳原良平＋αの漫画「ピカロじいさん」が『朝日新聞』(翌年7月31日まで)に連載され、メンバーに加わる。／8月27日　開高らの制作になる壽屋の宣伝活動が評価され、毎日産業デザイン賞を受賞。／10月15日　安保改定反対の夕(主催・新日本文学会、品川公会堂)で講演。この年の後半から翌年にかけて、北海道大雪山の上川地区の開拓民の取材を重ね「ロビンソンの末裔」執筆の準備をする。 †「日本三文オペラ」(『文學界』連載、1月～7月)、「流亡記」(『中央公論』1月)、「屋根裏の独白」(『世界』8月)、『屋根裏の独白』(単行本、中央公論社、8月)、「指のない男の話」(『週刊朝日』11月1日号)、『日本三文オペラ』(単行本、文藝春秋新社、11月) など。
昭和35 (1960) 30歳	3月16日　国会で安保をめぐる特別委員会を傍聴。／5月25日　自筆年譜を書く。(『新鋭文学叢書11　開高健集』筑摩書房のため) ／5月30日～7月6日　中国訪問日本文学代表団(野間宏ら)の一員として中国を訪れ、毛沢東、周恩来、陳毅、郭沫若らと会見。／9月～12月　ブカレストの葛飾北斎200年祭に出席。チェコスロヴァキア作家同盟、ポーランド文化省の招待も受け、両国およびルーマニアに滞在。／11月1日　アウシュビッツ博物館を見学。／12月　パリを経て帰国。この直後、『チェーホフ全集』(中央公論社)の月報の原稿依頼をうけ、

	同全集の編集に関わっていた佐々木千世子（筆名・佐々木千世）を知る。 †「東欧におけるチェーホフ観」（『チェーホフ全集』月報13、中央公論社、1月）、「任意の一点」（『文學界』1月）、「お化けたち」（『新潮』4月）、「ロビンソンの末裔」（『中央公論』連載、5月～11月）、「ユーモレスク」（『新潮』7月）、『ロビンソンの末裔』（単行本、中央公論社、12月）など。
昭和36（1961） 31歳	3月28日～30日　アジア・アフリカ作家会議東京大会のために奔走。／7月4日　アイヒマン裁判の傍聴にエルサレムに赴く。村松剛と共に傍聴。アテネ、デルフィ、イスタンブール、パリを経て8月に帰国。／9月29日～10月5日　劇団葦が『日本三文オペラ』（脚色・演出、藤田伝）を砂防会館ホールで上演。／10月28日からソビエト作家同盟の招きでモスクワ、レニングラードなど訪問。エレンブルグと会見。さらに東西ドイツ、パリに滞在。／12月19日　パリで反右翼抗議デモに参加。翌20日にモンパルナス大通りのカフェ「ラ・クーポール」で大江健三郎、田中良と共にサルトルと会見。会見記に「老齢と激務の無残な傷跡に蔽われた初老の小男」と書く。 †「“夜と霧”と爪跡を行く」（『文藝春秋』2月）、「東欧の旅から」（『世界』2月～4月）、『過去と未来の国々』（単行本、岩波新書、4月）、「眼のスケッチ」（『新潮』5月）、「片隅の迷路」（『毎日新聞』連載、5月12日～11月27日）、『新鋭文学叢書11開高健集』（筑摩書房、5月）、「獣のしるし」（『文藝春秋』10月）など。
昭和37（1962） 32歳	1月4日　パリからマドリード、ローマを経て帰国。／5月「岩波文化講演会」のため有沢広巳と新潟、長野、松本市へ赴く。／7月から約2カ月にわたりサントリービール発売準備のため佐治敬三らと共に北欧、西ドイツの有名醸造地を歴訪（ビールのタイプと香味を精査する“ビアライゼ”ビールの旅）。／10月18日～11月15日　アジア・アフリカ作家会議日本協議会の第1回アジア・アフリカ講座（千代田公会堂）の講師を務める。 †「パリのデモ騒ぎの中で」（『毎日新聞』夕刊、1月13日）、『片隅の迷路』（単行本、毎日新聞社、2月）、「森と骨と人達」（『新潮』3月）、「声の狩人」（『世界』連載、4、7、9、11月）、「エスキモー」（『文學界』7月）、『声の狩人』（単行本、岩波新書、10月）
昭和38（1963） 33歳	7月12日～13日　アジア・アフリカ作家会議の執行委員会に出席のためジャカルタへ赴く。／同月16日～20日　バリ島で開催されたアジア・アフリカ作家会議に出席。／10月　サントリーの嘱託を退職。／12月5日　アジア・アフリカ作家会議講演会

	が東京の全電通労働会館で開かれ司会を務める。 †「太った」(『文學界』2月)、「笑われた」(『新潮』3月)、「見た」(『文藝』5月)、「地球はグラスのふちを回る」(サントリーPR誌『ビール天国』6月〜翌年1月)、「揺れた」(『世界』7月)、「日本人の遊び場」(『週刊朝日』連載、7月5日〜9月27日)、「ずばり東京」(『週刊朝日』連載、10月4日〜翌年11月6日)、『日本人の遊び場』(単行本、朝日新聞社、10月)、「出会った」(『文學界』11月)
昭和39(1964) 34歳	4月27日　広告制作会社サン・アド設立。取締役に就任(会長・佐治敬三、社長・山崎隆夫、ほか取締役に坂根進、柳原良平、山口瞳、酒井睦雄ら)オフィスを銀座並木通り藤小西ビルにおく。おもな業務はサントリーの広告制作。／11月15日　戦火のベトナムへ。朝日新聞社臨時海外移動特派員として、カメラマンの秋元啓一と共に“従軍”する。 †「告白的文学論」(『岩波講座現代10』2月)、「生者が去るとき」(『新潮』5月)、『ずばり東京』上巻(単行本、朝日新聞社、5月)、『見た　揺れた　笑われた』(単行本、筑摩書房、5月)、「五千人の失踪者」(『文學界』6月)、「記録・事実・真実」(『新潮』9月)、『ずばり東京』下巻(単行本、朝日新聞社、12月)
昭和40(1965) 35歳	2月14日　南ベトナムでサ・マック作戦を従軍取材中、ベン・キャット地区のジャングルでベトコンに包囲され救援部隊の援護で死地を逃れる。朝日新聞紙上で、開高、秋元が“一時行方不明”と報じられる。／2月24日　ベトナムより帰国。第一声は「幽霊ではないで……」。／3月1日〜7日　『週刊朝日』の連載「南ヴェトナム報告」に手を入れ、『ベトナム戦記』を完成。／4月23日　衆議院外務委員会で特別参考人としてベトナム問題を説明。／5月　「ベトナムに平和を！市民連合」の呼びかけ人となり、『ニューヨーク・タイムズ』にベトナム戦争反対の意見広告を載せる提案をし、11月16日に掲載。／5月15日　大映映画『証人の椅子』(監督・山本薩夫、出演・奈良岡朋子、吉行和子、福田豊士、原作『片隅の迷路』)封切。 †「青い月曜日」(『文學界』連載、1月〜同42年4月)、「南ヴェトナム報告」(『週刊朝日』連載、1月8日〜3月5日)、『ベトナム戦記』(単行本、朝日新聞社、3月)、「兵士の報酬」(『新潮』7月)、「ヴェトナム戦争反対の広告」(『文藝』7月)、「ベトナム反戦広告の決算」(『東京新聞』夕刊、11月18日)。
昭和41(1966) 36歳	6月4日　全国縦断日米反戦講演会(主催・明治大学学苑会研究部連合会)が同大学で開かれ「焰と泥―ベトナムの農民たち」を講演。／8月11日〜14日　「ベトナムに平和を！日米市民会

	議」(サンケイ会館国際会議場)に出席。／10月15日　サルトル、ボーヴォワールを迎え「ベトナム戦争と平和の原理」集会（東京・読売ホール）を小田実らと開催。 †「フロリダに帰る」(『文藝』1月)、「渚から来るもの」(『朝日ジャーナル』連載、1月2日～10月30日)、「解放戦線との交渉を」(『世界』3月)、『饒舌の思想』（単行本、講談社、3月)、「私の創作衛生法」(『東京新聞』夕刊、11月17日～18日）など。
昭和42（1967）37歳	1月25日　ジョーン・バエズを囲む会「みんなでベトナム反戦を！」(社会文化会館ホール）に小松左京らと参加。／9月　第25回『文學界』新人賞の選考委員に、平野謙、野間宏、安岡章太郎、吉行淳之介となる。／秋には米空母から逃げて来た4人の米兵に小田実、鶴見俊輔らとかかわる。自宅にこもって「輝ける闇」書下し執筆に専念する。 †「来れり、去れり」(『文藝』1月)、「人とこの世界」(『文藝』断続連載、4月～同45年6月)、「岸辺の祭り」(『文學界』9月)、「ヰタ・アルコホラリス」(サントリーPR誌『洋酒マメ天国』2号、9月）など。
昭和43（1968）38歳	3月　『文學界』新人賞の選考委員会に吉行淳之介らと出席。同月末には『文藝春秋』九州地方文化講演会に野坂昭如らと赴く。／6月16日　文藝春秋の臨時特派員として、騒乱のパリ（いわゆる「五月革命」）を取材。同地に滞在中の旧知にも会い、ボン、東西ベルリンにも足を延ばし、サイゴンを経て10月に帰国（ボンでは旧知の佐々木千世と会った)。この“旅”がのちの作品に生かされる。／10月下旬から翌月上旬にかけて、パレスホテルで開かれた「サントリー七十年史」企画会議に社長佐治敬三、戦前の役員、山口瞳、坂根進、矢口純らと出席。山口瞳と分担して執筆に着手。／11月2日　『輝ける闇』により第22回毎日出版文化賞を受賞。この年は「私の釣魚大全」のための釣の旅を北海道から徳之島まで続けている。 †「私の釣魚大全」(『旅』連載、1月～12月)、「高見順伝」(『現代日本文学館39』文藝春秋、3月)、『輝ける闇』（書下し、新潮社、4月)、「決闘」(『文藝』8月)、「ソルボンヌの壁新聞」(『文藝春秋』9月)、「サイゴンの裸者と死者」(『文藝春秋』11月）など。
昭和44（1969）39歳	2月20日　「トリス時代はどう演出されたか」(電通本社）を講演。／6月から10月末にかけて、朝日新聞臨時海外特派員として「フィッシュ・オン」の旅に出る。アラスカ、スウェーデン、アイスランド、西ドイツ、フランス、ナイジェリア、エジプト、タイなどをめぐり、途中ビアフラ戦争、中東戦争を“観察”し帰国。

	†「みんな最後に死ぬ」(『文藝春秋』1月)、「紙の中の戦争」(『文學界』断続連載、1月〜同46年4月)、『青い月曜日』(単行本、文藝春秋、1月)、『七つの短い小説』(単行本、新潮社、3月)、『サントリーの70年　やってみなはれⅠ』(サントリー株式会社、6月)、『私の釣魚大全』(単行本、文藝春秋、6月)など。
昭和45(1970) 40歳	3月20日　季刊『人間として』(筑摩書房)が創刊され、柴田翔、高橋和巳、小田実らと編集同人になる。／3月24日　旧知の佐々木千世(当時ボン大学研究員37歳)が世田谷区玉川瀬田で交通事故死。桐ケ谷の火葬場での葬儀の世話を千世の2名の友人と行い、弔辞を読む。／6月　思い立って新潟県北魚沼郡(現・魚沼市)湯之谷村銀山平に8月31日まで籠る。 †「フィッシュ・オン」(『週刊朝日』連載、1月2日〜7月3日)、「奇書『わが秘密の生涯』」(『別冊文藝春秋』3月)、「オセアニア周遊紀行」(『人間として』3月)、『人とこの世界』(単行本、河出書房新社、10月)など。
昭和46(1971) 41歳	3月19日　第2回大宅壮一ノンフィクション賞選考委員会に、草柳大蔵らと出席。／4月1日　長女・道子が慶應義塾大学フランス文学科へ入学。／4月6日〜9日　『文藝春秋』の九州地方文化講演会に松本清張、佐藤愛子らと福岡、柳川などに赴く。／7月5日〜8日　文藝春秋の北海道地方文化講演会に、平岩弓枝、戸川幸夫と札幌ほかで講演。／9月　「夏の闇」執筆に集中。 †「白いページ」(『潮』連載、1月〜5月)、『フィッシュ・オン』(単行本、朝日新聞社、2月)、「脱獄囚の遊び」(『世界』3月)、「夏の闇」(『新潮』一挙掲載、10月)など。
昭和47(1972) 42歳	1月20日　『片隅の迷路』のモデルになった徳島ラジオ商殺し事件の富士茂子(11年服役)の「はげます会」が学士会館であり、瀬戸内晴美らと発起人に加わる。／5月27日　杉並の自宅に武田泰淳夫妻、埴谷雄高夫妻、平野謙、辻邦生を招き、妻羊子の手料理、中国料理で饗応。／11月4日　ラジオドラマ『裸の王様』放送(NHK東京・ふじたあさや脚色、加納守演出。出演＝山本圭、中原ひとみ他)。この時期、出版社を通して『夏の闇』で文部大臣賞を打診されたが辞退。 †「新しい天体」(『週刊言論』連載、1月7日〜9月8日)、「眼ある花々」(『婦人公論』連載、1月〜12月)、『紙の中の戦争』(単行本、文藝春秋、3月)、『夏の闇』(単行本、新潮社、3月)など。
昭和48(1973) 43歳	1月〜6月　『面白半分』(第2巻1号〜6号)の編集長を務める。／2月13日　『文藝春秋』『週刊朝日』の特派員としてベトナムに赴き、第1次和平調印後から第2次和平調印まで150日滞在

	し6月に帰国。／11月　文化服装学院、日本航空主催のヨーロッパ講演旅行に、安岡章太郎、犬養道子とロンドン、デュッセルドルフ、ブリュッセル、パリを一巡。 †「ロマネ・コンティ・一九三五年」(『文學界』1月)、「渚にて」(『新潮』1月)、「サイゴン通信」(『文藝春秋』連載、4月～8月)、「開高健の〈ベトナム記〉」(『週刊朝日』連載、4月20日～5月11日)、『眼ある花々』(単行本、中央公論社、8月)、『サイゴンの十字架』(単行本、文藝春秋、11月)、『開高健全作品・全12巻』(新潮社、11月～翌年10月) など。
昭和49(1974) 44歳	1月～5月　新潮クラブで「花終る闇」執筆に専念。／2月8日「人に歴史あり―開高健・人間らしくやりたいな」(東京12チャンネル) を放映。／4月16日「四畳半襖の下張」裁判に弁護側証人として出廷証言。／12月下旬　茅ヶ崎市東海岸南6-6-64に移住。この年、大阪の今橋画廊で山崎隆夫と「路上の邂逅」展を開催。 †『新しい天体』(単行本、潮出版社、3月)、『午後の愉しみ』(単行本、文藝春秋、7月) など。
昭和50(1975) 45歳	4月30日　サイゴン陥落、ベトナム戦争終結。／9月25日　胆石除去の手術を荻窪の東京衛生病院で受ける。／10月16日　潮文化講演会が京都会館で開かれ、高峰秀子と共に講演、「ほんものを見る目」が演題。 †「開口閉口」(『サンデー毎日』連載、1月5日～翌年12月26日)、『白いページ』(単行本、潮出版社、Ⅰ、3月。Ⅱ、10月) など。
昭和51(1976) 46歳	『面白半分』(第10巻1号～6号) 編集長を務める。／10月10日　武田泰淳の葬儀が青山斎場で営まれ司会を務める。 †「あまりにもそこにある」(『岩波講座文学5』3月)、『完本私の釣魚大全』(単行本、文藝春秋、6月)、『開口閉口1』(単行本、毎日新聞社、9月)、「黄昏の力」(『群像』10月)、『開高健全ノンフィクション』全5巻 (文藝春秋、12月～翌年10月) など。
昭和52(1977) 47歳	5月9日　日本文藝家協会で理事に選出される。前年より「オーパの旅」の準備。／8月7日　サンパウロに到着。髪型を初めてGI刈りに。醍醐麻沙夫、菊谷匡祐、高橋昇、菊池治男と共にアマゾン流域、パンタナルを経て10月帰国。65日間の旅。 †「最後の晩餐」(『諸君！』連載、1月～翌年1月)、『悠々として急げ』(単行本、日本交通公社出版事業局、3月)
昭和53(1978) 48歳	2月「オーパ！」第1章 神の小さな土地、『PLAYBOY』連載開始、全8章9月号まで。／7月14日　芥川賞選考委員となる。他にも大宅壮一ノンフィクション賞、『文學界』新人賞、『新潮』

	新人賞等の選考委員を引き受ける。／11月7日～27日「オーパ！」展が新宿ミノルタフォトスペースで開催。／9月2日～9日　劇団欅が『日本三文オペラ』を紀伊國屋ホールで上演。／11月　『これぞ、開高健。』が刊行される。 †「玉、砕ける」(『文藝春秋』3月)、『ロマネ・コンティ・一九三五年』(単行本、文藝春秋、5月)、『オーパ！』(単行本、集英社、11月)など。この年フィンランドでカイ・ニエミネン訳『夏の闇』が文部大臣賞受賞。
昭和54（1979） 49歳	1月24日　『サントリークォータリー』創刊。／2月1日　開高の提案が佐治敬三を動かし、サントリー文化財団（佐治敬三理事長）が設立された。同社創業80周年記念事業の一環。理事に就任。／5月12日　同じく理事に就任した山崎正和と開高が検討し、サントリー学芸賞が創設され選考委員に就任。／6月14日　「玉、砕ける」で第6回川端康成賞を受賞。／6月27日　秋元啓一が食道がんで死去。／7月20日　成田空港からまずアラスカへ出発。朝日新聞社とサントリーから派遣され、釣竿担いで、およそ8カ月間におよぶ南北アメリカ両大陸縦断（52,340キロ）の冒険旅行を敢行。朝日新聞社からは記者・カメラマンが同行。 †「洗面器の顔」(『新潮』1月)、「怪物と爪楊枝」(『野生時代』1月)、『白昼の白想』（単行本、文藝春秋、1月)、「戦場の博物誌」(『文學界』連載、2月～5月)、『最後の晩餐』（単行本、文藝春秋、5月)、『歩く影たち』（単行本、新潮社、5月)、『食後の花束』（単行本、日本書籍、6月）など。
昭和55（1980） 50歳	3月23日　南北両アメリカ大陸縦走の長征を完了して帰国。／5月23日　出演したテレビCM「サントリーオールド（ニューヨーク篇)」（企画・東條忠義、コピー、出演・開高健）がテレビ広告電通賞を受賞（同作品は12月にはフジサンケイグループ広告大賞も受賞)。／6月5日　日本文藝家協会の常任理事に江藤淳、遠藤周作らと共に選出される。この年長女道子、頭蓋硬膜腫瘍（髄膜腫）のため慶應大学病院で手術を受ける。 †「もっと遠く！」(『週刊朝日』連載、1月11日～7月25日)、『渚から来るもの』(単行本、角川書店、2月)、「もっと広く！」(『週刊朝日』連載、8月1日～翌年4月10日)、『黄昏の一杯』（単行本、潮出版社、12月）など。
昭和56（1981） 51歳	6月　『サントリークォータリー』で、吉行淳之介との連続対談の企画が持ち上がり同月中旬からスタート。「美酒について」3回、「街に顔があった頃」3回。／8月14日～26日　西武百貨店池

	袋店で『オーパ！』展が開催される。／10月8日　第29回菊池寛賞を、『ベトナム戦記』から『もっと遠く！』『もっと広く！』に至るルポルタージュ文学により受賞。／10月30日　大阪21世紀委員会企画委員を委嘱される。 †『文人狼疾ス』（単行本、文藝春秋、6月）、『書斎のポ・ト・フ』（鼎談集、潮出版社、9月）、『もっと遠く！』『もっと広く！』（単行本、朝日新聞社、各巻9月）など。
昭和57（1982） 52歳	1月頃からバック・ペイン（背中の痛み）があり、週に2回自宅近くの林水泳教室に。／2月28日　TBS系テレビ「すばらしき仲間〈巨人たちの晩さん会〉に出演。／3月12日～13日　サントリー文化財団主催「国際シンポジウム日本の主張1982」が大阪ロイヤルホテルで開催。パネリストとして参加。／4月5日～8日　NHK教育テレビ「訪問インタビュー〈開高健生命の危険に出会い考えた人間と文明〉に出演。／6月1日～7月3日　「オーパ、オーパ!!」取材のためベーリング海へオヒョウ釣の旅へ。カメラマン高橋曻、集英社編集者菊池治男ら同行。／7月30日　関西復権会議が大阪商工会議所で開催され下河辺淳、佐治敬三らと出席。／8月6日～17日　新宿の伊勢丹美術館で「もっと遠く！もっと広く！」展が開かれる（サイン会行う）。／9月　谷澤永一、向井敏、浦西和彦編『コレクシオン開高健』（潮出版社）が刊行される。 †『開高健全対話集成』全8巻（潮出版社、1月～翌年4月）、『美酒について』（吉行淳之介との対談集、サントリー博物館文庫、6月）、「海よ、巨大な怪物よ」（『PLAYBOY』連載、11月～翌年3月）、『食卓は笑う』（単行本、新潮社、12月）など。
昭和58（1983） 53歳	1月18日　新潮文化講演会（西武百貨店池袋店スタジオ200）で「ジョークをどうぞ」を講演。／2月22日　サントリー、文藝春秋、朝日放送が創設のサントリーミステリー大賞第1回公開選考会が帝国ホテルで開かれ、阿川弘之、小松左京、都筑道夫、田辺聖子と出席。／6月～8月　カリフォルニアからカナダへ、チョウザメ釣旅行。／10月4日　NHKテレビ「井伏鱒二の世界・荻窪風土記から」（芸術祭参加作品）に出演。／11月9日と14日　サントリーシンポジウム『洋酒天国'83』が、東京は新高輪プリンスホテル、大阪はロイヤルホテルでそれぞれ開催、パネリストとして出席。 †「耳の物語」（『新潮』連載、1月～同60年11月）、『ああ。二十五年。』（単行本、潮出版社、7月）、『舞台のない台詞』（単行本、文化出版局、11月）など。

昭和 59（1984） 54 歳	この年、前半は第 15 回大宅壮一ノンフィクション賞、第 2 回サントリーミステリー大賞の選考委員会などに出席。／6 月　奈良県吉野郡の池原ダムへ釣りに出かける。／7 月　日本文藝家協会の常任理事に推され受ける。／7 月 1 日～5 日　アラスカのソルドットナの町に滞在。キーナイ河で 60 ポンドのキング・サーモンを釣る。その後、イリアムナ湖方面でトナカイ（カリブー）のハンティングを体験。 †「扁舟《こぶね》にて」（『PLAYBOY』連載、2 月～7 月）、『野生の呼び声』（対談集、集英社、4 月）、『今日は昨日の明日』（単行本、筑摩書房、9 月）、『風に訊け』（単行本、集英社、11 月）など。
昭和 60（1985） 55 歳	1 月　サントリー傘下の TBS ブリタニカの編集顧問に就任して、開高が最初に企画した『ナチュラリスト志願』（ジェラルド・ダレル著、日高敏隆他訳）が刊行される。このシリーズ名は〈Kaiko Ken's Naturalist Books〉と銘打たれ、企画・編集・総指揮＝開高健とある。同時に同社から翌年創刊される『ニューズウィーク日本版』の〈企画・編集・総指揮〉ともなる。／2 月 11 日～3 月 1 日　中米コスタリカ釣魚の旅へ。悪天候の中を「オーパ！」続編の取材をつづける。75 ポンドのターポンを釣る。／6 月 18 日～20 日　フィンランドのラハティ市での世界文学祭に出席し、「まじめさは危機にあるか」を講演。NHK 教育テレビで濱谷浩と対談。 †「王様と私」（『PLAYBOY』連載、2 月～8 月）、『街に顔があった頃』（吉行淳之介との対談集、TBS ブリタニカ、4 月）、ビデオ作品『河は眠らない』（製作・博報堂、ビッツ、4 月）、『扁舟にて』（単行本、集英社、11 月）、『今夜も眠れない』（単行本、角川書店、11 月）など。
昭和 61（1986） 56 歳	1 月　企画・編集・総指揮で腕をふるった『ニューズウィーク日本版』が創刊。順調な滑り出しをみる。／6 月　スリランカへ行き、紅茶とカレーライスと宝石についての薀蓄をさらに磨く。／7 月 12 日　TBS 系テレビが「地球浪漫〈オーパ！神秘の宝石は語る・開高健スリランカの旅〉」を放映。／7 月 31 日～8 月 22 日　モンゴルへイトウ釣の旅に赴く。／9 月 27 日　同テレビ「地球浪漫〈紅茶は究極のぜい沢だ〉」を放映。 †「最後の開拓地」（『日本経済新聞』1 月 5 日）、「雨にぬれても」（『PLAYBOY』連載、2 月～5 月）、「私の大学」（『東京新聞』夕刊連載、2 月 18 日～9 月 16 日）、『破れた繭——耳の物語＊』『夜と陽炎——耳の物語＊＊』（単行本、新潮社、8 月）「宝石の歌」（『PLAYBOY』連載、9 月～11 月）など。

昭和62（1987） 57歳	2月16日　TBS系テレビが「開高健のモンゴル大紀行」を放映。／5月　再度モンゴルへ1カ月近い旅に赴く。／6月19日　『耳の物語』で第19回日本文学大賞文芸賞を受賞。／10月　モスクワ、アストラハン、パリ、ニューヨークへキャビア試食のため出かける。この年、ドナルド・ホール編“To Reed Fiction”（ホルト・ラインハート社）に「玉、砕ける」“The Crushed Pellet”が収録された。 †「赤い夜」（『毎日新聞』夕刊、1月5日）、『王様と私』（単行本、集英社、2月）、『宝石の歌』（単行本、集英社、11月）など。
昭和63（1988） 58歳	1月2日　TBS系テレビが「開高健の“キャビア・キャビア・キャビア”謎の古代魚チョウザメを追って」を放映。／5月～6月　スコットランドへ鱒釣りの旅に出る（元首相ヒューム卿の招待。ロンドンからエジンバラへ行き、ツイード川、ディー川で釣るも釣果なし）。／8月13日　長良川河口堰に反対する会の会長に就任。 †「一日」（『新潮』6月）、「蛇足として」（『昭和文学全集第22巻』小学館、7月）、「国境の南」（『週刊朝日』連載、10月21日～12月30日）など。
昭和64・ 平成元（1989） 58歳と11カ月	3月12日　中野坂上の宝仙寺でサントリー平木英一常務の葬儀に参列した折に胸の異常をつよく感じる。／3月19日　昼食が喉を通らなくなる。／3月20日　茅ヶ崎の徳洲会病院へ検査入院。食道狭窄（食道下部の扁平上皮がん）と診断される。数日後、東京三田の済生会中央病院に転院する。／4月17日　同病院消化器外科で食道がんの手術を受け、放射線治療を続ける。／7月23日　一時退院。自宅で海岸を歩くなどリハビリに専念しながら執筆をつづける。／8月に擱筆した「珠玉」第2部に続き、10月10日、第3部を脱稿し、『文學界』の担当編集者湯川豊に直接手渡す（「珠玉」は翌年『文學界』1月号に載った）。／10月13日　再入院。／12月9日　午前11時57分、肺炎を併発して死去する。遺体は午後4時頃、茅ヶ崎の自宅に戻る。1階書斎に安置される。／12月10日　午後6時から通夜。／同11日正午から午後2時まで密葬が自宅で行われる。 †「天井のシンプル・ライフ」（『海燕』1月）、「花はどこへ？…」（『文學界』3月）、『水の上を歩く？』（対談集、TBSブリタニカ、3月）、『国境の南』（単行本、集英社、4月）、「文化ジャーナル〈開高健さんを偲ぶ〉」（NHK教育テレビ、12月15日放映）
平成 2（1990）	1月12日　青山葬儀所で葬儀・告別式が行われた。喪主は開高初子（＝牧羊子）。司馬遼太郎、佐治敬三、谷澤永一、日野啓三、

	柳原良平（夫人が代読）が弔辞を述べ、司会は向井敏がつとめた。 †『珠玉』（単行本、文藝春秋、２月）、『シブイ』（単行本、TBSブリタニカ、３月）、『花終る闇』（単行本、新潮社、３月）。